新潮文庫

おさん

山本周五郎著

新潮社版

1945

目次

おさん

青竹

一

慶長六年の夏のはじめ、近畿《きんき》地方の巡察を命ぜられた本多平八郎忠勝《ほんだへいはちろうただかつ》は任をはたした帰途、近江《おうみ》のくに佐和山城《さわやまじょう》に井伊直政《いいなおまさ》をたずねて数日滞在した。ふたりは徳川家のはたもとで酒井榊原《さかきばら》とともに四将とよばれ、いく戦陣ともに馬をならべて戦ってきたあいだがらである。一日は琵琶湖《びわこ》に舟をうかべて暮し、あくる日は伊吹《いぶき》の山すそで猪狩《いのししが》りをした、また鈴鹿《すずか》の山へ遠駆けをして野営のいち夜にむかしを偲《しの》んだりもした。心たのしく、こうして四五日をすごしたのちいよいよ明日しゅったつというまえの夜だった。城中で催された別れの宴《うたげ》がようやくさかんになりはじめたとき、忠勝がふと思いだしたというようすで、

「関ケ原のおりに島津軍の阿多《あた》ぶんごを討ちとめた若者はこの席に出ているか」とたずねた。直政はちょっと返辞ができなかった、忠勝のいうその若者が誰《だれ》だかわからないからである、それでかれは話題をはずして答えた、「阿多豊後《ぶんご》という名を聞くと島《しま》津惟新《づいしん》を討ちもらしたことを思いだす、もう一歩というところだった、まことおれのこの手で入道の衿《えり》がみをもつかむところだった」「まったく、おぬしとはずいぶん戦《せん》

塵《じん》をあびてきたが、あれほどすさまじい合戦《かっせん》はみかたが原いらいであろう」話は関ケ原のことに集った。

慶長五年九月十五日午後一時、金吾《きんご》中納言《ちゅうなごん》ひであきのねがえり反撃によって石田《いしだ》三成《みつなり》の陣は総くずれとなり、午前四時からはじまった合戦はそのときまさに徳川軍の勝ち目を決定した。ほとんど乱戦となった戦場の一角で、本多忠勝と井伊直政とは僅《わず》かな手兵のせんとうに馬を駆り、島津惟新義弘《よしひろ》の軍へきびしくきりこんでいた。敗勢になりながら、島津の兵はじつによく戦った、しかしいかに善防したところでもはや大勢を挽回《ばんかい》することはできない、ついに馬じるしを折り記章を捨てて牧田から西南のほうへと退却をはじめた。追いうちは急だった、惟新義弘はしばしば危地に追いつめられた、それを救うために惟新の子豊久《とよひさ》が馬をかえして戦い本多忠勝の兵に討たれた。つぎには侍大将の阿多ぶんご盛淳《もりあつ》が追撃兵の前にたちふさがり、——兵庫《ひょうご》入道これにあり、島津惟新これにあり。とさけんで義弘の身代りに立った、これにぶつかったのは井伊直政の兵だったが、直政はそれが身代りだということを察し、おのれはなおも馬を煽《あお》って惟新を追った。——どうでも入道のしるしをあげるぞ。そう思ってむにむさんに突っこんだ。義弘をまもる兵たちはすでに八十余人にすぎなかった、これが牧田川の岸でめざましく防ぎ戦った、そしてもう一歩というところまできりこんだ直政は敵の銃撃にあって腰を射ぬかれ、惜しくも馬から落ちてしまった、長蛇《ちょうだ》をめのまえに見つつ逸し去ったのである。このあいだに直政の兵の一部がぶんご盛淳を討ちとめていたのであるが、乱軍のなかのことで誰が功名人であるかわからなかった、名乗って出る者もなかった、それでその部隊ぜんたいの手柄《てがら》として軍鑑にしるされたのであった。

阿多ぶんごを討ちとめた若者はと、いま忠勝にきかれても、だから直政にはすぐに返辞ができなかったのである。そうきくからには忠勝は知っているにちがいない、それに対してじつは当家ではその者がわかっていないのだとは答えられるものではなかった、それで直政はそれとなく忠勝から話をひきだすことにしたのである。「阿多もりあつを討ったおり、こなたは其処《そこ》に見ておられたのか」「うん見ておった」忠勝はうなずきながら答えた、「四半《しはん》のぬのに墨絵で蕪《かぶら》の絵を描いためずらしい差物《さしもの》に目をひかれ、思わず馬をかえしたとき、まさに豊後へ一槍《やり》つけたところであった、その折の戦いぶりは今でもありありと眼《め》にのこっておる」直政はほっとした、四半のぬのに墨絵でかぶらを描いたさしものと云《い》えば一人しかいない、その若者が誰であるかはそのひと言でわかったのだ。「だがそのときのことで、ひとつだけどうしても合点《がてん》のゆかぬことがあるのだ、当人に逢《あ》ってそれをたしかめてみたいと思うのだが、この席へ出ていたら呼びだして貰《もら》いたい」「その者はせがれ直孝《なおたか》の守役《もりやく》でここへは出ておらぬが、ご所望なれば呼び寄せてもよい」直政は侍臣のひとりに余吾《よご》源七郎《げんしちろう》をよべと命じた。

源七郎はかくべつ衆にぬきんでたという男ではない、気質がきわめて恬淡《てんたん》だし、口数がすくなく、すべてに控えめなところが人に好かれているけれども、武勇の点ではあまり華々しいはたらきはしていなかった。それでも性が合うというのであろうか、直政はつねづねかれに目をかけていて、特にわが子直孝の守役に抜擢《ばってき》したくらいであった。——どこかにみどころがあると思ったが。直政はいまはじめておのれのめがねに狂いのなかったことをうれしく思った。

二

源七郎が伺候《しこう》すると、忠勝は待ちかねたようにそば近くへまねき寄せ、手ずから杯をとってかれに与えた。「関ケ原のおりにはめざましくはたらいたな、島津のさむらい大将あた豊後を討ち取ったありさまはまだこの眼にのこっているぞ」「過分の仰せまことに恐れいります」かれは顔の色も変えずにそう答えた。もしやわたくしではございませんと否定するかと思っていた人々は、ではやっぱりそうだったのかと驚きもし、またかれの平然たるようすが心憎くも思われた。「あのときのことでひとつ不審がある」忠勝はかさねて云った、「そのほうが豊後につけた槍はおれの眼にはたしかに竹槍のようにみえた、井伊どのはたもとの武士が竹槍を遣うとはうけとれぬことだし、おれの眼が誤っていたとも思われぬ、いつかそのほうに会ってたしかめたいと思っていたのだが、おれの眼ちがいであったかどうか」「おそれながらお眼ちがいではございません、たしかにわたくしは竹槍を用いておりました」妙な問答になったので、列座の人々はにわかにこちらへ視聴をあつめた。なかには思いあたる者もあるとみえ、うす笑いをうかべながら頷《うなず》き合う者もいた。「それはまたどういうわけだ、野武士、牢人《ろうにん》なら知らぬこと井伊どの旗本にいて槍のしたくができぬ筈《はず》もあるまい、なにか心得があってのことか」「かくべつ申上げるほどの心得とてもございません、ただはたらき易《やす》いものですから用いたまででございます」「それだけではわからぬ、どうして竹槍のほうがはたらき易いのだ」「槍を敵の胴へふかくつけました場合に、これをひき抜くことはなかなかむつかしいものでございます、ことに鎧胴《よろいどう》を徹《とお》しまするといっそう困難なうえにへたをするとつけこまれます、されば乱軍のおりなどには、槍をつけると同時にそれを突っこんだままにして置き、太刀《たち》を抜いて討ちとめるのが手勝ちでございます」「そうか、槍は胴へ突っこんだままにして置き、すぐに刀を抜いて斬《き》るというのだな」「そう致しますと勝負も早く、また一倍とはたらきも自在でございます、しかし」とかれはしずかにつづけた、「いかにそれがよくとも、敵ひとりに槍ひと筋ずつ捨ててゆくわけにはまいりません、そこでわたくしは竹槍を遣うことを考えつきました、竹槍なれば五十や百なにほどのことでもなし、また試みましたところでは鎧胴などへもなかなかよく徹り、むしろ遣いようによっては鑓《やり》よりも役に立つように心得ました」「けれども五十本百本という竹槍を持って戦場を駆けまわることはできまい」「わたくしは三十本ずつ束に致しまして、小者どもに担《かつ》がせて置きます、敵にであうたびに之《これ》を抜きとって遣いますので、べつに不自由はございません」

「ほう、小者たちに担がせて、それは面白《おもしろ》いな」忠勝はすぐにそのありさまを想像したとみえ、笑いだしながら云った、「そのほうが駆けてゆくあとから竹槍の束を担いだ小者たちがえっさえっさと駆けてゆく、敵に当るとそのほうが束の中から一本ひき抜いてやっと突っこみ、これを討ちとってまた駆けだす、小者たちも竹槍の束を担いでまたぞろ駆けだす、えっさえっさと駆けだすか、これは面白い」

忠勝の口ぶりもひょうげていたが、そのこと自体がすでに可笑《おか》しみたっぷりだったので、直政はじめ居合せた人々は思わずどっと笑いだしてしまった。けれども源七郎は笑いもせず、悪びれたようすもなく、またむろん誇りがましいところもなく黙ってひかえていた。忠勝はひじょうな機嫌《きげん》でいくたびも手ずから杯をやり、ひきで物として腰の短刀をとって与えた。

そのあくる日、忠勝はしゅったつしたが、あとには思いがけぬ問題がのこされた。すなわち阿多豊後を討った功名人があらわれたことである、しかも本多忠勝という他《た》家《け》のひとによって実証されたのだからそのままに済ませることはできない、現に忠勝さえ短刀を与えているのである、井伊家としても当然なんとか恩賞の沙汰《さた》がなくてはならぬところだった。直政はことに自分がめをかけていた者のことなので、すぐに老臣たちを集めて評議をした。その結果は、なおいちど源七郎によく事実をたしかめたうえ、まさしく相違なしときまったなら恩賞をつかわすがよかろうということになった。

三

その日、佐和山城の大書院へよびだされた余吾源七郎は、しゅくん直政をはじめ老臣ぜんぶの顔がそろっているのをみて審《いぶか》しそうにした、なにがはじまるのかまるで見当がつかないようすだった。審問にあたったたのは根本玄蕃《ねもとげんば》だった、源七郎は初めてあそのことかとわかったので、阿多盛淳を討ちとめた事実をあっさりと認めた。「たしかにそのほうが討ち取ったのだな、些《いささ》かでもうろんがあってはならんぞ、たしかにそうか」「いかにもたしかにわたくしが討ちとめたに相違ございません」そう答える源七郎の眉《まゆ》にはいささかのまぎれもみえなかった。玄蕃はさらにつづけて、「それではたずねるが、関ケ原合戦のおり豊後を討ったのは自分だとなぜ名乗って出なかったのか、いかなる仔細《しさい》で今日まで秘していたのかそれを申せ」「かくべつ仔細とてもございません、そう致すつもりがなかったので、しぜんとそのままになっただけでございます」「しかし平首《ひらくび》なればともかく侍大将を討ちとめながら、ただ名乗って出る気がなかったと申すだけでは合点がまいらぬぞ」源七郎は黙ってしまった、玄蕃はしばらく待ったが答えがないので、かさねて返答をうながした。すると源七郎はいかにも困ったような顔つきで云った、「わたくしはただひとすじに戦うだけでございます、戦《いくさ》がお味方の勝になればよいので、ひとりでも多く敵を討って取るほかには余念はございません、さむらい大将を討ったからとて功名とも思いませぬし、雑兵《ぞうひょう》だからとて詰らぬとも存じません、名乗って出なかった仔細と申せばこの所存ひとつでございます」

訥々《とつとつ》として言葉は重かったが、その内容には人の胸をうつものがあった、それで玄蕃は意をうかがうように主君のほうへふりかえった。直政は満足そうに頷いて云った。

「よくわかった、勢州どの（忠勝）もたしかに認めていることゆえ、もはや不審の余地はないであろう、また唯今《ただいま》の一言は、戦場の心得としてさむらいどもの学ぶべきところがある、恩賞をあらためて五百石加増をとらせたい、みなに異存があるか」

老臣たちに異存はなかった、玄蕃が拝揖《はいゆう》して恩命を謝すると、列座の人々もいちようによろこびを述べた。直政はそれをずっと見まわしたが、ひとりだけ、そのなかに黙ってしぶい顔をしている者をみつけた。竹岡兵庫《たけおかひょうご》というものだった、つねにひと理屈こねずにいない一徹な性分で、老臣のなかではきけ者の一人である、「兵庫はどうした、なにか異存があるか」「いかにも異存がござります」鬢《びん》には白いものをまじえているが、年は五十になったばかりで、日にやけた逞《たくま》しい相貌《そうぼう》には壮者をしのぐ精気が溢《あふ》れている、かれは一座をねめまわしながら、「御恩典の儀はまことにかたじけのうござります」と無遠慮に云いだした、「また阿多ぶんごを討った手柄もあっぱれと存じます、けれども関ケ原の合戦は一年以前のこと、賞罰もすでにそのとき執りおこなわれております、事実に相違はなくとも、いったんおこなわれた賞罰を今になって改めるとはいかがでござりましょうか」ぐいと兵庫は直政を見あげて云った、「かような事は前例となるものでござります、合戦が終って年数が経《た》ちましてから、あの大将はおれが討った、あの功名はおれのものだと、てんでん勝ちな論争が出ました場合いかがあそばしますか、これはさような時の悪い前例となりは致しませぬか、……余人は知らずこの兵庫は、いまさらの御恩賞はあくまで御無用と存じます」

みんなこえをのんだ、いかにも道理のはっきりした意見で反対のしようがない。云いだした直政も言葉に窮して席はしばらく白けわたった。源七郎はじっと俯向《うつむ》いたまだった、心なしか額のあたりが蒼《あお》ざめているようにみえた。……結局は兵庫の意見がまさしいと認められた、そして恩賞のことは沙汰なしときまって、評議が閉じられたとき、「源七郎にはたずねることがある、しばらく控えておれ」と直政が云った。老臣たちが退席すると、さらに扈従《こしょう》の者をもさがらせ、源七郎とふたりだけになった直政は、「ゆるす、近うまいれ」と自分も膝《ひざ》をすすめた、「いまそのほうの戦場の覚悟を聞いたのでもうひとつたずねて置きたいことがある、それはたかさき在城のおり、せがれ直孝の宿所へ盗賊のはいったことがある、そのとき直孝がみずから賊を斬り伏せたが、そのほうは手をつかねて見ておった、さようであったな」そう云われて源七郎はまぶしそうに眼を伏せた。……それは二年まえ、井伊直政が上野《こうずけ》のくに高崎《たかさき》で十二万石に封ぜられていたときのことだった。かれには直勝、直孝とふたりの子があったが、二男なおたかは庶子で、ある事情のため六歳のときから十三歳まで城外にやしなわれていた。

四

直孝を預かったのは箕輪《みのわ》在の庄屋《しょうや》だった。べつに館《やかた》をつくるでもなく、庄屋の家族とおなじ構えのなかで育てられたが、のちに余吾源七郎が守役として来、小者三人が付けられた。直孝が十歳のとしの早春のある夜、ふたりの賊がその屋敷へ押し入って来た。それと知ったなおたかは寝衣《ねまき》のまま、枕頭《ちんとう》の太刀をとってはね起き、大喝《だいかつ》しながら賊へ斬ってかかった、賊は抜き合せたが、その勇に恐れて庭へとびだした、直孝はそれをひっしと追いつめ、一人を斃《たお》したうえ一人の高腿《たかもも》を斬りはなした、そこへ小者や庄屋の家僕《かぼく》たちが駆けつけて来て、傷ついた賊を生捕りにした。……守役の源七郎はこれだけの事を、縁側に腰をかけて見ていたという、「縁側に腰をかけて」というのは誇張であろうが、黙って見ていたのは事実だった。それが小者の口から城中へ知れたので、かれは直政に呼びつけられてきびしく叱責《しっせき》された。かれはなにも弁明はしなかった、どこまでも低頭して詫《わ》びるだけだった、すこしも悪びれないその態度がよかったので、そのときそれで済ませたのである。……しかし今、玄蕃に問い詰められてようやく戦場の覚悟を申し述べたように、守役としてなにか考えることがあったのではないか、直政はふとそう思いついたのである。

「あのおり予はそのほうを叱《しか》った、そのほうはただ詫びるだけであったが、いま申したほどの覚悟をもつさむらいが、あのときわけもなく手をつかねて見ている道理はない筈だ、なにか心得るところがあってのことと思うがどうだ」

源七郎は困ったという顔でおのれの膝をみつめていた。直政はかさねて促した、それで源七郎はひどく云いにくそうに、「申上げるほどのことではございませんが」とぽつりぽつり答えた、「たとえば、殿には関ケ原のおりどのようにお戦いあそばしたでしょうか、乱軍のなかに御馬を駆りいれ、矢だまを冒して敵陣を蹴《け》ちらし、ついには銃撃にあうほどのめざましいおはたらきでございました、なおたか様とても、やがては徳川家一方の大将となるべきおからだでございます、柔弱なおそだてようをつかまつってはならぬと、くれぐれも心を戒めておりました、それだけでございます」

「だが賊を斬ったからよいが、もし若が斬られたとしたらどうする、柔弱に育てぬということは暴勇をやしなう意味ではない筈だ」

「殿には直孝さまを暴勇の質とおぼしめしますか」

直政はぐっと詰った、直孝は暴勇などという性質とはおよそ逆であった、心もからだも虚弱な長子なおかつに比し、直孝は明敏で濶達《かったつ》な気性と、すぐれた健康にめぐまれていた、直政はこれこそ井伊家の世継ぎと思い、ひそかに伝来の采配《さいはい》を与えていたくらいである。

「わたくしは鈍根ではございますが」と源七郎はしずかに続けた、「直孝様を暴勇におそだて申すほど不心得とも存じません、性来のくち不調法ゆえ、理路まさしく申上げることはできませんけれども、あのおりのことは源七郎などが手だしをする必要はまったくなかったのでございます、また万一さような惧《おそ》れがいささかでもみえましたなら、守役のわたくしが手をつかねておる道理がございません、わたくしと致しましては、若ぎみがおんみずから御胆力をためす究竟《くっきょう》のおりと、つつしんで拝見していたしだいでございます」

源七郎の気持がようやくはっきりした、きめどころをきめて、あとはあるがままに任せるという態度、その柔軟な心のひろさがいま直政にはよく理解できたのである。

「それでわかった、もうなにも申すことはない、直孝のことはくれぐれもたのむぞ、心ばかりのひきでものだ、これをとらす」そう云って直政は佩刀《はかせ》をとってさしだした。

しかし源七郎は受けなかった、「おそれながら、ただいま阿多ぶんごのことで評議があったばかりでございます、お佩刀を頂戴《ちょうだい》いたしましては、評定のきまりに障《さわ》るかと存じます、かたく御辞退をつかまつります」五百石加増がとりやめになった、そのつぐないの意味もあったのだが、それを察したのであろう、源七郎はどうしても受けなかった、そしてしずかに退出していった。

恩賞は沙汰なしになったけれどもかれの名はにわかに佐和山城の内外にひろまった。これまで諸事ひかえめに、あまり口数もきかず、なるべく人のうしろに立つという風だったのが、一番首の功名を隠していたという事実がわかったので、こんどは逆にひどくそれが誇張した噂《うわさ》となって喧伝《けんでん》された、かれはほとんど英雄にさえなった。もちろんそれは世間の評判がそうなっただけで、かれ自身にはなんの変りもなかった、依然として無口な、ひかえめな、印象の鈍い存在だったのである。

五

御前評議があってからしばらくして、竹岡兵庫のもとから源七郎に招待の使が来た。――粗飯を呈したいからぜひ。という口上であった、源七郎は承知のむねを答え、約束の刻限にその屋敷をおとずれた。曲輪《くるわ》うちにある兵庫の屋敷は庭もひろく樹立《こだち》も鬱《うっ》蒼《そう》としていて、源七郎の通された客間からはその黒ずんだ緑の梢《こずえ》ごしに城の天守がよく見えた、そのとき昏《く》れてゆく残照をあびたその天守の屋根に、白鷺《しらさぎ》が一羽ひっそりと翼をやすめているのを、源七郎は名ある絵巻でも見るような気持で眺《なが》めていた。

……ややしばらく待ったが、やがてひとりの美しい乙女が茶菓を運んで来た。まだ十六七であろう、透きとおるように白い肌《はだ》で、眉のあたりに少し憂《うれ》いがみえるけれど、唇《くち》つきや睫毛《まつげ》のながい眼《め》もとの美しさは類がないように思えた、源七郎はちらと見ただけであったが、ろうたけたという感じのその美貌《びぼう》にはつよく心をひかれた。

「……粗茶でござります」むすめは韻のふかいこえで会釈《えしやく》し、しずかに、作法ただしく去っていった、その声もまた源七郎の耳にながくのこったのである。

それきり乙女は姿をみせなかった。食事のときには家士が給仕をした。兵庫はたいそうな機嫌で、しきりに古今の戦場ばなしなどを聞かせたが、やがて席をあらため、茶を命じて源七郎とさし向いになった。すでに日は暮れていた、兵庫は縁ちかく坐《すわ》り、しばらくなにか云《い》いかねているようすだったが、やがて思い切ったという風に向き直った、「余吾、とつぜんだが嫁をとらぬか」源七郎は初めて招待の意味がわかった、兵庫はたたみかけるように続けた。「うちつけに申すが相手はわしのむすめだ、せんこく茶を運ばせたから見たであろう、親の口から申しては笑止だが、武家の妻として恥ずかしからぬ躾《しつけ》はしてある、気だても尋常だと思う、貰《もら》って呉《く》れぬか」「おことわり申します」打ちかえすような返辞だった、あまりにすばやく、しかもきっぱりとした返答なので兵庫はちょっと息をのんだ。

「ことわる、ほかに約束でもあるのか」「さようなものはございません」これもはっきりしていた、兵庫はじっとその顔をみつめながら、「ではもしや、せんじつの評議でわしが恩賞とりやめを申し張ったのが気にいらぬのではないか」「さような男にみえますか」笑いもせずに源七郎は云った、「なるほど不快でなかったとは申しません、しかし不快に思いましたのはこなた様に対してではなく、五百石ご加増との仰《おお》せを聞いて、ふとよろこびを感じたおのれのあさはかさでございました、正直に申しますがわたくしは恥ずかしさに身が竦《すく》んだくらいでございます」

「ではなにが気にいらぬのだ、わしも底を割って云うがあの娘だけはかくべつ可愛《かわい》い、五人ある子たちのなかであれひとりはかくべつなのだ、たのむ、そのもとをみこんでたのむのだ、どうか嫁にもらって呉れ」

「せっかくのお志ではございますけれども、これだけはお受けをいたし兼ねます」

「なぜいかん、むすめが気にいらんのか」

「そうではございません」源七郎はぎりぎりに追いつめられた、それでしかたなしに云いたくないことを云わなければならなかった、「申しにくいことではございますが、こなた様は千石のご老臣、わたくしは三百石の若ぎみお守役でございます、上役より妻《めと》を娶りましては、ゆくすえ女房《にょうぼう》のゆかりで出世をしたなどと申され兼ねません、さればこなた様にかぎらず、おのれより身分たかき家からは娶らぬ覚悟でございます」きっぱりと心きまった言葉だった、兵庫は落胆のさまを隠そうともせず、力のぬけたような調子で、「そうか、うん、そうか」とうなずくばかりだった。

竹岡からはなしのあったのがきっかけのように、諸方から俄《にわ》かに縁談が持ちこまれだした。身分のたかい家ばかりではなく、同格より下からも、才媛《さいえん》のきこえの高いものをすすめてきた、けれどもなにゆえか源七郎はうんと云わなかった。「じつはさる方からいちど縁談があり、わたくしの勝手からおことわり申しました、その方への義理として、当分は妻を娶る考えはございませんから」どんな縁談にもそう答えるだけで、どうすすめてもはなしは纏《まと》まらなかった、それでついには世話をしようというものもなくなり、独身のまま月日が経っていった。

六

あくる年の二月、直政が病死して長子なおかつが家督をし、間もなく城地を彦根《ひこね》へ移された。慶長十年には直孝が十六歳で将軍家に召され、おそば仕えを命ぜられたので源七郎も供をして江戸へくだった。この年に秀忠《ひでただ》は征夷大将軍《せいいたいしょうぐん》となり、大坂城の秀《ひで》頼《より》は内大臣に任ぜられた。徳川と豊臣氏《とよとみし》のあいだにようやく不穏の雲ゆきが動きはじめたのもこの時分からである。おなじく十三年に直孝は書院番がしらとなり、十六年には二十二歳で大番のかしらに累進《るいしん》した。余吾源七郎はこのあいだに五百石の徒士《かち》がしらとなっていたが、まだ娶らず、黙々として目立たぬ奉公ぶりを続けていた。

かくて慶長十九年霜月《しもつき》、ついに関東と関西のあいだに戦端がひらかれ、関ケ原いらいくすぶっていたものがゆきつくところへゆきついた。直孝は病弱な兄に代って大坂へ従軍し、生玉口《いくたまぐち》から真田丸《さなだまる》の攻撃にめざましいはたらきをした。この戦《いくさ》は十二月十七日に和睦《わぼく》となり、いったん両軍は兵をおさめたけれども、あくる元和《げんな》元年四月ふたたび開戦となった、すなわち夏の陣がこれである。……冬の陣には直孝の帷幄《いあく》にあった源七郎は、このたびは右翼の部将となり、二百余人の兵をあずかって陣頭に立った。

源七郎のさしものが変ったのを、そのときはじめて人々はみつけた。四半《しはん》の布に墨絵で蕪《かぶら》をかいたものが、その蕪の下にあたらしく一連の数珠《じゅず》を描《か》き加えてある、蕪だけでもかなり変った差物《さしもの》だったのに、数珠が加わったのでひどく眼についた、「差物が変ったな、どうしたんだ」「ひどく仏くさいものを描きこんだではないか、なにか発心《ほっしん》でもしたのか」みんなしきりに不審をうったが、源七郎は苦笑するだけでなにも語らなかった。

合戦のありさまを精《くわ》しくするいとまはないが、このたびは大坂軍もその運命を賭《と》していたので、ずいしょに激しい戦闘が展開した。そして五月七日午後のことである、……天王寺口の側面攻撃を命ぜられた井伊軍は、藤堂《とうどう》軍と共に果敢な進撃を開始した。しかしこの攻撃はかねて敵の期して待つところだったとみえ、出ばなを叩《たた》いて火の出るような反撃に遭った、まことに烈火のような反撃だった、井伊軍は旗奉行はらみい し春時、広瀬まさふさを討たれ、挽回しがたしとみてついに退却令を出し、秀忠の陣へといったん兵をひかせた。けれどもそのなかにあって余吾源七郎は動かなかった、かれは右翼の攻めくちにしがみついていた、二度まで退却をうながされたが、その部下と共に必死と攻め口を確保していた。……濛々《もうもう》たるつちけぶりがその死闘の集団を押しつつんでいた。つちけぶりのなかに斬《き》りむすぶ太刀が光り、槍《やり》の穂がひらめいた、影絵のようにいり乱れる兵馬、すさまじい叫喚《きょうかん》と呶《ど》号《ごう》が天にどよみあがった。悪戦苦闘とはまさしくこのことであろう、兵はしだいに討たれ、敵の攻撃はいささかもゆるまなかった。そしてこの惨憺《さんたん》たる一角に、ひとつの差物が微動もせずはためいていた、「墨絵かぶら」のさしものである、数珠を描き添えた墨絵かぶらの差物は一歩も動かなかった。

それは不退転の象徴だった、悪鬼羅刹《あっきらせつ》の旗じるしともみえたのである。余吾の隊士はほとんど全滅した。しかし多くのばあい戦の成敗は微妙なある瞬間に懸っている、全滅を期した源七郎の戦気が、ついに敵の鋭鋒《えいほう》を挫《くじ》くときがきた。そして敵兵の足なみが鈍るとみえたとき、そのときに前田利常《まえだとしつね》と片桐《かたぎり》かつもとの軍が怒濤《どとう》の如《ごと》く突っこんで来た、この二隊は源七郎の確保した攻撃路をひた押して、天王寺口へとむにむさんに斬っていった。大坂軍前衛の大きな拠点たる天王寺口のまもりは、かくして前田片桐その他の諸隊によって、確実に攻め破られたのであった。

大坂城が落ちたのはその翌八日のことだった。源七郎はいくさ目付の審問をうけ、軍令にそむいた事実を糺《ただ》された。退却の命を無視したうえ、部下をほとんど全滅させたからである、しかもその結果としては、前田片桐らに功をなさしめたのみで、井伊軍のためにはなんの役にも立たなかった。軍令にそむいた罪は重い、かれはその場で帯刀をとられたうえ、ただちに彦根へ逼塞《ひっそく》を命ぜられた。

七

直孝が彦根城へ凱旋《がいせん》したのは秋八月であった。そこで正式に家臣の恩賞がおこなわれ、終ってから余吾源七郎の審問がひらかれた。直孝じきじきの裁きで、おもだった老臣たちも席に列した。問罪の理由は明瞭《めいりょう》である、しかし直孝はどうかして源七郎を助けてやりたかった。守役として十余年のあいだ仕えてきたかれ、寵臣《ちょうしん》であるのにいつもへりくだって人のうしろに立つようにしていたかれ、目だちはしないが誠実な奉公ぶりにゆるみのなかったかれ、そういうこしかたの源七郎を思うと、いまここで重科におこなうにはどうしてもしのびなかったのである。

「軍令にそむく者は、厳罰だとかねてきびしく触れてある」直孝は嚙《か》んで含めるようにそう云った、「そのほう日頃《ひごろ》の気質として、それを知りながら犯したとは信じられぬ、もっとも乱軍のなかのことゆえ、伝令を聞き誤るということはありがちだ、そこをよくよく考え、思い違いのないように返答せよ」

源七郎は平伏したまましばらくなにも云わなかった。しかしそれは思い迷っていたのではなく、よく考えろという主君の言葉をすなおに受けただけであった。

「恐れながら」とかれはやがてはっきりと答えた、「退陣せよとの軍令はたしかに承りました、決して聞き誤りはございませんでした」

「ではいかなるわけで退陣しなかったのだ」

「まったく源七郎の不所存でございます、なにとぞ掟《おきて》どおりの御処分をお願い申上げます」

「ただ不所存ではわからぬ、重科を承知で軍令にそむいたには仔細《しさい》がある筈《はず》だ、それを申せ、包み隠さず申してみい」

「恐れながら申上ぐべきことはございません、なにとぞ掟どおりのお申付けのほどを」

どう訊《たず》ねても答えはおなじだった。原因がはっきりしているうえに当人がなんの申開きもしないので罪を軽減するたよりがない、直孝もこれでは助けようがなかった、それでついに裁決をくだした。「軍令にそむき、二百余の兵を喪《うしな》った罪によって、切腹をも申付くべきところ、祥寿院さま（直政）以来の功にめんじ、食禄《しょくろく》めしあげその身は追放に処す」源七郎は平伏して拝受した。老臣たちのあいだから憐愍《れんびん》の沙汰《さた》を願いでるかと思ったが、みんな一言もなく直孝の裁きに服した。それでいよいよ罪がきまったかとみえたとき、「恐れながらお裁きはそれだけでござりますか」とどなるように云った者がある、人々は不意のことでびっくりしながらふりかえった、竹岡兵庫であった。よほど激昂《げっこう》しているとみえて、かれの顔は赧《あか》く血がみなぎり、眉《まゆ》はきりきりとつりあがっていた。

「それだけとはまだなにかあるのか」

「ござります、恐れながら軍令にそむきました点のお咎《とが》めは承りました、しかしまだ源七郎の手柄《てがら》に対しての御恩賞の沙汰はうかがいません、御失念かと存じます」

「源七郎の手柄とはなんだ」

「それを兵庫めから申上げねばなりませぬか」かれはひたと直孝をねめあげた、ひと理屈こねるかれの風貌《ふうぼう》が、そのときほどすさまじくみえたことはない、「なるほど源七郎はその部下をほとんど全滅させました、しかしそのために攻め口を確保し、天王寺口への攻撃路をやぶることができました、総攻めの端緒をつかんだのは源七郎の手柄でござります」兵庫はそう云いながらぐいと身をすすめ、拳《こぶし》でおのれの膝《ひざ》を打ち叩いた、「軍令を守るべきは戦陣の掟なれども、それだけで合戦はできません、いくさは生きもの、目叩《またた》きをするひまにも絶えず転変がござります、かのおりもし源七郎が軍令にしたがい、攻め口をひき払いましたならば、掟には触れず兵を損ずることもなかったでござりましょう、しかし同時に天王寺口の突破は延び、大坂城の陥落はさらに時日を要したに相違ございません、およそ戦場において」とかれは声をはげまして叫んだ、「勝敗の決するところはまことに機微、ここぞと思う一刹那《せつな》にはなにを捨てても戦いぬく覚悟がたいせつでござります、源七郎はその一刹那を戦いぬきました、軍令にそむく罪も承知、隊士もろともおのれの身命を抛《なげう》って戦いぬきました、かれの罪は罪、しかしこの一点をみはぐっては戦場の魂はぬけがらとなります、列座のかたがたにもたずねたい、余吾源七郎の戦いぶりをどこまでも重科に当るとお思いなさるか」

まるで叱《しか》りつけるような叫びである、しかしそれを聞く直孝の眼には涙がうかんでいた、眉はあかるく、唇《くち》もとには微笑があった。老臣たちが感動したのは云うまでもない、ただひとりだけ、当の源七郎だけは平然と色も変えずに控えていた。「兵庫の意見をどう思うぞ」直孝はやがて一座を見まわした。「道理もっともと存じまする」「わたくしも道理至極と存じます」つぎつぎに老臣たちは賛意を表した、直孝はこころよさそうに頷《うなず》いて、

「では予の裁決はあらためる、軍令にそむいた罪は咎めよ、しかし手柄は手柄としてよくとり糺すがよい、評議のしだいはおって聴くぞ」かくてその日の審問は閉じられた。

八

源七郎の賞罰は間もなくきまった。掟に触れた罪によって食禄半減、しかし天王寺の攻め口を死守した功に対して五百石の加増があった。かれの元高は七百石になっていたので、つまるところ八百五十石に増したわけである、なお間もなく旗奉行にとりたてられた。逼塞《ひっそく》をゆるされて、源七郎がひさかたぶりに屋敷の門をひらいた日のことである、まえぶれもなく、竹岡兵庫がおとずれて来た。……残暑の頃にはめずらし

く涼しい秋風の吹く日で、狭い庭さきには芙蓉《ふよう》の白い花がしずかに揺れていた。

「こう膝をつき合せて話すのは絶えてひさしいことだな」客間に対座すると、兵庫はめっきり皺《しわ》のふえた顔に元気な笑をうかべながら云《い》った。

「さようでございます、佐和山でおまねきにあずかりました以来でございましょうか」

「あのときは馳走損《ちそうぞん》であったよ」からからと笑ってから、兵庫はいかにも不服そうな調子で、「余吾、おぬしは妙な男だな」と云いだした。

「なんでございますか」

「せんじつお裁きのおりなぜ申開きをしなかったのだ、殿にも罪を軽くするおぼしめしでいろいろ御苦心あそばしたごようすではないか、それを知らぬ顔で、わざわざ罪を求めるような答弁をする心底がわからぬ、いったいおぬしはどういう考えでいたのだ」

「べつにどういう考えもございませんでした」

「ではお裁きどおりの罪におこなわれても不服はなかったと申すのか」

「さようでございます」源七郎は低いこえでしずかに云った、「わたくしは鈍根《とん》でございますから、ひとすじに戦うほかにはなんの思案もございません、身命を賭して戦えばそれでよいので、それからさきのことはどうあろうともなりゆきしだいだと存じております」

きっぱりと割りきったものである、兵庫はうむと呻《うめ》き、しばらくは惘然《もうぜん》と源七郎をみつめていた、そしてやがて大きく頷いた。

「むかしから、そのもとのひとがらはなにかを聯想《れんそう》させると思っていたが、ようやく思い当った」「…………」「青竹だ、まっすぐに高く伸びた青竹を二つに割ったようだ、しかしよくそこまでさっぱりと思いきれるものだな」「鈍根のとりえでもございましょうか」そう云って源七郎はそっと微笑した。

「そこで、じつは用談がある」兵庫は坐《すわ》りなおした、「こんどこそいなやは云わさぬぞ、嫁をとれ」「…………」「お旗奉行に出世もしたし、年から云えばもう遅きにすぎる、どうだ、うんと云わぬか」「おことわり申します」「なにまだそんなことを申すのか」「せっかくではございますが、わたくしは生涯《しょうがい》つまは娶《めと》りません」そう云いながら、源七郎の眉はいかにも苦しげに曇ってきた、兵庫はそれを訝《いぶか》しそうに見まもっていたが、「生涯めとらんで家の血すじをどうする」「家のためには、すでに養子をきめてございます、ご好志にはそむきまするが、縁談のことばかりはご無用にねがいます」「なぜだ、その仔細をきこう」たたみかける兵庫の言葉に、源七郎はしばらく、じっと眼《め》を伏せていた。ずいぶんながいあいだそうしていたが、やがて、低くむせぶような声で云いだした。

「いまより十四年まえ、わたくしはおのれの増上慢から、またとなき縁談をおことわり申しました、うえより娶っては、女房《にょうぼう》のゆかりで出世したと云われるなどと、未練きわまる心得にて……まことにまたなき縁談をことわりました、あとで悔みましたが及びませんでした、そのうえ、たぐい稀《まれ》な美しいそのひとは、間もなく病んで亡《な》くなったのでございます」兵庫はつよく胸をうたれた、――ああそれを知っていたのかと思い、心をしめつけられるように感じた。源七郎が直孝について江戸へ去ったあと、二年ほどして娘ははかなく病死した、清浄なままで仏になったむすめの死顔は、いま思いかえしても気高く美しいものであった。かれは亡き娘の心をつがせるつもりで、親族のなかから然《しか》るべき者を選み、源七郎に娶らせようとして来たのである。

「わたくしの眼には、いまなお美しいそのひとの姿がみえます、たったひと言きいただけですが、そのひとの声もまざまざと耳にのこっております。……わたくしの妻はそのひと、ほかに余吾家の嫁はございません」

「そう思って呉《く》れるか、源七郎」

「さしものに描き加えました数珠《じゅず》は、生涯そのひとに供養《くよう》を忘れぬしるしでございます」

云い終ると同時に、かれは両手で眼を押えた、兵庫の老《おい》の眼からもはらはらと落つるものがあった。……湖のほうから吹きわたって来る風は、しばらく声のとだえた客間にしのびいり、廂《のき》さきに吊《つ》った風鈴《ふうりん》を咽《むせ》ぶように鳴らせていた。

（「ますらを」昭和十七年九月号）

夕《ゆう》靄《もや》の中

らせた。

一

彼は立停《たちどま》って、踦《かが》み、草履《ぞうり》の緒《お》のぐあいを直す恰好《かっこう》で、すばやくそっちへ眼《め》をはしらせた。

——間違いはない、慥《たし》かに跟《つ》けて来る。

その男はふところ手をして、左右の家並を眺《なが》めながら、悠《ゆっ》くりとこちらへ歩いて来る。古びた木綿縞《もめんじま》の着物に半纏《はんてん》で、裾《すそ》を端折《はしよ》り、だぶだぶの長い股引《ももひき》に、草履をはいている。仕事を休んだ紙屑買《かみくず》い、といった、ごくありふれた風態《ふうてい》である。どこにこれという特徴はないが、とぼけたような眼つきや、ひどく悠くりと、おちついた歩きぶりには、隠すことのできない一種のものがあった。それは老練な猟犬のもつ、誤りのない判断と、嗅《か》ぎつけた獲物は決して遁《のが》さない、冷静で執拗《しつよう》なねばり、という感じを連想させるものであった。

——こんな筈《はず》はない、ふしぎだ。

彼は歩きだした。どうしたってそんな筈はない、江戸へ入ってから、いちども知った者には会わないし、彼が戻って来るということを、感づく者もない筈である。

町角を曲るときそっと、眼の隅で見た。間合は少しひらいたが、男はやはりつけて来る。こちらへはまるで眼を向けず、依然としておちついた、きみの悪いほどせかない歩きぶりで、悠くりと跟けて来る。……そこは片側《かたがわ》が武家屋敷、片側が町家であった。暖かかった冬の一日の、もうすっかり傾いた日ざしが、道の上に長く影をおとしている。黄昏《たそがれ》には間のある、ふと往来の途絶えるいっとき。街ぜんたいがひそかに溜《ため》息《いき》でもつくような、沈んだ、うらさびしい時刻であった。

——おじけがついてる、こんな感じは初めてだ、ことによると危ない、年貢《ねんぐ》のおさめどきになるかもしれないぞ。

しかし彼の表情は少しも変らなかった。歩く調子も決して乱れはしない、人の眼には平凡なお店者《たなもの》とみえるだろう、いくらか苦みばしった美男で、身だしなみのいい、若い手代といったふうに、……慥かに、これまで彼はついぞ、その自信を裏切られたことはなかった。それだけが、いまの彼には命の綱のようであった。——いつかはそうなる、誰《だれ》だって、いつかいちどはそうなるんだ、が、今はいけない、少なくともあと一日、今夜ひと晩でもいい、あいつを片づけるまでは、それまではどんなことをしたって。

大きな寺の門が見えて来た。

上野の山内の森が、眩《まぶ》しく夕焼けの光りをあびている。すると寺は根岸の大宗寺だ。

彼は右手をふところへ入れた、腹巻の中の短刀へ触るまえに、ひとさし指の爪際《つめぎわ》が鋭く痛んだ。棘《とげ》を刺したのかと思って、出してみると、それはささくれであった。

そうだ、あの寺の墓地は広かった。

彼は指のささくれを舐《な》めながら、まっすぐに（初めからそれが目的であったかのように）門前の茶店へはいっていった。

暗くじめじめした、かなり広い土間に、茣蓙《ござ》を敷いた腰掛が並び、壁によせて、萎《しお》れた菊や、樒《しきみ》や、閼伽《あか》桶《おけ》などが見える。十七八の娘が一人、土間に莚《むしろ》をひろげて、せっせと小さな花の束を作っていた。

「花と線香を下さい」

娘はこっちを見た。色が黒くてまるっこい、田舎から出てきたばかりといったふうの、愛想《あいそ》のない顔だちであった。

「おまいりですか」ぶっきら棒に云《い》って、いま作ったばかりの花束を、むぞうさに一つ取り、踞んだまま出してみせた、「こんなのでどうですか」

そして横眼でこちらを見たが、慌《あわ》てて鼻の頭をこすった。

「もう少し大きいのにして下さい、そっちの大輪の菊を入れて、いいえその白いのがいい」

「これは高価《たか》いけどいいですか」

彼は花を選ませながら、眼では巧みに表を見ていた。その男は悠くりと、いちど店の前を通り過ぎ、また戻って来て、元のほうへと、暢《のん》びり通り過ぎた。月代《さかやき》がうすく伸び、逞《たく》ましい顎《あご》にも無精髭《ぶしょうひげ》がみえた。年は三十五六、日にやけた肉の厚い頬《ほお》に、眠たそうな、細い眼をもっていた。

「お線香は火をつけるんですか」

花の束が出来ると、娘はそう云って、一種の眼つきでこちらを見た。それは好意のまなざしかもしれないが敵意を含むように思えた。

閼伽桶を持って、ついて来ようとする娘を断わって、彼はその店を出た。

二

寺の門をくぐるまで、そして、鐘楼の脇《わき》を通って墓地へ入るまで、彼は息苦しいほど緊張した。

――かかるなら墓地へ入るまえだ。

そして、墓地へ入ってしまえば、慥かにとはいえないが、脱走の機会があるかもしれない。彼は軀《からだ》じゅうの神経で、うしろのけはいに注意した。その男は跟けて来る。振返ってみるまでもない。その男は眠たそうな（しかし少しも紛れのない）眼でこっちの背中を瞶《みつ》めながら、迷いも焦《あせ》りもない、拾うような足どりで、跟けて来る。それはちょうど、眼にも見えず切ることもできない糸で、しっかりと結びつけられているような感じだった。

だが彼は墓地へ入った。

――東の端へ、まっすぐにゆけ、そこから入谷《いりや》へぬけられる。

線香の煙に咽《む》せて、咳《せき》が出た。石敷の道を左に曲り、右に曲る。墓は豪奢《ごうしや》な区域から、しだいに簡素となり、貧しくなる。一方は金に飽かして造り、絶えず手入れをして、拭《ふ》き清めたようにきれいになっているが、片方では古びて、欠けて、傾《かし》いだり倒れたりしたのや、また竹垣《たけがき》もなく墓石もなく、ただ数枚の卒塔婆《そとば》を立てたばかりのものもある。

――貧乏人は死んでもこんなものだ。

彼は唇《くちびる》を歪《ゆが》めた。幾曲りかすると、もう道にも石は敷いてない。下駄《げた》の歯の跡の付いた、裸の赭土《あかつち》つづきで、安い線香と土の、気のめいるような匂《にお》いが漂っていた。墓はどれもささやかで小さい、古いのも新しいのも、みな狭いところへごたごたと倚《よ》り合って、恰《あたか》もかれらが生きていたときのように、慎《つつ》ましく控えめに、じっと肩をすぼめているようにみえた。

彼は足を停めた。

右がわに新しい墓があった。それはごく新しく、まだ十日とは経《た》たないのだろう、盛上げた土も乾かず、白木の墓標の表の名号を書いた字も、墨の香が匂うようであった。……彼は墓標のうしろへまわってみた、俗名おいね、年は二十六歳、命日は十三日まえの、霜月七日と書いてあった。

「おいねちゃんていうんだね」彼はそっと呟《つぶや》いた、「——縁のない人間が花なんぞあげて、迷惑かもしれないが、のっぴきならぬばあいだから勘弁して貰《もら》うよ」

そして前へ戻った。

青竹の筒の片方に、線香を立てる。二三本折れて、折れたのは土の上で煙をあげた。花は大輪でもあるし多すぎた、竹筒へ挿《さ》せるだけ挿して、余ったのは墓標の前へ、横に置いた。それから、そこへ跼んで、眼をつむりながら合掌した。

あの男はこっちを見ている。そう遠くない物蔭《ものかげ》から、辛抱づよく、あの細い眼で、じっとこっちを覘《うかが》っている。

「二十六というと、おれとは三つ違いだったんだな、おいねちゃん」口の中でそっとこう囁《ささや》いた、「娘のままだったのか、それともお嫁にいったのか、この墓のようすじゃあ、あんまり楽な暮しでもなかったらしいが、死んでほっとしているか、それともやっぱりみれんの残ることがあるか……」

傷心を装《よそお》うために、そう呼びかけたのであるが、つむっている眼の裏へ、ふっとおつやの姿がうかんできた。

「――おつや」

ふしぎに目鼻だちははっきりしない。色の浅黒い、ひき緊《しま》った顔も、肩の細いしなやかな軀つきも、すべてが小づくりで、ふんわりと軽く、柔らかそうであった。

――あたしを伴《つ》れて逃げてお呉《く》れ、お父さんは金次を婿《むこ》にする気よ、もう逃げるほかにどうしようもないわ。

両手で肩を抱き緊《し》め、頰へ頰をつけて、身もだえするように云った。熱い呼吸と抱いた手の烈《はげ》しい力が、まざまざと、現実のように甦《よみがえ》ってくる。おつやの父親は「橋場の七兵衛《しちべえ》」という、かなり名を売った博奕打《ばくちうち》である。こっちは仕立職からぐれて、自分ではいっぱしのやくざ気取りでいた。……おつやは一人娘、想《おも》いあって、ゆくすえの約束までしたが、橋場一家にとっては、彼などは雑魚《ざこ》の一尾にすぎなかった。

――逃げるのはいいが苦労するぜ。

――いっしょなら、どんな苦労だって。

そして諜《しめ》し合せたがぬけ出すところをみつかって、取巻かれた。

――半さん、死なないでお呉れ。

捉《つか》まったおつやの叫びが聞えた。眼の昏《くら》むような気持だった。夢中で短刀を抜き、とびかかって来た金次を、刺した。左の脇腹だった。そのぶきみな手ごたえに、胆《きも》が消えた。

――生きてて呉れ、おつや。

喚《わめ》きながら逃げた。

桐生《きりゅう》という処《ところ》で一年半仕立職をしながら、おつやを呼びよせる折を待った。

――死なないでお呉れ。喉《のど》を絞るような女の絶叫が、いつも耳の奥にあった。死なないでお呉れ、半さん、死なないで。

月に一度ずつ、江戸へゆく機屋《はたや》の手代に、橋場のようすを探って貰った。金次の傷は浅かった、しかし婿縁組を延ばす役には立った。おつやも首を振りとおし、七兵衛の気持も変った。事情は少しずつ好転し、二人の運がひらけるように思えた。けれども、半年まえに七兵衛が卒中で倒れ「代貸」だった金次の位地がはっきりと一家を押えた。……そして五日まえ、機屋の手代が金次とおつやの結婚を知らせて来た。もちろん金次の無理押しだろう、じっさいにはもう、四五十日も以前に、おつやは金次のものにされていたという。

桐生に住んで以来、堅気《かたぎ》の職人でとおした。おつやと一緒になったら、生涯《しょうがい》、仕立屋で暮すつもりだった。

——汚れた紙は白くはならない。

短刀をふところにとびだして来た。そのさきがどうなるか、まず金次を片づけて、後はなりゆきに任せようと心をきめて、今朝、千住《せんじゅ》の宿から市中へ入ったのである。

三

静かな足音が近づいて来る。

——さあ、勝負だぞ。

手を合わせたまま、つむっていた眼をそっとあける。跼《かが》んだ足の指先が、きっちりした足袋の中で痺《しび》れている。足音はなお近づく。なにかを憚《はばか》るように、……用心ぶかく、殆《ほと》んど忍び足で。そうして、それは彼の脇まで来て、静かに停った。

——どうしようというんだ。

彼はごく自然に、片手をそっとふところへ入れた。指のささくれが痛んだ。そのときうしろで、その人間の動くけはいがした。彼の手は短刀を摑《つか》んだ。

「――あのう、失礼でございますが」

躇《ため》らいがちに、女の声でこう云った。振返ってみると、五十歳ばかりの女が、そこにいた。彼は立ちあがって、ぼんやり黙礼しながら、ずっと向うの、墓石の蔭に、あの男がいるのをちらと認めた。

「わざわざおまいり下さいまして、有難うございます、越後屋《えちごや》さんのお店《たな》の方でいらっしゃいますか」

「ええ……そうです」

彼は眼を伏せる。彼女は瘦《や》せていて、顔色が悪い、黒っぽい着物を着た軀も、しなびたように小さく、髪毛には白いものが多かった。閼伽桶の中に花があり、片手に持った線香から煙が立っていた。

――うまくやれ、めと出るかもしれないぞ。

あの男が見ている。絶好の機会だ。

「ああ、これはどうも」

彼は自分が墓の前を塞《ふさ》いでいることに気づいて、愁《うれ》いに囚《とら》われた者のように、頭《こうべ》を垂れながら、そっと脇へ身をよけた。

老女は礼を述べて、墓の前へ進んだ。彼のあげたもので竹筒は塞がっている、まだ柔らかい盛り土を掘って線香の束を立て、花は彼の供えたのと並べて置いた。それから閼伽桶の水を、墓標の前の（死んだ仏の使っていたらしい）茶碗《ちゃわん》に注いだ。これらのことを、彼は黙って、放心したように、脇から眺めていた。

「すっかり覚えが悪くなってしまいまして」老女は会釈《えしゃく》をして云う、「失礼でございますが、初めてお眼《め》にかかるのでございましょうか」

「ええ、……そうです、たぶん」

「わたくしおいねの母でございます、このたびはお店の皆さまに、いろいろと御厄介《ごやっかい》をおかけ致しまして……」

彼女はくどくど礼を云う。あの男はさっきの場所にはいない、だがあの眠そうな眼は、こっちを見まもっている。飽くことなく、じっと、どこかついその辺から。……彼はうなだれて、無気力に溜息《ためいき》をつき、ふところの手をだらっと下げる。

このあいだに、老女の声は少しずつ変ってきた。それがふと途切れて、なにかを探るような眩《まぶ》しそうな眼で、彼を見あげた。

「あのう、こんなことをお訊《たず》ねしては、失礼かもしれませんが、もしや貴方《あなた》は、……あの繁二郎さんと仰《おっ》しゃるのではございませんか」

彼はどきりとする。すぐには返辞ができない。ええと口ごもるのを、老女は自分の思いどおりに受け取った。

「お手代の繁二郎さまでございますのね」

「ええ、そうです、……繁二郎ですが」

「やっぱりそうでしたか、いねからお名前だけは伺っておりました、あれは御存じのように口の重いこでございます、詳しいことはなにも申しませんでしたけれど、でも、……病気がいけなくなってから、うわごとによくお名前をお呼び申しておりました」

彼は顔をそむけた。老女の声はふるえ、その眼はにわかに強く、期待と哀願の色をこめて、彼を見あげた。

「仰しゃって下さいまし、貴方はあれと、なにか約束をして下すったのではございませんか」いたましいほどおろおろと云った、「――あれは息をひきとるまで、貴方がおいで下さるのを待っていたようでございます、なにか、二人のあいだになにか、約束をして下すったことがあるのではございませんか」

彼は暫《しばら》く答えない。顔をそむけたまま、じっと息をひそめている。それからやがて、静かに、頷《うなず》いてみせた。

「――ああ」

老女は手で口を押えた。

いつのまにか靄《もや》がたって、墓地はうすい鼠色《ねずみいろ》にたそがれてきた。彼は老女の語るのを聞きながら、頭はやはりあの男から放れない、耳も眼も、絶えずそのほうへひきつけられている。

「わたくしが今どんなに嬉《うれ》しいか、とてもわかっては頂けないでしょう」

老女は眼を拭き拭き、しどろもどろに、こうかきくどいていた。

「おいねは御存じのように、温和《おとな》しい気だてのやさしいこでございました、ずいぶん早くから縁談もあったのですが、一人娘のうえ、父親があれの十七の年から中風で寐《ね》ついて、暮しの苦しいことを知っていたのでしょう、——婿に来るような人は嫌《きら》いだ、と云《い》いまして、自分からさっさと、越後屋のお店へ奉公にあがったのでございます」

父親はおいねの二十四の年に死んだ。母親は家へ帰って婿をとるようにすすめたが、おいねは笑って首を振った。こんな年になっては、嫁にゆくにしても相手は知れている。自分は一生独身でとおすことにきめた。もう少しお店で働いて、なにか小あきないでもするだけ貯《た》めたら、おっ母《か》さんと二人で気軽に暮したい、と云うのであった。

「わたくしはこう思いました」と老女は咽《むせ》びあげた、「——わたくしがいなければ、あのこ独りなら、纏《まと》まる縁談があったのです、わたしがいるために、纏まるはなしも纏まらず、やがてあんな病気になって……死んでしまいました」

老女は面《おもて》を掩《おお》って泣いた。

「貧乏人の子に生れて、苦労の絶えなかったことは、運不運と諦《あきら》めて貰えます、けれども二十六という年まで、華やいだことも、浮気《うわき》めいたこともなく、とうとう、夫婦の味も知らせずにしまったかと思うと、可哀《かわい》そうで、可哀そうで、それだけは諦めがつきませんでした、どう考えてもそのことだけが……」

彼女はまた激しく泣いた。そして、嗚咽《おえつ》によろめく声で、自分自身を納得させるかのように、続けた。

「でも今はもう、幾らか諦めがつきます、貴方に此処《ここ》でお眼にかかって、あのこにも貴方のような方があった、……たとえ夫婦にはなれなかったにしても、貴方という方がいて下すったと思うと、……嬉しくって、嬉しくって」

「もうやめて下さい、どうかもう」彼は呟《つぶや》くように云った、「あの人が、恥ずかしいでしょうから、おいねさんが、あの人はいつも、恥ずかしがりやでしたからね」

「ああそうでございます、あのこはいつもそうでございました」老女は涙を拭《ふ》いた、「――小さいときからそんなふうで、たまにいい玩具《おもちゃ》でも貰ったりしますと、恥ずかしがって友達にも見せられない、よその子ならみせびらかすところを、あのこは却《かえ》って隠すという性分でございました、そうでございます、……貴方という方のいることも、あのこにはやっぱり恥ずかしくて、わたしに話すことができなかったのでございましょう」

彼はふと、おいねという娘の姿を想像した。越後屋といえば江戸いちばんの呉服屋で、番頭手代だけで何十人といる筈《はず》だ。そういう店にいて、二十六になるまで、ついに結婚の機会もなかったとすれば、あまり標緻《きりよう》もよくなかったことだろう。友達よりも良い玩具を持つと、恥ずかしくて見せられなかったという、内気で温和しい娘。……いつも他人を立てて、自分はひっそりと蔭《かげ》に坐《すわ》っている。繁二郎という手代とはどんな関係だったのか、息をひきとるまで、うわごとに名を呼んでいたというが、死んでも訪ねて来ないようすから察すると、片想《かたおも》いだったと考えられる。

「私はおいねさんと夫婦約束をしていました」

彼は衝動的にこう云いだした。いけない、ばかなことを云うなと、抑える気持もあったが、口をついて出る言葉はもう止めようがなかった。

「もう少し待てば、店を出して貰えるんです、五年まえから好きあって、末は夫婦と約束をしてからも、二年経《た》ちます」

「まあ、……そんなにまえから」

「あと半年、せいぜい半年もすれば、店が出せる、そうしたらおっ母さんにうちあけよう、私には親きょうだいがありません、祝言《しゅうげん》をしたらおっ母さんにも来て貰って、三人いっしょに暮そう、そう話しあって、楽しみにしていたんです」

「そうでしたか、そんなふうに云って下すったんですか、わたしまで引取って下さるって」老女は頷いた、「——それをうかがえばもう充分です、あのこがどんなに喜んでいたかがわかります、わたくしもこんな嬉しいことはございません、貴方、有難うございました」

そして老女は墓に向って、こう囁《ささや》いた。

「よかったねえ、おいね、おまえは仕合せだったんだねえ」

彼も心のなかで、墓の主に云った。

——嘘《うそ》を云って済まないが、おまえのおっ母さんが喜んでるんだ、勘弁して呉《く》れるだろうな、おいねちゃん。

だが彼はあっと云った、とつぜん右の腕を摑まれたのである、強い力で、右の二の腕をぐっと摑まれ、ふり向くと、あの男がそこに立っていた。

「橋場身内の半七だな、騒ぐなよ」

男はこう云いざま、こっちのふところへ手を入れて、短刀をさっと取りあげた。みごとな手並である。老女は茫然《ぼうぜん》と眼をみはっていた。

四

老女との話に気をとられていた。相手がそこへ来たのも知らなかったし、短刀を取られてはっとしたが、すぐには口がきけなかった。

「な、なんですか、貴方はどなたですか」

「とぼけちゃあいけない」

その男は眠たそうな眼で、側《そば》であっけにとられている老女をちらと見、それから皮肉な冷笑をうかべながら云った。

「おまえが金次をやりに来たということは、ちゃんと知らせが届いてるんだ、桐生の機屋《はたや》の店から、といえばわかるだろう」

「なにを、なにを仰しゃるんだか、私にはてんでわかりません」

「おれにもわからないことがある」男は云った、「――金次が橋場一家を押え、おつやという娘の押掛け婿《むこ》になったことは、あくどいやり方だ、普通の世間ならまわりが許してはおかないだろう、しかし、やくざの世界はべつだ、腕と度胸がものを云う、やくざ仲間では、無理でもあくどくっても勝つ者が勝つんだ、……おまえは堅気《かたぎ》に戻った、そのことは機屋の番頭からよく聞いている、想いあった女を横取りされて、口《く》惜《や》しいだろうが、おつやはもともと博奕打《ばくちうち》の娘だし、そうなってしまえばそれで、しぜんとおさまってゆくものだ、おれも現に見ているが、どうやら波風の立つようすもない、そこへ今おまえが乗込んで、金次を刺すことができたとしても、おつやの軀《からだ》が娘に返るわけでもなし、金次に代って、いきなりおまえが橋場を背負って立てもしない、悪くこそあれ、善《よ》くなることは一つもありゃあしない、どうしてそんなつまらない量見を起こしたか、おれにはそれがわからないんだ」

「あの失礼でございますが」脇《わき》から老女がおそるおそる云った、「貴方は町方の親分さまでございますか、もしもそうなら、これはとんでもないお間違いでございます」

男は悠《ゆっ》くりと振返った。老女は微笑して、気の毒そうに頷きながら云った。

「こちらは駿河《するが》町の越後屋のお手代で、繁二郎と仰しゃる方です、わたくしは山崎町の藤兵衛《とうべえ》店《だな》にいる、おかねという者ですが、この方は、死んだわたくしの娘の墓まいりに来て下すったところなんです」

「するとおまえさんは、この男を知っているのかえ」

「存じておりますとも、よけいなことを申上げるようですが、この方と死んだ娘のおいねとは夫婦約束ができていたのですから」

「だが、墓まいりに短刀はおかしかあないか」

「それは」と老女が口ごもった、「——この方のようすでお察し申すのですけれど、おいねに死なれて、思いつめたあまり、……」

その男は彼のほうを見た。彼は眼を伏せたまま、そっと頷いた。男はそれを細い眼で眺《なが》めながら、穏やかな口ぶりで云った。

「この人の云うことに相違ないか、おまえ本当に堅気の、越後屋の手代か」

彼はまた頷いた。

「そうか、おれの眼ちがいか」

その男は初めて、摑《つか》んでいた腕を放した。それから取りあげた短刀を、ゆらゆらと揺りながら、

「そいつはとんだ迷惑をかけた」と低い声で云った、「——桐生の機屋にいるのが、おれの友達で、そいつがまた半七という男を好きなんだ、まちがいのないように頼むと、急飛脚をよこしたので、千住で見張っていたところおまえを見かけ、てっきりこいつと思いこんだわけさ、半七という男は仲間を斬《き》って逃げたんで、捉《つか》まればお縄《なわ》になる、もちろん、こんな話はおまえさんには関係のないことだろう」

そして、持っている短刀を見せ、

「だがひとつお節介をさせて貰《もら》おう、想う娘に死なれたからって、思いつめて死ぬなんざあみれんすぎる、そのくらいなら、こうしてあとに残ったおふくろさんの面倒をみてあげたらどうだ、そのほうが、死んだ娘のためにも功徳《くどく》になるぜ」

「まあとんでもない、どうかそんな、わたしのような者のことなんぞ」

「なあにこいつはただ云ってみただけのことさ、……迷惑をかけて済まなかった、この危ないものはおれが預かってゆくぜ」

その男は短刀をふところへ入れた。かちりと音がしたのは、十手《じって》があったからだろう。じっと細い眼でこちらを見つめて、それから悠くりと去っていった。夕靄《ゆうもや》……が濃くなって、墓地の向うはおぼろにかすんでいる。男の姿はその靄の中へと、静かに消えていった。

「あの人はまああなにを勘違いしたんでしょう」

老女はこう云って太息《といき》をついた。

「似ていた私が悪いんですよ」彼はなだめるように云った、「貴女《あなた》がいて呉れたので、早く疑いが解けて助かりました、しかしああいう職の人間にしては、思い遣《や》りのありそうな人でしたね」

解放されたように、気が楽になった。桐生から此処《ここ》へ来るまでの、どす黒い、歪《ゆが》んだ感情。泥《どろ》まみれに汚れた途《みち》の、すぐ脇に、こういう静かな、無事な世界があった。そのつもりなら、いま云われたように、この老女を伴《つ》れて桐生へ帰ることもできる。

――そいつはあんまりきざだ。

そして、幾らか不自然でもあるがそうすることができれば、自分も仕立職としておちつくことができるかもしれない。

「暮れてきましたね」彼は閼伽《あか》桶《おけ》を持ちながら云った、「帰るとしましょうか」

「あら、それはわたくしが」

「いいえ私が持ちます、ついでにお宅まで送ってゆきますよ」

なにか云いたそうな老女の背へ、彼はそっと手をかけ、劬《いたわ》るように並んで、歩きだした。……夕靄をゆすって、鐘が鳴り始めた。

（「キング」昭和二十七年二月号）

みずぐるま

一

明和五年の春二月。——三河《みかわ》のくに岡崎《おかざき》城下の西のはずれにある光円寺の境内で、「岩本新之丞《いわもとしんのじよう》一座」というのが掛け小屋の興行をした。弘田和次郎は友人の谷口修理《たにぐちしゆり》にさそわれて、或《あ》る日それを見物にいった。弘田家は六百五十石の老職で、家柄《いえがら》は国許《くにもと》の交代次席家老であるが、二年まえに姉の自殺したことが祟《たた》って、父の平右衛門《へいえもん》は職を辞して隠居し、和次郎は十八歳で家督を継いだが、現在まだ無役のままであった。谷口修理は三百石の中老の子で、和次郎より二歳年長であり、和次郎にとっては母方の従兄《いとこ》に当っていた。

興行の掛け小屋は、丸太で組み蓆《むしろ》と幕で囲ったもので、楽屋と舞台は床があげてあり、客席の半分も桟敷《さじき》になっているが、大半は立ったまま見物するようになっていた。番組は数種の舞踊と、唄《うた》、犬や猿《さる》の芸当、手品、曲芸などで、十二人いる座員は男より若い女のほうが多かった。ほぼ満員の客にまじって、座がしら岩本新之丞の槍踊《やりおど》りと、犬と猿の芸当、それに岩本操太夫《みさおだゆう》という娘の手品まで見ると、和次郎は退屈になって「出よう」と云《い》った。

「まあ待てよ、あそこに書いてある美若《みわか》太夫というのを見せたいんだ」と修理はひきとめて云った、「もう二番くらいだから、もう少し辛抱してくれ」

和次郎は、やむなく承知した。

まもなくその美若太夫の「みずぐるま落花返し」という芸が始まった。太夫は十五六の少女であった、五尺二寸ばかりある軀《からだ》はよくひき緊《しま》って、胸なども娘らしく発達しているが、しもぶくれの、どちらかというとまるっこい顔だちは、まだほんの少女のようにあどけなく、ものに驚いたような大きな眼《め》や、うけくちのおちょぼ口などは、乳の匂《にお》いがするような感じであった。——派手な色柄の武者袴《むしやばかま》に水浅黄《みずあさぎ》の小袖《こそで》を着、襷《たすき》、鉢巻《はちまき》をして、赤樫《あかがし》の稽古《けいこ》薙刀《なぎなた》を持っている。口上が済むと、舞台の一方に三人の男があらわれ、紅白の毬《まり》を取って美若太夫に投げる。太夫は薙刀を巧《たく》みに使って、それをみごとに打ち返すのであるが、三人が続けざまに投げるのを、一つも誤たず打ち返す技は、ちょっと水際《みずぎわ》立ったものであった。

「——外山《とやま》のこずえ風立ちて、瀬に舞い狂うさくら花、打っては返すみずぐるま……」

口上がそんな囃《はや》し言葉を入れると、小屋いっぱいに破《わ》れるような拍手と歓声があがった。

「どうだ、――」と修理が云った、「よく似ているだろう」

「うまいね」和次郎が頷《うなず》いた、「旅芸人の芸じゃない、筋のとおった稽古をしている」

「なんだって」

「筋のとおった腕だ、旅芸人には惜しいよ」

「そうじゃない」修理が云った、「おれが云うのは、深江さんに似ているだろうというんだ」

　和次郎は振返って修理を見た。痛む傷にでも触られたような、どきっとした表情であったが、修理は気がつかないようであった。和次郎はすぐに舞台へ眼を戻《もど》した、そうして、眉《まゆ》をひそめながら首を振った。

「いや、そうは思わないね」と和次郎は云った、「姉はもっと細かった、もっと沈んだ、憂《うれ》い顔をしていたよ」

　そして彼は、さらに強く眉をひそめた。

二

　若尾が舞台からさがって来ると、葛籠番《つづらばん》の久助爺《じい》さんが手招きをした。若尾は鉢巻と襷をとり、額の汗を拭《ふ》きながら、刀架へ薙刀を架《か》けてそっちへいった。

「若ぼうにお客さんだよ」と久助が楽屋のほうへ顎《あご》を振った、「ここの御家中のお武家らしい、さっきから親方と話してるが、どうやらおめえに好《い》い運が向いて来たらしいよ」

「また、いやらしい話でしょ」若尾は鼻の頭へ皺《しわ》をよせた、「この頃《ごろ》っていえば、どこの町へいってもいやらしい話ばかりよ、さすがの美若太夫も、うんざりだわ」

「好い運が向いて来たらしいよ」と久助は云った、「おらあ、ちょっと小耳にはさんだばかりだが、なんでも若ぼうを養女に貰《もら》いてえような口ぶりだった」

「そんなこと云って本当はお妾《めかけ》よ、定《きま》ってるんだから」

「若ぼう、――」久助は眼をぱちぱちさせた、「おめえも、そんなことがわかるようになったのか」

「あたしだって、もうまる十四よ」

若尾は楽屋のほうへはゆかず、そこから一段下ったところの蓆をあげて、梯子《はしご》づたいに外へおりていった。

「どこへゆくんだ」爺さんが云った、「もうすぐ親方に呼ばれるぜ」

「いないと云っといてよ、そんな話、まっぴらだわ」と若尾が答えた。

「あたし庄太夫《しょうだゆう》を見にいってるけど、誰にも教えないでね」

梯子をおりたすぐ裏に、やはり蓆で囲った掛け小屋がある。幾台かの荷車や、馬や、道具類の置場であるが、若尾が蓆の垂《たれ》をあげて中へ入ると、その薄暗い一隅に、小菊太夫という女が（踞《かが》んで）なにかしていた。

「どう、小菊さんのねえさん、産れた」

若尾はこう云いながら、そっと近よっていって覗《のぞ》いた。

「まだなのよ」と小菊太夫が答えた、「初めてのお産だから骨が折れるらしいわ」

藁《わら》を敷いた箱の中に犬が横になっていた。二歳になる雌犬で「庄太夫」といい、小菊太夫の使う芸犬の一疋《ぴき》である。小菊太夫に腹を撫《な》でてもらいながら、「庄太夫」は苦しそうに舌を垂らし、激しく喘《あえ》ぎながら若尾を見あげて、くんくんと悲しげに啼《な》いた。

「しっかりするのよ庄ちゃん」と若尾は云った、「あんた赤ちゃんを産むんでしょ、そんなあまったれ声を出してるような場合じゃないじゃないの、うんと力みなさい、うんと」

小屋のほうからひときわ高く、調子の早い囃しの音が聞え、観客の喝采《かっさい》する声がどよみあがった。

「常盤《ときわ》さんの曲芸だわね」

「そうよ」と若尾が云った、「こんど、ねえさんの出番でしょ、あたしが庄ちゃんをみているわ」

「頼むわ、終ったらすぐ来るから」

小菊太夫は立ちあがって若尾と代った。若尾は踞んで、左手を犬の首の下へ入れ、右手で静かに腹を撫でた。小菊太夫は、暫《しばら》くその手もとを見ていたが、やがて出てゆきながら云った。

「あまり強くしないでね、若ぼう、――袴の裾《すそ》がひきずってるよ」

若尾は、さっと袴の裾をたくしあげ、ひどくいきごんだ顔つきで犬の介抱を続けた。

「お産のときは青竹をつかみ割るくらい力むんだってよ、庄ちゃん」若尾は休みなしに話しかけた、「まだまだそんなことじゃだめ、いざっていうときは障子の桟《さん》が見えなくなるんですってさ、此処《ここ》には障子はないけれど、蓆の目だって同じことよ、蓆の目をしっかり見ているといいわ、さ、うんと力んで」

しかし、まもなく権之丞《ごんのじょう》という若者が来た。二十歳になる背の低い男で、綱渡りを芸にしている。男ぶりもぱっとしないし、ひどい吃《ども》りで、身ぶり手まねなしには話ができなかった。

「だめよ来ちゃあ」若尾が振返って云った、「男なんかの見るもんじゃないわ」

「親方が呼んでるよ」吃りながら権之丞が云った、「客が来たんだ、楽屋で、若ぼうを呉《く》れってさ、お侍だぜ」

「たくさんだわ、いないって云ってよ」

「すぐに来いってさ」権之丞は顔を赤くし、唇《くちびる》を筒にして吃った、「お侍は帰った、三日も若ぼうの舞台を、続けて見に来たんだってよ、三日も続けてよ、それから養女に貰いてえって来たんだってよ、おめえゆくのかい」

「知るもんですか、そんなこと」

「ゆかねえでくれよ」権之丞は手を振り、唾《つば》をとばしながら云った、「若ぼうがいっちまうと、おれたちが淋《さび》しくなる、ほんとだぜ、おめえは、みんなの大事な若ぼうだからな、頼むからどこへもゆかねえでくれよ」

「ごしょうだから黙っててよ、庄ちゃんの気が散って産めやしないじゃないの」若尾は、もっと前へ踞んだ、「――さ、もうひと辛抱よ、おなかの中で赤ちゃんが動いてるでしょ、もうすぐだからがまんして」

「親方が呼んでるよ」と権之丞が云った、「いかねえと怒られるよ」

若尾は振返った。うるさいわね、そうどなろうとしたのだが、そこへ手品の操太夫が入って来た。舞台へ出る姿のままで、飴玉《あめだま》をしゃぶっていた。

「若ぼう、親方が呼んでるよ」と操太夫は近よりながら云った、「そんなもの、うっちゃっといて早くいきなさい、怒られるよ」

「だって、もうすぐ産れそうなのよ」

「いいからいきなさいってば、そんなことしなくったって犬は独りで産むわよ」

「あたし小菊さんのねえさんに」

そう云いかけたとき、また二人、丹前舞の仙之丞《せんのじょう》と、操太夫の後見をする縫之助《ぬいのすけ》とがとびこんで来た。

「ほんとか、若ぼう」と仙之丞がとびこんで来るなり云った、「おめえ、お侍の家へ貰われていくんだって、本当の話か」

「親方はそう返辞をしてたよ」と縫之助がまだるっこい調子で云った、「あとからすぐに伴《つ》れてまいりますってさ、当人の出世のためですからって、ちゃんと約束していたよ」

若尾は立ちあがった。立ちあがって振返って、そこにいる四人の顔を順に見た。

「ほんとだよ」と縫之助が云った。

「でたらめよ、そんなこと」と若尾が屹《きっ》とした声で云った、「みんなだって知ってるじゃないの、酒の相手に出せとか、お妾に欲しいとかって、いやらしいことばかり云って来るじゃないの、わかってるよ、もう」

「そんな話なら親方が断わる筈《はず》だぜ」と仙之丞が云《い》った、「親方が承知したところをみると、そんなんじゃねえと思う」

「そうだとも」縫之助が大きく頷いた、「本人の出世のためですからって、親方がちゃんと云ったんだから」

「ゆかねえでくれよ、若ぼう」権之丞が吃りながら云った、「親方だっておめえを手放すのは辛《つら》いんだ、本当の娘のように可愛《かわい》がってるんだからな、おれたちみんなが、みんな自分の本当の妹のように大事に思ってるんだから」

「あたし、ゆきゃあしないわ」

若尾は胸を張って云った。

「大丈夫、どこへもゆきゃあしないから、あたし岩本一座の美若太夫よ、その話が、もしか本当だとしたってゆくもんですか、誰がくそだわ」

そのとき入口の垂をあげて、親方の孫右衛門が入って来た。白髪の六十ばかりの老人で、固肥《かたぶと》りの逞《たくま》しい軀《からだ》に布子《ぬのこ》と胴着を重ね、片手をふところへ入れたまま、そこに立って、静かな細い眼で、じっと若尾を見まもった。――他の四人は固唾《かたず》をのみながら脇《わき》へどいた、親方は少し、しゃがれた低い声で云った。

を見あげ、悲しげに鼻でくんくんと啼いた。


「おいで、若尾、でかけるんだ」

四人は若尾を見た。若尾は黙って、箱の中の庄太夫のほうへ眼をやった。犬は彼女を見あげ、悲しげに鼻でくんくんと啼いた。

三

若尾は弘田家に養女分として引取られた。

弘田の屋敷は黒門外といって、城の外濠《そとぼり》に面していた。門の外の濠端道に立つと、左のほうに菅生曲輪《すごうくるわ》、右に備前曲輪、そして菅生曲輪の向うに本丸の天守閣が眺《なが》められた。天守閣は屋敷の庭からも見えるし、若尾の部屋からも見ることができる。引取られて来て五日ばかりのあいだ、若尾は自分に与えられたその部屋で、天守閣を眺めては独りでよく泣いてばかりいた。

若尾を弘田家へ伴れて来た日、平右衛門夫妻のいる前で、親方が初めて彼女の身の上を語った。

――若尾は侍の子だ。と親方は云った。ちょうど十二年まえ、東海道の清水《しみず》でながい雨にみまわれ、一座は木賃旅籠《はたご》でとやについた。そのとき赤児を抱えた浪人者が同宿していたが、三月以上も病み続け、もう恢復《かいふく》の望みはなかった。浪人は河内伊十郎《かわちいじゅうろう》といい、どういうわけか孫右衛門をひどく信頼したようすで、この赤児を引取って育ててくれと云いだした。当時、孫右衛門はまだ妻が生きていたし、浪人の信頼するようすがしんけんなので、慥《たし》かに引受けたと云って承知し、赤児といっしょに臍緒書《ほぞのおがき》や系図なども受取って、雨が晴れると同時に宿を立った。そのときは東へ下る途中だったが、小田原城下で興行しているところへ、頼んでおいた宿からの手紙で、河内伊十郎の死んだことを知らせて来た。

――その赤児が若尾なのだ。と親方は云った。これまで詳しい話をしなかったのは、もし旅芸人のまま終るとすれば、侍の子などということは知らせないほうがいいと思ったからであるが、幸い弘田家へ引取られることになったので話す。これからは生れ変ったつもりで、弘田家の名を辱《はずか》しめないように、りっぱな娘にならなければいけない。

臍緒書や系図は弘田家へ預けた。岩本一座とは、これで絶縁したと思え、そう云って孫右衛門は帰っていった。

――せめていちど、みんなに別れを告げさせてくれ。

若尾はそういって頼んだ、庄太夫のお産を見てからにしたい、とも云ったが、孫右衛門はこわい眼《め》で睨《にら》みつけ「侍のお子が、そんなみれんなことでどうしますか」と叱《しか》りつけたまま、振向きもしないで帰っていった。

それから殆《ほと》んど部屋にこもりきりで、食事も満足にとらず、若尾は独りで泣いてばかりいたが、七日めの朝、妻女の豊《とよ》が来て、自分といっしょに朝餉《あさげ》を喰《た》べようと云った。

「もう泣くのはたくさんでしょ」と豊は云った、「あちらにいるときは冗談がうまくって、みんなをよく笑わせたというではないの、さあ、機嫌《きげん》を直していっしょにゆきましょう」

豊は四十一になる、瘦《や》せた小柄《こがら》な軀つきで、顔色が悪く、眼にも力がなく、いかにも弱そうにみえた。

——お弱そうな方だわ。

若尾はいま初めて発見したような気持で、そう思いながら頰笑《ほほえ》みかけた。

——お世話をやかせては悪いわ。

そして元気に頷いて立ちあがった。

「はい、御心配をかけて済みません、もう泣きませんから堪忍《かんにん》して下さい」

「それで結構よ、さあ、まいりましょう」

豊は眼を細めながら、やさしくなんども頷いた。若尾は少し尻下《しりさが》りの眼で笑いかけ、豊のそばへ寄りながら云った。

「奥さま、あたし負っていって差上げましょうか」

「え――」豊は眼をみはった。

「あたし力があるんですよ」と若尾は自慢そうに云った、「葛籠番《つづらばん》の久助爺《じい》さんは足が悪いでしょ、ですからはばかりへゆくときはあたしが負ってあげるんです、奥さまは久助爺さんよりかも軽そうだから楽に負えますわ」

「まさかねえ」豊は笑いだした、「――でも有難う、わたしは大丈夫よ」そうして若尾をやさしく見て云った、「それから奥さまなんて云わないのよ、あなたは弘田の娘分になったんですからね、旦那《だんな》さまのことは父上、わたしのことはお母さまと呼んでいいのよ」

「はい、お、お――」

若尾はそう云いかけたとたん、豊をみつめたまま急にべそをかき、ぽろぽろと手放しで涙をこぼした。豊は驚いて若尾の顔を覗《のぞ》いた。

「どうなすったの若さん」

「なんでもありません」涙をこぼしながら若尾は首を振った、「なんでもないんです、済みません、ただ――お母さまって呼ぶのは生れてから初めてだもんで、うまく口から出てこないんです」

「いいのよ」豊は眼をそらしながら云った、「もうすぐに馴《な》れますよ、さあ、まいりましょう」

豊は、そっと若尾の手を握ってやった。

若尾は元気になり、家人と馴れていった。着物や帯が出来て来、髪も武家ふうに結うと、自分から努めて言葉を改め、行儀作法も習うようになった。もちろん長い習慣がそうすぐに直る筈はない、うっかりすると廊下を走ったり、乱暴な口をきいたり、庭で樹登《きのぼ》りをしたりした。平右衛門も豊もあまり小言は云わなかった。和次郎もそんな若尾が好ましいようすで、いつも笑いながら見ているだけであった。

弘田家には家扶《かふ》の渡辺五郎兵衛と、ほかに家士が七人と、下僕《げぼく》と下婢《かひ》とで五人、馬を三頭飼っていた。若尾は侍長屋のほうへは近よるなと云われ、内庭の仕切からそっちへは決してゆかなかった。それは彼女が岩本一座にいたことを知られたくないためらしく、もし誰かに訊《き》かれたら、「江戸から来た親類の者だ」と答えるように云われていた。

二月下旬になった或《あ》る日。――和次郎が精明館の稽古《けいこ》から帰って来ると、若尾が眼を輝かせながら部屋まで追って来た。

「わたくしうかがいましたわ」若尾は昂奮《こうふん》した声で云った、「お母さまから、すっかりうかがいましたわ、若尾はみんな知っていますわ」

「ばかに力むね、なにを聞いたんだ」

「若尾をみつけて下すったのが誰かっていうことですわ、お兄さまでですってね」若尾はきらきらするような眼で和次郎を見た、「――お兄さまがわたくしを見にいらしって、それからお父さまを伴れて来て、そうして若尾をぜひ貰《もら》うようにって、熱心におせがみなすったんですってね」

「つまり私を恨むっていうわけか」

「恨むですって、若尾がですか」

「だって、あんなに泣き続けるほどいやだったんだろう」

「あらいやだ」若尾は足踏みをし、すぐに気がついて云い直した、「あらいやですわ、わたくし泣いたりなんかしはしませんわ、もしか泣いたとすれば、いやだからじゃなく、ただ泣いただけですわ」

「へえ、ただ泣いただけですかね」

「ねえお兄さま、聞かせて、――」

若尾は、ちょっと声をひそめた。

四

「お母さまが仰《おっ》しゃるんだと、若尾は亡《な》くなったお姉さまに似ているんですって」こう云って彼女は和次郎の眼を見た、「――お姉さまがいらしったってことも、二年まえにお亡くなりになったということも、初めて今日うかがったんですけれど、若尾がその方に似ているからお貰いになったんですって、本当でございますか」

和次郎は強く眉《まゆ》をひそめた。

「それは母が自分から話したのか」

「ええ、――」と若尾は頷《うなず》いた、「なぜ若尾を貰って下すったのかと、うかがったら、そう仰しゃっていらっしゃいました」

「断わっておくが、これからは姉の話を決してしてはいけないよ」和次郎が云った、「母はひどく弱ってみえるだろう、もとは、あんなではなかった、姉の死んだことが、あんなにひどくこたえたんだ、この家ではその話はしないことになっているんだからね」

「はい、――わかりました」

「それから」と和次郎は続けた、「若尾は姉には似ていないんだ、谷口修理という私の友達がひどく似ていると云うし、父もよく似ていると云った、それで、母にもよかろうというので貰うことになったんだが、私には、ほかに考えることがあったんだよ」

若尾は、じっと和次郎の口もとを見つめ、緊張した表情で、こくっと唾《つば》をのんだ。

「それはね」と和次郎が云った、「若尾の薙刀《なぎなた》の腕にみこみをつけたんだ」

「まあ、いやですわ」

「本当なんだ、もちろん客に見せる芸だから、これまでのようではいけないが、生れつきの才分というか、若尾の薙刀には本筋のものがある、あとで武家の血をひいていると聞いて、みっちり稽古をすれば相当な腕になると思った」

「お兄さまも薙刀をなさいますの」

「私はやらないが姉が上手だった」和次郎の眉が、またしかめられた。が、こんどはそうきつくではなかった、「この家中《かちゆう》には磯野萬《いそのまん》という女史がいて、正木《まさき》流の薙刀では江戸にも聞えた達者なんだ、姉も女史の教えを受けたのだが、若尾もそのうちに入門させよう、免許でも取るようになれば河内の家名が立つからね」

「わたくし云いませんわ」若尾が思いいったように唇《くちびる》をひき結んだ、「わたくし、できるでしょうかなんて申しませんわ、きっとやりとげますって云いますわ、きっとですわ」

「いまからそういきまくことはないよ、入門は、もっとさきのことだ、そのまえによく行儀作法を覚えなければね」

若尾は唇をひき結んだまま、黙って、こっくりと大きく頷いてみせた。

若尾は弘田家の生活に慣れていった。元気すぎるほど元気で、賑《にぎ》やかな性分だから、母の心持もまぎれるらしい、その部屋からよく笑い声が聞えて来るし、顔色もよくなるようであった。これは平右衛門にとってかなり意外だったようで、あるとき彼は和次郎に云った。

「おまえの云うとおりだったな、私はまた深江に似ているので、却《かえ》って悲しがりはしないかと思ったのだが」

「母親というものは娘を欲しがるそうですから」

「あの娘もいい気性だ」と平右衛門が云った、「ことによると儲《もう》けものかもしれないね」

和次郎はそのとき父に質問しようとして、口まで出かかったのだが、ついに云いだす勇気はなかった。

——姉さんは、どうして自殺したのですか。

彼はそう訊きたかったのである。

姉の自殺した理由は不明であった。ふだんからおとなしく、無口で、ひっそりとした人であった。そんな性質に似あわず、芸ごとは不得手で、学問と武芸が好きであった。ことに磯野門の薙刀では、三人の一人に数えられていた。それが二年まえの五月、十九歳で遺書も残さずに自殺したのである。――そのちょっとまえに縁談があった。相手は中老の伊原要之助という者で、老職の松平主膳《まつだいらしゆぜん》を仲介に申込んで来た。深江はもう年も十九歳になっていたし、良縁なので父も母も乗り気だったが、いやなものを無理にというのではなかった。

――伊原さまにはお断わり下さい。

自殺する前の日に、深江は母にそう云ったという。とすれば縁談のためではないだろうが、ほかには思い当ることは（少なくとも和次郎には）なにもなかったのである。彼がひそかにみるところでは、母はなにか知っているようであった。それは、姉が死んだあとのまいりかたも尋常ではなかったし、死躰《したい》をみつけたときに殆んど狂乱して、

――なぜ母さんに相談してくれなかったのか。

と、かきくどいていた。

そんなことはそのとき限りで、あとは病気になるほどまいってしまい、深江という

名を聞いても顔色が変るくらいであった。彼は慥《たし》かに母がなにか知っていると思い、母が知っているとすれば、父も知っているのではないかと想像した。それで、いちどは訊いてみたいと思っているのだが、いざとなると、つい気が挫《くじ》けてしまう。理由がわかったところで、死んだものが生き返るわけでもなし、古傷に触ることもあるまい、と思い直してしまうのであった。

秋八月になって、若尾は磯野の道場へ入門した。

弘田一家でなにより案じたのは、若尾が岩本一座にいたということであった。世間には江戸の親族から養女に貰《もら》ったといい、藩へもそう届け出てある。本当のことを知っているのは弘田の家族三人と、交渉に当った家扶の渡辺五郎兵衛だけであった。もう一人、彼女を舞台でみつけて、和次郎を見物にさそった谷口修理も、若尾を見ればそれとわかるだろうが、運の好《よ》いことに彼は江戸詰になって岡崎から去った。若尾が、弘田家へ引取られてからまもなくのことで、弘田へも別れの挨拶《あいさつ》に来たが、もちろん若尾には会わせなかった。任期は三年ということだから、そのうちには若尾のようすも変るであろうし、帰藩するじぶんにはもう美若《みわか》太夫とはわからなくなるに違いない。よほど偶然なことが起こらない限り、彼女の前身は知れずに済むといってよかった。

若尾は元気に道場へかよった。

「わたくし今日は怒られてしまいました」かよい初めて半月ほどすると、若尾は和次郎の部屋へ来てそう云《い》った、「お師匠さまってお婆《ばあ》さんのくせをして、ずいぶん大きな声が出るんですよ、わたくし耳が、があんとなってしまいましたわ」

「なにか悪戯《いたずら》でもしたんだろう」

「あらいやだ、——あらいやですわ、もうわたくし、まさか子供じゃあるまいし、悪戯なんか致しませんことよ」

「それじゃあ、なんで怒られたんだ」

「お稽古がまどろっこしかったんです」と若尾は云った、「もう半月も経《た》つのに薙刀の持ちかたばかりやかましくって、あとは型しか教えてくれないんですの、わたくし、いいかげんうんざりしてしまったから、もうそろそろお稽古を始めて下さいって云ったんです」

「あのかみなり婆さんにか」と和次郎は笑いだした、「それは驚いた、それは大した度胸だよ」

五

「そうしたらいきなり、わんわんわんって、こんな眼《め》をしてどなるんです、およそ武の道に基礎ほど大事なものはない、基礎は精神のかためである、おまえのような者は型ばかりで三年かかると思え、わんわんわんって、わたくし耳が裂けちゃったかと思いましたわ」

「基礎は大切だよ」和次郎は笑いやめて云った、「ことに若尾は癖のある技を覚えてるんだから、それをすっかり毀《こわ》して、かからなければならない、本当に三年かけるつもりで、基礎をしっかりやるんだよ」

若尾は少し考えてから大きく頷いた。

「はいわかりました、悪い癖をすっかり毀すようにやります、大丈夫きっとやります」

そして、ぺこっとおじぎをした。

その年末のことであるが、和次郎が（束脩《そくしゅう》を持って）磯野へ挨拶にいったところ、萬女史はよろこんで座敷へあげ、案じていたのとは反対に、若尾のことをしきりに褒《ほ》めた。——ほかの門人にひいきがあると思われては悪いから、これまでなにも云わなかったのであるが、じつは良い門人ができたので、弘田家へ礼にゆきたかったのだ、などと云った。

「あの人はものになります、これまでずいぶん門人も育てましたけれど、あんなに恵まれた素質を持った者はありません、もしできるなら、わたしが養女に貰いたいくらいです、しかし」と女史は意味ありげな眼をした、「――あれはこなたさまが嫁になさるのでしょう」

和次郎はどぎまぎした。思いもよらない不意打ちで、まごついたうえにちょっと赤くなった。

「私がですか、いや、とんでもない」

「よろしい、よろしい」女史は心得顔に手を振った、「あれは道場へ来ると、こなたさまのことばかり饒舌《しゃべ》ります、誰彼《だれかれ》なしにつかまえては、こなたさまの自慢ばなしです、わたくしにまでですよ、――あれは惚気《のろけ》というものです」

こんどこそ和次郎は赤くなった。女史は男のようにからかい笑いをして云った。

「だがよく躾《しつ》けないといけませんね、まだ若いからでしょうが、おそろしいくらい乱暴な悪戯者です、どんな家庭に育ったか見当がつかない、真実ですよ」と女史は眼を光らせた、「――秋のうちは専門に隣り屋敷の柿《かき》を取って同門人に配っていました、高塀《たかべい》の上を渡って柿の木へとび移って取るのです、この頃《ごろ》は柿がなくなったものだから、屋根へあがって雀《すずめ》を追いまわしています、まるであなた、猿《さる》か猫《ねこ》の生れ変りみたようなものです」

「それはなんとも申し訳がありません」和次郎は驚くと同時に恐縮した、「そんな悪戯をするとは、まったく気がつきませんでした、これからよく申しつけますから」

「そうして下さい、わたくしも折檻《せっかん》します」と女史は頷いて、そしてふと声をひそめた、「――なにしろ困るのはですね、あなた、隣り屋敷の柿は、また、ばかに美味《うま》いのですよ」

和次郎が黒門外の家へ帰ると、若尾は巧みに隠れて彼の近よるのを避けた。磯野でなにか聞いて来て、叱《しか》られるものと勘づいたらしい。和次郎は苦笑しながら知らん顔をしていた。すると案の定、夜になって若尾のほうから彼の部屋へやって来た。

「お師匠さまが、なにか仰しゃったでしょ」

さぐるように彼を見、囁《ささや》き声でこう訊いた。和次郎はむっとした顔で頷いた。

「ああ仰しゃった、すっかり聞いたよ」

「嘘《うそ》なんです、大袈裟《おおげさ》なんです」と若尾はせかせかと云った、「お師匠さまはとても大袈裟で、これっぽっちの事をこんなに凄《すご》いように仰しゃるんです、ほんとですのよお兄さま」

「すっかり聞いたよ」と和次郎は云った、「なにを聞いたかは云わないがね、私は恥ずかしくて顔が赤くなったよ」

若尾はじっと和次郎を見た。彼が本気かどうかを慥かめるように、——和次郎は硬い表情で黙っていた、彼は本気のようであった。すると若尾の（大きくみはった）眼から、大粒の涙がぽろぽろとこぼれ落ちた。

「ごめんなさい、お兄さま」と若尾は涙のこぼれる眼で、和次郎をまともに見つめながら云った、「わたくしが悪うございました、もうこれから悪戯は致しません、堪忍《かんにん》して下さい」

いっぱいにみひらいた眼から、ぽろぽろ涙をこぼしながら、真正面に和次郎を見つめたまま、少しも視線を動かさないのである。姿勢も正しく、手を膝《ひざ》に置いて、上躰《じょうたい》をしゃんと立てたなりであった。いかにもはっきりとした悪びれない態度だし、そう真正面から見つめられるので、和次郎のほうが眼をそらさずにいられなくなった。

「それでいいよ」と彼は頷いた、「——悪戯をするのもいいが、度を越えないようにね」

「はい、お兄さま」

「それから、私のことなんぞ、あまり話すんじゃないよ」

若尾は不審そうに和次郎を見返したが、すぐにぽっと赤くなり、（こんどは）袂《たもと》でいきなり顔を押えると、すばらしい早さで立ちあがって、障子や襖《ふすま》にぶっつかりながら、自分の部屋のほうへ逃げていった。

——あれは惚気というものです。

和次郎はそっといった。逃げてゆく若尾を見送りながら、磯野女史の言葉が鮮やかに耳の中で聞えた。あれは惚気というものです。そして、もう一つの言葉も思いだされた。

——こなたさまが嫁になさるのでしょう。

和次郎は、すばやくあたりを見まわした。その言葉が現実のように高く聞えたかに思われ、誰かに聞かれはしないかという気がしたからである。

「ばかなことを云う人だ」彼は苦笑しながら、こう呟《つぶや》いた、「どういうつもりだろう」

そして和次郎は口をへの字なりにした。

年が明け、年が暮れて、明和七年になった。まる十六年の春を迎えた若尾は、磯野女史の秘蔵弟子として、門人中五席という上位にのぼり、新しい入門者に初歩を教える役についた。背丈はさして伸びず、稽古《けいこ》を続けているので脂肪も付かないが、ぜんたいに柔軟なまるみを帯びてきて、軀《からだ》つきが娘らしくなった。——道場では相変らずで、活潑《かっぱつ》にはねまわったり、思いもつかないような悪戯をして、みんなを仰天させたり笑わせたりするらしい。しかも門人全部に好かれているし、先輩たちにまで頼りにされているようであった。ただ一人、中老の娘で緒方《おがた》せいというのがおり、門中の首席で代師範も勤めていたのが、若尾のにんきのよいのに反感をもったとみえ、ひと頃ひどく意地の悪いことをした。若尾は辛抱づよく（まったく辛抱づよく）気づかないようすで、うけながしていた。そのため、ついに緒方せいのほうが居《い》た堪《たま》らなくなり、やがて自分から磯野門を去ってしまった。

道場ではそんなふうであったが、弘田家における彼女はかなり変っていた。明るい顔つきや、はきはきした挙措は元のとおりであるが、身だしなみに気を使うし、言葉少なになり、特に、和次郎に対してひどく臆病《おくびょう》になった。まえにはよく彼の部屋へやって来たし、すすんで話しかけもしたものであるが、いつかしら、そんなこともなくなり、たまに和次郎が話しかけたりすると、顔を赤くし、身を縮めて、眼をあげることもできないといったようすをみせる。

——おかしなやつだ。こう思いながら、しかし和次郎のほうでも、なにやら眩《まぶ》しいような気持になるのであった。

六

その年（明和七年）の五月、藩主の松平周防守《すおうのかみ》康福は所替えになり、石見《いわみ》のくに浜田へ移封された。もともと石州は松平家にとっては本領の土地で、康福の曾祖父《そうそふ》に当る周防守康映は浜田五万石余の領主であったし、その後も津和野《つわの》の亀井《かめい》氏と交代で、ながく同地を治めていたことがある。そしてこんどの移封も、周防守自身が、かねてから希望していたのを、かなえられたものであった。

移封の事が公表されるのと殆《ほと》んど同時に、若尾が江戸邸へ召し出されることになった。これは磯野女史の推薦で、姫君の薙刀《なぎなた》の手直し役に選ばれたのである。——初め若尾は頑《がん》としてきかなかった、病気だといって部屋にこもり、三日ばかり断食もしたが、和次郎がよくよく話して聞かせたうえ、ようやく承知させた。

「これは若尾のためばかりではない」と和次郎は云った、「——亡くなった若尾のお父さんや、河内という家名のためでもあるんだ、こんどのお役を無事にはたすことができれば、河内の家も再興できるかもしれないんだよ」それからまた云った、「これは私にとっても、また父や母にとっても、のがしたくない絶好の機会なんだ」

若尾は納得した。弘田の人たちを失望させたくないために承知した、ということが明らかにわかるような納得のしかたであった。

「浜田という処《ところ》は遠いのでしょうか」

若尾は承知したあとで、和次郎の顔を見あげながら訊《き》いた。

「ああ遠いね」と和次郎が頷《うなず》いた、「この岡崎が江戸から七十七里、石州浜田は二百五十里ばかりある」

「二百五十里、……」若尾の大きくみひらいた眼から、ぽろぽろと涙がこぼれ落ちた。その涙のこぼれ落ちる眼で、くいいるように和次郎をみつめながら、若尾は云った、「――そんなに遠くでは、もし若尾が急病で死にそうになっても、お兄さまに来て頂くことはできませんわね」

「若尾が急病で、ああ」和次郎は首を振った、「ばかな、なにをつまらないことを云いだすんだ」

「お兄さまが急病になったときも若尾はお側《そば》へゆけませんわ、ねえ」若尾は指ですばやく両方の眼を拭《ふ》いた、「ねえお兄さま、もしそんなことがあったら、どうしたらいいでしょうか」

和次郎は微笑した。若尾の心配がつまらないものだということを証明しようとするかのように。だが、――そのとき彼の胸にも二百五十里という距離の大きさが、まざまざと感じられた。そして、若尾の心配が決してつまらないものではなく、もしどちらかがそんなふうになるとすると、もう生きて逢《あ》う方法はないということが、まるで病気の発作のように激しく彼を緊《し》めつけた。

「そうだ、若尾の云うとおりだ」と和次郎は、自分の感情を隠して云った、「しかしそんなことを考えたらきりがない、病気の性質によっては、同じ土地にいても死に目に逢えないことだってある、そうじゃないか、——急病になることなど考えるよりも、病気にならないように注意することが肝心だ」

若尾はおとなしく頷いたが、眼にはまだ、あとからあとから涙が溢《あふ》れて来た。

「大丈夫、私たちは必ずまた逢えるよ」和次郎は穏やかに話を変えた、「——江戸へいったら気をつけて、仮にも岩本一座にいたなどということを悟られないようにするんだよ、今日までは幸い無事にやって来たし、ほかに知っている者はないいんだから、若尾の性分だと、どんなとき自分から云いだすかもしれないからね、わかるだろう」

「若尾だって、もう子供じゃあございませんわ、そんなこと決して申したりしませんわ」

「それを忘れないように頼むよ」

和次郎は、なお何か云いたそうであった。云わなければならない大事なことがあって、それが口に出せないというふうであった。若尾にはそれがよくわかった。彼女にも云うべきことがあった、ひと言だけ訊《たず》ねて、和次郎の気持を慥《たし》かめておきたいことが、——しかし、彼女にもそれを口に出すことはできなかった。

若尾は五月二十七日に江戸へ着いた。

初め大名小路《だいみようこうじ》の上邸《かみやしき》へ入り、まもなく木挽町《こびきちよう》五丁目の中邸へ移った。そこは二の橋の袂にある角地で、一方に広い堀があり、庭の中へその堀から水を引いた池があった。邸内はさして広くはないが、すぐ裏が加納備中守《びつちゆうのかみ》の本邸で、どちらも庭境に樹《き》が多く、市中とは思えないほど閑静であった。——若尾の住居は新しく建てたもので、小さいながら道場が付いていた。姫の手直しには御殿へあがるのであるが、道場で家中の娘たちにも稽古をつけるのであった。そして、若尾のために弥兵衛《やへえ》という老僕《ろうぼく》夫妻と、滝乃《たきの》という侍女が付けられた。

若尾は三日に一度ずつ上邸へあがる。手直しをするのは周防守の四女で、十五歳になる菊姫であった。

周防守には男子がなく、姫ばかり四人いた。長女には前田家から婿《むこ》（左京亮《さきようのすけ》康定）を迎え、二女は田沼大和守へ嫁《か》し、三女は松平河内守乗保へ嫁していた。菊姫もすでに石川家と婚約ができていたが、婚約者の吟次郎総純（下野守《しもつけのかみ》総英の嫡男《ちやくなん》）が病弱なため、当分延期されるだろうということであった。

姫への教授は一回に半刻《はんとき》と定《きま》っていた。磯野女史によく注意されたが、ほんの型を教えるだけで、それもごく控えめにやらなければならない。その場には、いつも奥家老や老女たちが七、八人、ものものしく眼《め》を光らせていて、ちょっとでも教えかたが厳しいとみると、あとでやかましく文句をつけるのであった。

――姫君は御生来ひよわであらっしゃる。

――姫君は御気性がやさしくあらっしゃるから、荒あらしい御教授はあいならぬ。

――姫君は昨夜御不眠であらっしゃった。

――姫君は今日は御倦怠《けんたい》であらっしゃる。

そんなふうに文句だの故障だのが多い。したがって御殿へあがるのは面白《おもしろ》くなかったが、中邸ではかなり気を吐くことができた。

中邸の道場には、十七人の弟子がかよって来た。年は十二歳から十八歳までが多く、なかに二十歳と二十二歳になるのが二人いた。彼女たちはみな中以上の家柄《いえがら》の娘で、みんな気位が高く、田舎者の若尾を軽蔑《けいべつ》していた。彼女たちはそれぞれ薙刀の使いかたぐらいは知っていたし、若尾が田舎育ちでありそんなにも若いので、軽蔑のしかたもかなり露骨であった。初めのうち若尾はその扱いかたに迷った。いつか緒方せいにやったように、徹底的にそ知らぬふうでうけながすか、それとも実力で降参させるか、どちらがいいか見当がつかなかった。そうしてやがて第二の手段をとることにきめ、それを遠慮なく実行した。本当のところはその手段よりも若尾の人柄のためのようだったが、弟子たちは、しだいに軽蔑的な態度をやめ、しだいにおとなしく服従するようになった。そして、その年の冬が来るまえに、若尾は自分の位地を慥かなものにした。

七

和次郎からは六月と八月と十月に手紙が来た。六月のは浜田への到着と、殿町という処に住居の定ったこと、八月のは父の平右衛門が病気になったこと、十月の手紙には松原という海辺に、父の養生所を賜《たま》わったが、その家は座敷から松原湾の美しい海が眺《なが》められる、などということが書いてあった。

若尾もむろん手紙を出した。彼女は仮名文字しか知らなかったし、思っていることをうまく表現する方法も知らなかったが、それでも、できるだけ正直にしっかりと、自分の暮しぶりや、周囲の出来事や、今なにを考えているかということなどを書いた。その幾通かのなかで「正直に」と思ったあまり若尾はつい筆が走り、自分ではまったく気づかずに大胆極まることを書いてしまったらしい。年が明けて、明和八年になった二月のことであるが、和次郎から来た四度めの手紙に、そのことがたしなめてあった。

――若尾のいうとおり、河内の家名は若尾に子供が生れたら継がせればよい、それはそのとおりであるが、いまからそんなことを考える必要もないし、また若尾の考えることでもない、「そのとき」が来たら私がいいようにやるから、若尾はただ自分のことに出精すべきである。

文面はそういう意味であったが、「若尾がこんなことをいって来ようとは予想もしなかった、私はすっかり驚かされてしまった」と書き添えてあり、若尾は恥ずかしさのあまり軀《からだ》じゅうが火のように熱くなった。

「あたし、そんな手紙を書いたかしら」彼女は自分に云《い》った、「――そうだわ、書いたような気がするわ、きっと書いてしまったんだわ、いつも書くときには夢中になってしまうから、心にあることが、つい筆に出たんだわ、どうしましょう」

書いたという意識はまったくなかった。むろんそのことは考えていた。弘田の人たちは河内の家名再興ということを心配している。そして和次郎は一人息子だから、自分が彼と結婚する場合には河内家の跡継ぎということが必ず問題になる。それが若尾の頭にいつもひっかかっていた。ふしぎなことには、和次郎と結婚できるかどうかという点は疑ぐってもみなかった。それは若尾のなかで、もう既定の事実になっているようであった。

「でも書いたのだとしたら、却《かえ》ってそのほうが、よかったかもしれないわ」若尾は肚《はら》をきめたようにそう呟《つぶや》いた、「こういう事は早くはっきりさせるに越したことはないんだもの、そうよ、そうですとも」

若尾はすぐに筆を取って、――手紙の趣はよく了解した。仰《おつ》しゃるとおりすべてをあなたにお任せし、自分は安心して勤めに出精する。そういう返事を書き、和次郎に送った。その返事を出したあとで、若尾は自分のやりかたを反省し、首を振りながら呟いた。

「あたしって、かなり狡《ずる》いらしいわね」

だが、それからまもなく、若尾は思いもかけない人物と、好ましからぬかかわりができた。

三月にはいってすぐのことであるが、上邸へあがって姫の手直しを済ませ、昼食(それは初めからのことであるが)を頂だいして御殿をさがると、中の口のところで一人の侍に呼びとめられた。年は二十四、五歳、背が高く色が白く、いやにやさしい声を出すにやけた男であった。ちょうど昼食刻《どき》のことで、あたりには誰もいなかったが、それでも彼は神経質に眼をきょろきょろさせながら口早に云った。

「貴女《あなた》が姫のお手直しにあがる河内若尾さんですね」

若尾は黙って頷いた。

「弘田の家から来たんでしょう」彼はこう云ってにやりとした、「私は貴女を知っていますよ」

若尾は不審そうに相手を見た。

「私は貴女を知っている」と彼はうちとけた口ぶりで云った、「弘田よりもまえからね、弘田を貴女のところへ伴《つ》れていったのは私なんだ、まさかと思ったが、弘田から来たというし、薙刀《なぎなた》を教えるというのでそれとなく気をつけていたんですよ、たいした出世で、弘田もよろこんでいるでしょう」

若尾は警戒の眼で彼を見た。

「仰しゃることがよくわかりませんけれど」と若尾は云った、「いったいあなたはどなたですか」

「いや心配しなくともいい、私は誰にも云やあしない、こんなことを誰に云うもんですか」と彼は言葉を強めて云った、「もし心配なら弘田に手紙をやってごらんなさい、私は彼の古くからの友達で谷口修理という者です、弘田や貴女のためにならよろこんでお役に立つ人間ですよ、本当に問合せてごらんなさい、そうすれば私という者がよくわかりますから」彼は別れるまえに、なにか困ることがあったら相談してくれ、と繰り返し云った。

若尾は数日のあいだ気が重かった。谷口修理は口に出しては云わなかったが、若尾が岩本一座にいたのを知っているらしい。自分が弘田を伴れていった、——というのは、若尾の舞台をみせにという意味であろう。和次郎はどうしてそのことを注意してくれなかったのか、谷口修理という人間が江戸にいること、その人間はかつて若尾の舞台を見ているということを、和次郎は忘れたのであろうか。

「手紙で訊《き》いてみよう」若尾は自分に云った、「どういうふうに応対したらいいか、教えてもらうほうがいいかもしれないわ」

けれども手紙は出さなかった。二百五十里も離れているのに、なにも和次郎に心配させることはない、と思ったからである。谷口修理は和次郎の古い友人だといったし、見たところはへんににやけているが、そう悪い人間でもないらしい。とにかく気をつけて、なりゆきをみてからにしよう。若尾はそう思った。

十日ばかりすると修理から呼び出しの手紙がきた。若尾はでかけていった。中邸からはほんのひと跨《また》ぎの、木挽町五丁目の河岸に森田座がある。修理はそこの茶屋で待っていた。若尾はその芝居茶屋の混雑する店先へ修理を呼んでもらった。

「よく来られましたね」修理は女性的なあいそ笑いをした、「使いをあげたが、どうかと思っていたんです、いちどゆっくり話したかったのでね、さあ、あがって下さい」
「なにか御用なんですか」若尾は云った、「わたくし稽古《けいこ》がありますから、御用をうかがったら帰らなければなりませんの」
「ああそうか、貴女は中邸で道場を預かっているんでしたね」修理は恐縮したように、自分の額を指で突いた、「そう聞いていたのに、つい忘れてしまいましたよ、しかしどうですか、ひと幕ぐらいつきあえるんじゃないんですか」
「いいえ、そんな時間はございませんの、どうぞ御用を仰しゃって下さい」
「では改めてお逢《あ》いすることにしましょう、べつに用があるんではないので、よければ市中も見物させてあげたいし、ときどき逢って貴女のようすを弘田に知らせてやりたいと思うのです」こう云って修理はまた微笑した、「――私は弘田の親友なんだから、そのくらいのことをする義務があると思うんですよ」

八

修理の口ぶりがあまり自信たっぷりなので、若尾はその申し出を拒むことができなかった。そうして、月のうち「七」の付く日が稽古休みであることを告げて、その芝居茶屋を出た。

すぐにも逢いたいように云いながら、約ひと月のあいだ、彼からなにも云って来なかった。そして、こちらが忘れかけていると、四月の二十七日に、また森田座の茶屋から使いが来た。若尾はでかけていき、いっしょに芝居をひと幕だけ見たあと、食事の馳走《ちそう》になって帰った。次には五月十七日と二十七日、六月は十七日に一度、――そんなふうに逢っているうちに、若尾は修理に対する警戒をすっかり解いてしまった。

「ただの己惚《うぬぼ》れ屋《や》じゃないの、つまらない」

そうして二度ばかり続けて、修理の呼び出しを断わったりした。

たぶん修理が書いてやったのだろう、九月になって和次郎から手紙が来た。修理は友人ではあるし悪い男ではないが、いかに江戸が繁華だといっても、やはり人目というものがあるだろうし、修理もまだ独身のことだから、あまりしげしげ逢うことはよくない。ということが書いてあった。

若尾はすぐに承知したという返事を出し、それからは、なるべく修理と逢わないようにした。

すると明くる年（明和九年）の二月に大火があった。目黒の行人坂《ぎょうにんざか》と本郷丸山との二カ所から出た火が、西南の烈風に煽《あお》られてひろがり、長さ六里、幅一里にわたって江戸の市街を焼いた。江戸城も虎《とら》ノ門はじめ、日比谷《ひびや》、馬場先、桜田、和田倉、常盤《ときわ》橋《ばし》、神田橋、などの諸門が焼け、その各門内にある諸侯の藩邸は灰燼《かいじん》となった。

松平家でも木挽町の中邸《なかやしき》は残ったが、それは風上に堀があったからで、邸内の者はひと晩じゅう堀から水を汲《く》みあげては、ふりかかる火の粉を防ぎとおした。大名小路の本邸も焼け、浜町の下邸も焼けたので、藩侯の家族と側近の人々が中邸へ移って来た。若尾の道場もむろんその人たちの宿所に当てられ、稽古は中止されて、若尾自身も災害のあと始末のための、雑多な用事に駆け廻《まわ》らなければならなかった。こうしているうちに、或《あ》る日、――谷口修理と侍長屋の脇《わき》で出会った。彼は顔と頭の半分を晒《さらし》木綿《もめん》で巻き、右手もやはり晒木綿で巻いて、頸《くび》から吊《つ》っていた。

「逢いたかった、ずいぶん心配しましたよ」と修理は云った、「無事だということは、こっちへ来るとすぐ人に聞いたけれど、自分の眼《め》で見るまでは安心できなかった、けがもなにもしなかったんですね」

「ええ、髪を少し火の粉で焦《こ》がしただけですわ」若尾はまともに修理を見た、「あなたはどうなさいましたの、火傷《やけど》ですか」

「なに、たいしたことはないんですよ、それより」と彼はすばやく左右へ眼をやった、「ぜひ貴女に話したいことがあるんです。一刻も早いほうがいいんですが、あの築山《つきやま》の裏まで来てくれませんか」

「さあ、――夜にでもならないと暇がございませんけれど」

「結構です、あの築山のうしろの林の中で待ってますから」

「でも、――御用はなんでしょうか」

「そのとき話します」修理はもう歩きだしていた、「待っていますからね、今夜でなければあすの晩、八時ごろから待っていますよ」

そして彼は侍長屋のほうへ去っていった。

若尾はちょっと迷ったが、すべてものごとは、はっきりさせるに越したことはない、こう思ってその夜でかけていった。築山というのは、堀から水を引いた泉池の奥にあり、そのうしろは隣りの加納家へ続く林になっている。隣り屋敷も庭境には樹立《こだち》があるので、そこは昼でも暗いほど樹《き》が繁《しげ》っていた。――少し時刻には早いと思ったが、修理はもう来て待っていた。築山をまわってゆくと、まっ暗な林の入口のところに、彼の巻き木綿が白くぼんやりと浮いて見え、それが、若尾が近づいてゆくと、林の中へと静かに入っていった。若尾はすぐに追いついた。すっかり曇った暖たかい晩で、林の中はつよく土の香が匂《にお》った。

「雨になりそうですね」修理はそう云って振返った、「降られると焼け出された連中は困りますね」そして急に荒い息をした、「簡単に云います、もう貴女もお察しのことだろうから単刀直入に云います、若尾さん、どうか私と結婚して下さい」

若尾は半歩うしろへさがった。

――やっぱりそんなことか。

彼女はそう思った。これまで逢うたびに、彼がなにも云わないのに拘《かかわ》らず、いつかそれが話に出そうだという予感があった。それも自分から云いだすのではなく、若尾のほうから云いだすのを待っているような、――なんと己惚れの強い人だろう。若尾はそう思って、おそれるよりはむしろ幾らか軽侮していた。

――この人は辛抱をきらしたのだ。

若尾の気持がいつまでも動かないので、彼はついにがまんできなくなったのだろう、しかもいま、彼は火傷をして晒木綿を巻いている。そういう申込みをするには、究《きよう》竟《くつ》の条件だと思っているようでもあった。

「突然こんなことを云いだして、貴女はぶしつけだと怒るかもしれませんが」

「いいえ」と若尾は首を振った、「そういうふうに、はっきり仰しゃって下さるほうが気持がようございますわ」

「有難う、では返事を聞かせてもらえますね」

「わたくしも飾らずに申上げますわ、せっかくですけれど、お受けできませんの」

「待って下さい、そう云《い》わないで下さい」修理は自由なほうの手を振った、「いきなりそう云い切ってしまわないで下さい、私はながいあいだ貴女を想《おも》っていた、貴女はむろん気がつかなかったかもしれない、また本来なら、火傷をしてこんな醜い軀になったのだから、結婚のことなど云いだしてはいけなかったかもしれないが、私はどうしても黙っていることができなくなった、黙っていることが苦しくって耐えられなくなったんです」

「火傷なんかなんでもありませんわ」若尾は反抗するように云った。修理のそういう云いかたは女の情に脆《もろ》いところを衝《つ》いている。それは卑怯《ひきょう》だと若尾は思った、「――たとえ不具になったとしても、良人《おっと》として恥ずかしくない方なら、女はよろこんで一生を捧《ささ》げますわ、それで、はっきり申上げますけれど、わたくしには、もう約束をした方がございますの」

「貴女に、――」修理はどきっとしたような声で反問した、「約束した者があるんですって、貴女に」

「はい、それもずっとまえからですわ」

「ちょっと待って下さい」彼はせきこんで云ったが、その調子には、かなりわざとらしいところがあった、「遠慮なしに訊きますが、それはまさか、まさか、――弘田じゃあないでしょうね」

「どうしてですの」

「だって彼は、――いや、それはだめです」

修理は激しく首を振った。

九

「貴女《あなた》も知っているだろうが」と修理は続けた、「弘田の家は交代家老で、彼もやがては家老職になる筈《はず》です、いや、やがてではない、噂《うわさ》によるとまもなくそうなるらしい、それなのに貴女が彼と結婚するというのは、またしても弘田を醜聞《しゅうぶん》に巻きこむことになりますよ」

「それは、わたくしの素性《すじょう》のことを仰しゃるのですか」

「いまは誰も知らないかもしれない」修理は云った、「だが弘田の人たちが知っているし、貴女自身が知っている、私はべつですよ、私はどんなことがあったって口外するような人間ではないが、弘田の家人が知り貴女自身が知っている以上、完全に隠しきるということは不可能だと思う、ただそれだけならいい、貴女だけの問題ならまだいいが、弘田ではまえにも、いちど躓《つまず》きがあったのです」

若尾はかたく顔をひき緊《し》めた。

「貴女も聞いているだろうと思うが、弘田の姉に深江という人がいて、いまから六、七年まえに自殺しました、聞いたことがあるでしょう」

若尾は暗がりの中で息を詰めた。

「これは貴女だから云うのだが、あの人は、こともあろうに懐妊して、懐妊三月の軀《からだ》を恥じて自害したんです」

「懐妊ですって、――」

「三月だったんです」修理はいたましげに云った、「弘田さんはすぐに職を辞されたが、他の問題とは違って、これはそう簡単に忘れられてしまうものではない、現に弘田はまる二期ちかくも次席家老の職から除外されていたのですからね」

「それは本当のことですの」と若尾はふるえながら云った、「あの方のお姉さまが身ごもっていらしったというのは」

「云わないほうがよかったかもしれない、しかしなぜ云ったかという意味はわかるでしょう」

若尾は下唇《したくちびる》をぎゅっと嚙《か》んだ。弘田家では深江という人の話は禁制のようになっていた。和次郎までが、その話に触れることを固く避けていた。

——そんな事実があったのか。

若尾は眼をつむった。もの思わしげな、沈んだ和次郎の顔が見えた。自分が引取られた頃《ころ》の、陰気でひっそりとした家の中、平右衛門夫妻の侘《わび》しげな、疲れたような姿などが、現実のようにありありとおもい返された。

「これでもし若尾さんのことがわかったらどうだろう」と修理は云った、「——まえにそんな事のあったあとで、またしても、妻の前身がじつは軽業《かるわざ》一座の女太夫《おんなだゆう》だった、などということがわかったとしたら」

若尾はぞっと身ぶるいをした。

「そこをよく考えて下さい」と修理は続けた、「これが私の場合なら問題ではない。私くらいの身分なら、人はそんなことにまで関心はもたない。だが次席家老となるとべつです、まして深江という人の事があるから、周囲の眼はいっそう厳しいでしょう、——若尾さん、私の云うことが間違っていると思いますか」

「わたくしにはわかりません、考えてみますわ」若尾はふるえながら云った、「あなたの仰《おっ》しゃるとおりかもしれませんけれど、でもわたくし、よく考えてみますわ」

修理は喉《のど》の詰ったような声で、なにか云いかけながら、ふと若尾の肩へ手をまわそうとした。きわめて自然な、こだわりのない動作であったが、若尾は傷にでもふれられたようにびくりとし、すばやくその手を避けて脇へどいた。

「わたくし帰ります」と若尾は云った、「――失礼いたします」

修理は呼びとめた。けれども若尾はもう走りだし、闇《やみ》の中で幾たびか躓きながら、自分の住居のほうへ駆け去った。

その夜半から降りだした雨が、明くる日いっぱい降り続けた。霧のようにこまかい静かな降りかたで、気温も高く、いかにも春雨という感じであった。若尾はその雨の中を歩いていた。朝早く、ふらふらと中邸から出て、そのままずっと歩いていたのである。――まえの夜は殆《ほと》んど眠れなかった。修理には「よく考えてみる」と云ったが、考えてみる余地はなかった。考える余地などは少しもないように思えた。

――あの人はみんなに話すわ、あの人はみんなに触れまわるに違いないわ。

頭の中で絶えずそういう声がした。自分の声ではなく、誰《だれ》かがそこにいて、そっと呼びかけているようであった。それは慥《たし》かなことであった。谷口修理は若尾の素性を話すに相違ない、「私はそんな人間ではない」という言葉がそれを証明している。修理は必ず饒舌《しゃべ》るだろう、必ず。

――出てゆくんだ、あたしがいてはあの方が不幸になる、邸にいてはならない、出てゆくんだ、誰の眼にもつかないところへ。

雨がさっと顔にかかった。若尾は立停《たちどま》って傘《かさ》を傾けた。風が出たかと思ったが、いますれちがった人に呼びとめられたのであった。それは若い男の二人伴《づ》れで、揃《そろ》いの双子《ふたこ》唐桟《とうざん》の袷《あわせ》に角帯をしめ、蛇《じゃ》の目《め》傘をさしている二人は、すれちがった処《ところ》で足を停め、若尾のほうへ振返っていた。

「ああ、――」若尾は眼をみはった、「あんたは、あんたは仙之丞《せんのじょう》のにいさんじゃないの」

「若ぼう、――やっぱりおめえだったか」

「あんたは権之丞《ごんのじょう》のにいさんね」

若尾は殆んど叫んだ。それは岩本一座で綱渡りをする権之丞と、笠踊《かさおど》りの仙之丞であった。二人もなつかしそうに、微笑しながら若尾の姿を眺《なが》めたが、寄って来ようとはしなかった。

「無事にやってるらしいな」と権之丞が云った、「仕合せかい」

「ああよかった、江戸へ来て打ってたのね」若尾は二人のほうへ近よりながら云った、「どこなの、両国の広小路、それとも浅草の奥山、さあ、いっしょにゆきましょう、伴れてってちょうだい」

「いやいけねえ、それはだめだ」

「それはだめなんだ、若ぼう」と仙之丞も云った、「そんなことをしたら親方にどやされる。途中で見かけても声をかけちゃあならねえって云いわたされているんだ」

「あたしが薄情に出ていったからなの」

「若ぼうの身のためだからさ」と権之丞が云った、「おめえは薄情で出てったんじゃねえ、おめえが泣いていやがったことは、みんなが知ってるよ」

「そんなら伴れてって」若尾は云った、「あたしはお邸を出て来たの、ゆくところもないしお邸へ帰れもしないのよ」

「冗談じゃねえ、いきなり、なにを云うんだ」

「本当なのよ、蛙《かえる》の子は蛙、あたしはやっぱり岩本一座の人間だわ、詳しいことは親方に会って話してよ、さあ伴れてって」若尾は涙のあふれている眼で笑った、「あたし宿無しになるところだったのよ」

十

岩本一座は両国広小路で興行していた。若尾は五日のあいだ一座にいて、弘田和次郎のために伴れ戻された。

一座には殆んど変化がなかった。雌犬の庄太夫が死んで、あのとき庄太夫の産んだ仔犬《こいぬ》が母の名を継ぎ、やはり芸を仕込まれて小菊太夫《だゆう》に使われていた。手品の操太夫がいなくなり、代りに美千太夫という若い太夫が入っていた。——一座の人たちは若尾を迎えて歓声をあげた。みんな親身の妹が帰りでもしたようによろこんだが、親方はひどく怒り、若尾が事情をすっかり話すまではこっちを見ようともしなかった。そしてなにもかも（深江という人のことまで）うちあけ、和次郎のために邸《やしき》にはいられないのだ、ということを知ると、ようやく「そんなら此処《ここ》にいろ」と云った。若尾のほうは見ないで、火のついている煙管《きせる》をみつめたままそう云って、ながいことなにか考えているようであった。

「あたし、また舞台へ出るわ」若尾は元気に云った、「薙刀《なぎなた》の腕が違ったから、新しい水車の手を編みだすの、あしかけ五年修業して来たんですもの、あっといわせるような手を考えてみせるわ」

だが五日めに和次郎が迎えに来た。

あとでわかったのだが、彼は若尾の出奔した日に江戸へ着いたのであった。災害の急報に続いて出府の命令が届き、馬を乗り継いで来た。命令はとつぜんのものではなく、一月中旬に非公式の予告があり、三月じゅうには出府の命があるだろうといわれていた。したがってその準備をするかたわら、谷口修理にその旨《むね》を知らせておいた。(その知らせのなかで、和次郎は近く自分が若尾と結婚する予定だということを書いた)それで修理は、和次郎の出府するまえに若尾をくどきおとそうと決心したのであろう。江戸邸へ着いた和次郎に、若尾が出奔したということを告げたのは修理であった。

——自分のような者が和次郎の妻になっては、和次郎の将来のためにならない。

そう云って出奔した、というふうに告げたそうである。和次郎は人を頼んで岩本一座を捜させた、そのほかに身を寄せるところはない筈である。どこかで一座が興行していはしまいか、こう思ったのであった。

若尾は彼が来たのを知らなかった。そのとき彼女は小屋の裏で、稽古《けいこ》薙刀を持って新しい手法のくふうをしていた。このあいだに和次郎は親方と会い、親方の口から詳しい事情を聞いたのであるが、話の済むまで若尾には知らせず、すっかり終ってから、親方と二人で小屋の裏へやって来た。

彼の姿を見ると、若尾は赤樫《あかがし》の薙刀を頭上にふりあげたまま、あっと口をあけて立《たち》竦《すく》んだ。軀が石にでもなったようで、表情も消え、すっと額から白くなった。

「迎えに来たよ」と和次郎は云った、「——おいで、いっしょに帰るんだ」

若尾の（薙刀をふりあげていた）手が、ゆっくりと下におり、その眼《め》はなにかを訴えるように、親方のほうを見た。

「お帰り」と親方が云った、「弘田の旦那《だんな》にすっかり話した、旦那の話もうかがった、若尾は河内伊十郎という武士の娘で、りっぱに家の系図も持っている、不幸なまわりあわせでこの一座にいたが、武士の娘という歴とした素性は消えはしない、誰に恥じることもないし、誰にだって若尾を辱《はずか》しめることはできないんだ」

「私もひと言だけ云っておく」と和次郎が云った、「おまえは私のために自分を犠牲にするつもりだったそうだが、もしも逆に、私がおまえのためにそうしたとしたらどうだ、おまえはそれを嬉《うれ》しいと思うか、私の犠牲をよろこんで受取ることができるかね」

若尾は頭《こうべ》を垂れた。和次郎は続けた。

「まして私は男だ、仮に妻の素性のことが問題になったとしても、その処理をするくらいの力は私にだってあるよ、そう思わないかね、若尾」

「悪うございました」と若尾がうなだれたまま云った、「わたしが悪うございました、堪忍《かんにん》して下さい」

そして薙刀をそこへ置き、端折《はしょ》っていた着物の裾《すそ》をおろした。力のぬけたような動作で、鉢巻《はちまき》をとり襷《たすき》をとりながら、若尾はぽろぽろと涙をこぼした。

「では、ゆこう」和次郎が云った、「駕籠《かご》が待たせてあるから、泣くなら駕籠の中でお泣き」

若尾は涙を拭《ふ》きながら親方を見た。

「そのままおいで」と親方はその眼に答えて云った、「みんなに会うことはない、みんな知っているよ」それから首を振ってこう云った、「もう二度と軽はずみなことをするんじゃあないよ」

若尾は泣きだしながら頷《うなず》いた。和次郎は寄っていって、その肩へ手をまわし、抱えるようにして小屋の表のほうへと伴れだした。小屋の中では賑《にぎ》やかな鳴物の音と、喝《かっ》采《さい》する客のどよめきが聞え、木戸口では呼び込みが景気のいい叫び声をあげていた。

若尾は駕籠の中で泣いていた。

「ひどいことを仰しゃるわ、あの方」と泣きながら口の中で呟《つぶや》いた、「――あたし犠牲になるなんて考えたことはないのに、犠牲になるなんて、そんなおもいあがったことはこれっぽっちも考えやしない。ただ、そうせずにいられないからしただけだわ。あたし、いつかそう云ってあげるからいい」

でもそんなこと云ってもむだかもしれない。と若尾は思った。こういう女の気持は男にはわからないかもしれない。男なんて女のこまかい感情なんか理解できやしないんだから。――若尾は自分が怒っているものと思おうとした。しかし実際にはそんなことはどっちでもよかった。彼女はよろこびと幸福に包まれていた。彼がこんなにも自分を大事に思ってくれること、また彼といっしょにいる以上、もはや、なにも怖《おそ》れるものはない、という大きな安堵《あんど》感《かん》のなかで。――若尾は涙を拭き、独りでべそをかきながら、またそっと口の中で呟いた。

「あんな谷口なんていう人のことを、どうして怖れたりしたのかしら、あんないやらしい己惚《うぬぼ》れ屋《や》のことなんぞを」それからふと眉《まゆ》を寄せて、しかつめらしく自分に云った、「でも気をつけなければいけないわ、ああいう人ほど狡猾《こうかつ》なんだから、自分が困ってくると、どんな悪企《わるだく》みをするかもしれないわ。そうよ、決して油断はできないわ」

十一

その夜十時少しまえ、――中邸の侍長屋にある谷口修理の住居で、修理と和次郎が対座していた。そこは焼け出された人たちの合宿で、ほかに同居者が二人いるのだが、話をするために、よそへいってもらったのであった。

修理は半面を晒《さら》し木綿《もめん》で巻いた顔を伏せ、片手で膝《ひざ》を摑《つか》んでいた。肩から吊《つ》っている腕と、半面を巻いた木綿の白さが、行燈《あんどん》の光りを吸ってさもいたましげにみえた。和次郎は眉をしかめ、怒りよりもむしろ深い悲しみのために硬《こわ》ばった表情で、俯向《うつむ》いた修理の（蒼白《あおじろ》く乾いた）額を強くにらんでいた。

「むろん遠慮することはない、若尾の素性を饒舌《しゃべ》りたければいくらでも饒舌るさ。だが、うかつに饒舌っては悪いこともあるんだぜ」と和次郎は云《い》い続けた、「――谷口、おまえはまた若尾に、おれの姉のことも話したそうだな、姉が懐妊して、それを恥じて自害したということを」

「おれは」と修理は慌《あわ》てて云った、「それは弘田の将来ということを案じたから」

「わかった、それはもうわかった、問題は姉のことだ」と和次郎は云った、「――姉が懐妊していたこと、懐妊して三月めだったということを、おまえ、どうして知っているんだ」

「それは、だって、――」修理は不安そうに眼をあげた、「それは、おれはそう聞いたように思ったもんだから」

「誰《だれ》に、誰に聞いたんだ」

「誰にって、それは、人の名は云えないが」

「そうだろう、云えないだろう」と和次郎はゆっくり云った、「――姉がなぜ自害したか、その理由を知っている者は一人しかなかった、その一人というのは母だ、母は父にも云わなかった、こんど初めて、七年忌に当ってうちあけてくれたんだ、それまでは父もおれも、もちろん親族や姉の友達も知らなかった、こんどの七年忌で、初めて母から父とおれだけが聞いたんだ、しかも姉は、母にもなにも云わなかった、母のほうで姉のからだの変調に気づいて、どうするつもりかと案じているうちに、姉は黙って死んでしまったんだ、……谷口、おまえはこのことを知っていた、母のほかにおまえだけが知っていた、なぜだ、どうして知っていたんだ、谷口、おれから説明してやろうか」

修理は折れるほど低く首を垂れ、黙ったまま肩で息をしていた。居竦《いすく》んだようなその姿勢と、はっはっという激しい呼吸とは、絶体絶命という感じをそのまま表わしているようにみえた。和次郎の呼吸も荒かった。膝の上にある彼の拳《こぶし》は震えていた。

「おれはきさまを斬《き》ろうと思った」と和次郎は云った、「しかし、――おれは考えた、きさまは憎いやつだが、いちどは姉が愛した人間だ、どんな事情があったかおれは知らない、たぶん、その愛があやまちであったと気づいて姉は死んだのだろう、だが、ともかくも、いちどは愛したんだ、だからおれは斬ることを断念した、わかるか谷口」

語尾はするどく、刺すようであった。修理はぴくりと身を縮め、膝を摑んでいた片手を畳へすべらせた。その不自然に傾いた修理のみじめな姿から、和次郎は眼をそらしながら、刀を取って立ちあがった。

「自分の罪は自分でつぐなえ、おまえも武士なら、このつぐないくらいはする筈《はず》だ、谷口修理、——見ているぞ」

そして彼はそこを去った。

外へ出ると雨が降っていた。暖たかい静かな夜の闇《やみ》をこめて、殆《ほと》んど音もなく、霧のようにけぶる雨であった。昂奮《こうふん》した頰《ほお》にその雨をこころよく打たれながら、侍長屋を通りぬけてゆくと、うしろから人が追って来た。和次郎が振返ると若尾であった。

「どうしたんだ、こんな処《ところ》へ」

「心配だったんです」若尾はなにやらうしろへ隠しながら、追いついて来て云った、「——谷口さんてあんな人でしょ、なにをするかわからないと思って、それでようすをみに来たんです」

「薙刀まで持ち出してか」

和次郎は苦笑した。若尾は慌てて、うしろに隠していた薙刀をもっと隠そうとしながら赤くなった。

「いいえ、これは、これはいま、ちょっと稽古をしようと思って、それで」

「新しい手の稽古か」と和次郎は笑いながら云った、「おまえ新しい水車の手を編みだすと云って、たいそう張切っていたそうじゃないか」

「親方は、そんなことまで申上げましたの」

「編みださないまえでよかったと思うね」と和次郎は云った、「若尾はどうかすると、姫君にまでそれを教えかねないからな」

「まあそんな、いくらわたくしだって、そんな、——まさかと思いますわ」

若尾はつんとして薙刀を肩へかついだ。和次郎は振向いて見ながら静かに笑った。

二人は並んで、雨の中を住居のほうへ去っていった。

（「面白倶楽部《おもしろくらぶ》」昭和二十九年五月号）

葦《あし》は見ていた

一

五月はじめの朝四時ごろ、——

熊井川《くまいがわ》は濃い霧に掩《おお》われていた。まだあたりは薄暗く、どちらを見ても殆《ほと》んどみとおしはきかない。川岸には葦《あし》が茂っていた、葦は岸から川の中まで、川の中の七八間さきまでも生え、それが川上にも川下にも続いている。岸は狭く、すぐ堤に接し、その堤は十尺余りの高さであるが、土質が脆《もろ》いので、絶えずぱらぱらと土が崩れていた。特にひとところ、その崩れのひどい処《ところ》があり、そこには段々に土が窪《くぼ》んで、人の登りおりした跡が出来ていた。

風は少しもなかった。霧は動いているのだが、ほんの僅《わず》かに動いているだけで、よくよく眼《め》をとめて見ないとわからないくらいだった。

そこは川の彎曲部《わんきょくぶ》であった。観音寺の丘陵の端をまわった川が、大きく右に曲り、そこにひろい淀《よど》みをつくっている。葦はそのひろい淀みにびっしりと生え、そして互いの葉を重ねあっていた。——川波に根を洗われるためだろう、葉の茂みは絶えず（ごくかすかに）ふるえ、その白っぽい濃緑の葉は霧粒で濡《ぬ》れていた。

一羽の鵜《う》が飛び去った。川下から川上へ、霧が濃いのでかたちもおぼろだし、むろん翼の音もしないが、その飛びかたで鵜だということがわかった。

堤の上から一人の若い女がおりて来た。

あの段々に窪みの出来ているところから、灌木《かんぼく》の枝につかまりつかまり、危なっかしい恰好《かっこう》で下へおりて来、そこでまわりを眺《なが》めやった。年はもう二十一か二くらいであろう。髪のかたちや着物の着かたで、水商売をしていたらしいことが想像される。小麦色の細おもてに、眉《まゆ》が濃く、眼尻《めじり》のあがった、いかにも勝ち気らしい顔だちであるが、小さい肩や、そこだけ緊《しま》って肉づいた腰つきなどに、洗練された嬌《なま》めかしさと色気が感じられた。

女は蒔絵《まきえ》の文筥《ふばこ》を持っていた。その文筥はかなり古びたもので、結んだしで紐《ひも》も太く、その紫の色もすっかり褪色《たいしょく》していた。

女は振向いて堤の上を見、それから川の向うを見た。遠くを見るときには、その眼が細くなり、眉間《みけん》に皺《しわ》がよった。やがて、——女は地面の上に文筥を置いた。そこは、絶えず堤から崩れる土で、少しばかり高くなっている。女はその高くなった処へ文筥を置き、それから着物の裾《すそ》をからげて帯に挟《はさ》んだ。下からは水色の縮緬《ちりめん》の二布《ふたの》があらわれたが、女はさらにその二布をからげ、左右の端をしっかりと結び合せた。すると彼女のしなやかな、すんなりとかたちのいい脛《はぎ》が、膝《ひざ》のところまで剝《む》きだしになった。

「これでいいかしら」女は呟《つぶや》いた、「ほかにしようがないわね、まあいいわ」と女は頷《うなず》いた、「あんまり恥ずかしい恰好になりさえしなければいいんだから、――これでいいわ」

女は帯をしらべ、着物の衿《えり》を直した。右手の小指で鬢《びん》の毛を掻《か》きあげ、川の上下をうかがうように見た。

空がやや明るくなり、霧が動きだした。

女はそっと草履《ぞうり》をぬいだ。霧で濡れた地面に、素足が冷たそうである。女は草履をきちんと揃《そろ》え、川のほうへ向けて汀《みぎわ》に置いた。それから静かに川の中へ入っていった。――初めに水の中へ足を入れたとき、彼女は身ぶるいをして肩をちぢめた。しかし躊《ため》らうようすはなかった。ひと足ずつ静かに、爪尖《つまさき》で底をさぐりながら、葦の間を進んでいった。葦たちは彼女に押し分けられて傾き、さやさやと葉ずれの音をたて、彼女の手がはなれると大きくはね返って、こんどはがさがさと騒がしく揺れた。

葦の間をぬけ出たとき、女の軀《からだ》はずぶっと腰まで水に浸った。そこから深くなっているのだろう、のめりそうになり、両腕を振るのが見えた。

女はそこでちょっと立停《たちどま》った。霧の動きがしだいに早くなり、女の姿が薄くなったり濃くなったりする。それからまもなく、女はまた進みだした、川心に向って、――水は腰から胸のあたりまであがった。濃い霧の条《すじ》が来て、いちど女の姿をすっかり隠した。次に見えたとき、女は殆んど首まで浸っていたが、そのとたんにふっとその首も水の中に沈んだ。そこに水の輪ができ、静かに輪がひろがった。

まもなくまた女の頭が見えた。沈んだ処から四五間川下で、ばしゃばしゃと水を叩《たた》き、はっはと短く喘《あえ》いだ。そして、いちど沈んだかと思うと、もっと川下でもういちど頭が浮いた。それはかなり早い速度で川下のほうへと流されていたが、もう霧に遮《さえぎ》られてよくは見えなかった。

「計さん」女の声がした、「計之介《けいのすけ》さん」

それは水を含んだ口から出る声であった。つづいて「かぼっ」という水音がし、もうなにも聞えなくなった。

空はますます明るくなり、風立って来た。風は川上のほうから静かに吹きはじめた。そちらから順々に葦が揺れて来るので、吹いて来る方向がわかった。すると、霧はにわかに巻きたって、条になり渦《うず》になり、川下のほうへと流れはじめた。川岸の夏草も、堤の灌木の茂みも、びっしょりと霧粒のために濡れた。

汀に置かれた草履も、あの文筥も濡れていた。――葦たちは、まるでいまの出来事を互いに囁《ささや》き交わすかのように、片向きに揺れてはさやさやと葉ずれの音をたてていた。

二

明くる朝の午前五時まえ、――

観音寺の丘の上で、杉丸東次郎《すぎまるとうじろう》が藤吉計之介《ふじよし》の来るのを待っていた。そこは寺のうしろにある平らな丘で、晴れていれば、前方には寺の大屋根や鐘楼を越して、城下町と城のある鶴ケ岡《つるおか》の森が見えるのだが、濃い朝霧が視野を掩っているため、寺の屋根も鐘楼もおぼろにしか見えない。丘のうしろは雑木林の繁《しげ》った斜面で、その下は熊井川の流れである。熊井川は観音寺の丘陵の北端をまわり、大きく迂曲《うきょく》して、そこにひろい淀みをつくっており（これも晴れていれば）その淀みや、対岸の街道や林野が眺められるのであるが、いまは川そのものさえ、灰白色の帷《とばり》に遮られて見えなかった。

「いやだめだ、もうとうていむだだ」東次郎は首を振りながら呟いた、「思いきってやるほうがいい、さもなければ武士として破滅するばかりだ、思いきってやるほうが友情だろう」

彼は丘の向うを見た。

空が明るくなり、静かに風が出て、さっと霧が巻きあがった。東次郎は刀の下緒《さげお》を外し、それを襷《たすき》にかけると、ふところからたたんだ晒《さら》し木綿《もめん》を出して、しっかりと額に汗止めをした。そのとき観音寺の鐘が鳴りはじめた。

「時刻だな」と彼は呟いた、「いよいよそのときか、――」

東次郎は袴《はかま》の股立《ももだち》をしぼった。

鐘楼は丘のかげにあるので、それほど音は高くないが、鐘の響きは濃霧にこもって長く、一音、一音がおもおもしく、長く尾をひいて、城下町のほうへと鳴りわたっていった。

東次郎はふと眼をそばめた。向うの、丘の登り口に人の姿が見えたのである。霧のためにはっきりしないが、藤吉計之介にまちがいはない。――彼は刀の目釘《めくぎ》をしめし、草履をぬいで足袋《たび》はだしになった。

計之介は走って来た。

東次郎は足もとを眺めやり、それから、刀の柄《つか》に手をかけて、走って来る計之介のほうを見た。計之介は三間ほど先で停った。

計之介は蒼《あお》い顔をしていた。頬骨《ほおぼね》の出た、ひどく窶《やつ》れた顔が、走って来たあとなのに蒼白く、そうして激しく喘いでいた。

「こっちはいいぞ」と東次郎が云《い》った、「待っているから早く支度をしろ」

「それには及ばない」

計之介は刀を抜いた。

「支度をしろ」と東次郎が云った、「そんな恰好で勝負ができるか」

「なに、――なに、きさまくらい」

計之介は身構えをした。

「だめだ」東次郎は首を振った、「そんな恰好で勝負ができるものか、ちゃんと支度をしなければおれはやめる」

そのとき鐘が鳴りやんだ。最後に撞《つ》かれた一音が、ゆっくりと、余韻《よいん》を残して消えた。その消えかかる余韻のなかで、計之介が叫んだ。

「これでもか」

そして彼は斬《き》り込んだ。

刀をふりかぶり、足場も計らずに、ただ真向《まっこう》から斬り込んだ。東次郎は左へ躱《かわ》しながら刀を抜いた。計之介は踏み止り、振返るとすぐに突《つき》を入れた。東次郎は右へ躱した。計之介はまた斬りつけた。こんどは上段から打ちおろし、それを返して横に払った。

「よせ、藤吉」と東次郎が叫んだ、「きさま気でも狂ったのか」

計之介はまたとびかかった。東次郎は横へ身をひらきながら、すばやく計之介の足を（自分の足で）すくった。計之介はのめっていって転倒した。彼の手から刀が飛んだ、彼は倒れたまま起きようともせず、みじめな声で叫んだ。

「斬れ、杉丸、斬ってくれ」

東次郎はこっちから眺めていた。

「斬ってくれ、斬らないのか」

東次郎は刀を鞘《さや》におさめ、身支度を解いた。そして、濡れた足袋をぬいで草履をはき、足袋は懐紙に包んで袂《たもと》へ入れた。彼はそのあいだも計之介から眼をはなさず、やがて、草むらの中から計之介の刀を拾いあげると、静かに近よっていって呼びかけた。

「起きろ、人が来るとみっともない、起きてわけを話せ」と東次郎は云った、「いったい、どうしたんだ」

「おれは斬られたかった」

「起きて話せ」

「おれは斬られるつもりで来たんだ」

「さあ、起きて刀をしまえ」と東次郎は云った、「果し合をしずに済めばそれに越したことはない、さあ起きてちゃんとしてくれ」

計之介は起きあがった。東次郎が刀を渡すと、立って、顔をそむけたまま鞘におさめた。

「おれは恥ずかしくって死にたいんだ」

「ひと言だけ云え」東次郎が云った、「なにがあったんだ」

「あいつが、——逃げた」

東次郎は黙って次を待った。

「昨日《きのう》の夜明けまえに」と計之介が云った、「おれが眼をさましたら、あいつはもういなかった」

「——慥《たし》かにか」

「有るだけの金と、あの漢鏡《かんきょう》がない」と計之介は云った、「金のほうは僅かだが、漢鏡が家宝で、高価だということを知っていた、それが無いんだ、——おれは昨日、一日じゅう捜しまわった、だがあいつはどこにもいない、もう逃げたことは確実だ」

東次郎は歩みよって、計之介の肩へ手を置いた。

「危ないところだった」東次郎は云った、「よかった、藤吉、よかったよ、天の助けだ」

「おれは恥ずかしい、ただもう恥ずかしい」

「うちへゆこう」と東次郎が云った、「うちへいって朝飯を食おう」

「ゆける筈《はず》はないじゃないか」

「ゆけなくってさ」と東次郎が云った、「いま藤吉は恥ずかしいと云った、しかしそれはちがう、恥ずかしいというのは昨日までの藤吉だ、いまの藤吉には恥ずかしいことなんかありゃあしない、いっしょにゆこう」

「有難《ありがた》いが、それだけはできない」

「おれはつれてゆくよ」

「それは残酷だ」と計之介は云った、「あれだけの醜態をさらして、ほかの人たちはともかく、深江さんの前へ出られる道理がない、それはあんまり残酷だ」

「いっしょにゆこう」東次郎は云った、「腫物《はれもの》を切開するときには、思いきって、一遍にやるものだ、なし崩しにやっても痛みが減りはしない、恥ずかしいおもいも一遍にしてしまえ、そうすればさっぱりするよ」

計之介は不決断に頷《うなず》いた。

「さあゆこう」と東次郎が云った、「おれがうまくやるよ」

二人は歩きだした。空はすっかり明るくなり、風のために、もう霧も殆《ほと》んど吹きはられていた。丘の下り口までゆくと、朝の光りをあびた城下町の向うに、鶴ケ岡の森と、城の天守閣が爽《さわ》やかに眺められた。

二人は坂をおりていった。

三

二人は辻《つじ》町にある杉丸の家へいった。

東次郎は百二十石の納戸役《なんどやく》で、家族は母親と、娶《めと》ってまのない妻と、深江という妹の三人であった。

「休暇を三日もらってあるんだ」と東次郎は云った、「今日は特別だから、ひとつ酒をつけてゆっくりしよう」

東次郎がみみうちをしたとみえ、みんなの態度はごく自然で、他人行儀なようすは少しもみせなかった。妻女とは初めて会うのだが、その妻も旧知のようにふるまった。

酒はなごやかに進んだ。

深江が給仕に坐《すわ》った。彼女は二十歳になる、軀《からだ》の小柄《こがら》な、まる顔の健康そうな娘、笑うとかなり大きな八重歯が見える。それが恥ずかしいのだろう、笑うときには必ず、手の甲を返して口を掩《おお》った。

――ばかだね、隠すことはないじゃないか。

東次郎はたびたび云った。

――八重歯は愛嬌《あいきよう》があっていいものだ、おまえの顔は八重歯の見えてちょうどいいくらいなんだぜ。

――だって大きすぎるのよ。

と深江は（口を掩いながら）云うのであった。

――わたくしのは八重歯ではなくって、鬼歯みたようなんですもの、恥ずかしいわ。

計之介と深江とは、五年まえに婚約していた。計之介のほうに事情があり、このところ二年以上もこの家へはよりつかなかった。そのため深江は二十という年になってしまったのであるが、――彼女のようすには変ったところはなかった。計之介にはそれが、むしろ呵責《かしやく》であったが、しかしうれしさも大きかった。彼女に少しも変ったようすがなく、まえと同じように受け容《い》れてくれるのをみて、彼は強い自責と深いよろこびとを、二重に感ずるのであった。

食事が終ると、計之介は別れを告げた。

「明後日《あさって》ゆくよ」と東次郎が云った、「そのときすっかり話を聞こう」

計之介は頷いた。東次郎は玄関まで送って出た。

「松野老《まつの》へはおれが知らせよう」東次郎は云った、「召使などもおれがなんとかするから、まず藤吉はゆっくり寝ることだ」

計之介は眼《め》をそむけながら頷いた。

「松野老がどんなに喜ぶことか」

東次郎は呟《つぶや》くように云った。殆んど独り言のようであった。計之介は東次郎の顔を振返って見て、それから玄関を出ていった。

藤吉の家は竹屋敷という処《ところ》にあった。

計之介が帰って一刻《とき》ばかりすると、家扶《かふ》の松野伊太夫《いだゆう》が、二人の下僕《げぼく》をつれて来た。松野は父の代からの家扶であるが、半年まえに自分から暇を取り、親類の家に寄食していたものであった。——計之介の居間へ、戻《もど》った挨拶《あいさつ》に来たとき、松野は泣いた。

「杉丸さまからうかがいました」と松野伊太夫は云った、「あのときは無礼なことを申上げましたが、どうぞお赦《ゆる》し下さいますよう」

計之介は頭《こうべ》を垂れた。そして低い声で云った。

「勘弁しておくれ、私はやり直すからね」

松野は「はい」といった。

「私は立ち直ってみせる」と計之介は云った、「きっと立ち直ってみせるよ、きっとだ」

計之介の眼からも涙がこぼれ落ちた。

臨時に雇った二人の下僕をさしずして、松野が家の中をきれいに片づけた。家財道具も殆んどなく、家じゅうが荒れ放題になっていた。それをきれいにし、さしあたり入用な物を買いいれた。金は杉丸が都合してくれたらしい、あとで「残ったから」といって、二両ほどの金を計之介に渡した。

中一日おいて東次郎が訪ねて来た。

そのときはもう、松野の老妻も戻っていたので、つつましく酒肴《しゅこう》の膳《ぜん》を拵《こしら》え、昼食を共にしながら話した。

計之介はすっかり話した。話す必要もなくまた話せないことはべつにして、できるだけありのままに告白した。

藤吉の家は五百三十石の中老で、父の舎人《とねり》は側御用《そばごよう》を勤めたこともあり、酒も煙草《たばこ》も口にしたことのない、謹直な人であった。計之介は一人息子だったが、決してあまやかされるようなことはなかったし、生れつき温和《おとな》しく、頭のいい子で、藩校ではよく褒賞《ほうしょう》を与えられた。——杉丸東次郎とは精心館で知りあった。東次郎は計之介より一つ年長で、精心館道場では俊秀といわれていた。計之介はついに彼に及ばなかったが、それでも上位の中軸くらいまでは使ったし、ときには東次郎と三本に一本くらいの勝負をすることもあった。

二十歳前後から、彼にはふしぎに人望が集まって、「やがて国老になるだろう」などという評が広まった。父が側御用を勤めたし、国老三席のうち、一つは中老から選出される定めなので、無根の評ではないが、そんな年ごろでそういう人望の集まることは、彼自身にはかなり重荷に感じられた。

――そんなことを気にするな。

東次郎は、しばしば彼を励ました。

――世評なんて勝手なものだし、国老になったっていいじゃないか、国老になったって悪くはないぜ。

――よしてくれ、おれは静かに暮したいんだ。

計之介は学問が好きだった。できることなら一生、静かに学問をして暮したかった。

二十三歳のとき、彼は深江を妻に欲しいと申し込んだ。東次郎は妹の気持をきいてから承知し、婚約がまとまった。深江は十五歳だったが、彼女はおくてらしく、軀つきも気持もまだ子供のようであった。

――二年ばかり待ってやってくれ。

と東次郎が云い、計之介は承知した。

彼が二十五になった年、母が死に、続いて父が江戸で死んだ。計之介は父の葬儀のために江戸へゆき、そこで女と知りあった。

女は柳橋《やなぎばし》の芸妓《げいぎ》で、名をおひさといい、もう二十二歳であった。計之介は亡父の友人の催してくれた宴席で彼女に逢《あ》い、そのあと、彼女に求められて、一人で隠れて逢いにいった。

——もう一度だけいらしって。

と、おひさはせがんだ。

——お国へお帰りになれば、もう一生おめにかかれないんですもの、ね、もう一度だけ。

それがたび重なった。江戸という都会が珍しく、芸妓あそびというものが珍しく、そして初めて知った女であった。計之介は女のつよい情に惹《ひ》かれた。決して嫌《きら》いではなかったし、はなれ難い気持もあったが、結局はあそびであり、江戸にいるあいだのことだと思っていた。

彼は七十日を済ませて帰国した。別れに逢ったとき、おひさは泣きとおした。

——どうしてもあなたが忘れられない、いっそ死んでしまいたい。

女は声をあげて泣き、幾たびも彼の腕を嚙《か》んで、その自分の歯の痕《あと》へ狂ったように頰《ほお》ずりをした。

帰国してからまもなく、彼は無名の手紙で料亭《りょうてい》へ呼びだされた。新京橋に近い、「源宗」という料理茶屋で、いってみるとおひさであった。彼女はすっかり窶《やつ》れて、病人のようにみえた。彼女は計之介を見ると哀れに笑い、肩をちぢめながら云《い》った。

――どうぞ叱《しか》らないで下さい。

――どうしたんだ。

彼にはわけがわからなかった。

――お願いですから叱らないで。

おひさは彼にしがみつき、そして激しく泣きだした。

四

計之介はちょっと黙った。

「それは知らなかった」と東次郎が云った、「そうか、江戸からやって来たのか」

計之介は暫《しばら》く黙って、それからまた話し続けた。

おひさは江戸はぬけて来、この城下の木花町で芸妓になった。彼に逢おうとは思わなかった、ただ彼のいる土地に住みたい一心だった、と云った。

――でも一度だけおめにかかりたかったので、思いきって手紙をさしあげたんです。

おひさはそう云って微笑した。

――これで気が済みました、いちど逢えたし、同じ土地にいられるのだから本望です、もう二度と御迷惑はかけませんわ。

おひさは本気だったろうか。

「それはわからない」と許之介は云った、「本当にそれっきり逢わないつもりだったか、それとも、そうするほうが男をもっと惹きつける、ということを知っていたためか、どっちともわからない、ともかく、――その後おひさから呼びだしは来なかった」

しかし許之介のほうから逢いにいった。

逢いにゆかずにはいられなかった。初めておひさによって女を知り、僅《わず》かな期間ではあるが繰り返されて、それがどんなに強い誘惑であるかわかっていた。そのうえ、江戸をぬけて来た女の、ひたむきな、思いつめた気持もあわれであった。

――これで本望だ。

こんな田舎の城下町で芸妓になって、それでも同じ土地にいられるから本望だという。おひさの言葉は彼の心を刺し、彼の心をつかんだ。

——いらしってはだめよ。

おひさは云った。計之介が逢いにゆくたびに、おひさはそう云うのであった。

——土地が狭いからすぐ噂《うわさ》になります、これっきりいらっしゃらないでね。

計之介もそうしようと思った。深江に対しても気が咎《とが》めた、深江は十七になり、ずっと娘らしくなっている。いっそ深江と結婚してしまおう、そうすれば女を忘れられるかもしれない、彼はそうも考えた。すると却《かえ》って執着が強くなった。おひさの身についた、男を夢中にさせる技巧にか、——そうかもわからない。しかしそれ以上に、女の思いつめたすがたが、あまりに哀れでいじらしかった。馴染《なじみ》のない土地の座敷で、田舎客を相手にうたったり踊ったりしている姿を想像すると、もうそれで、逢いにゆかずにはいられなくなるのであった。

——こんどこそ、これっきりよ。

おひさはそう云った。こんど来たってもう逢わないとも云った。しかも逢う度数は増してゆくばかりであった。

——こんなことをしていてどうなるの。

——そのうちに飽きるさ、大丈夫だよ。

——そうね、どうせ御夫婦になれるわけじゃないし、そのうちには飽きるかもしれないわね。

——そうだとも、二人ともきっと飽きてくるよ。

そして二人の仲はさらに深くなった。

「もう半年もしたら、本当に飽きて別れたかもしれない」と計之介は云った、「しかしそのとき、まわりで二人の仲が評判になり、松野がしきりに意見を云いはじめた」「松野はおれのところへ相談に来た」と東次郎が云った、「おれはもう少し待てと云った、もうやむだろうから、もう少し黙っているがいいと云ったんだ」「松野はそれができなかった」と計之介は云った、「もう金がなくなりかけていたんだ」

伊太夫は金のことは云わなかった。杉丸家に聞えては済まない。家中《かちゅう》の評にのぼっても、家名に瑾《きず》がつくからと云った。それからの二人はそれまでの二人とは違ってきた。みんなが睨《にら》んでいる、みんなが仲をさこうとしている、もうおおっぴらには逢えない。二人はそう思い、隠れて逢うようになった。それが二人をもっと強くむすびつけた。世間の眼を忍ぶことで、お互いへの愛情も、快楽への誘惑も激しくなり、一日も逢わずにはいられないようになっていった。

計之介も女も借金が嵩《かさ》んだ。

彼は松野に云えない金を借りてまわり、おひさは彼の気づかないところで借金をつくった。いうまでもない、二人は世間の眼を忍ぶために、却って世間の噂を高めるような結果になった。――給銀が払えないので、松野は召使たちに暇をやり、三人いた家士たちもつぎつぎに去った。

父の舎人が死に、彼があとを相続したので、もうなにか役に就《つ》くじぶんであった。しかしなんの沙汰《さた》もない、おそらく女との噂が邪魔をしているのだろう。役に就かなければ（中老の家格に変りはないが）食禄《しょくろく》は三分の一減らされる。生活はぎりぎりまでゆき詰った。

「そのとき女がうちあけたんだ」と計之介は云った、「はじめは泣くばかりで、どうしても云わなかったが、おれがせめにせめたら、――もうこれで逢えない、自分はほかの土地へくら替えしなければならないのだと云った」

計之介は初めて女の借金を知った。

江戸から来て一年半ばかりの期間に、女は背負いきれないほどの借金をつくっていたし、もう延ばせない期限が来ていた。金を返すか、他の土地へくら替えするか、どちらかにしなければならなくなっていた。

――よし、金をつくろう。

計之介は云った。

――その金をきれいにすれば、おまえの軀《からだ》は自由になるんだろう。

――そうして江戸へ帰れと仰《おっ》しゃるの。

――金をつくってからだ。

――あたしをくら替えさせて。

――おれに金がつくれないと思うのか。

――お願いだからくら替えをさせて。

そんなに遠い処《ところ》ではないからくら替えしても逢えないことはない。むしろ土地が離れるから、気兼ねなしに逢えるだろう。おひさはそう云った。しかし彼にはそうはできなかった、彼のために江戸をぬけ、彼のためにそんな借金を負わせて、それで黙って見ていられるものではなかった。

彼は松野に無断で、家にある書画やめぼしい道具を売った。

松野は怒った。父の代から仕えていて、温和しい一方の、忠実で勤直な彼が怒った。

――私はお暇を頂きます。

松野はふるえながら云った。計之介は勝手にしろと云った。

——その代りなにも云うな。

松野はなにも云わなかった。松野は意見らしいことはなにも云わずに、妻と二人で出ていった。そして、計之介は一人になった。

「おれが松野にそうしろと云ったのだ」と東次郎が云った、「そうして暫くようすをみるがいいと」

「いまになればわかるが、あのときは頭が狂っていた」と計之介は云った、「よし、それならこっちもゆくところまでいってやれ、どうなるものか、——」

そうして彼は女を自宅へ引取った。

五

二人だけの生活が始まった。

それは激しい消耗の生活であった。男は世間から棄《す》てられた怒りと絶望とを、女と歓楽に溺《おぼ》れることで忘れようとし、女は男をそんな境遇に追いこんだ自責から、もっと深い快楽を男に与えることで償《つぐな》おうとした。たしかに、計之介にはそう思われた。女の飽くことを知らないような求めや、焦燥や、強烈な歓喜と陶酔の表現は、しだいにその度を高め、昂進《こうしん》するばかりであったが、同時に（どんなに狂的な快楽のなかでも）いつも罪の呵責《かしゃく》と赦《ゆる》しを乞《こ》う涙をともなっていた。

——あたしが悪いのよ、あたしがあなたをこんなにしてしまったのよ、ごめんなさい、堪忍《かんにん》して、堪忍して。

おひさは身悶《みもだ》えをし、声をあげて泣くのであった。計之介はそれをやめさせようとし、ときにしばしば女の口を塞《ふさ》いでどなりさえした。

——やめろ、やめてくれ、こうなったのは誰《だれ》の責任でもない、もしなにが悪いかというなら、それは二人がめぐりあったことだ。

——それだけは仰しゃらないで。

——悪いとすればそのことだというんだ。

——あなたは情なしよ。

——おまえが自分を責めすぎるからだ。

——あなたは薄情者よ、あたしはそのことをどんなに有難《ありがた》く思っているかしれないのに。

おひさは云った。

——あたしは自分がどうなってもいい、あなたとめぐりあえたことがあたしにはうれしい、あたしにはそれがなにより有難いことだわ。

そして女は絶えいるように泣いた。

これらのことは計之介は話さなかった。お互いの身も心も灼《や》きつくすような日夜のことは、話しようもなかったし、話す必要もなかったからである。……生活はまったくその日ぐらしになった。計之介は家じゅうの物を売った。女は着たきりで、髪道具も持っていなかった。彼はまえにめぼしい物をすっかり売ったので、残ったのはたいてい恥ずかしいような品ばかりであった。しかしどんなに些少《さしょう》でも、それが銭になる物なら片端から売った。

――もう少しよ。もう少し。

女は苦悶《くもん》の声をあげながら叫んだ。

――あたしもうすぐに出てゆくわ、だからもう少しのあいだ堪忍して。

だが、おひさは出てゆかずに、自分が稼《かせ》ぐと云いだした。いっしょに江戸へゆこう、江戸なら充分に稼げるし、あなたも肩身のせまいおもいをせずに暮すことができる。いっしょに江戸へゆきましょう、そう云ってくどきはじめた。

――さもなければ、あたしたち餓死をしてしまうわ。

――おまえは餓死がいやか。

――あなたを餓死させられると思って。

――ゆきたければおまえ一人でゆけ、おまえ江戸へ帰りたいんだろう。

――あなたには女の気持がわからないのね。

――一人でゆけ、おれはいやだ。

家の中はからになった。もう屑屋《くずや》でもなければ買わないような物ばかりで、それを売るのもおひさの役になった。すると或《あ》る日、おひさが一面の古鏡を捜しだして来た。

――それは売れないんだ。

と計之介は云った。

――それは古くから藤吉に伝わっている家宝で、代々この家の主婦の持つものになっている、祖母から母へ、母から、……そうだ、それはおまえに渡されるものなんだ。

――あたしにですって。

――おまえがおれの妻なら、当然それはおまえに伝わるものだ。

おひさは珍しそうに、それをうち返し眺《なが》めた。それは青銅で鋳《い》た八花形《やつはながた》の手鏡で、直径四寸ばかり、裏に竜《りゆう》の浮彫があった。

――ずいぶん古いものらしいわね。

――漢鏡《かんきよう》というから、千年以上も昔のものだろうね。

――では、たいそうな値段でしょう。

――よく知らないが、売るとすれば相当なものらしいよ。

おひさは魅せられたように飽かずその鏡を眺めていた。そして深い溜息《ためいき》をつき、やがてさもさも惜しそうに、元の匣《はこ》の中へしまった。

――あたしには勿体《もったい》ないわ。

――おまえのものなんだよ。

――こんな尊い高価な物なんて、あたしなんかには勿体ないことよ。

おひさはそれを元あった場所へ戻した。

「それはいつごろのことだ」と東次郎が訊《き》いた。

「つい二十日ばかりまえだ」

「そしておれが来たんだな」

「初めて杉丸が来た」と計之介が云《い》った、「おれは杉丸の顔を見たとき、いよいよこれでけりがつくだろうと思った」

そのとき彼は初めから逆上していた。

東次郎は穏やかに話そうとした。東次郎はがまんできるだけがまんし、もうそれ以上がまんができなくなって来たのであった。しかも東次郎は穏やかに話すつもりだったし、辛抱のできる限り穏やかに話した。けれどもこちらが逆上しているので、たちまち声が荒くなり、互いに言葉がするどくなった。

——意見めいた口をやめろ、本心を云ったらどうだ。

計之介が嘲笑《ちようしよう》して云った。

——おれに女と別れろというのは、おれのためではなく、女と別れさせて、おれを自分の妹といっしょにさせるためだろう。

——深江の名を出すな、深江の知ったことではない。

——深江さんとおれとは五年まえから婚約がある、それは家中でたいていの者が知っている、女のためにそれがこわされては面目にかかわるから。

——黙れ、黙れ藤吉。

東次郎は叫んだ。

——きさまそんなにも卑《いや》しくなったのか、あの女のために、そんなにも卑しい人間になったのか。

——女がどうしたって。

——相手がどんなに卑しい女だからって、自分まで卑しくなるとは情けないやつだ。

——その言葉は赦せないぞ。

——卑しいと云ったからか。

――女を誹謗《ひぼう》したからだ、取消せ。
――いやだと云ったらどうする。
――念には及ばない、決闘だ。
するとおん東次郎は冷笑して云った。
――決闘などと云う気持ぐらいはまだ残っていたんだな。
――いやとは云わさんぞ。
――場所と時刻を云え。
――あさっての朝の五時、観音寺の丘で会おう。

六

「その明くる朝、――杉丸の来てくれた、明くる朝のことだ」と計之介は云った、「眼《め》がさめてみると女がいない、手洗いにでもいったか、起きて朝の支度でもしているのかと思ったが、いくら待っても音もけはいもしない、ふっと気がついて、女の夜具をさぐってみた、するとそれがすっかり冷たくなっている、おれは逃げたなと直感した、それまでそんなことは考えもしなかった、女が逃げるかもしれないなどということは、爪《つめ》の尖《さき》ほども疑ったことはなかった」

それにも拘《かかわ》らず、彼は「女が逃げた」と直感した。

——だがそんなことはある筈《はず》がない。

計之介は自分の直感をすぐにうち消した。たぶん金でも都合しにいったのであろう、自分でそう思いなだめて、苛《いら》いらしながら待っていた。もちろんおひさの帰るようすはない、午後になると矢も楯《たて》も堪《たま》らず、彼は木花町へでかけていった。そして女の住込んでいた家や、出先の茶屋を（外聞も忘れて）訊きまわった。女はどこにもいなかった。計之介は酒を飲んだ、馬子《まご》や人足などのいる店で、いやな匂《にお》いのする酒まで飲み、悪酔いをして、家へ帰るとそのまま酔いつぶれた。

「眼がさめたのは夜半すぎだろう、夢のなかで思いだしたらしいが、眼がさめるとすぐに漢鏡のことに気がついた」

「なかったんだな」

「なかった」と計之介が云った、「捜しにゆくと匣だけはあったが、中の漢鏡はなくなっていた、もう疑うまでもない、逃げたということがはっきりわかった」

それは計之介に残された、たった一つの金めな品であった。伝来の家宝であり、高価に売れることも女は知っていた。

「あいつはおれを搾《しぼ》れるだけ搾った」と計之介は云った、「そうして、もうおれから搾るものがなくなり、家名の存続も危なくなったので、それだけは残しておいた鏡を持って逃げたのだ」

「まえの晩、――」と東次郎が云った、「深江のことが話に出たからではないか」

「いや、深江さんのことはまえから知っていたんだ」

もう話すことはなかった。

「おれは自殺しようと思った」

「それ以上のことをしたよ」と東次郎が云った、「藤吉は約束どおり観音寺の丘へ来た、そして事実をありのままにうちあけた、これは勇気がなくてはできないことだ」

東次郎は二つの盃《さかずき》に酒を注《つ》ぎ、「いっしょに持ってくれ」と云った。

「この経験を活《い》かしてくれ」と東次郎は低い声で云った、「藤吉の経験したことは、そうざらにあるものではない、たいていの者ならそれでまいってしまうと思う、――しかしおれは藤吉を信ずる、藤吉は必ず立ち直るだろうし、そのときにはこの経験が大きな価値をもつだろうと思う、たのむよ」

計之介は眼を伏せていた。東次郎の言葉を心に刻みつけるかのように、じっと眼を伏せて聞き、それから、いっしょにその盃の酒を飲んで、やはり下を見たままで云った。

「深江さんは堪忍するだろうか」

「わからない」と東次郎が云った、「これまでなにも云わなかったから、堪忍しているのかもしれない、このあいだの朝のようすではそう思えるが、本心がどうだったかは訊いてみなければわからないと思う」

「それなら訊かないでくれ」計之介は云った、「そのときが来たらおれが自分で訊くよ、もしもそのときまで、あのひとが待っていてくれたらだけれど、——」

東次郎は彼の眼を見て頷《うなず》いた。

藤吉計之介は立ち直った。東次郎が予想していたよりはるかに早く、確実に、——立ち直った計之介は以前の彼ではなかった。女とのことが起こるまえは、彼は温和《おとな》しくて学問好きなお坊ちゃんであった。厳格には育てられたが、一人息子の気弱さと、恥ずかしがりやな性分がめだっていた。それがすっかり変ったのである。顔つきにも態度にも、内にひそめた力感と、芯《しん》の強さがあらわれ、言葉つきなどもはっきりと明白になった。——それはちょうど、重患から恢復《かいふく》した者が、まえよりもずっと健康になるような例に似ていた。

明くる年の二月、計之介は中老の席につき、深江と結婚した。彼はべつに謝罪めいたことは云わなかったし、深江にも彼の過失を咎《とが》めるようすはなかった。

結婚して二年めに長男の小太郎が生れ、一年おいて二男の杉之助が生れた。そのとき、計之介は妻に云った。

「男の子が二人あればいい、もう子供は生まないことにするよ」

深江はそうでございますかと答えた。彼女には良人《おっと》がなぜそんなことを云うのか、そのときは見当もつかなかったのである。しかし日の経《た》つにしたがって、良人がしぜんでない方法をとるようになり、それがいつまでも続くので、不審に耐えられなくなって訊いた。

「あなた本当にもう子供は生まないおつもりなのですか」

「おまえは冗談だとでも思っていたのか」

「どうしてですの」と深江は云った、「それは男の子が二人いれば不足とは申せませんでしょうけれど、この二人がまちがいなく無事に育つという証拠もございませんわ、いつ一人が欠けるか、いいえ二人ともとられるようなことになるかもしれないではございませんか」

「そんな心配をしたらきりがない」と計之介は云った、「私は一人っ子だが無事に育ったからね」

「もちろん譬《たと》えに申上げたのですわ」と深江は云った、「でも、そんな譬えはべつにしても、藤吉家くらいの身分でしたら、子供が三人や四人あってもおかしくはないと思うんですけれど」

「計算してみたことがあるか」

「計算ですって」

「五百三十石という食禄《しょくろく》で、どれだけの生活をしなければならないか、ということをさ」計之介が云った、「子を生んで育てることは、日雇人足にもできるだろう、しかし成長した子供をどうする、日雇人足なら馬子にしても駕籠舁《かごかき》にしてもいい、だが武家ではそうはいかない、どんなに貧しくとも、武家では子供を馬子や駕籠舁にすることはできない、——おまえにもそれだけはわかるだろう」

深江は頭《こうべ》を垂れた。

「藤吉家を相続するのは一人、あとは養子にゆくか、さもなければ部屋住で一生を終るよりほかにしようがない」と計之介は云った、「もっと大身《たいしん》なら分知ということもできるが、五百三十石の中老では不可能だからな」

深江は寒けにおそわれたように、肩をそっとちぢめた。計之介は云った。

「子供は二人でたくさんだよ」

七

計之介は三十五歳のとき江戸詰になり、中老のまま留守役監事という役についた。知れているとおり留守役は藩の外交官で、監事はその事務を統轄《とうかつ》する役目だった。仕事はごくじみちであるが、藩政の全般を知るのに適した位地であるため、後年彼には非常に役立ったようである。

江戸詰の任期は三年であるが、役付きになったために、計之介は江戸に六年いた、このあいだに国許《くにもと》へ二度帰ったが、そのたびに、彼の人柄《ひとがら》が変ってゆくのを、周囲の者ははっきりと認めた。軀《からだ》もがっちりと固肥《かたぶと》りになり、顔つきには意志の強さと、一種の威厳さえあらわれだした。帰国すれば杉丸東次郎と会い、二人だけで食事をするのが例であったし、そのときはうちとけたようすで、いかにも楽しそうにするのだが、しかもなお、身分の差というものが歴然と感じられるのであった。

「みごとに立ち直ったものだ」と東次郎は深江に云った、「もうまちがいはない、彼はきっと国老になるぞ」

かつて予想された評が、しだいに家中《かちゅう》ぜんたいの輿望《よぼう》になっていった。

留守役監事を六年勤めた彼は、側用人《そばようにん》にあげられて、二百石加増された。側用人はむずかしい役で、どう勤めても悪くいわれやすい。藩主と重臣の間に立つから、些細《ささい》なことでもすぐ批判のたねになる。肉躰《にくたい》的にも精神的にもつねに負担が大きく、よほど健康で頭がよくなければ勤まらなかった。

側用人になったとき、彼は名を頼母《たのも》と改め、長男の小太郎に計之介をなのらせた。彼はその役をみごとに勤めた。江戸でも国許でも評判は上々で、特に藩主の信任が篤《あつ》く、しばしば褒賞《ほうしょう》されて刀や衣服を賜わった。そうして四年、いよいよ国老になるときが来ると、彼は軀の不調を理由に退職の願いを出して、家中の人たちを驚かした。

城代家老は殆《ほと》んど終身であるが、江戸と国許を通じて、次席以下四人の家老は五年が任期になっており、一人は中老から選ばれるのである。ちょうどその中老の交代する年になって、頼母は退職願いを出したのであった。周囲の者も思いとまるように云い、藩主からも特に慰留の沙汰《さた》があったが、彼はどうしても辞意をひるがえさなかった。

――軀の調子が悪いので、このままでは充分な御奉公ができない、将来お役に立つためにも、二三年お暇を頂いて健康をとりもどしたい。

こう云ってついに職をしりぞいてしまった。

もちろんそれは口実で、杉丸東次郎だけには本心を語った。

「私は順調に出世しすぎた」と頼母は云った、「これまでは幸い不評も買わずに済んだが、このまま国老になれば必ず反感をもたれる、私にはそれが眼に見えるようにわかるんだ」

「そうかもしれない」と東次郎が云った、「しかし次の交代は五年さきになるよ」

「そうらしいな」

「五年のあいだ情勢が変らずにいると思うのかね」

「どうだかな」と頼母は云った、「交代国老を待っているとすればその点も考えるだろうが、私は五年も遊んでいないつもりだよ」

東次郎は頼母の顔を見た。頼母は微笑しながら頷いた。

「そうなんだ」と頼母は云った、「杉丸だけにうちあけるが、私は城代が望みなんだ」

東次郎は圧倒されてものが云えなかった。

——たいした人間になったものだ。

と東次郎は心の中で呟《つぶや》いた。

——だが、本当にこの男は城代になるかもしれぬぞ。

頼母の隠居生活が始まった。長男の計之介は十五歳、二男の杉之助は十三歳になっていた。頼母は殆んど子供には無関心で、藩の文庫から書物を借り出しては読み耽《ふけ》り、また草鞋《わらじ》がけで弁当を持って、領内を丹念に歩きまわったり、熊井川へ魚釣《さかなつ》りにでかけたりした。城代家老を覘《ねら》っているなどというそぶりは些《いささ》かもみえない、それは誰の眼にもまさに保養している人の姿であった。

九月になったばかりの或《あ》る日、——

頼母は熊井川へ釣りにでかけた。そこはまえにもいちど来たことがある、観音寺の丘陵をまわった流れが右へ大きく曲って、かなり広い淀《よど》みをなしており、汀《みぎわ》から川の中までびっしりと葦《あし》が茂っている。——頼母は萱笠《すげがさ》をかぶり、腰には脇差《わきざし》だけ差して、袷《あわせ》の着ながしであった。堤からおりたところは、脆《もろ》くなった堤の土が崩れるため、ひとところ高く、水の中へと突出ている。彼はそこを選んで釣竿《つりざお》の支度をした。

秋の朝のやや冷たい風が吹いていた。

頼母の釣りは魚を釣るのが目的ではない。安逸《あんいつ》のふうを人に（もし見られたばあいには）示せばいいので、釣ることにはなんの興味もないのであった。釣糸を垂れた彼は、竿を足もとの土に突き立て、自分は堤の斜面へ腰をおろした。

風の渡るたびに、葦は片方へなびき、黄ばみはじめた葉と葉が、さわさわと乾いた音をたてた。

まもなく三寸ばかりの鮒《ふな》が釣れ、続いて三尾かかった。そうして、また竿を土に突き立てようとしたとき、土の下でつかえる物があり、さらに強く突くと、なにか割れるような手答えがあった。どうやら箱でも埋まっているらしい、――彼は竿で土を掘ってみた、するとはたして文筥《ふばこ》のような物が出て来た。

「たしかに文筥だ」と頼母は呟いた、「こんな処《ところ》にどうしてこんな物を埋めたのか」

箱には紐《ひも》が結んであった。腐ってぼろぼろになっているため、触るとすぐに千切れたが、筥を結んだ紐だということは、金具があるのですぐにわかった。筥もすっかり腐朽しているけれども、ところ斑《まだら》に漆や蒔絵《まきえ》の残っているのが見えた。

風が来て、さっと葦がそよぎ渡った。

頼母は蓋《ふた》をあけてみた。中に手紙が入っていた。彼はそれを取出して、丁寧《ていねい》にひろげていった。ずいぶん古いらしい、紙は茶色になって、糊《のり》のために貼《は》り付いている。巻きほぐすにしたがって、貼りついた部分が剝《は》げたりまた裂けたりした。そのうえ書いてある仮名文字も（それはあまり上手でない女の筆跡だったが）水のため滲《にじ》んでいるので、判断できない部分が多かったが、ひろいひろい読んでゆくと、左のような意味のことが書いてあった。

――けいさま、あたし死んでゆきます。

書きだしにはそうあった。

――あたしが死ぬ気になったのは、今夜のお二人の話を聞いたからです。けれどもそれだけが理由ではありません、本心を云《い》うといまが死ぬときだと思うからです。あたしはいま身も心もよろこびと幸福でいっぱいです。あたしはあなたとめぐりあい、こんなにも愛しあうことができました。あたしも身についたものをぜんぶ棄《す》て、義理を欠き、生れた土地を去ってあなたお一人により縋《すが》りましたし、あなたもあたしのためにお家やお名を忘れ、なにもかも棄てて下さいました。

――あたしの心にもからだにも、あなたの愛情がまだ火のように熱く燃えています。あたしは人が三度生れて来たよりもよけいに生き、もっと深いよろこびと幸福を味わいました。あたしはいま、――こんなにも強く愛しあった人がほかにいますか、と叫びたいような気持です。この幸福な、燃えるようなよろこびが消えないうちに死にます。かがみを黙って頂きますが、これをあなただと思って、いっしょに抱いてゆきたいのです、どうかおゆるし下さい。

――ああけいさま、あたしが死んでゆくいま、どんなにうれしく仕合せな気持でいるか、あなたにわかって頂けるでしょうか。……いまあなたはよく眠っていらっしゃる、観音寺の鐘が二時をうちました。ではこれでお別れ致します。けいさま、さようなら。終りに名が書いてあるが、字がすっかり滲んでいて読めなかった。頼母は「ふん」と鼻をならした。

字もうまくないし文章も拙《つたな》い。だが、そこには恋のよろこびが凱歌《がいか》のようにうたってあった。それは恋の陶酔のなかで死んでゆく女の、歓喜と勝利の叫びといってもよかった。

——頼母はなにか思いだしたろうか、いや、なにも思いだしたようすはない、彼は軽侮《けいぶ》の眉《まゆ》をしかめた。「よろこびと、幸福か」と彼は云った、「ふん、これを書き遺《のこ》して死んだんだな、——どんな女か知らぬが、ばかなことをしたものだ」

頼母はその手紙を投げ捨て、もういちど釣竿を土に突き立てた。

風が渡って来て、葦が片向きに、葉をそろえてなびき揺れた。さわさわと乾いた音をたてながら、——葦たちはなにか囁《ささや》きあっているようであった。十八年まえの或る夏の早朝、濃い霧の中であった出来事と、いま頼母が手紙を投げ捨てたことについて、……風がしきりに渡り、葦はさわさわと鳴りなびいていた。

頼母は堤に腰をおろし「城代」をものにする計画を、たのしげに考えはじめた。

（「面白倶楽部」昭和二十九年九月号）

夜の辛夷《こぶし》

一

お滝が初めて元吉を客にとったのは、十二月十八日の晩であった。

その日はふしぎなほど客がなく、四人いる女たちのうち、しげるだけにたった一人、老人の客がついただけだった。十二月中旬といえば一年じゅうでもっともひまな時期の一つであるが、この権現前《ごんげんまえ》でも、「吉野《よしの》」の店でそんなことは珍しく、おまけに日《ひ》昏《ぐ》れがたから雨になったので、稀《まれ》にぞめきの一人でも来れば、両側の店から女たちがとびだして、力ずくの奪いあいにもなりかねないありさまだった。

夜の十一時ちょっと過ぎ、——

じめじめした土間に立って、雨をよけながら客を待っていると、傘《かさ》もささず、半纏《はんてん》を頭からかぶり、ふところ手をした彼が通りかかってこっちを見た。

そのときお滝といっしょに、ともえとお若がいて、彼に呼びかけた。お若は十八、ともえは十七歳で、二十四になるお滝とは年もはなれていたし、二人とも売れるさかりだから（縹緻《きりょう》はともかく）髪化粧もちゃんとしていたし、着物や帯もあくどいほど派手な、めだつものを着けていた。——お滝は彼を眼《め》でとらえた。ものを云《い》わずに黙って、上眼づかいにみつめて、その眼をすばやくそっと伏せるのである。彼はその眼にとらえられ、まっすぐにお滝のほうへ来た。ともえやお若のほうは見もしなかった。お滝はまた上眼づかいに彼を見て、「あたしお滝っていうのよ」といった。

彼は頷《うなず》いて土間へはいった。

お滝は彼の雪駄《せった》（それはひどく濡《ぬ》れていたが）を持ってあがり、奥の四帖半《よじょうはん》へみちびいていった。うしろでともえとお若が、低く、するどく罵《ののし》るのが聞えた。

「泊ってって下さるわね」

雪駄を片づけながら、お滝が訊《き》いた。彼は立ったまま「うん」といい、窓のところへいって、障子をあけた。そこは雨戸が閉っていた。

「こっちが権現さまか」と彼が訊いた。

「ええそうよ」とお滝がいった、「あけましょうか」

彼は「うん」といった。

お滝は立っていって雨戸をあけた。三尺おいて板塀《いたべい》があり、その向うに根津権現の樹立《こだち》がまっ黒に、のしかかるようにまぢかにみえ、雨が降りこんで来た。「寒いわ」とお滝がいってそっと彼により添った。

「ねえ、本当に泊って下さるの」

彼は「うん」といいながら、雨戸と障子を閉めた。「うれしいわ」といいながら、お滝は彼の胸にもたれた。そこは濡れて冷たかった。お滝は、「いま火を持って来るわね」といい、行燈《あんどん》を明るくしておいて部屋を出た。

火のおこっている火鉢《ひばち》を運び、それから、浴衣《ゆかた》と丹前を重ねた寝衣《ねまき》を持って来た。

「火鉢なんか持って来ていいのか」

「ほんとうはこの土地ではいけないんだけれど、あなた濡れてらっしゃるんですもの」とお滝は寝衣の衿《えり》のところを火鉢にかざしてから、「さ、——着替えましょう」と立ちあがった。

彼は二十八、九にみえた。眼にちょっと険はあるが、おもながの尋常な顔だちで、痩《や》せがたの肉のしまった、敏捷《びんしょう》そうな軀《からだ》つきをしていた。青梅縞《おうめじま》の素袷《すあわせ》に、黒襟《くろえり》のかかった双子《ふたこ》唐桟《とうざん》の半纏。そして寸の詰った角帯という、職人らしい恰好《かっこう》をしていたが、どこかしら、こんな権現前の岡場所《おかばしょ》などに来る人柄《ひとがら》とは、違ったところが感じられた。

お滝は「好きだわ」と云いながら、より添って、彼の腰へ手をやった。なんだ、と彼はその手をよけた。帯を解いてあげるのよ。いいよ、と彼は自分で帯を解き、「済まないが寝床を二つとってくれ」と云った。あらどうして、とお滝は彼を見た。あたしが嫌《きら》いなの。そうじゃない、癇性《かんしょう》でそうしなければ眠れないんだ。あらいやだ、あなた眠るためにいらっしたの。うん、今夜は眠りたいんだ。そう、とお滝は彼の顔をみつめ、ほかに意味のないことを認めてから「いいわ」といって、彼の脱いだ物を衣《え》紋竹《もんだけ》に掛けた。

彼は南鐐《なんりょう》を一枚出した。寝床を二つ敷かせるからだという、お滝はすなおに受取った。この土地でそんな代銀を出す客は少ないが、お滝はそういうけぶりもみせずに受取った。

寝床を敷くと、彼は窓のほうに敷いたのへはいった。お滝は掛《か》け蒲団《ぶとん》を直してやりながら、あたしいくつにみえて、と訊いた。

「わからないな」と彼はいった、「おれには女の年はまるでわからないんだ」

「あたし十七、——」とお滝が云った。

「うん」と彼は眼で頷いた、「そのくらいだと思ったよ」

「でも老《ふ》けてみえるでしょ」

「じみづくりだからな」と彼がいった、「でもおれにはちょうどそのくらいにみえるよ」

お滝は「うれしいわ」と微笑し、掛け蒲団の上からそっと彼に抱きついた。彼はじっとしていた。お滝は本当に十七という年に返ったような気持で、身動きもしない彼をやや暫《しばら》くそうやって抱いていた。

その夜、彼はお滝を近よせなかった。お滝のほうでも、いつものようにしていることができず、やっぱりあたしが嫌いなのねと、怨《うら》みを云うのが、精いっぱいであった。

「嫌いなら泊りゃしない」と彼はいった。

「おれはこんな性分なんだよ」

あくる朝、彼を送り出すとき、お滝は「もういらっしゃらないわね」といった。彼はひと言「来るよ」といい、まだ降り足りなそうな、陰気に曇った空を見あげ、そしてこちらは見ずに去っていった。

――もう来ないかもしれない。

とお滝は思った。

だが、その夜また、彼は来た。

お滝には彼の来るまえに客が三人あり、一人は「泊り」であった。ちょうど根岸の政次《まさじ》に呼びだされ、店さきで話していると、向うから彼が来てすっと店へはいった。あんまり思いがけなかったので、お滝はどきりとし、すぐには声もだせなかった。彼は硬《こわ》ばったような顔で、去ってゆく政次のうしろ姿をみつめ、すぐにその眼をそらしながら、上へあがった。

奥の四帖半は「泊り」の客でふさがっていた。お滝は二つ目の三帖へ案内したが、持ってあがった（彼の）雪駄を片づけるのも忘れるほど、気がうわずっていた。「堪忍《かんにん》してね」とお滝はいった、「今夜はまだ奥が塞《ふさ》がっているのよ」

彼は「いいよ」といった。

行燈に火をいれ、火鉢を運んでから、「待っていてちょうだいね」とささやいて、お滝はその部屋を出た。

二

他《ほか》の二人の客を帰し、「泊り」の客を寝かせるまで、お滝は三度も彼の部屋へゆき、茶をいれ替えたり、火鉢に炭をついだりした。

「これでもうゆっくりできるのよ」

泊り客を寝かせて来てから、お滝はそういって彼の眼に微笑《ほほえ》みかけた。ちょっとお茶漬《ちゃづけ》をたべて来ますからね。気にしないでいいよ、と彼はいった。おれは先に寝ているから、済まないがまた寝床を二つ敷いてくれ。あら今夜も。うん、おれはいつもそうなんだ。つまらない、それじゃあ、あたしつまらないわ。いいから二つ敷いてくれ、おれは眠りたいんだ。彼はそういって、また南鐐を一つそこへ出した。きげんを悪くしたようすはない。本当にそれが望みらしいので、お滝は云われるままにした。三帖に寝床二つは無理で、頭と足とが片方は板壁、片方は隣りの三帖の襖《ふすま》へと、きっちり、いっぱいになった。

「ではちょっとね」お滝は彼のぬいだ物を片づけながらいった、「すぐに来るから待っててちょうだい、眠ってはいやよ」

彼は「うん」といった。

時刻は十二時を過ぎていた。帰した二人の客のあとを片づけ、内所へいって茶漬を喰《た》べた。女主人のおはまは宵《よい》のうちに旦那《だんな》が来て、そのときはもう寝ていたし、しげるには「泊り客」があり、ともえとお若の二人が、四、五人ずつ客をこなしたあとで、長火鉢にしがみつき、駄菓子《だがし》をつまみながら、なにかぼそぼそ話していた。

「そうよ、それが人情ってもんよ」とお若がいった。「誰《だれ》だって泥棒《どろぼう》や強盗なんかしたくはないわ、暮しに困って、ほかにどうすることもできないからするんじゃないの」

「あたしたちだって好きこのんでこんなしょうばいをしてるんじゃないわ」とともえがいった、「親きょうだいのためとか、そうでなくっても、のっぴきならないわけがあって、それに死ぬようなおもいで身を沈めたんだわ、どっちもめぐりあわせが悪かったんだし、日蔭者《ひかげもの》っていうことでは同じようなもんじゃないの」

「それを訴人《そにん》するひとがいるんだからね」とお若がいった、「おんなじ日蔭者で、どっちも世間から爪《つま》はじきされてる人間じゃないの、そうとわかってても、庇《かば》ってやるのが人情ってもんだわ」

お滝は喰べ終った箸《はし》と茶碗《ちゃわん》を置き、「ちょいと」と二人に呼びかけた。

「その話はあたしにあてつけかい」

「さあどうかしら」とお若はそっぽをむいた。

「あの根岸の政っていう人が岡っ引で、誰かがその手先で、兇状《きょうじょう》持ちが来ると密告する、っていうことを聞いたから、その話をしていただけだわ」

「しらばっくれるのはおよしよ、あたしにあてつけてるってことぐらい、わからないような唐変木《とうへんぼく》じゃないんだから」

「あらそう」とお若がいった、「それじゃあ、あれはお滝姐《ねえ》さんのことだったの」

「そうだったらどうだっていうのさ」とお滝はやり返した、「いかにもあたしはやっているよ、政さんに頼まれなくったって、兇状持ちだとわかれば訴人するよ、悪い人間は悪い人間なんだ、仕事がない、食うに困る、暮してゆけないからって、誰も彼もが泥棒や強盗になるかい、人をぺてんにかけたり、かっぱらいや押し込みをするような人間をあたしは知っているし、そういう人間から煮え湯をのまされたこともある、いまでも忘れやしない、生涯《しょうがい》忘れることはできないだろう、ああ、忘れるもんか」とお滝は声をふるわせた。

「ぺてんにかけられたり、盗まれたりして、泣いている者が世間にはうんといるんだ、そういう人たちのためにだって、兇状持ちだとみたら指してやる、これからだって遠慮なく指してやるよ」

「仰《おっ》しゃることはご立派だわ」とお若もふるえながらいった、「でもそんなご立派な気持なら、どうしてお金なんか貰《もら》うの」

「お金がどうしたって」

「ひとり訴人するたびに、根岸の政っていう人からお金を貰うんでしょ、きれいな口をきいたって知ってるんだから」

「それがどうしたのさ」お滝の目じりがつりあがるようにみえた、「あたしが金を貰うことが、あんたになにか関係でもあるのかい」

「きれいな口を、きかなさんなってのよ」と、お若がどなった、「人をぺてんにかけるとか、煮え湯をのませるとか、盗むとか、他人の悪いことばかり数えたてるけれど、自分はいったいどうなのさ、御自分は、へっ二十四の大年増《おおどしま》で五つになる隠し子まであるのに、ちりめん皺《じわ》を紅白粉《べにおしろい》で塗り隠し、妙ないろ眼を使って十七になります」とお若は誇張した声色でいった、「あたし十七よ——そうやって罪のない客を騙《だま》して、しぼるったけしぼりあげ、おまけに岡っ引の手先までして金を稼《かせ》いでいるじゃないの、これはぺてんじゃないんですか、人を騙すんでも煮え湯をのませるんでもないんですか、自分のことを棚《たな》にあげて、あんまりえらそうな口をきかないほうがいい、知ってる者はみんな知ってるんだから」

お滝は蒼《あお》くなり、怒りのために舌が動かなくなった。彼女は言葉に詰った、お若をひと言で抑えられる言葉がない。お若の云ったことは事実であり、誰が聞いてももっともだと思うだろう。だがそれは事の表面だけだ。「知っている者は知っている」というけれども、本当のことはその当人だけにしか、わかりはしない。お滝はそういいたかった。「いいわよ」とお滝は吃《ども》りながら頷いた。

「いいわよ、なんとでもおいいな」と彼女はいった、「ただね、あんたは十八であたしは二十四、あんたは売れるさかりだし、あたしはもう付く客も少ない、あんたには係累《けいるい》がないけれど、あたしには子供がある、……これだけの違いを覚えといてちょうだい」

「ふん、話をそらすわね」とお若はせせら笑いをした、「覚えとくとご利益《りやく》でもあるの」

「若ちゃん」とそばからともえがいった、「もういいじゃないの、やめてよ」

「ご利益があるかないか知らないよ」とお滝がいった、「けれど、あんたもいつまで十八でいやあしない、いつかいちどは二十四になるんだ、そのうち男に騙されて子供を産み、親きょうだいにはつきあってもらえず、男には棄《す》てられて、産んだ子を育てるために身を売るようになってごらん、本当のことを知っているかどうか、そのときになればよくわかるよ」

「あたしがそんなとんまなことをすると思うの」

「それは二十四になってから聞こうよ」とお滝はいった、「あたしは自分の子を育てるためならなんでもする、紅白粉で皺も隠すし、必要があれば年もごまかす、あたしが騙すんじゃなく、客のほうで騙されに来るんだ、ひと夜のなさけだって、なさけのうちさ、二十四というより十七というほうがよければ、十七のような気持になって楽しませる、誰のものをくすねるんでもない、自分の軀を売ってるんだ、自分の軀をだよ」お滝の眼から涙がこぼれた。

「こんなことになったのも、悪いやつに騙されたからだ、あたしは男が憎い、悪いことをするようなやつはもっと憎い、誰がなんといおうと、兇状持ちとみたら、これからだって指してやる、ああきっと指してやるさ」

お滝は膳《ぜん》をそのままにして立ち、涙を拭《ふ》きながら内所を出ていった。

「へっ、たいそうおだをあげたね」

というお若の声が、うしろで聞えた。

三

部屋へいってみると、彼は眠っていた。

お滝は低い声で、三度ばかり呼んでみたが、彼はちょっと唸《うな》って寝返ったまま、起きるようすがなかった。お滝は着替えもせずに自分の寝床へはいり、冷たい掛け蒲団をかぶって、しばらく泣いていた。——泣きねいりに眠ったらしい。明けがた眼《め》がさめたので、そっと彼の寝床へすべりこんだ。しかし、彼は、すぐに眼をさまし、お滝の手と足から巧《たく》みに身をそらして、静かに「よせよ」とささやいた。お滝は「いや」といってかじりついたが、彼はその手と足を抑えつけて、どうしても自由にさせなかった。

どうしてなの、なにかわけがあるの、とお滝はあえぎながら訊《き》いた。わけなんかない、こういう性分だっていったろう、と彼は低く囁《ささや》いた。いまはいやだ、もっとよく馴染《なじ》んでからだ。本当にそれでいいの。うん。それまではどうしてもだめなの。諄《くど》いのは嫌《きら》いだ、と彼はいった。さあそっちへいって寝てくれ、もうひとねいりしよう。

お滝は自分の寝床へ戻った。

——馴染みになる客ではない。

お滝は心のなかで呟《つぶや》いた。すると、お若との口争いがまた頭にうかんできて、もう自分もまもなく客が付かなくなるだろう、そうなったらどうして子供を育てたらいいのか、などと思い、里子《さとご》にやってある子のひよわなことまでが、悲しい将来を暗示するようでいかにもはかなく、やるせないようなおもいに、胸を緊《し》めつけられるのであった。

お滝の想像はまた外れて、彼は金ばなれのいい、馴染み客になった。

そのあと続けて三度来たし、それからのちも五日と来ないことはなかった。代銀は南鐐ときまっていたし、いちどなどは一分《いちぶ》くれたこともあった。これでは多すぎるというと、笑って「ちょっと目が出たんだ」などというふうであった。

寝床をべつにすることは相変らずで、そのために、却《かえ》ってお滝は情がうつり、彼の見る前では着替えをするのも恥ずかしいような気持になっていった。

彼は口の重い性分らしく、自分からは何もいわないが、お滝が訊けばすなおに（なんでも）話した。彼の名は元吉で年は二十七、うちは外神田で大工をしていた。父親は手間取りからしあげて、棟梁株《とうりょうかぶ》にまでなったが、一人息子の彼はわがままいっぱいに育ち、十五、六から博奕《ばくち》を覚えて、すっかりぐれてしまった。

「いまでもぐれっ放しなの」

「まあね」と彼は唇《くちびる》で笑った、「まあ、そんなもんだろうね」

そのときお滝は、なんて淋《さび》しい笑いかただろうと思った。

それから幾夜か経《た》って、早くお嫁さんをもらって御両親を安心させるのねというと、彼はしばらくまをおいて「手おくれだよ」といった。

「おやじは五年まえに死んじまった」

「亡《な》くなったの」

「うん」と彼はいった、「首をくくってね」

「ばかなこと云《い》わないで」

「本当さ」と彼は無感動にいった、「本当に首をくくって死んだんだ」

お滝は息をひそめた。

彼の父親は大きな建築を請負《うけお》った。今川橋の山城屋という呉服商が、京橋二丁目に新しく店を建てる。土蔵付きで、総工費千二百両あまりの工事だった。彼の父親には荷の勝つ仕事だが、仕上げれば棟梁としての幅がひろくなる、組合の役付きにもなれるだろう、それで無理をして請負った。山城屋は京都の出で、それだけの普請《ふしん》に手金を一割しか出さなかった。彼の父親は百方借りをして、ようやく壁を塗り終るところまでこぎつけた。そしてある夜、それが火事で全焼した。殆《ほと》んど普請は終っていた、錺屋《かざりや》の仕事が少し残っているだけだったが、きれいさっぱりまる焼けになってしまった。

原因はわからなかった。錺屋の職人の不始末と思われるが、証拠はなかった。また一方では、その工事をせりあった相手の大工がやったのだ、という噂《うわさ》もあった。これも噂だけのことでどうにもならない。材木屋をはじめ建具屋、左官、屋根屋など、借りた銀子《ぎんす》をべつにしても、支払わなければならない金を山と背負った。これらの支払いができなければ、御府内ではもう大工の職は立たない。しかも、山城屋までが渡した手金の返済を求めて来た。

「おやじは気の好《い》い、くそまじめな性分だった」と彼は云った、「手間取りから叩《たた》きあげて、いちおう棟梁といわれるようになり、もうひとのしというところだった、……だがそこで足をすくわれた。くそまじめな性分だから、借金を棄てて逃げることもできなかったんだろう、五年まえの十月、うちの裏にあった木小屋で、――」

彼はそこで口をつぐんだ。

お滝は黙ったまま、そっと手を伸ばして彼の夜具の中をさぐり、彼の手を捜してそっと握った。彼の手は握られたまま、力のぬけたように動かなかった。

「そしてお母さんは」とお滝が訊いた。

「もうやめだ」と彼は頭を振った、「こんな話はたくさんだ、寝よう」

「そっちへいってはいけなくって」

「おやすみ」

彼は握られた手を放して、窓のほうへ寝返りをうった。

こういう岡場所では女の出替りが早い、正月のうちにしげるとお若が「くら替え」してゆき、代りに二人の女がはいって来た。一人は二十二になるおしま、一人はともえと同じ十七歳で、おしまが「しげる」をなのり、十七歳のほうが「お若」となった。

まだ九時ころだったが、根岸の政次が来たので、端の三帖《さんじよう》で話していると、「お滝姐さん」と呼ぶともえの声がした。障子はあけてあるので、覗《のぞ》いてみると彼であった。お滝はすぐに立って、奥の四帖半へ彼を案内し、茶を出しておいて政次のところへ戻《もど》った。

「あの客はよく来るな」と政次がいった、「素姓はわかっているのか」

「おとなしい人よ、大工さんの息子ですって」

「大工って柄《がら》じゃねえぜ」

「ええ、お父《と》っつぁんが大工で、あの人はぐれちゃったんですってさ」

お滝は元吉から聞いた話をした。

政次は退屈そうに聞いていたが、やがて煙管《きせる》をしまって立ちあがった。

「いい客らしいな」と政次はいった、「逃げられねえように大事にしてやれよ」

そして彼は帰っていった。

四

その夜は客が多く、ひけたのは十二時すぎであった。

茶漬《ちゃづけ》を喰《た》べるのもそこそこに、着替えをして四帖半へゆくと、彼は着たまま寝床の上へ仰向《あおむ》けになり、障子のあけてある窓の、外のほうを眺《なが》めていた。

「あら、あけっ放しなんかで、風邪《かぜ》をひくわよ」

「あの花はなんだ」と彼が訊いた。

お滝は「どれ」といいながら、裾《すそ》のほうをまわって窓際《まどぎわ》へいった。少し暖かすぎる晩だったけれど、十二時をすぎたので、さすがに気温が下り、窓際に立つと寒いくらいだった。板塀《いたべい》の向うを見ると、まっ暗な樹立《こだち》の中に、高く、ほのかに白く、ぽつぽつと咲きだしている花があった。

あの白いの、とお滝が訊き返した。うん、と彼はいった。あれはね、ええと、知ってるのよ、ええと、なんていったかしらね、ここまで出ているんだけれど。木蓮《もくれん》か、と彼が訊いた。いいえ、違うの、花はちょっと似ているけれど違うのよ、いま思いだすわ、とお滝は衿《えり》を合わせながらいった。閉めてもいいわね、それともあけておくの。もういい、閉めてくれ、と彼は顔をそむけた。お滝は窓を閉めてから、寝衣《ねまき》を取って彼に着替えさせたが、彼の眼が濡《ぬ》れているのでびっくりした。

「どうしたの」とお滝は彼を見あげた、「なにかあったの」

彼は首を振り、隣りの襖《ふすま》のほうへ手をやった。お滝はそっちを見て、そして頷《うなず》いた。

「なにか聞いたのね」

「泣かされたよ」と彼は寝床へはいった、「聞くまいと思っても唐紙《からかみ》一重だからな」

「先月来たおしまさんよ」とお滝は彼のぬいだ物を片づけながら云った、「お茶をいれ替えて来ましょうか」

彼は「もういい」と首を振り、「客は亭主《ていしゅ》らしいな」と云った。お滝も自分の寝床へはいり、彼のほうを見た。

「芝の神明《しんめい》から移って来たのよ、ずいぶんいりくんだわけがあるらしいわ」

「客は亭主らしいんだ」と彼はまたいった。

「まだやっている、——聞えるだろう」

お滝は黙って頷いた。

あたりが鎮《しず》まってきたし、襖一重のことで、隣りの話はよく聞えた。男の声は低く、女は嗚咽《おえつ》していた。

「いっしょに暮せるなら、どんな苦労でもいとわないわ」と女がいった。

「いっしょに暮したいわ、あんたといっしょに、ねえ、お願いだからいっしょに暮せるようにして」

男は返辞をしなかった。

「二人で世帯《しょたい》を持ったのは一年足らずだわね、楽しかったわ、仲のいい御夫婦だって、長屋の人たちによくからかわれたわねえ」そして女はその思い出に酔う。近所にいた誰《だれ》それのこと。棗《なつめ》の樹《き》。井戸替えの騒ぎ。向う隣りの浮気《うわき》で人の好い巫女《いちこ》。……そしてまた女は啜《すす》り泣く。「いま思うと夢のようだわ、運が悪いといえばそれっきりだけれど、もう二度とあんなふうに暮すことはできないのかしらねえ、あたしたちもうだめなの」

男がなにか答える、しかし、その声はあまりに低く弱々しいので、言葉は少しも聞きとれなかった。

「氷川《ひかわ》さまから神明前」と女は続けた、「この根岸でもう三度めよ、あんたのためだからいやだとは思わないけれど、こんなことをしていたら軀《からだ》がだめになりそうだわ、いちばん辛《つら》いのは、客を取って寝るときなの、そういうときになると、きまってあんたのことが思いだされるのよ、あんたに済まない、悪いことをするような気がして、辛くって、とても辛抱できないことがあるわ」

男が「勘弁してくれ」という。みんなおれが悪いんだ、もうそんなことを云わないでくれ、いまにきっとどうにかするから、と男は弱々しく云う。女は聞いていないらしい、まるでうたうように嗚咽しながら、「ねえ、いっしょに暮したいわ」と繰り返す。

「あんたといっしょに暮せるなら、あたしどんな苦労でもするわ、土方でも人足でもなんでもしてよ」と女はいう、「お願いよ、ねえ、お願いだから、いっしょに暮せるようにしてちょうだい、あたしもう辛抱が続かないわ」

「おれだってつらいんだ」と男がいう、「いっしょに暮したいのはおれのほうだ、それがいまできないことは知っているじゃないか」

「ああ」と女が呻《うめ》く、「あたしいっそ、死んでしまいたいわ」

お滝が「畜生」とつぶやいた。「畜生、けだもの、男なんてみんな畜生だ」と、するどい憎悪《ぞうお》をこめて呟《つぶや》いた。

彼は黙って眼《め》をつむっていた。

そのちょっとまえから、お滝は彼を送りだすのに「いってらっしゃい」といい、彼が来ると「お帰んなさい」というようになった。彼はそれをどう感じているか、かくべつ嬉《うれ》しそうでもないが、いやがるようすもなく、例のとおり三日も続けて来たり、二日おいて来たり、足の遠のくようすは少しもなかった。

四日ばかり経ったある日、たそがれに銭湯へいって帰ると、根岸の政次が待っていた。

「訊《き》きたいことがあるんだ」と政次はあがろうともせずに云った、「おめえの馴染《なじ》みのあれ、あの元吉っていう客に刺青《ほりもの》があるか」

「さあ、知らないわね」

「知らねえって」

「あたしまだいっしょに寝たことがないのよ」とお滝は事情を話した。「だから、肌《はだ》もよく見たことがないんだけれど」

「岡場所《おかばしょ》へ来て独りで寝るって、世の中にはおかしな客がいるもんだな」

「刺青ってどこにあるの」

「あれば左の胸だ」と政次がいった、「済まねえが見てくれ」

「あるとすれば――」

「なに、たいしたことじゃねえ」と政次は軽くいった、「つまらねえようなことなんだが、念のためだから見ておいてくれ」

お滝は承知した。

博奕《ばくち》をやっているようだから、そのほうでなにか間違いでもあったのかもしれない、とお滝は想像し、だが、「おそらく、あの人には刺青なんぞはないだろう」と思った。

彼はその夜も来ず、次の夜も、三日目にも来なかった。五日も来ないことは初めてで、政次にあんなことをいわれたあとだし、お滝はにわかに不安になった。政次はそのあと二度やって来たが、べつに彼のことを訊くでもなく、お滝が「あの人まだ来ないのよ」といっても、ただ「そうかい」と聞きながすだけであった。

――それでは本当にたいしたことではないのかもしれない。

お滝はこう考えて少しおちついた。

彼は中六日おいて、七日目の夜、十一時まわってから来た。

五

まえの日の夜なかから降りだした雨がやまず、少し風さえ出て、高い気温と湿気のために、肌が汗ばむほどむしむしした。その夜はまだ一人も客がなかったし、その時刻ではあと望みもない。ともえとお若には客が付いたのに、お滝とおしまが売れ残っていた。

――やっぱり若い者にはかなわないんだな。

ぞめきの客もなく、雨に叩かれている路地を眺めながら、お滝は身にしみてそう思い、「いっそ寝てしまおうか」と独り言をつぶやいた。そのとき戸口にいたおしまが、こっちへ振返って、「あの人よ」といった。

彼が蛇《じゃ》の目《め》をすぼめながらはいって来た。お滝は気があがって、すぐには口をきくこともできず、彼が手拭《てぬぐい》で脛《すね》を拭《ふ》き、端折《はしょ》っていた裾《すそ》をおろすまで、ばかにでもなったように立って眺めていた。

「どうした」と彼がこっちを見た。

お滝はやっと微笑して、「お帰んなさい」といったが、その微笑はべそをかくようにみえた。本当のところ、いまにも涙がこぼれそうなので、お滝は彼の手から手拭を取り、しぶきのかかった肩袖《かたそで》を拭いた。彼の高歯は泥《どろ》だらけで、そのままでは持ってあがれない。揚蓋《あげぶた》の中へ入れ、よく水を切った傘《かさ》だけ持って、いつもの四帖半へ案内した。

「ずいぶん、久しぶりね」

「済まないが窓をあけてくれ」

「今日で幾日だと思って」お滝は窓をあけながらいった、「こんなにいらっしゃらないことなんて初めてだから、どこかにお馴染みでもできたんだろうって、諦《あきら》めていたのよ」

「傘を置いたらどうだ」

これは向うへ置いて来るの、といって、お滝は彼により添おうとした。彼は窓のところへゆき「着替えさせてくれ」といった。お滝はうきうきした声で「はい、ただいま」といい、出てゆこうとして、振返って「嬉しいわ」とささやいた。

傘を片づけ、寝衣を揃《そろ》えていると、おしまが来て、「ちょっと」と手まねきをした。

——いまごろになって客か。

どうしよう。お滝は舌打ちしたいような気持で、彼のところへ寝衣を持ってゆき、着替えさせてから店へいった。するとおしまが端の三帖を指さして、「そこよ」といった。

　客ではなく、根岸の政次であった。

「来ただろう」と政次はお滝を見た。

「ええ、たったいま」

「あれをたしかめてくれ」と政次はいった。

「おれはここで待っている」

　お滝はまた不安になった。政次は、お滝が不安を感じたことに気づいたのだろう。

「心配するな」と笑い、どっちにしろたいしたことではないんだ、といった。でも今夜でなければいけないんでしょ。いけないこともないが、足が遠のくようだからな、と政次は腰から莨入《たばこいれ》を取りながらいった。まあひとつやってみてくれ。いいわ、とお滝は頷いた。なんとかやってみるわ、でも暇がかかるかもしれなくってよ。いいとも、おれは待ってるよ、と政次がいった。

　四帖半へ戻ると、彼は窓框《まどがまち》に腰を掛けて、ぼんやり外を眺めていた。

「雨が吹っこむでしょう」とお滝はそばへよった、「なにを見てるの」

「すっかり咲いちまった」

「なにが」とお滝は彼にもたれた。

「あの白い花さ」

「あら、ほんとだ、もう終りだわね」

樹立の中のその花は、このまえには咲きはじめで、ほの白く点々と見えるばかりだった。いまでも花はかたまってはいない、樹《き》が高いし枝がまばらなので、ぱらっとひろがっているが、もうさかりを過ぎていることは夜目にもわかった。枝の一つはこちらへ伸びているので、しおれた花がいくつもあるのが見わけられた。それは、小降りになった雨のなかで、ひっそりと、静かに、なにかを独りなげいてでもいるような、咲きかたにみえた。

「今日はあんたがくちあけだったのに」とお滝がいった、「いまごろになって客があったのよ」

「結構じゃないか、おれのほうなら構うことはないぜ」

「そうね」お滝は彼からはなれて、寝床を敷きながらいった。「どうせ、そうなのよ、あんたはそういう薄情な人なんだわ」

「風邪で五日ばかり寝たんだ」彼はそういって、一分銀を盆の上へ置いた、「まさかここまで寝に来るわけにもいかないだろう」

「あらいやだ、それなら濡れていけなかったじゃないの」お滝は寝床を敷き終り、そばへいって彼を窓框から立たせた、「さあ、早く寝てちょうだい、おうちがわからないから、手紙をあげることもできないし、淋《さび》しかったのよ」

彼は寝床へはいり、「いっておいで」といった。窓を閉めましょうね、とお滝がいった。いや、もう少しあけておこう、こうむしてはやりきれない。でも風邪をひき直すといけないわ。大丈夫だ、もう少し経《た》ったら自分で閉めるよ。そう、ではそうしてね、とお滝は彼の脇《わき》へ坐《すわ》った。

「ねええ――」とお滝がささやいた。

彼は「なんだ」といった。

「ねえ」とお滝がいった。「ちょっと肌《はだ》だけさわらせて……」

彼は黙っていた。

お滝は手早く帯を解き、着物をぬいで、下着の衿《えり》をぐっと左右にひろげた。まだ十分に艶《つや》のある膚《はだ》で、色は少し浅黒いが、両の乳房も（子を産んだにもかかわらず）固く緊張していた。彼は「きれいだな」といった。お滝は「恥ずかしい」といいながら、彼の寝床へすべりこんだ。彼は横になった。お滝は彼の寝衣《ねまき》の衿をひろげ自分の胸を彼の胸にぴったりと押しつけ、そうして彼を抱き緊《し》めた。

お滝はのぼせあがったようになり、わなわなと軀がふるえた。力いっぱい彼に抱きついても、そのふるえは止らず、動悸《どうき》が苦しいほど激しくなった。

「もうよせ」彼は顔をそむけた。

お滝は彼の胸へ頬《ほお》ずりをしてあえいだ。

「たくさんだよ」彼はお滝を押しのけた。

お滝は掛《か》け蒲団《ぶとん》をはね、彼の軀をあおむけにすると、狂ったような動作で、いきなり彼の左の胸乳に吸いついた。

「よせ」と彼はお滝の肩をつかんだ。

お滝はいちど唇《くちびる》をはなし、血ばしったような眼で彼を見たが、「ああ」と呻きながら、またそこへ吸いついた。

彼はお滝を押しはなした。

お滝はそこへうつぶせになり、両手で顔を抑えたまま、はっはっとあえいだ。つむった眼の前に、いま見たものが、ありありとうかんでいた。彼の左の胸の、小さな乳首の下に、長さ三寸ばかりの匕首《あいくち》の刺青があった。

「おどろいた」と彼がいった、「初めてだ、男でもそうなのか」

お滝は「恥ずかしい」と顔をそむけ、衣紋《えもん》を直してから、小粒ののせてある盆を持って、下着のまま出ていった。

六

「やっぱりそうか」と根岸の政次は頷《うなず》いた、「おれの勘が当った、有難《ありがと》うよ」

「わけを話してよ、いったいどうしたんですか」

「匕首の吉っていうぬすっとだ」

「えっ」とお滝は息をひいた。

三年ほどまえから、下町の大店《おおだな》ばかりをねらう三人組がいた。二人は去年の暮に縄《なわ》にしたが、残りの一人がどうしても捉《つか》まらなかった。その一人が大工の伜《せがれ》だということを、政次は、お滝の話を聞いて思いだし、すぐに（捕えてある）二人と面接する手順をとった。ちょっと暇がかかったが、牢《ろう》で二人に会い、詳しく彼のことを訊いた。身の上もたいてい合っているし、胸の刺青のあることもわかった。

「匕首の刺青なんてざらにあるもんじゃあねえ」と政次はいった。「まちげえなしだ、いつもの伝で手引を頼むぜ」

お滝は頷いた。

「おい」と政次はいった、「しっかりしてくれ、おめえにはいい客らしいが、ぬすっとじゃしょうがねえ、いつかは、どこかで、御用になるんだ、そうだろう」政次は煙管《きせる》をはたいた、「いまのうちなら、罪もそう重くはねえようだ、なまじ逃がすと却《かえ》って当人のためにならねえぜ」

　お滝は頷いた。

「いいわ」とお滝はいった、「でも少し刻《とき》を下さいね」

「おれは飲みながら待ってる」

「しげるさんにいって下さい」とお滝は立ちあがった、「じゃあ、いつものとおりね」

　お滝は店にいるおしまに、政次の用をきくように頼んで、内所へゆき、自分の荷物をあけて財布を出した。眼《め》がまわるような気持だし、足がふらふらした。

　四帖半《よじょうはん》へはいると、彼は窓のほうを向いて寝ていた。

　――ああよかった。

　まだ窓があいているのを見て、お滝はそう思いながら、そっと彼をゆり起こした。

　彼は眠ってはいなかった。

「逃げてちょうだい」とお滝がささやいた。がちがちと歯が鳴るほど、躯《からだ》が震えた、「これを持って」とお滝は財布を出した、「あんたから貰《もら》った残りを貯《た》めといたの、一両二分とちょっとある筈《はず》よ」

　彼は黙ってお滝を見ていた。

「お願いよ、この窓から出て塀《へい》を越すと、権現《ごんげん》さまの神主さんの庭へ出るわ、早く着替えをして逃げてちょうだい」

彼は静かに「いいよ」といった。

「よかあないの、御用聞が向うに来ているのよ」

彼は「うん」と頷いた。

「ごしょうだから逃げて」

「もういいんだ」と彼はいった、「こうなるのを待っていたんだよ」

「待ってたんですって」

「ああ」と彼は顔を歪《ゆが》めた、「自分のやってることに厭気《いやけ》がさしたんだ、仲間の二人もつかまったし、この辺が年貢《ねんぐ》のおさめどきだと思ってた、だから、嘘《うそ》をいえばいえたのに、身の上ばなしもありのままにしたんだよ」

「じゃあ、――」とお滝は彼を見た。「あたしが指すことを知っていたの」

彼は頷いた。

お滝はじっと彼を見まもっていたが、「ごめんなさい」といいながら、彼の枕《まくら》もとへ泣き伏した。あたしは悪い女だった、どんなに罪の深いことをしていたか、いまになって初めてわかった、「堪忍《かんにん》して、堪忍してちょうだい」と身もだえして泣いた。

「あんたはなにもかも、正直にいってくれたけれども、あたしは嘘ばかりついてたわ、年だって十七なんていって、本当はもう二十四だったのよ」

「いやそうじゃない、おまえは十七だった」と彼がいった、「おれと逢《あ》っているときのおまえは十七だった」と彼がいった、「おれと逢っているときのおまえは十七だったよ」

「あたしには里子《さとご》にやってある子供さえあるの、今年はもう六つになるのよ」

「知っている」と彼は頷いた、「しかし、おれにとっては同じことだ、おまえは十八になっただけだよ」

「子供のあることも知ってたの」

「知ってた」と彼はいった、「二度めに来た晩、まえにいたお若とおまえと、喧嘩《けんか》をした、大きな声だったので、たいてい聞えたんだ」お滝は（泣きながら）また身もだえした。「悪い人間は悪い人間だといったことも、そういう人間のためにどれほど泣いている者があるかしれない、といったことも聞えた」と彼はいった、「それだけじゃあない、おまえ自身が悪いやつに煮え湯をのまされ、親きょうだいにもみはなされて、子供を育てるために身を沈めたという——子供を育てるためならなんでもする、というのを聞いて、まいった、本当にまいったんだよ」彼は寝床の上に起きあがった、

「このまえは話さなかったが、おれのおふくろは気が狂った、おやじが首を吊ってるのを見て、気が狂って、一年ばかりして死んだ、そのあいだじゅう口をあくと、おれのことばかりいうんだ、元はどうした、元をねかさなければならない、元がまた転んだ、元が、元が、……おれはそれを思いだした、気が狂っても、おふくろの頭にはおれのことしかない、おまえは子供のためならなんでもすると叫んだ、おれはまいった」

彼は膝《ひざ》をつかみ、頭《こうべ》を垂れ、そして、すばやく眼を拭《ふ》いた。

「おやじがそんな死にかたをしてから、おれは世の中を僻《ひが》んじまった、まじめ一方に叩《たた》きあげたおやじでさえ、ひとつ間違えばそんなみじめな死にかたをする、勝手にしやがれと思った」と彼は低い声で続けた、「……だが、あの晩から考え直した、はっきりはいえない、自分がいやになっていたこともたしかだろう、これがこうとはっきりはいえないが、年貢をおさめて、きれいなからだになりたくなったんだよ」

「じゃあ、あたしのこと、堪忍してくれるのね」

「うん」と彼はいった、「きざになるから礼はいわない、さあ、そいつにそういってくれ、おれがお縄を待っているって」

「いや、まだいや」

「向うでも待ってるんだろう」

「こっちから合図をするの、それまでは来やしないわ」

「では合図をしてくれ」

「まだいや」とお滝はかぶりを振り、ようやく起き直って涙を拭いた。

「あんたまだいちども寝てくれなかった、今夜だけはあたしのお願いをかなえて、ねえ、たったいちどよ」

「合図はどうするんだ」

「こうするの」

お滝はそばへ寄って、彼の細紐《ほそひも》へ手をかけた。どうするって、と彼が訊《き》いた。

「あなたを裸にするの」とお滝がいった、「そして着物や帯を廊下へ出すのよ」

「裸では逃げだせないか」

「ねええ」とお滝は彼へささやいた、「一生にいちど、いいわね」

彼は頷いた。

お滝は彼の細紐を解いた。すると、とつぜん彼は「あっ」と叫び、うしろ首を抑えてとびあがった。あんまり不意だったので、お滝も吃驚《びっくり》して身を反らした。

彼はうしろ首へやった手を、そっと取ってみた、少ししおれた一枚の花片《はなびら》が、その手のひらに付いていた。

「あら、辛夷《こぶし》の花じゃないの」とお滝がいった、「窓から散りこんだのよ、いまの声、なんだと思ったの」

そういってお滝は笑いだした。

彼の驚きかたが、あんまりひどかったので、つい可笑《おか》しくなったのだろう。笑い出して、だがその笑い声がそのまますすり泣きに変った。

「人間って――」と嗚咽《おえつ》しながら、お滝がいった、「人間ってこんなときでも笑えるのね」

彼は手のひらの花片をまるめた。

「こんど出て来れば」と彼はいった、「こんなことでとびあがるほど、怯《おび》えて暮さなくともよくなるんだ」

お滝は「あんた」といった。

彼は寝床へ横になった。お滝も扱帯《しごき》をくるくると解き、窓の障子を閉め、それから行燈《あんどん》の火を消した。

「お顔を見ていたいけれど」とお滝が闇《やみ》のなかでささやくのが聞えた。

「――あたし恥ずかしいから……」

外は雨があがっていた。

（「週刊朝日別冊」昭和三十年四月）

並木《なみき》河岸《がし》

一

路地をはいろうとした鉄次は、その角の「なんでも屋」の軒下に、長吉がいるのを認めて立停《たちどま》った。五つになる長吉は、軒下に立ったまま、ぼんやりと店の中を眺《なが》めていた。

「どうした、長」と彼は子供の頭を撫《な》でた、「なにをそんなに見ているんだ、なにか欲しいのか」

長吉は首を振って、「ちゃんを待ってるんだ」と云《い》った。ひどくもったいぶった口ぶりで、それから急に「飴《あめ》ん棒」と云った。長吉の父親は博奕《ばくち》で御用になり、もう六十日あまりも牢《ろう》にはいっていた。

「飴ん棒か、よし」と彼は財布から銭を出して、子供の手に握らせた、「これで買ってきな、もう暗くなるからうちへ帰るんだぜ」

「おっかあを待ってるんだ」

「そうか」と彼は頷《うなず》いた、「そんなら、もしも帰りがおそかったら、小父《おじ》ちゃんちへ来ていな、遊んでやるからな」

「小父ちゃんちはだめだって」

「なにがだめだ」

「だめだって」と長吉が云った、「慶ちゃんちのおばさんがだめだってよ」

そして彼は店の中へはいっていった。

鉄次は路地へはいってゆき、井戸端にいる人たちと挨拶《あいさつ》を交わして、自分の家の戸口へ、「いま帰った」と云いながらはいった。すると、障子をあけたのは隣りのおきので、静かに、という手まねをし、「お帰んなさい」と云った。鉄次は長吉の云ったことを思いだした。おきのは慶太の母親である。彼はなにかあったのかとけげんそうにおきのを見た。

「いま手拭《てぬぐい》を出すから、そのまま湯へいってらっしゃい」とおきのが低い声で云った、「そのあいだに晩の支度をしておくわ」

「うちのやつ、どうかしたんですか」

「大きな声をしないで」とおきのが手を振った、「いまやっと眠りついたところなのよ、静かにしてちょうだい」

鉄次は口をつぐんだ。おきのはすり寄って、彼の耳へそっと囁《ささや》いた。鉄次の口があき、顔がきゅっと硬《こわ》ばった。彼は右手で、着物の上から、ふところを押えた。

「あとの心配はないそうだけれど」とおきのは云った、「躯《からだ》がすっかり弱っているから、よほど大事にしないと、気でまいってしまうって医者が云ってましたよ」

「どうも、とんだ世話になって、済みません」

「湯へいってらっしゃい」とおきのは立ってゆき、手拭を持って戻《もど》って来た、「晩の支度をしておくけれど、なにか注文があったら云って下さいな」

その心配はいらない、どこかで喰《た》べて来ようと、鉄次は云って、逃げだすように外へ出ていった。彼の顔はいまにも泣きだしそうに歪《ゆが》み、口の中で「またか、またか」と呟《つぶや》いた。路地の角に長吉がいて、「小父ちゃん」と呼びかけ、持っている飴ん棒を見せたが、彼はちょっと眼《め》をくれただけで、ふらふらと四ツ目橋のほうへ歩いていった。

鉄次は足の向くままに歩いた。頭のどこかで、湯屋へゆくんだ、と思いながら、すっかり昏《く》れてしまうまで歩きまわり、それから、ゆきつけの「豊島屋《としまや》」という居酒屋へはいった。それが同じ町内の、なじみの店だということは、中へはいってから気がつき、そこには知りあいの者が幾人も飲んでいるのを認めた。

――近まわりをうろついてたんだな。

鉄次は隅《すみ》のほうの(いつもの)場所へ腰をかけた。じぶんどきのことで、店は混《こ》んでいた。三人ばかりが彼に声をかけたが、彼はそっちを見ただけで、返辞はしなかった。

——多助はいつ牢から出るだろう。

と彼は思った。小女《こおんな》がはこんで来た酒と肴《さかな》を前に置いて、独りでぼんやり飲みながら、彼は多助の家族のことを考えた。五つの長吉を抱えて、多助の女房のおみよは日雇取《ひようと》りをしている。おみよは軀が弱かったが、賃仕事ではやってゆけないので、三日いっては二日休むというふうにしながら、親子二人でかつかつ暮していた。多助は船宿の船頭で、かなりいい稼《かせ》ぎをするらしいが、博奕のために身が持てず、御用になったのは三度めであった。船宿の親方の奔走で二度までは「叱《しか》り」で済んだけれども、三度めにはお裁きを受け、ついに牢屋へ入れられてしまった。

「だめだ、博奕はだめだ」と彼は口の中で呟いた、「博奕につかまったらおしまいだ、出て来ても多助はまたやるだろう、同じこった、夫婦別れをするよりしようがねえさ」

若者が一人、盃《さかずき》を持って来て、鉄次の側《そば》へわりこんだ。

「鉄あにい」と若者は持っている盃をさし出した、「ひとつ、——」

鉄次は彼を見、彼の盃を見て、首を振った。若者は酔っているらしい、鉄次の冷淡な眼には気がつかず、盃をさし出したまま、なお酒をせがんだ。鉄次の額に癇癪筋《かんしゃくすじ》がふくれ、彼は高い声でどなった。

「うるせえ」と鉄次は云った、「酒ぐらいたまには手銭で飲めねえのか」

声が高かったので、店の中が急にしんとなり、殆《ほと》んどいっぱいの客たちが、話をやめてこっちを見た。

「わかったよ」と若者は云った、「わかったよ、おめえ機《き》嫌《げん》がわるいんだな、鉄あにい、そうとは気がつかなかったんだ、勘弁してくれ、悪かったよ」

鉄次はそっぽを向いた。若者は立って向うへゆき、元の伴《つ》れといっしょになった。

鉄次は恥ずかしさで顔がほてり、小女を呼んで勘定を命じた。

それからさらに三軒ばかり飲んでまわり、十時ちかくになって、鉄次は家へ帰った。

雨戸が閉っているので、それをあけていると、隣りの勝手口があいて、おきのが顔を出した。

「ずいぶんおそかったのね、どこの湯へいってたの」とおきのが云った、「お膳《ぜん》は拵《こしら》えてありますよ」

鉄次は低い声で礼を云った。

「あたしいま帰ったところよ」とおきのが云った、「おていさんよく眠ってるから、なるべく起こさないようにして下さいな」

鉄次は家へはいり、あとを閉めた。

四帖半《よじょうはん》と六帖のふた間で、六帖のほうに蚊帳《かや》が吊《つ》ってあり、暗くしてある行燈《あんどん》の光りで、おていの寝姿がぼんやりと見えた。鉄次は四帖半に置いてある食膳を眺め、掛けてある布巾《ふきん》へ手をやろうとした。すると、蚊帳の中からおていの呼びかける声がした。

「お帰りなさい、おそかったわね」

「うん」と彼は云った、「いま帰った」

そして水を飲むために、勝手のほうへいった。

二

水を飲んで戻った鉄次は、蚊帳へはいって、着替えはせずに、自分の寝床へ横になった。そう暑い晩ではなく、蚊帳のまわりで、蚊のうなりが聞えていた。

「あんた」とおていが呼びかけた。

「わかってる」と彼が遮《さえぎ》った、「いいから寝よう」

「怒ってるの」

「酔ってるんだ」と彼は云った、「寝よう」

そして彼は寝返りをうった。

鉄次はよく眠り、おきのが戸を叩《たた》く音で、ようやく眼をさました。外は明けたばかりで、おきのと入れちがいに井戸端へ出ると、霧のような雨がけぶっていた。——彼は顔を洗って戻り、「飯は外で食うから」とおきのに断わって、手早く着替えをした。帯を解いたとき、ふところからなにか足元へ落ちた。鉄次はそのまま着替えをして、ふと足に触ったので見おろし、どきっとしながら慌《あわ》てて拾った。それは二寸に三寸ばかりの、平たい奉書包で、彼はふところへねじこむと、おきのにあとを頼んで、すぐに家をとびだした。

「まだ早すぎるわよ」とおきのが呼びかけた、「こんなじぶんにいってどうするの」

鉄次は傘《かさ》も持たずに路地を出ていった。

竪川《たてかわ》の岸へ出ると、彼はふところから（さっきの）奉書包をとりだし、二つに引裂いて川へ捨てた。それは昨日《きのう》、——仕事を少し早くしまって、水天宮までいって貰《もら》ってきた御守りであった。彼は水面を見やり、引裂かれた御守りが、ゆっくりと、大川のほうへ流れてゆくのを眺めながら、「ひき汐《しお》だな」とぼんやり口の中で呟いた。そこへ、おきのが傘を持って追って来た。

「どうしたのさ」とおきのが云った、「傘も持たずにとびだしちまってどうするの」

「なに、霧雨だから」

「鉄さん」とおきのが傘を渡しながら彼を見まもった、「あんた、まさかあのことで、――」

鉄次は川のほうへ手を振った。

「いまあれを流したんだ」と彼は云った、「あそこを流れてるだろう、水天宮の安産の御守りだ」

おきのは鉄次の顔をみつめ、それから眼をそらした。鉄次は「とんだお笑い草さ」と喉《のど》で笑い、「傘を済まなかった」と云って、四ツ目橋のほうへ歩み去った。

鉄次の黙っている日が続いた。

彼は船大工で、帳場は深川平野町にあった。本所の家からは、歩いて四半刻《しはんとき》あまりかかるが、二十四でおていと世帯《しょたい》を持って七年、枝川の河岸《かし》に沿ってゆく道は、眼をつむっても歩けるほど馴《な》れていた。――鉄次は十三の年に「相留《あいとめ》」というその船大工の弟子にはいり、いまではいちばん年長で、仕事場のことはすっかり任されていたし、ちかごろでは、自分で道具を使うようなこともなく、職人たちに指図をしていればよかった。

鉄次はもともと口が重く、どっちかというとぶあいそな性分だったが、あの日からさらに無口になり、仕事場の職人たちはびりびりしていたし、家ではおていが、腫《は》れ物《もの》にでも触るような眼で、彼を見ていた。おていは寝たまま、他人の世話になっているのと、彼がなにを思っているのか見当がつかないのとで、暫《しばら》くは話しかける勇気もなく、心のなかでおろおろしながら、いまにもなにか恐ろしいような事が起こるのではないかという、不安な気分で、彼のようすを見ているばかりだった。

あのことがあってから五日めの夜、——鉄次が帰って来て、蚊帳の中で横になってから、珍しくおていのほうを見て、「ぐあいはどうだ」と訊《き》いた。おていは救われたように、良人《おっと》に向って微笑した。

「だいじょうぶよ」とおていは云った、「今日お医者が来て、順調だって云ってたわ」

鉄次は「そうか」と云った。

「ごめんなさいね」と暫くしておていが云った、「すっかり不自由をさせちゃって、——起きたら取返しをつけるから、もう少し辛抱して下さいね」

「誰《だれ》か雇ったらどうだ、おきのさんに悪いだろう」

「そう思うんだけれど」とおていは気弱く笑った、「あたし人を使うことが下手だから」

「悪くなければおきのさんでいいさ」

「いつもこっちでしているし、治ったらお礼をすればいいでしょ」と云って、おていはさぐるように良人を見た、「でも、――もしかしてあんたがいやだったら」

「おまえがよければいいんだ」

と云って、鉄次は仰向《あおむ》けに寝返った。

そのまま時間が経《た》ち、長屋のどこかで子供の泣く声が聞えた。隣りも向うも寝しずまっているので、その泣き声はかなりはっきりと、高く聞えた。鉄次は「長だな」と思った。長吉の声らしい、こんな時刻にどうしたんだ、そう思っていると、おていが低い声で「あんた」と呼びかけた。

「あんた、堪忍《かんにん》してね」

鉄次は黙っていた。

「まだ怒ってるの」とおていは云った、「堪忍してくれないの、あんた」

「その話はよせ」

「堪忍してくれないのね」

鉄次は黙っていた。そのまま沈黙が続き、やがて子供の泣き声も聞えなくなった。

「云って下さい」とおていが云った、「あたしどうすればいいの」

鉄次はやはり黙っていた。

「ねえ、云ってよ、はっきり云って、あたし覚悟はできてるんだから」とおていが含み声で云った、「ねえ、あたしたちもうだめなの」

「ばかなことを云うな」

「あんたは勘弁してくれないもの」とおていは乾いた調子で云った、「初めのときも二度めのときも、あんたはもっとやさしかったし、慰めてもくれたわ、覚えてるけど、あんたは云ったわ、おまえのせいじゃない、おまえが悪いんじゃないって」

「じゃあ誰《だれ》が悪いんだ、おれか」と鉄次が云った。抑えてきた怒りが手綱《たづな》を切ったような、激しくするどい声で、自分でも吃驚《びっくり》したのだろう、「もうよしてくれ」と少しやわらいだ声で付け加えた。

「おれはべつに怒ってやしない、いまさら怒ったってどうなることでもありゃあしない、つまらないことを云うな」そして彼は反対のほうへ寝返った、「もうおそいぞ、寝よう」

おていはじっとしていた。蚊帳のまわりで蚊のうなりが聞え、勝手の下あたりで、もの憂《う》げになにかの地虫が鳴いていた。

「変ったわ、すっかり変っちゃったわ」とおていが低いかすかな声で囁《ささや》いた、「まえにはこんなじゃなかったのに、もうあんなふうにはいかないのね」それからやや暫くまをおいて、ごく細い弱よわしい声で云った、「――どうなるのかしら」

鉄次はなにも云わなかった。

「どうなるのかしら」とおていが囁いた、「もうあたしたち、だめなのかしら」

三

深川扇町の、名も知れない居酒屋で、鉄次は飲んでいた。「豊島屋」で気まずいことがあってから、彼はそのときばったりの、知らない店で飲むようになり、その店もその晩が初めてだった。堀《ほり》に面した、ちょっとした構えで、土間には三四十人もはいれるし、上に四つばかり小座敷もあった。天床《てんじょう》にははちけんが二つも吊ってあるので、店の中は明るく、板場からながれて来る煮焼きの匂《にお》いと、いっぱいの客の人いきれと、そこで話したり笑ったりする高声とで、酔わないうちに頭がぼうとなるようであった。

小女が三人、若い女が三人ばかりいるな、と鉄次は思った。若い女は白粉《おしろい》などを塗って、これは馴染《なじみ》の客の相手をするらしい。鉄次のところへは小女が来て、注文を聞き、それを運んで来、いちど酌《しゃく》のまねをするだけで、側《そば》に付いている者はなかった。――もちろん、彼にはそのほうが勝手で、まわりの客たちの話すのを、ぼんやりと聞きながら、いつもより気持よく、三本ばかり飲んだ。たしかに、いつもより気持よく飲んでいたが、そのうちに、彼の前へ中年の浪人者が来てから、急に機嫌の変るのが、自分でもわかった。

浪人者は年のころ三十六七で、汚れてはいないが継ぎの当った単衣《ひとえ》を着、軀《からだ》つきは固ぶとりだが、顔は細おもてで、人を見くだすような、たかぶった、きざな眼《め》をしていた。

――いやな野郎が来やがった。

鉄次はそう思い、なるべくそっちを見ないようにしながら、飲んでいた。

すると暫くして、小さな子供の声が聞え、見ると浪人者の脇《わき》に、五つばかりの子供が腰かけており、お新香《しんこ》で丼飯《どんぶりめし》を喰《た》べようとしていた。

――子供を伴《つ》れていたのか。

浪人者は一人だと思ったので、鉄次はちょっと意外に思い、こんどは改めて、(それとなく)ようすをぬすみ見た。浪人者は酒を一本取り、つきだしの小皿《こざら》を二つ、前に置いたままで、ちびちびと飲んでいた。子供は手に余る箸《はし》を持ち、飯台にのしかかるようにして、丼を片手で抱え、そうして周囲の客の、肴《さかな》の皿小鉢《こばち》や椀《わん》などを、かなしそうな眼で眺《なが》めていた。欲しそうな眼ではなく、諦《あきら》めたような、かなしそうな眼つきであった。父親の浪人者は飲んでいた。一杯の盃《さかずき》を五たびにも六たびにも、まるで貴重な薬でも舐《な》めるように、大事にかけて啜《すす》っていた。

「坊や」と鉄次は子供に呼びかけた、「小父《おじ》ちゃんのこのお魚、喰べてくれないか」

子供はゆっくり俯向《うつむ》いた。なにか云《い》ったようだが聞えなかった。鉄次には「要《い》らない」と云ったように思え、そこでまだ箸をつけてない刺身の皿を取って、子供の前へ置いた。

「これを手伝っておくれ」と彼は云った、「小父ちゃんは酒を飲んでいるから喰べられないんだ、美味《うま》いぜ坊や、ね、喰べてごらん、その御飯にのっけて喰べると美味いぜ」

「失礼だがそれは断わる」と浪人者が云った、「失礼だが、おちぶれても侍の子だ、食物の施しにはあずかりたくない」

「それはそうでしょうが、子供というものは」

「断わる」と浪人者はどなった、「おれは乞食《こじき》に来たのではない」

大きな声で、いまわりの客たちは話をやめてこっちを見た。浪人者の細い顔が赤くなり、その眼が怒りと憎悪《ぞうお》のためにぎらぎらと光った。

「済みません」と鉄次は皿を引っこめた、「私はそんなつもりじゃあなかったんだが、お気に障《さわ》ったら勘弁して下さい」

浪人者は子供に、「早く喰べろ」と云った。子供はべそをかいて、糠味噌漬《ぬかみそづけ》の蕪《かぶら》と大根と、生瓜《きゅうり》の盛ってある鉢へ手を出した。腹はへっているが、いかにも気がすすまない、という手つきである。鉄次の前には、まだ箸をつけない肴が、幾品か並んでいた。

「子供は他人の物が欲しいものだ」と鉄次は抑えた口調で云った、「自分が好きな物を喰べていても、他人の物はもっと美味そうに見えるもんだ、それが子供だ、子供はそういうもんだ、侍も町人も差別はねえ、子供はみんなおんなしこった」鉄次の額に癇癪筋《かんしゃくすじ》が立った、「罪じゃねえか」と彼は独りで続けた、「まわりにいっぱい肴が並んでいるのに、それを眺めながらこうこで飯を食わせるなんて、罪じゃねえか、そんなところへ伴れて来なければいいんだ」

「町人」と浪人者が云った、「口が過ぎるぞ」

鉄次は眼をあげた。

「きさま」と浪人者が云った、「このおれを浪人とあなどって、辱《はずか》しめる気か」

「私は子供さんのことを云ってるんだ」

浪人者は突然、燗徳利《かんどくり》を取って投げた。鉄次は首を曲げ、燗徳利はうしろの連子窓《れんじまど》へ当って砕けた。「ゆるさん」と叫んで、浪人者は立ち、飯台をまわってこっちへ来た。鉄次は動かなかった。左右の客は慌《あわ》てて脇へよけ、向うから女の一人がとんで来た。女がなにか叫び、浪人者は鉄次に殴りかかった。鉄次はなにもせず、浪人者は片手で（鉄次の）襟《えり》をつかみ、片手の拳《こぶし》で頰《ほお》を殴った。そこへ女がとんで来て、うしろから浪人者を捉《つか》まえ、「又野さんおよしなさい、又野さん」と叫びながら、けんめいにひきはなし、鉄次に向って、「済みません、逃げて下さい」と叫んだ。

「このひと酒のうえが悪いんです」と女は云った、「済みませんが逃げて下さいな、つじさん、またあとで来て下さい」

そのほうがいいだろう。鉄次は財布をそこへ置いて、すばやく外へとびだした。

彼は堀端を歩いてゆきながら、重い怒りが胸に充満しているのを感じた。重さが計れるほどの怒りで、それは殴られたからではなく、浪人者の無神経さと、子供の哀れさに対する怒りだった。すなおに受けたらどうだ、親の貧乏は子供の責任じゃあない、子供を可哀《かわい》そうだとは思わないのか。「なにが侍だ」と歩きながら彼は舌打ちをした。てめえは酒を飲んでいた、酒を飲む銭で、子供に煮魚の一つも取ってやったらどうだ。それが親っていうものじゃあないのか、「そうじゃあないのか」と彼は口に出して云った。

時刻は早かったが、財布を置いて来てしまったので、鉄次はそのまま家のほうへ向った。新高橋《しんたかばし》と猿江橋《さるえばし》を渡って、鉤《かぎ》の手に、堀端の道をまっすぐゆけばいい。堀の対岸は、軒の低い古びた町家が、ごたごたと並んでい、こちらは武家の小屋敷が続いていた。

「この道も飽きたな」と鉄次は呟《つぶや》いた、「飽きるほど通った、まる七年、この道をとおって帳場へゆき、この道をとおって家へ帰った、まる七年、これからもこの道を往《ゆ》きこの道を帰るんだ、そうして、――」

鉄次は足を停めた。

対岸の町家の灯《ひ》が、ひき汐《しお》で水の少なくなった堀に映っていた。彼はその、水面に映っている灯を眺めながら、「そうして一生終っちまうんだ」と呟き、力のない太息《といき》をついた。

四

考えてみるとつまらないものだ、と鉄次は思った。人間なんて哀れな、つまらないようなもんだ。あくせく稼《かせ》いでも、運の悪いものは一生貧乏に追われどおしだし、金を儲《もう》けて贅沢《ぜいたく》をしてみたところで限りがある。将軍さまだって寐《ね》るひろさは定《きま》ってるだろうし、ひとかたけに十人前は喰べられやしない。同じ仕事を同じように繰り返して、右往左往して、そして老いぼれて、死んでしまうんだ。

「つまらねえもんだ」と鉄次は呟いた、「人間の一生なんてはりあいのないもんだ」

そうして、また歩きだそうとして、けげんそうに首をかしげ、「つじさんだって」と呟きながら、空のどこかを見た。

「誰《だれ》かつじさんて云ったようだが」彼はまた首をかしげた、「いや、聞き違いじゃあない、たしかに誰かつじさんと云った、あれは相川町にいた七八つじぶんの呼び名で、もう二十年あまりも呼ばれたことがないし、この辺で知っている者もない筈《はず》だ、——しかしたしかに、たしかに誰か、つじさんって」

鉄次は口をあいた。空のどこかを見あげて、口をあいたまま、暫《しば》くじっとしてい、「そうだ」とやがて頷《うなず》いた。あの女だ、浪人者を抱き止めたあの居酒屋の女だ、たしかにあの女がつじさんと云った。

「誰だろう」鉄次は歩きだした、「きっと昔のおれを知っているんだろうが、誰だろう」

明くる日の夕方、——

鉄次は仕事の帰りに、扇町のその居酒屋へいった。日の長い季節で、外はまだ明るく、店の中もまだ客は疎《まば》らだった。ゆうべの、隅《すみ》のほうに腰を掛けると、注文を訊《き》きに来た小女《こおんな》が、「あらゆうべの親方ね」と云った。酒と肴をそう云い、あたりを見まわしたが、小女が三人いるだけで、若い女たちの姿は見えなかった。

——酒の客が来るじぶんに出るんだな。

化粧などしていたから、たぶんそんなところだろう、と鉄次は思った。まもなく、小女が酒肴《しゆこう》といっしょに、財布を持って来て、「あのまま手をつけずにおいたから、調べてもらいたい」と云った。鉄次は頷いて、財布をふところに入れ、「ゆうべの姐《ねえ》さんはどうした」と訊いた。

「もうすぐに来ます」と小女は云った、「いま着物を着替えてるからすぐです」

「名前はなんていうんだ」

「姐さんのですか」と小女は笑った、「本当の名前かどうか知らないけど、ここではお梶《かじ》姐さんていうの、いやだ親方、おかぼれね」

そして笑って、ぶつまねをした。

——お梶、覚えのない名だな、お梶。

鉄次は飲みはじめた。彼は早く女に会って、それが誰だか慥《たし》かめてみたかったたし、同時に、あまり早く慥かめるのが惜しくもあった。お梶という名に記憶はない、むかし遊んだ、女の子は幾人もいたが、おそらくその内の誰かにちがいない、誰だろう。そう思っていると、絶えて久しく、気持に張りができ、心たのしくうきうきするようであった。

鉄次が三本めをあけたとき、帳場の脇に女の姿があらわれ、小女になにか云われてこっちを見た。鉄次は気づかないふりをし、女は髪へ手をやりながら、こっちへ来た。鉄次はようやく眼をあげ、女は差向いに腰をかけて、微笑した。——すらっとした軀《からだ》つきで、おも長な顔に少し険があり、微笑したとき、右側にある八重歯が、眼立って見えた。

「わかって、——」と女がまた微笑した。

「わからない」と彼が云った、「その八重歯に覚えがあるようだが、まあ一ついこう」

「お酒ですか」と女は盃を受取った、「いまから飲むと酔っちまうわね」

「相川町は相川町だろう、誰だっけな」

「薄情ね、はい御馳走《ごちそう》さま」と女は盃を返し、酌をしながら鉄次をにらんだ、「あたしはすぐにわかったわ、いらしったのは気がつかなかったけれど、又野さんのどなり声でこっちを見たとき、その横顔ですぐにつじちゃんだなって思った、横顔はあのじぶんのまんまよ、あたしびっくりしちゃったわ」

「誰だっけな、思いだせないな、誰だっけ」

「いいわよ、召上れ」と女は酌をした、「あたし教えないから、思いだすまでここへ来てちょうだい、ふふ、面白《おもしろ》いな」

そして、八重歯を見せて笑った。

いいだろう、それもよかろう、と鉄次は頷いた。二度か三度会えば、きっと思いだすにちがいない、そういうことにしよう。きっとね、それまでお梶って呼んでくれればいいわ、と女はあやすように笑った。

「それにしても」とやがて女が云った、「ゆうべどうしてあんなことをしたの」

「あの浪人者は馴染か」

「ときたま来るだけよ、酒乱ってほどじゃないけれど、酔うとわからなくなるの」と云って、女は彼をみつめながら、首を振った、「でもゆうべのあれはいけないわ、あれは貧乏人の気持を知らないやりかたよ」

「おれが貧乏を知らないって」と彼も首を振った、「おれは子供が可哀そうだったんだ、子供が可哀そうで、見ていられなかっただけだ」

「子ぼんのうなのね、可笑《おか》しい」と女は笑った、「つじちゃんが子ぼんのうだなんて可笑しいわ、いまお宅には幾人いるの」

「子供か、——子供なんかないさ」

「女房《にょうぼう》もない、ってね」と女は酌をした、「こうみえてもあたしだって二人あるのよ、隠すことはないでしょ」

「一人もないんだ」と彼は眼をそむけた、「三度できたんだけれど、三度とも流産しちまった」

女は「まあ」といった。

「おていさん丈夫そうだったのにねえ」

「あいつのことも知ってるのか」

「あのひと丈夫そうだったわ、あんたが悪いのよ、きっと」

「おまえおていを知ってるのか」

「並木河岸のことだって知ってるわ、一つちょうだい」と女は盃に手を出した、「あの逢曳《あいびき》のことだってちゃんと知ってるんだから」

鉄次は困ったような顔をしながら、女に酌をしてやった。困ったような、照れたような顔つきであった。

女は話し続け、鉄次は黙って聞いていた。深川の並木河岸、人家の少ないところで、河岸とは反対側の道ばたに、並木があった。木はなんだったかしら。横に枝がひろがっていて、夏になると木蔭《こかげ》が暗くなるくらいだった。あんたたちそこで逢曳したじゃないの、と女は云《い》った。いつも夕方で、木蔭は暗かった。おていさんは木場の伊勢屋《いせや》に奉公していたから、ぬけて来てもゆっくりはできない、あんたはいっときでも長く留《と》めておきたい。それで口論をして、よくおていさんを泣かせたものだ。そうでしょ、そのとおりでしょ、と云って女は笑った。

五

――誰だろう、いったい誰だろう。

鉄次は女が誰だかわからなかった。並木河岸のことまで知っているとすると、範囲はずっと狭くなる。「つじ」というのは鉄次の「て」を取った幼い呼び名で、そのじぶんの友達は、（こっちが引越してしまったから）並木河岸のことは知らない筈である。とすると誰だろう、どこの誰だろう、と鉄次は繰り返し思った。

彼は毎日その店へ通った。梅雨があがり、六月が過ぎた。

「このごろあんた、ようすが変ったわね」

或《あ》る夜、おていがそう云った。

おていは六月のはじめに床上げをしたが、軀に精がないようで、顔色も冴《さ》えないし、よくこめかみに頭痛膏《こう》を張っていたりした。鉄次は毎晩のように帰りがおそかった。お梶と飲んでいると楽しい、お梶が「誰だったか」ということはまだわからなかったが、わからないことも肴《さかな》の一つになった。話題も多いし、その話題のきりかえも巧《たく》みで、いくら話していても飽きない。それはたぶん、二人のあいだにいろめいた気持がなかったからであろう。ふしぎなくらい、二人ともさっぱりしていて、なんのこだわりもなかった。

「たしかに変ったわ」とおていが云った、「まるでいいひとでもできたようだわ」

「このごろ長を見かけないな」と鉄次はおていの顔を見た、「多助は牢《ろう》から出て来たのか」

「話をそらすのね」

「わかったよ」興もないというように、彼は手を振った、「多助はまだ出て来ないのか」

「あんた長坊を見るわけがないじゃないの、朝は早いし帰るのはいつもおそいし」とおていが云った、「多助さんなら牢脱《ぬ》けをしたわ」

鉄次は眼《め》をみはり、「牢脱けだって」とおていを見た。

「六月はじめだったかしら、浅草の溜《ため》（病牢）へ送られる途中で、逃げたんですって」

「多助が」と彼は呟いた、「あいつがか」

「おみよさんは番所へ呼ばれるし、この長屋へは張込みがあるし、長坊は少しまえから寝ているし、騒ぎだったわ」

「それで、多助はまだ捉《つか》まらないのか」

おていは微笑しながら、良人《おっと》の眼をみつめていた。鉄次は「なんだ」といった。

「なんでもないけど、なぜ今夜に限って、そんなに多助さんのことを気にするの」

彼はおていの微笑する意味がわかった。

「ほかに話すことでもあるか」と鉄次はやがて、仰向《あおむ》けに寝ころんだ、「ほかになにか面白い話でもあるなら聞かしてくれ、なにかあるのか」

おていは黙った。ながいこと黙って、身動きもしずにいた。鉄次がそっと見ると、おていは前掛で顔を掩《おお》っていた。

「あんたはまだ、あのことを怒っているようだけれど」とおていが低い声で云った、「あたしがどんな気持でいるか、考えてくれたことはないの」

「済んだことはよしにしよう」

「あれはあたしにも子だったのよ」とおていは云った、「あんたも悲しいでしょう、子供の好きなあんたが、三度ともだめになったんだから、口惜《くや》しいことはよくわかるわ、でもあたしだってどんなに辛《つら》いかしれやしない、三度もみごもって、そのたんびに、おなかの子が流産してしまう、こんどこそと思って、できるだけの養生もし神しんじんまでして、それがまただめになってしまう、――流産して、ぺしゃんこになったおなかを撫《な》でながら、あたしがどんなおもいをしたかあんたわかって」

　鉄次は心の中で「ぺしゃんこか」と呟き、その言葉の可笑しさに笑いたくなった。

「あんたは仕事もあるし、酔って気をまぎらせることもできるわ」とおていは続けた、「でも、あたしには仕事もないし、酔うほどお酒も飲めない、独りでうちにいて、独りでぼんやり考えているだけよ、頼りにするのはあんただけだけれど、――そのあんたもはなれてゆくばかりだわ」

「おれが、どうしたって」

「はなれてゆくばかりよ、わかるわ」とおていは云った、「こんどの子供を産むことができたら、もういちど昔のようになれるかもしれないと思った。それもだめになってしまったし、もうあたしどうしていいんだかわからないわ」

「云いたいように云うさ、勝手な勘ぐりの相手はできやしない」

「まえにはそんなふうには云わなかったわね」

「おれはもう三十一だぜ」

「まえにはこんなじゃなかったわ」とおていが云った、「ねえ」と良人のほうを見、静かに嗚咽《おえつ》した、「云ってちょうだい、あたしたちもうだめなの」

「なにが不足なんだ」と鉄次は仰臥《ぎょうが》したまま訊き返した、「なにが不足でそんなことを云うんだ、おれにどうしろってんだ」

「不足だなんて云って」とおていは泣きだした、「あたしはただ、昔のようなあんたになってもらいたいだけだわ」

鉄次は口をつぐみ、おていの泣く声を暫《しばら》く聞いていて、それから云った。

「おまえだって昔のおまえじゃあないぜ」

おていはせつなそうに泣いていた。

それからつい数日して、鉄次はお梶から「遠出をしないか」と誘われた。草市の夜で飯台の上にほおずきを挿《さ》した小さな壺《つぼ》があり、そのほおずきはお梶が草市から買って来、彼に見せるために挿したのであった。

「あたしだってたまに息抜きがしたいわ」とお梶が云った、「つじさんとなら間違いはないし、二日ばかり暢《のん》びり、どこかへいって来たいんだけれど」

「おれとなら間違いがないって」

「あんたはそんなことのできないたちよ、あたしの眼に狂いはないんだから」とお梶はまじめに云った、「それにあたし、男はもうたくさん、道楽者の亭主《ていしゅ》を持って懲《こ》り懲《ご》りしちゃったわ、子供を二人ひったくって別れちゃったけれど、男なんてもうまっぴら御免よ」

「そんな話は初めて聞くな」

「亭主のことを話すと、――」とお梶は首をすくめた、「あたしが誰《だれ》だかってことがわかるかもしれませんからね」

「見当はその辺か」

「ねえ、二日ばかりでかけましょうよ」とお梶があまえた声で云った、「そんなにおかみさんの側《そば》にくっついてばかりいるもんじゃないわ、べつにいやらしいことをするわけじゃないし、二日っくらいぬけられるでしょ」

「息抜きか」と彼が云った、「悪くはないな」

そうだ、そいつも悪くはない、と鉄次は思った。ではどこにしよう、どこかあてがあるのか。江ノ島はどうかしら。江ノ島は二日では無理だろう。それなら川崎《かわさき》はどう。川崎とはまた近すぎるな。うそよ、近ければゆっくりできるじゃないの、ひと晩泊って、お大師さまへおまいりをして、ひる寝ぐらいして帰れるでしょ、そうしましょうよ、とお梶が云った。

「遠出をしてひる寝か」と鉄次は笑った、「なるほどいろごとには縁のねえ話だ」

六

ゆくさきは川崎、日は中元の翌日、朝の八時に永代橋《えいたいばし》の西詰で会おう。そういうことに約束がきまった。——その夜、鉄次はいつもより早くきりあげ、うちへ帰ると、おていにそのことを告げた。もちろんお梶とゆくなどとは云えない、「帳場の常吉たちと道了様へいって来る」と、場所も変え、日もよけいに云った。

「道了様っていうと四五日かかるわね」

「三日でいって来る予定だ」

「いつかいったときは四五日かかったでしょ」とおていは云った、「あたしもいきたいな」

「このまえは水戸《みと》へまわったんだろう」と彼は話をそらした、「たしか水戸の、大洗《おおあらい》へまわった筈《はず》だ」

「あたしもいっちゃあいけないかしら」

「常陸《ひたち》まで往復三日だぜ」と彼が云った、「男の足だって楽じゃあねえ、おまえなんかに付いてけるか」

「そうね」とおていは頷《うなず》いた、「三日じゃあ無理だわね」

鉄次はまた話をそらし、「多助はまだ捉まらないか」と訊《き》いた。おていはそれで思いだしたというふうに、「長坊を貰《もら》ったらどうだろう」と云いだした。あの子はあんたにもよくなついているし、うちで貰ってやれば、おみよさんも故郷へ帰って軀《からだ》の養生ができる、それに、貰い子をすると「あとができる」っていうじゃないの。うん、そうだな。あたしは貰って育ててみたいわ。そうだな、考えてみよう、と鉄次は答えた。

十五日が中元で、鉄次は午後から扇町へでかけ、(飲みながら)お梶と明日のうちあわせをした。それが済むと、お梶は斜交《はすか》いに彼を見て、微笑しながら、「おかみさん大丈夫」と訊いた。鉄次は「へっ」といった。

「そんな心配は逢曳にでもいく者のするこった」と彼は云った、「こっちは暢びりひる寝をして来ようというくちだからな」

「粋《いき》なもんだわ」とお梶は笑った。

鉄次は灯がはいるとまもなく帰った。

彼は少し気が咎《とが》めた。ほんの少しではあるが、「おていに悪いな」と思い、だが疚《やま》しいことはないので、「ひとをみろ」と自分に云った。ひとは平気で道楽をしているじゃないか、女を囲ってる者だって幾らもいる。こっちはそんなんじゃない、幼な友達と息抜きに出ようというだけだ、それだけじゃないか、女房には関係のないこった、なにが悪い、と彼は自分で自分に云った。――家へ帰ると、おていが待ちかねたように、「おみよさんがいなくなった」と知らせた。鉄次はびくっとし、「長はどうした」と訊いた。

「長坊は差《さ》配《はい》の源さんとこにいるわ」

「じゃあ」と彼は吃《ども》った、「日雇いにいったんじゃあないのか」

「今日はお中元よ」とおていが云った、「それに書置みたいなものがあったの、あたしは読まなかったけれど、亭主があんなことをして、世間に申し訳がないが、子供には罪がないというから、長吉だけは頼む、と書いてあったんですって」

「すると、――」

「ええそう」とおていが云った、「初めはみんなそう思ったの、これは死ぬつもりだなって、けれども」とおていは声をひそめた、「隣りのおきのさんが云うの、そうじゃない、多助さんと逃げたらしいって」

鉄次はけげんそうな眼をした。

「そう云うのよ」とおていは良人の眼に頷いた、「証拠はなんにもないけれどそういう気がするって、日雇いに出たさきかなんかで、多助さんと会って、そして駆落ちの約束をしたんだろうって、死ぬんなら子供を置いてゆけるわけがないって、そう云うのよ」

鉄次は考えてみて「うん」と頷き、そうだな、死ぬときは子供は置いてゆけないかもしれない、いっしょに死ぬ気になるだろうな、と呟《つぶや》いた。

――うまくやれ、多助、やってみろ。

鉄次は寝てから、繰り返しそう思った。うまく逃げのびて、夫婦で初めからやり直してみろ、だが博奕《ばくち》だけはやめろ、それでもまだ博奕をするようなら、おまえは人間じゃあない、「人間じゃあねえぞ」と鉄次は口の中で多助に囁《ささや》いた。

ずいぶん久しぶりの早寝だったが、おていが明日の弁当の下拵《したごしら》えをしているうちに、鉄次は眠ってしまった。

翌朝、――六時に起きると、弁当も出来、旅の支度も揃《そろ》えてあった。おていは「さきに済ました」というので、鉄次は独りで朝飯を喰《た》べた。喰べ終って、茶を啜《すす》っていると、六帖《じょう》でなにかしていたおていが、「もう済んだの」と云いながら、こっちの四帖半へ出て来た。鉄次は口へ持ってゆこうとした湯呑《ゆのみ》を、途中で止め、眼をそばめて女房を見た。おていはよそゆきの単衣《ひとえ》に、塵除《ちりよ》けの合羽《かっぱ》を着、手甲《てっこう》をはめていた。

「あたしもいっしょにゆくの」とおていは彼に微笑した、「いいでしょ、たまだもの、伴《つ》れてってくれるわね」

鉄次は「ばかだな」と笑った。

「おれ一人ならいいが、常吉や徳や、ほかにも三人ばかりいくんだ」と彼は云った、「男ばかりの中へおれだけ女房を伴れてゆけるか」

「だって、いいって云ったもの」

「いいって——誰が」

「常さんよ、あたし常さんに頼んだのよ」とおていが云った。見ると顔が硬《こわ》ばっていて、声もうわずって聞えた、「あんたがきのう出かけたあとで、燈籠《とうろう》（中元に新吉原で燈籠を飾る）を見にゆこうって、常さんがここへ誘いに寄ったわ、それであたし頼んでみたら、いいって云ったのよ」

鉄次は声をだして笑った。

「なにが可笑《おか》しいのよ」とおていが云った。

鉄次は笑って、湯呑を置き、「知恵くらべか」と云った。知恵くらべなら負けないぞ、と云い、立ちあがって三尺をしめ直した。

「知恵くらべってなによ」とおていは顔をひきつらせた、「あたしはただ、伴れてって下さいって、云っただけじゃないの」

「そうだろう、たぶんそうだろう」

「それがなぜ知恵くらべなの、だめならだめって云えばいいでしょ」とおていは声をふるわせた、「どうするの」

「歩きに出るのさ」と鉄次は土間へおりながら云った、「おめえいきたければ常といって来てもいいぜ」

そして彼は外へ出た。

外へ出たが、（朝の六時すぎで）ゆくあてはなかった。ふと思いついて、差配の家へ寄り、長吉を伴れだした。源兵衛の女房の話によると、子供ごころに諦《あきら》めているのだろう、ひと言も母親のことは口にせず、ゆうべも温和《おとな》しく独りで寝たし、朝飯も行儀よく喰べた。「見ていていじらしいくらいだった」と云った。

長吉は嬉《うれ》しそうに、鉄次といっしょに外へ出た。

七

鉄次は枝川に沿った道を、ゆっくり歩いていった。長吉は彼により添うように、黙って歩いていた。

「長、――」と彼が振向いた、「抱いてってやろうか」

「へえき」と長吉が答えた。

鉄次はおていに怒っていた。

なぜ知らん顔をしていなかったんだ。どうして黙ってゆかせなかったんだ、と彼は心のなかで云《い》った。なんでもありゃしない、やきもちをやいたり、そんなふうに邪魔をする必要はなかった、うっちゃっといてくれればよかったんだ。

「小父《おじ》ちゃん」と長吉が云った。

「なんだ、――」

「なんでもない」と長吉が云った、「お手てをつないでもいいか」

「さあ」と彼は手を出し、長吉はそれをぎゅっと握った、「なにかお菓子を買うか」

「へえき」と長吉は首を振った。

堀端《ほりばた》の道は静かで、あまり往来の人もなかった。彼は、長吉が強く自分の手を握っているのを感じ、そして、心のなかで思った。そっちがそんなふうにするなら、おれはおれで好きなようにする、気づかれずに浮気《うわき》をするくらいの知恵はあるんだ。――やってみるか、おまえの知恵で、（今日やったように）おれの浮気が封じられるかどうか、やってみようか、と彼は心のなかでおていに呼びかけた。

これまでおれは、一度だって不実なまねをしたことはない。つきあいだから茶屋酒も飲むし、なか（新吉原《しんよしわら》）へゆくことだってある、しかしおまえに不実なことは一遍もしなかったし、それはおまえが知っている筈だ。そんな、そのときばったりのいろごとができない性分だということは、おまえがよく知っている筈じゃないか、そうじゃないのか、と彼はおていに問いかけた。

「小父ちゃん」と長吉が云った。

「どうした」と彼は振向いた、「くたびれちゃったか」

「だいじょぶ」と長吉は首を振り、堀のほうを指さした、「この川で塩びきがとれるか」

「そうさな」と彼が云った、「——長は塩鮭《しおざけ》が好きか」

「どっちでも」と長吉が云った。

鉄次は空を見あげた。空は薄曇っていて、あたりは靄《もや》でもかかったように、堀の石《いし》垣《がき》も、対岸の家並もぼんやりと、もの憂《う》そうにみえた。

——薹《とう》の立ったような気持だ。

と彼は思った。薹の立ったような、疲れたような気持だ。まる七年、まる七年の余も、この道を往《ゆ》きこの道を帰った。喰べて寝て、この道を往ったり帰ったりして、いったいなにが残った。これからも、同じことを繰り返すだろう、死ぬまで同じことの繰り返しだ、死ぬまでだ、わかるか。

——おれは息抜きがしたい。

この繰り返しにはうんざりする、と鉄次は心の中で呟いた。おれは息抜きがしたかった。お梶と二日ばかり遠出をすれば、少しは気が変るかと思った。それだけだ。お梶のほうにもいろけなんぞはなかったし、おれにもそんな気持は少しもなかった。これっぽっちもなかったんだ。

橋を渡り、また橋を渡った。

「小父ちゃん」と長吉が云った、「おしっこ」

鉄次は「よし」と云い、堀端へ伴れていって、うしろから肩を押えてやった。長吉は巧《たく》みに用をたした。子供の肩を押えてやりながら、彼はふと、そこが並木河岸だということに気づいた。

こちら側には（あのころと同じように）材木が積んであり、河岸に沿って、三町ばかり向うまで並木が続いている。その木は「さいかち」というのだそうで、黒みを帯びたこまかい葉の、びっしりと付いた枝が、横へひろく、重たげに腕を伸ばし、ひと並びに暗い木蔭《こかげ》をつくっていた。

鉄次は胸の中で、横笛の音が聞えるように思い、惘然《もうぜん》と、その並木を眺めやった。

――おてい。

と彼は心のなかで云った。

二人はそこでたびたび逢《あ》った。そこの、向うの、こっちから五本めの木蔭がそれだ。おていが先に来ていることもあり、用があって、おくれて来て、すぐに帰ったこともある。その向うの五本めの木蔭だ。おれが仕事の都合でおくれて、駆けつけて来ると、あいつはその木に凭《もた》れていて、いってみると泣いていたことがあった。どうしたんだ、と云ったら、とびついて来て、「ああよかった」と云った。ああよかった、もうあんたは来てくれないのかと思ってたのよ、「うれしい」と云って、おれにしがみついた。しがみついて泣いた。いまでもはっきり思いだせる、「うれしい」と云って、あいつはおれにしがみついて泣いた。

「小父ちゃん」と長吉が云った、「もういい」

彼は「よし」と云った。

「少し休もうかな」

長吉はこっくりをした。

「そこで休もう」と彼は材木の積んであるほうへ、長吉を伴れていった、「ここで少し休んで、それからなにか買いにゆこう」

二人は材木の上へ腰をかけた。

空の荷車を曳《ひ》いた、老人が一人、ゆっくりと二人の前をとおり過ぎた。鉄次は膝《ひざ》の上へ左右の肱《ひじ》を突き、俯向《うつむ》いて、両手で額を支えた。――ああ、と彼は溜息《ためいき》をついた。力のぬけた、うつろな溜息であった。長吉はおとなしく腰かけていて、それからぼんやりと、なにかの唄《うた》をうたいだした。しかし、うたいだすとすぐに、唄をやめて彼の袖《そで》を引いた。

「小父ちゃん」と長吉は囁いた、「小父ちゃん、見なよ、小母《おば》ちゃんだよ」

鉄次は「うう」といった。

「見なったらさ」と長吉は彼を小突いた、「ねえ、見てごらんたら、小父ちゃんちの小母ちゃんが来たよ」

鉄次は「うん」といい、それからふいと顔をあげた。長吉が向うを指さした。向うからおていの来るのが見えた。

彼女の好きな鳴海《なるみ》絞《しぼ》りの単衣に、白い献上博多《けんじょうはかた》をしめていた。俯向いて、放心したような足どりで、一歩、一歩、ひろうように、ゆっくりとこっちへ来る。脇《わき》へは眼《め》も向けず、俯向いたままでこっちへ来て、二人の前をとおりすぎ、そうしてあの（五本めの）木蔭で立停《たちどま》った。

鉄次は黙って見ていた。石にでもなったように、身動きもせずに、黙って、おていの姿を見まもっていた。おていはその木蔭にはいり、木の幹へ両手を当てて、凭れかかった。

――鉄次はじっと見まもっていた。彼の額が蒼白《あおじろ》くなり、眉《まゆ》がしかんだ。長吉が「小父ちゃん」と呼びかけると、彼は手を振り、眼で「黙ってるんだ」というふうに子供を見た。「すぐ来るからな」と彼は云った、「すぐに来るから、ここで待ってな」

長吉は「うん」と頷《うなず》いた。

鉄次は立ちあがって、静かにそっちへ歩いていった。おていは気づかなかった。彼は側《そば》へよって、そっと肩へ両手をかけた。おていはとびあがり、振返って、彼を見ると、「お」と大きく口をあけた。

「いいよ、なんにも云うな」と彼はしゃがれた声で云った、「わかってる、わかってるよ」

「あんた初めてでしょ」とおていは彼にしがみつき、嗚咽《おえつ》しながら云った、「あたしはときどき来るの、ときどきここへ来ていたのよ、ここへ来て、この木の蔭で、

「――」

「わかった、泣かないでくれ」と彼はおていの肩を両手で押えた、「向うに長坊がいるんだ、長が見ているから泣かないでくれ」

「あんた」とおていが云った。

「長坊を引取ろう」と彼は云った、「長を引取って、三人で、――」

「あんた」とおていは彼の胸にかじりついた。

鉄次は振返り、長吉に向って手招きをした。長吉は立ちあがり、不決断に、そろそろと、こっちへ歩いて来た。


（「オール讀物」昭和三十一年八月号）

その木戸を通って

一

平松正四郎が事務をとっていると、老職部屋の若い付番《つきばん》が来て、平松さん田原《たわら》さまがお呼びですと云《い》った。正四郎は知らぬ顔で帳簿をしらべてい、若侍は側《そば》へ寄って同じことを繰り返した。

「おれのことか、なんだ」と正四郎が振向いた、「平松なんて云うから、――ああそうか」と彼は気がついて苦笑した、「平松はおれだったか、わかった、すぐまいりますと云ってくれ」

正四郎は一と区切ついたところで筆を置き、田原権右衛門《ごんえもん》の部屋へいった。田原は中老の筆頭で、松山という書役になにか口述していたが、はいって来た正四郎を見ると口述を中止し、書役を去らせて、正四郎に坐《すわ》れという手まねをした。正四郎は坐った。

「おまえはいつか、江戸のほうにあとくされはないと云ったな」と田原が訊《き》いた。

「はい、そう申しました」

「加島家と縁談の始まったときだ、覚えているか」

「はい、覚えています」

「私はおまえの行状を知っているから念を押して慥《たし》かめた、もしや江戸のほうに縁の切れてない女などがいはしないか、いるなら正直にいると云うがいいと、そうだろう」

正四郎は頷《うなず》いた。彼の顔にはほんのかすかではあるが、不安そうな、おちつかない色があらわれたけれども、それはすぐに消えて、こんどは力づよく頷き、そして確信ありげに云った、「仰《おっ》しゃるとおりです、それに相違ございません」

田原権右衛門は口を片方へねじ下げたので、皺《しわ》の多いその顔が、そちらへ歪《ゆが》み、まるでべっかんこでもするようにみえた。

「では訊くが、いまおまえの家にいる娘は、どういう関係の者だ」

「私の家にですか」正四郎は唾《つば》をのんだ、「私の家には娘などおりませんが」

「いるから訊くんだ」

「それはなにかの間違いです」彼の語調はそこでちょっとよろめいた、「御承知のように、御勘定仕切《しきり》の監査のため、私は三日まえからこの城中に詰め切っています、ですから、留守になにがあったかは知りませんが、三日まえに家を出るまでは」

「おまえの家に娘がいるのだ」田原はひそめた声できめつけた、「しかもそれを、加島どのの御息女が見て来られたのだ」

正四郎は口をあいた、「――ともえどのがですか」

「ともえどのは昨日《きのう》、おまえが非番だと思って訪ねてゆかれた」そこで田原はまた口を片方へねじ下げた、「手作りの牡丹《ぼたん》を持参され、おまえが城中へ詰めていると聞かれたので、家扶《かふ》の吉塚《よしづか》に壺《つぼ》を出させ、おまえの居間へ活《い》けて帰られた、そのとき見知らぬ娘がいるので、どういう者かと問い糺《ただ》したところ、吉塚助十郎はたいそう当惑し、すぐには返辞ができなかった、やがてしどろもどろに、主人を訪ねてまいったのだが、どこから来たとも云わず名もなのらない、もちろん自分も見たことのない顔である、と申したそうだ」

正四郎の喉《のど》でこくっという音がし、眼《め》には狼狽《ろうばい》の色があらわれた。

「それはなにかの間違いです」と彼は心もとなげに云った、「そんな女は私にも心当りはありませんし、下城したら早速」

田原権右衛門は遮《さえぎ》って云った、「加島家から厳重な抗議が来ている、もしそれがおまえとくされ縁のある女なら、縁談はとりやめになるからそう思え」

「そんなことはありません、間違いにきまっていますから、お役があきしだい下城して、なに者がどうしてそんなことをしたか、よくしらべたうえすぐお知らせにあがります」

「用はそれだけだ」と田原が云った。

勘定仕切の監査は明くる日までかかった。そのあいだまる一日半という時間の経過が、正四郎にとってはもどかしいほど長く、またあまりに短く感じられた。早く事実を慥かめたい気持と、事実に当面するときを延ばしたい気持とが、表と裏から彼を責めたてたのである。

――たしかにおれは模範的人間じゃあない。

謙遜《けんそん》して云うことがゆるされるなら、道楽者と呼ばれる類《たぐい》に属するかもしれない、と正四郎は思った。しかしおれは芯《しん》からの道楽者ではない。あやまちを犯したあとでは、もう二度とこんなことはやるまいと、自分に誓うくらいの良心は持っていた。他人は信じないかもしれないが、女と切れるときも、無情だったり卑怯《ひきょう》だったりしたことはなかった。別れるときにはするだけのことをして、きれいさっぱり別れたものだ。

――本当にそうか、そうでなかった例は一度もないか、本当にか。

正四郎は考えこみ、それから、確信があるとは思えないような眼つきで、「ない」と心の中で呟《つぶや》いた。とすれば、訪ねて来て家にいるという女はなんだ。あの女はなに者だ、どういうわけのある女だ、おまえのなんだ。そう問い詰める田原権右衛門の声が、耳の中でがんがん響きわたるように思えた。

「平松さん」と勘定方の若侍が来て云った、「こちらの帳簿はもう済んだのでしょうか」

「ひら、——ああそうか、うん」と云って、正四郎は眼がさめたように首を振った、「それはまだ済まない、もう少し待ってくれ」

野上というその勘定方の若侍は、声をひそめて云った、「なにか御心配なことでもあるのですか」

正四郎は笑ってみせた。

「それならいいですが」と野上は云った、「下城したら石垣《いしがき》町の梅ノ井でお待ち申していると、村田どのからの伝言でございます」

勘定仕切が終ると、慰労の宴をするのが毎年のしきたりであった。正四郎が監査役になってからあしかけ三年、去年も石垣町の梅ノ井で酒宴があり、彼は江戸仕込みの蘊蓄《うんちく》のほどをみせて喝采《かっさい》を博した。今年は勘定奉行が交代して、村田六兵衛《ろくべえ》という老人になった。偏屈で有名な人物だと聞いていたし、今日はそれどころではないので、
正四郎はきっぱりと断わった。

「だめですって」と野上は訊き返した、「どうしてですか」

「どうしてとはなんだ」正四郎は思わず高い声になった、「理由を云わなければいけないのか」

野上平馬は口をあき、なにやら云い訳めいたことを呟きながら、いそいで去った。

監査役の元締《もとじまり》は次席家老沢田孝之進で、監査に当るのは十人、平松正四郎はその支配であった。すっかり終ったのが午後五時、沢田老職に報告を済ませると、正四郎はまっすぐに堰端《せきばた》の家へ帰った。

二

田原権右衛門の云ったとおり、家にはその娘がいた。正四郎は娘に会うまえに、まず家扶の吉塚助十郎から仔細《しさい》を聞いた。

「一昨々日の午《ひる》まえでございました」と吉塚は話しだした、「玄関の内村がまいりまして、旦那《だんな》さまに会いたいと、若い婦人が訪ねてみえたと申しますので、私はどきりと致しました」

三人の家士や小者、召使たちはこの城下の者だが、吉塚助十郎とその妻のむらは江戸から伴《つ》れて来た。正四郎の父は岩井勘解由《いわいかげゆ》といって、信濃守景之《しなののかみかげゆき》の側用人《そばようにん》であるが、吉塚は先代から岩井家に仕えてい、正四郎が国許《くにもと》へ来るに当り、父が選んで付けてよこした。したがって、江戸における正四郎の行状をよく知っているから、女が訪ねて来たと聞いて驚いたのも、むりではなかったかもしれない。

「挨拶《あいさつ》に出てみますとまったく見覚えのない方で、主人はお役目のため両三日城中から戻《もど》らぬ、と私は申しました」と吉塚は続けた、「ことづけがあったら申伝えましょう、いずれのどなたさまですかと訊きましたが、黙って立っているだけで返辞をなさいません」

娘の髪かたちやみなりは武家ふうであるが、見ると着物は泥《どろ》だらけで、ところどころかぎ裂きができているし、髪の毛も乱れ、顔や手足にもかわいた泥が付いてい、履物は藁草履《わらぞうり》であった。

「なにかわけがあって来たのか、住居はどこかと繰り返し訊きましたが、ただ平松正四郎さまにお会いしたいと云うばかりで、そのうちにふらふらとそこへ倒れてしまいました」

「玄関でか」

「玄関でございます」と吉塚が云った。

やむを得ないので座敷へ抱きあげ、妻のむらに介抱をさせた。飢と疲労で倒れたらしい、気がつくのを待って、風呂《ふろ》へ入れてやり、むらの着物を着せ、それから食事はと訊くと、黙って頷いたようすが、いじらしいほどひもじさを示していた。食事をさせたあとで少し横にならせよう、疲れが直ったら仔細がわかるだろうから。むらがそう云うので、吉塚はその娘を妻女に任せた。

「娘はむらの云うことをすなおに聞き、食事のあとで横になると、二刻《ふたとき》あまりもよく眠りました」と吉塚が続けて云った、「——眼がさめたので洗面をさせ、鏡台の前へ坐らせたが、自分ではなにもしようともしません、そこで妻が髪を直してやりながらいろいろ訊いたそうです」

だが娘は「正四郎に会う」ということ以外、なにも記憶していなかった。自分の家がどこにあるかも、自分の名さえもわからない。もちろん正四郎に会う目的もわかっていない、ということであった。

「おかしな話だ、くさいぞこれは」と正四郎は云った、「どこかにくさいところがある、なにかこれには裏があるぞ」

吉塚助十郎はなにも云わなかった。

「その、——」と正四郎が訊いた、「加島のともえどのが来たとき、その娘を見たということだが、どこにいたんだ」

「お庭を歩いていたようです」と吉塚が答えた、「申上げたようなわけで、追い出すという事もできません、貴方《あなた》がお帰りになればなにかわかるかと存じましたので」

正四郎は手をあげて遮った、「それはいい、そんなことは構わないが、――こいつはうっかりするととんだことになるぞ」

「とにかく」と吉塚が云《い》った、「お会いになってみてはいかがですか」

「よし会おう」ちょっと考えてから正四郎は頷いた、「客間へとおしておいてくれ」

家扶が娘を案内したと云いに来てから、約四半刻《しはんとき》して正四郎は客間へいった。そのまえに彼は次の間から、襖《ふすま》を少しあけて覗《のぞ》いて見、まったく見覚えのない顔だということを慥かめた。

――誰《だれ》かのいたずらか、罠《わな》だ。

彼はそう思い、そんな手に乗るおれかと、些《いささ》かきおいこんで客間へはいっていった。娘は十七か八くらいにみえた。ふっくりとした顔だちで、顎《あご》が二重にくびれ、眼も口も、小さく、鼻がほんの少ししゃくれている。軀《からだ》も小柄《こがら》のようであるし、肩もまるく小さかった。むらの物を借りたのであろう、地味な鼠《ねずみ》色小紋の着物に、黒っぽい帯をしめ、頭には蒔絵《まきえ》の櫛《くし》と、平打ちの銀の釵《かんざし》をさしていた。正四郎がこれだけのことを観察するあいだ、娘は眼を伏せたままじっと坐っていた。

「私が平松正四郎です」彼は切り口上で云った、「どういうご用ですか」

娘は眼をあげて彼を見た。彼はその眼を強く見返した。娘の小さな眼がぼうとなり、小さな唇《くちびる》がわなないたとみると、膝《ひざ》の上で両手を握りしめながら、やわらかにうなだれた。

「私は貴女《あなた》を知らない」と正四郎は云った、「貴女はこの私を知っていますか」

娘はうなだれたまま、ゆっくりと、かすかにかぶりを振った。

「私が貴女を知らず、貴女も私を知らないのに」彼は容赦なく云った、「どうしてここへ訪ねて来られたのですか」

三

娘はうなだれたまま、それが自分でもわからないのだ、と囁《ささや》くような声で答えた。正四郎は娘をみつめていた。芝居をしてもだめだ、こんな子供騙《だま》しにひっかかるような正さまじゃあねえ、お門《かど》ちがいだと、心の中であざ笑いながら。たぶん泣きだすだろうと思ったが、娘は泣かなかった。

「どういうことなのでしょうか」と娘はゆったりとした口ぶりで云った、「平松正四郎さまというお名のほか、わたくしなにも覚えておりませんの、自分がどこから来たかも、なんという名であるかも、どうしてここへまいったかも、まるでものに憑《つ》かれたか、夢でもみているような気持でございます」

「では私にもどうしようもないですね」正四郎は冷淡に云った、「——人を訪ねる約束がありますから、これで失礼します」

そして彼は立ちあがった。

家扶の吉塚は、どうだったか、と訊《き》いた。正四郎はわからないと答えた。なにか曰《いわ》くがあるに違いないが、どんなからくりなのか見当がつかない。いずれにしてもかかわらないほうがいいから、すぐこの家を出ていってもらえ、おれは田原へいって来る、と正四郎は云った。そして、そのまま家をでかけ、竹坂の田原家を訪ねて権右衛門に会った。

「申上げたとおりです」正四郎は昂然《こうぜん》と云った、「私の知らない娘ですし、娘のほうでも私を知りません、まったく関係のない人間でございます」

「それならいいが」と云いかけて、田原は訝《いぶか》しそうに彼を見た、「——娘のほうでもおまえを知らないって」

「はい、当人がそう申しました」

「おかしいじゃないか、知らない娘が知らないおまえになんの用があって来たんだ」

「それもわからないというわけです」

正四郎は事情を語った。話の筋がとおらないので、田原権右衛門はなかなか納得しなかった。そこで正四郎は、誰かのいたずらか罠ではないかと思うと云った。——彼は岩井勘解由の三男に生れ、二十五歳まで部屋住であった。それが廃家になっていた平松を再興することになり、彼がその当主に選ばれた。平松は藩の名門で、旧禄《きゅうろく》は九百石あまり、家格は老職に属していた。再興された家禄はその半分の四百五十石、家格は参座《さんざ》といって老職に次ぎ、老職に空席ができればそこへ直る位置にあった。

「そのうえ御城代の御息女と縁組ができたのですから、私に好意を持つ者ばかりはないでしょう」と彼は云った、「ことによると私が江戸にいたころの噂《うわさ》を知っていて、いたずら半分に縁組だけでも破談にさせようと」

「ばかなことを」と田原は遮った、「仮にも侍たる者が、そんな卑《いや》しいまねをする筈《はず》はない、そんなことを想像するおまえ自身を恥じなければならん」

国許は国許同志であいみ互いか、と正四郎は心の中で思った。

「はい、では私自身を恥じます」と彼は云った、「それと、娘はすぐに出てゆかせるように命じましたから、どうぞお含みおき下さい」

「覚えておこう」と田原は頷《うなず》いた。

田原権右衛門は昔から、父の勘解由と親しくつきあっている。そのため彼が江戸から来ると、父の依頼で監督者のような立場になった。城代家老の加島大学が、娘を遣《や》ろうと云いだしたのも、権右衛門の奔走らしいし、ともえという加島の娘も、彼はたいそう気にいっており、たとえば彼女が足軽の娘であっても、ぜひ妻に貰《もら》いたいと思うくらいで、正四郎は大いに田原老職に恩義を感じていたのであるが、こんどの出来事でその熱が少しさめた。城中で呼びつけたときの態度も冷たかったし、今日はまた面と向って、「自分を恥じろ」とまで云った。彼としては、あいそ笑いをしているところへ水でもぶちかけられたようなぐあいで、少なからずむっとせざるを得なかったのである。

「国許の人間は聖人君子ばかり、とでも云いたげな口ぶりじゃないか」外へ出ると正四郎はいまいましげに呟いた、「誰かのいやがらせでなくってどうしてこんなことが起こるんだ、江戸ならもうちっと気のきいた手を打つぜ、へっ、田舎者はすることまで間拍子が合やあしねえや」

正四郎は唾《つば》を吐き、すると、空腹なことに気がついた。よし、梅ノ井へいってやろう、と彼は思った。慰労の宴はちょうど活気づいたじぶんだろう、でかけていって暴れ飲みをしてやるか、そう思って彼は石垣町のほうへいそいだ。——正四郎はよく飲み、よくうたい、よく踊った。一座の中に敵でもいるような挑戦《ちょうせん》的な気分で、騒ぐだけ騒いだうえ酔い潰《つぶ》れてしまい、勘定方の者二人に、家まで担《かつ》がれるようにして帰ったそうであるが、自分では殆《ほと》んど覚えがなかった。

翌朝、眼《め》がさめてみると、雨が降っていた。三日間は慰労のため非番なので、誰も起こしに来ないのをいいことに、もう一と眠りと思ったが、酔いざめの水を飲んでいるうちに、ひょいと顔をあげ、そのまま、なにを見るともなく眸子《ひとみ》を凝らしていた。そうか、とやがて彼は呟いた。そうだ、そうすればよかった、そうすればからくりがわかったんだ。そして彼は勢いよく起きあがり、寝衣《ねまき》のまま家扶《かふ》の部屋へいった。

吉塚助十郎は茶を飲んでいた。

「あの娘はどうした」と正四郎はいきなり訊いた、「追い出してしまったか」

吉塚は湯呑《ゆのみ》を置いて、「それが、その」と口ごもって云った、「着物のかぎ裂きなどを繕っておりましたので、まだその」

「よし、それでよし」と彼は云った、「そのほうがよかったんだ、ちょっと考えたことがあるから、追い出すのは夕方にしてくれ、どいつの仕業かおれがつきとめてやる」

不審そうな顔をする吉塚助十郎に、彼はなにごとか囁き、寝間へ戻って横になった。正四郎は午《ひる》ちょっとまえに起き、食事をしてまた寝間へはいった。五日間の疲れもあったし、これから自分のすることについて、充分に検討しておきたかったからである。

——問題は簡単なのでいつか眠ってしまい、吉塚に起こされたのは三時過ぎであった。雨はさかんに降っており、助十郎は浮かない顔をしていた。娘は本当にゆく先がないらしい、どうも追い出すのは気が咎《とが》める、と云う。もし許してくれるなら、自分たち夫婦で暫《しばら》く面倒をみてやりたい、などとも云った。

「だめだ、そこが向うの覘《ねら》いなんだ」と彼は首を振った、「そんなことをすれば田原に疑われて、加島さんとの縁組がこわれてしまう、いいからおれの云うとおりにしろ」

吉塚は、「たのもしからぬお人だ」とでも云いたげに正四郎を見、それから、蓑《みの》も笠《かさ》も揃《そろ》えてあると云った。

それからまもなく、正四郎は蓑を着、筍笠《たけのこがさ》をかぶり、尻端折《しりつぱしより》のから脛《ずね》に草鞋《わらじ》ばきで、家から一丁ほどはなれた、道の辻《つじ》に立っていた。三月下旬だから寒くはない。脇《わき》差《ざし》だけ一本、蓑から出ないように鐺下《こじりさが》りに差し、横眼で自分の家のほうを見張っていると、やがて門の外へ娘が出て来た。

「いい雨だ」と彼は呟《つぶや》いた、「この降りのなかでは芝居もそう長くは続かないだろう、さあ始めてくれ」

吉塚夫妻の世話だろう、娘は雨合羽《あまがっぱ》を着、脚絆《きゃはん》に草鞋ばきで、背中へ斜めに小さな包を結びつけ、唐傘《からかさ》をさしていた。門から出たところで、ちょっと左右を眺《なが》め、すぐにこっちへ歩いて来た。正四郎は辻へはいってやりすごし、そうして、十間ばかりあいだをおいてあとを跟《つ》けた。

娘は大手筋を左へ曲り、そのまま城下町をぬけて、畦道《あぜみち》を本街道のほうへ歩いていった。いそぐようすもなく、立停《たちどま》りもしなかった。左右を見るとか、振返るということもない。同じ足どりで、なにか眼に見えないものにでも導かれるように、まっすぐに歩いて行くのである。井倉川の橋を渡り、島田新田も過ぎ、あたりは黄昏《たそが》れ始めた。

「おい、どうするつもりだ」正四郎は口の中で云った、「まだ芝居を続ける気か、それともなかまがそっちにいるのか」

朝からの強い雨で、往来の人も殆んどない。ときたま馬を曳《ひ》いた農夫などと会うが、娘はそれも眼に入らぬというふうで、ますます昏《くら》くなる雨の道を歩き続けるのであった。正四郎は首をかしげた。おれが跟けていることを勘づいたのかな、いや、そうは思えない。それなら少なくともそぶりでわかる、とすると、なにもわからないと云うのが本当なのか。彼は高頰《たかほお》の、笠の紐《ひも》の当っているところへ、指を入れて掻《か》いた。

「まあ待て」と彼は自分に云った、「もう少しようすをみよう」

四

城下町から約一里半、まもなく本街道へ出ようとするところで、娘は道の脇にある観音堂へはいっていった。瘦《や》せた松が五六本と、石碑のようなものが三つ建っているだけで、堂守りもいないという小さなものであるが、それでも縁側へあがれば雨をよけることはできた。——正四郎は通りすぎながら、娘が屋根の下へはいり、傘をすぼめるのを見、二丁ばかりいってから引返して来ると、娘に気づかれないように、その堂の横から裏へまわって、これも屋根の下へ身をひそめた。

「よく降りゃあがるな」彼は身ぶるいをしながら呟いた、「いつになったらあがるんだ、こいつはひでえことになりやがったぞ」

さっきは有難い雨だと思ったが、事が少しも進展せず、日昏《ひぐ》れとともに気温もさがり始め、しかもこう降りどおしに降られてみると、芯《しん》まで水浸しになったようで、いきごんでいた気持もどうやら挫《くじ》けかかって来た。娘はなにをしているのか、——彼は足音をぬすみながら、ごくゆっくりと前のほうへまわっていった。そしてかぶっている笠をぬぎ、堂の角からそっと覗いて見た。娘は縁側に腰をかけ、両肱《ひじ》を膝《ひざ》に突き、顔を手で掩《おお》っていた。よく見ると、軀《からだ》が小刻みにふるえてる、かすかに「おかあさま」と云うのが聞えた。泣いているのだろう、その声は鼻に詰って、いかにも弱よわしく、そして絶望的なひびきを持っていた。

——これも芝居なのか。

ここまで芝居を続けるということが考えられるか。自分にこう問いかけながら、正四郎は胃のあたりにするどい痛みがはしるのを感じた。

「おかあさま」と咽《むせ》びあげる娘の声が聞えた、「——おかあさま」

正四郎は笠をかぶり、紐をしめた。そのとき道のほうで男の声がし、濃くなった黄昏の雨の中で、二人の男がこっちを見て立停った。正四郎はすばやくうしろへさがり、二人の男は道からこっちへ近よって来た。

——なかまか。

娘のなかまかと思い、ようすをうかがっていると、男たちの娘に話しかける声が聞えた。どちらも酔っているらしい、言葉つきから察すると、馬子《まご》か駕籠《かご》舁《か》きのように思えた。

「ねえちゃんどうしたね」と一人が云った、「こんなところにいまじぶんなにをしているんだ、旅装束でこんなところにぼんやりしていて、伴《つ》れでも待ってるのかい」

「え、——なんだって」ともう一人が云った、「もっと大きな声で云わなくちゃわかりゃしねえ、どうしたってんだ」

それからまをおいて、「おめえ家出をして来たのか」とか、「娘一人じゃあ危ねえ」とか、「おれたちがいい宿へ案内してやろう」などと云《い》うのが聞えた。娘の言葉はなにも聞えなかったが、どうやら二人に説き伏せられたもようなので、正四郎はそっちへ出ていった。男たちは頭から雨合羽をかぶってい、一人が娘の手を取り、他の一人が傘をひろげていた。

「おい待て、それはおれの伴れだぞ」と彼は呼びかけた、「きさまたちなに者だ」

男たちはとびあがりそうになった。

「吃驚《びっくり》するじゃねえか、おどかすな」と傘を持った男が吃《ども》りながら云った、「そう云うてめえこそ誰《だれ》だ」

「その娘の伴れだ」

「ふざけるな」と娘の手を取っている男がどなり返した、「伴れならどうして放《ほ》っぽりだしにしておくんだ、いまごろのこのこ出て来やあがって、てめえこの娘をかどわかそうとでもいうつもりだろう」

「そうだ、そんなこんたんにちげえねえ」と傘を持った男が云った、「娘さん、おめえこの男を知っていなさるのか」

娘は脇のほうを向いたままで、そっとかぶりを振った。

「私だぞ」と正四郎が呼びかけた、「平松正四郎だ、忘れたのか」

「いいかげんにしろ、娘さんは知らねえって云ってるじゃねえか」と傘を持った男が遮《さえぎ》った、「おれたちは本宿の駕籠徳の者で、おれは源次こっちは六三、街道筋ではちっとばかり名を知られた人間だ、へんなまねをしやあがるとただあおかねえぞ」

「そうか、駕籠徳の者か」と云って正四郎は笠をぬいだ、「それならこの顔を覚えているだろう、おれは城下の堰端《せきばた》にいる平松正四郎だ」

二人の男は沈黙した。夕闇《ゆうやみ》のほの明りではあるが、正四郎の顔ぐらいは判別がつく。六三という男がまず、握っていた娘の手を放しながら「旦那《だんな》だ」と呟いた。

「おい源次、いけねえ」と六三が慌《あわ》てた声で、手を振りながら云った、「堰端の平松さまだ、こりゃあとんでもねえまちげえだぜ」

「おめえ知ってるのか」

「うちのごひいきの旦那だ」六三はまた手を振り、正四郎に向っておじぎをした、「まことにどうも申し訳ありません、おみなりが変っているんで気がつきませんでした、わかればあんなきざなことは申上げなかったんで、へえ、やい源次、てめえも早くあやまらねえか」

「いや、わかればいいんだ」と正四郎は頷《うなず》いた、「街道筋で名を知られたあにいたちにあやまらせる事は罪だからな」

「ひらに、どうかひらに」六三は頭へ手をやりながらおじぎをした、「このとおりですからどうか勘弁してやっておくんなさい」

「しかし、どうして」と源次がまだ不審そうに云った、「どうしてこの、旦那のお伴れは旦那を知らねえと云ったんですかね」

「それはおれにもわからない」と正四郎が云った、「この娘にちょっとこみいった仔《し》細《さい》があって、一と口で話すことはできないが、おれがかどわかしでないことだけは証明できると思う」

　そして彼は娘のほうへ近よった。

「どうして私を知らないと云うんだ」と彼は娘に云った、「私が平松正四郎だということを忘れたのか」

　娘はうなだれたまま答えなかった。

「本当に私を知らないのか――」

「わたくしは」と娘は低い声で云った、「――わたくしがいては、平松さまの御迷惑になると、うかがいましたので」

とぎれとぎれの、低く細い声であった。吉塚が話したのであろう、彼女がいては加島家との縁組に故障ができる、そう云って因果をふくめたに違いない。正四郎は顔を仰向《あおむ》けて深い呼吸をした。

「その話はあとのことだ」と彼は感情を抑えた口ぶりで云った、「いっしょに家へ帰ってくれ、私が頼む、帰っておくれ」

娘は答えなかった。

「旦那の仰しゃるようにしたらいいでしょう」と六三が娘に云った、「こんな雨でもあるし、うろうろしているととんでもねえことになりますぜ」

五

それから七日経《た》って、正四郎は田原権右衛門の自宅へ呼びつけられた。田原家のある竹坂というのは町名で、実際には坂というほどの勾配《こうばい》はないのだが、そのゆるやかな坂道は赭土《あかつち》なので、ちょっと雨が降ってもひどいぬかるみになる。そのときもまえの雨ですっかりこね返されてい、田原家へ着くまでには汗まみれになっていたし、背中まで泥《どろ》がはねていた。

田原権右衛門の話は、予期したとおりあの娘のことであった。正四郎は事情をよく語り、家扶《かふ》夫妻も望むので、二人に預けて世話をさせていると答えた。黙って、ふきげんに聞いていた田原は、廊下越しに庭のほうを眺めながら、無表情に云った。

「それがおまえの申し訳か」

「私は」と彼は云った、「事実を申上げているのです」

「噂《うわさ》はすっかり弘《ひろ》まっている、本宿のほうでも評判になっているそうだが、加島家へはどう挨拶《あいさつ》するつもりだ」

「これはわたくしごとで、加島家とはなんの関係もありません、したがって、べつに挨拶をするとか弁明をする、などという筋合はないと思うのです」と彼は云った、「あの娘は自分の家も知らず、ゆく先も、自分の名さえも覚えていません」

「それはもう聞いた」

「雨に降りこめられた夕闇の辻堂の中で」と彼は口早に続けた、「その夜の泊りもわからず、途方にくれて泣きながら、おかあさまと呼んでいる姿をごらんになったら、貴方《あなた》にも見ぬふりはできないことでしょう」

「加島家から苦情が来ている」田原はまた庭のほうを見た、「その娘がまったく縁もゆかりもないのなら、そんな者のために大切な縁談をこわすことはない、もういちど私が口をきくから、娘はすぐ家から出てゆかせるがいい」

正四郎は額をあげて云った、「私には、あの娘を追い出すことはできません」

「そんなことを云い切っていいのか」

「私にはできません、理由はわかりませんが、とにかく私一人を頼みにして来た、ほかに頼る者がいないのですから」

田原権右衛門は暫《しばら》くして云った、「――では、加島家のほうは破談にしよう」

「やむを得ません」と彼は云った、「これだけの事情をわかって頂けないとすれば、私としてもお心のままにと申上げるほかはありません」

「わかった、用事はこれだけだ」

正四郎は田原家を辞した。

彼は自分が正当だと信じているわけではない。世間一般からみれば、婚約者のある者が身許《みもと》の知れない娘を、家に置くというのは非難されることかもしれないと思う。しかしこの場合は事情が違うのである。その事情の特殊な点を理解しようとせず、ただ世評や面目だけにこだわるとすれば、かれらのほうこそ非難されるべきではないか、と正四郎は思った。

「城代の娘を貰《もら》ったってなんだ」と彼はいきごんで呟いた、「女房《にょうぼう》の縁で出世をする、などと云われるくらいがおちじゃないか、こっちでまっぴらだ」

鮮やかな印象に残っているともえの、美しく賢《さか》しげな姿を掻《か》き消そうとでもするように、正四郎は顔をしかめながら強く首を振るのであった。

吉塚の妻女のむらは、娘にふさという仮の名を付けた。江戸で嫁にやった自分の娘の名であるが、たいそう気性もよく、嫁にいったさきでもずっと仕合せになっているから、娘にあやかるようにと思って付けた、ということであった。――吉塚夫妻には喜兵衛という子があり、結婚して孫も一人できたが、これは江戸小姓役を勤めており、こちらでは夫婦だけのくらしなので、娘の世話をすることはたのしみのようであった。ことに妻女のむらは娘を哀れがり、身のまわりの面倒をみてやりながら、どうかして彼女の記憶をよびさまそうと、辛抱づよくいろいろとこころみたらしい。幾人かの医者にも診察させてみたり、篠山《しのやま》というところの、権現滝にも打たせたりしたそうであるが、なにをやってみても効果はあらわれなかった。

「俗に神隠しとか、天狗《てんぐ》に掠《さら》われる、などということを申します」と或《あ》るとき吉塚が云った、「つい数年まえの話ですが、江戸の者が一夜で加賀の金沢へいった、自分ではなにも知らず、気がついてみると金沢城下で、日を慥《たし》かめたところ昨夜の今朝だった、ということです」

「うん」と彼は頷いた、「真偽はわからないが、その話は聞いたことがある」

「ほかにも大坂の者が知らぬまに長崎へいっているとか、いま座敷にいたと思った者が、そのまま行方知れずになって、何十年も戻《もど》らなかった、などという話がずいぶんございます、あの娘もそういう災難にあったのではないかと思いますが」

「そんなことが現実にあろうとは思えないけれども、――言葉の訛《なま》りなどで見当はつかないだろうか」

「言葉は江戸のようですが」と吉塚は首をかしげた、「しかし武家では、多少なりともその領地の訛りがうつりますし、それが江戸言葉と混り合いますから、どこの訛りという判断はむずかしかろうと存じます」

「では時期の来るのを待つだけだな」

「あるいは」と吉塚は主人の気持をさぐるように云った、「このままなにも思いださずに終るかもしれません」

　正四郎はなにも云わなかった。

　秋になるまで、正四郎はともえと三度、道の上で出会った。彼は思い切ったつもりでいながら、心の底には充分みれんがあったので、目礼をするときには、自分で顔の赤くなるのがわかった。ともえは三度とも盛装で、ひときわ美しく、小者と侍女を伴れていたが、彼の目礼をまったく無視し、路傍の人を見るほどの眼《め》つきもせずに歩み去った。彼は恥ずかしさと屈辱のために、もっと赤くなり、汗をかいた。

「これでいいだろう」三度めのときに、彼は自分で頷いた、「うん、もうこれでいい、これできれいさっぱりだ」

そのころから、彼の身のまわりのことはふさが受持つようになった。正四郎にとっても、母親のようなむらより、若いふさのほうがよかったし、ふさはまた極めて早く、彼の気ごころや好みを理解していった。あとで考えると、吉塚夫妻がそのように躾けたらしいが、彼に仕えるふさの態度は、殆《ほと》んど献身的といってもいいもので、彼はまたそんなにもおれが頼りなのかと思い、いじらしいという感情が、しだいに強くなるばかりであった。

「ふさどのはよほどお育ちがよいようでございますな」と吉塚が云った、「気性もしっかりしておられるし、挙措《きょそ》動作も優雅で、手蹟《しゅせき》のみごとなことはちょっと類のないくらいです」

六

吉塚夫妻だけでなく家の者たちみんなが、いつからかふさに敬称を付けるようになった、ということに、そのとき初めて正四郎は気がついた。

「あれで身許さえはっきりしていれば」と吉塚はさらに続けた、「どんな大身《たいしん》へ輿入《こしい》れをされても、決して恥ずかしくないでしょう、まことに惜しいようなお人柄《ひとがら》です」

家扶《かふ》がなにを云いたがっているか、正四郎にはもう察しがついていた。

「つまり」と彼は云った、「おれにふさを貰えということか」

「それはいかがでございますかな」吉塚は考えぶかそうに云った、「御当家は名門ですし、ふさどのは身許のわからない方ですから、貴方がそのおつもりでも、おそらく老臣がたがお許しにはなるまいと思います」

「老臣がた――」彼の眼が光った、それは紛れもなく敵意と反抗をあらわしていた、

「ふん」と彼は冷笑した、「名門といったところで、平松は廃家になっていたものだし、おれはその養子にすぎないじゃないか、嫁選びに干渉されるほどの家柄でもないだろう」

　こうして正四郎の気持は、田原権右衛門やともえに対する反抗から、動きだしたようであった。もちろんふさが好きでなかったら、そうむきにはならなかったであろう。彼女がいつ過去のことを思いだすかわからないし、そのとき事情がどう変るかも予測はつかない。そんな不安定な立場の者を娶《めと》るというのは冒険である。だが正四郎はいさましく、しかも田原権右衛門にぶつかっていった。

――吃驚《びっくり》して腰でもぬかすな。

こう思って正面から斬《き》り込んだ。娘にふさという名を付けたこと、自分はふさを妻に直すつもりであること、ついてはふさを田原家の養女にしてもらいたいこと、などを挑戦的な口ぶりで申述べた。あたまからどなりつけられ、拒絶されるものと覚悟をしていたのであるが、田原はどなりもせず、腰をぬかすほど驚きもしなかった。話し終るまで黙って聞いていたし、話が終ってからも暫く黙っていた。その顔には困惑の色がみえたけれども、怒ったようすは少しもなかった。

「ちょっとむずかしいな」やがて田原は静かに云《い》った、「加島家のほうが破談になってまだまがないし、この十二月には殿の御帰国で勘解由《かげゆ》どのも供をして来られるから、そのとき相談のうえということにしてはどうか」

正四郎はちょっとわくわくした。

「それでも結構ですが」と彼は云った、「――貴方の御意見はどうでしょうか」

「おれの意見」と云って田原は屹《きっ》と彼をにらんだ、「おれの意見によっては思案を変えるとでもいうのか」

正四郎は言葉に詰った。田原権右衛門の態度が予想を裏切って、殆んど好意を示すようにみえたため、うれしくなってつい失言してしまった。だらしのないやつだ、まるで追従《ついしょう》じゃないか、と彼は自分に舌打ちをした。

「口がすべりました」彼はいさぎよく低頭して云った、「仰《おっ》しゃるとおり父が来るまで待ちます、いま申上げたことはお忘れ下さい」

彼は明るい気分で田原家を出た。

十二月十日に藩主が帰国し、側用人《そばようにん》である父の勘解由もその供をして来た。そうして田原と父と話しあった結果、ふさを娶るということは正式に認められ、年が明けて二月八日に祝言《しゅうげん》がおこなわれた。ふさは田原家の養女となり、仲人《なこうど》は中老の沢橋八郎兵衛であった。——祝言から二日めのことであるが、勘解由は正四郎を呼んで、おまえほど親にさからうやつはない、と怒った。よく聞いてみると、加島家との縁談は父の奔走によるもので、田原は取次をしたにすぎない、ということであった。

「加島家と親族になることは、おまえの将来にどれほど役立つかわからない」と父は云った、「おまえはたぶん、妻の縁故で出世するなどとは恥辱だとでも思ったのだろうが、そんな青くさい考えでは、平松という名門の家を再興させることはむずかしいぞ」

正四郎は黙っていた。問題がこうなったのは自分の責任ではない、自分はともえを貰いたかったのだ、そう云おうとしたが、いまさら弁解したところでどうなるものでもなし、いまではふさを愛してい、現に結婚したという事実があるので、黙って小言を聞くよりしようがないと思った。

「ふさとの結婚も、田原が熱心にすすめたから承知したのだ」と勘解由は云った、「そこをよく考えて、これからのち家中《かちゅう》のもの笑いにならぬよう、しっかりやらなければいけないぞ」

正四郎は黙って辞儀をした。

ふさとの生活は順調にいった。勘解由は城中に寝泊りしていたが、十日に一度くらいの割で訪ねて来、ごく稀《まれ》に泊ってゆくというふうであったが、十日に一度が七日に一度となり、夏のころには五日め三日めと、だんだん訪ねて来る度数が多くなったし、泊ってゆく例も多くなるばかりだった。――口には出さないが、よほどふさが気にいったようすで、来るとふさを側からはなさず、夕餉《ゆうげ》のあとで酒を飲みだしたりすると、酌《しゃく》をさせながらいい機嫌《きげん》に話し興じて、寝るのも忘れるというようなことさえしばしばあった。

「父上、もう四つ半（十一時）を過ぎましたよ」とがまんを切らして正四郎が云う、「朝が早いんですからこのくらいにしておいて下さい」

「おれに遠慮するな」と勘解由は手を振る、「おまえは構わず寝てしまえ、おれはもう少し飲むからふさは借りて置くぞ」

　ふさは特にもてなしがうまいというわけではない。背丈のやや高い軀《からだ》つきも、剃《そ》りあとの霞《かす》んでいるような眉《まゆ》や、ふっくりとくびれた顎《あご》のめだつ顔つきも、おっとりとしめやかで、立ち居や口のききかたは、むしろ間伸びがしているといってもよかった。吉塚助十郎が「優雅だ」と云ったのはそういうところをさしたのであろう。見馴《みな》れるにつれて、その間伸びのした動作や口ぶりが、こちらの気持までゆったりとおちつかせ、なごやかにさせるようであった。初めに吉塚夫妻、次に家士や小者たち、そして勘解由までが彼女に惹《ひ》かれたのも、そういう点に魅力を感じたからに相違ない。父がふさを相手に、飲みながら話し飽かないようすは、みるからにたのしそうで、正四郎は思いがけない孝行をしているような、誇りかな気分を味わうのであった。

　十月下旬、信濃守景之《しなののかみかげゆき》は参覲《さんきん》で出府し、勘解由もその供をして去ったが、出立のまえの日に訪ねて来て、ふさに「世話になった」とかなり多額な餞別《せんべつ》を与え、また正四郎を呼んで、ふさを大事にしろと云った。

「おまえなどには勿体《もったい》ないような嫁だぞ」と勘解由は云った、「――こんど来るときには孫の顔を見せてくれ」

七

勘解由にはもう孫が一人あった。江戸にいる長男、幸二郎の子で鶴之助《つるのすけ》といい、もう三歳になったのである。したがって、「こんど来たときは孫の顔を見せてくれ」という言葉はふさに対する愛情の深さを示すものだ、と正四郎は思った。

十一月に加島家のともえが結婚した。相手は納戸《なんど》奉行《ぶぎょう》の長男で、渡辺《わたなべ》幾久馬《きくま》といった。彼は結婚するとまもなく、江戸詰の中小姓にあげられ、夫妻そろって城下を去った。それから初めて、田原権右衛門が正四郎とふさを自宅へ招き、自分も平松家へ訪ねて来るようになった。

「破談にした責任があるからな」と田原は苦笑しながら云った、「ともえどのが嫁《とつ》ぐまでは、往来を遠慮するほうがいいと思ったのだ」

それは田原へ二人が招かれたときのことであるが、さも肩の荷をおろしたというような権右衛門のようすを見て、正四郎はいつか父の云ったことを思いだし、腑《ふ》におちないので訊《き》いてみた。

「父は貴方《あなた》がふさをすすめて下すったように云っていましたが、本当ですか」

「それがどうかしたか」

「私は――」と彼はちょっとまごついた、「私は貴方が怒っていらっしゃるとばかり思っていました」

　権右衛門はあいまいに笑った、「ふさのような娘をもし追い出していたら、そのときこそおれは本当に怒っただろう」

「しかし貴方はまだ、ふさを御存じなかった筈《はず》ですがね」

「まあいい、飲め」と田原は云った。

　どうも納得のいかないところがあるので、帰宅してから吉塚助十郎に訊いてみた。そしてわかったことは、正四郎が登城している留守に、田原が訪ねて来てふさに会い、初対面ですっかり気にいったのだという。そのときの口ぶりでは、もともとの縁組には初めから反対で、城代家老の女婿《むすめむこ》になるなどとはつまらぬやつだ、ともらしたそうであった。正四郎はそれを聞いて唸《うな》った。

「それでは、あのとき怒ったのは体裁をつくるためだったのか」と彼は云った、

「――いやなじじいだな」

　いやなじじいなどとは云ったが、ここでもふさが人に好かれるということを慥《たし》かめて、彼は少なからず気をよくし、田原が訪ねて来るとできる限り歓待した。

　年があけるとすぐ、吉塚の妻がふさの懐妊したことを告げた。彼はしめたと思った。

これでまた父によろこんでもらえるぞ、——そう思っていたとき、それまでの幸福な生活に、初めて不吉な影がさした。正月下旬の或《あ》る夜半、寝所の襖《ふすま》があいたので眼をさますと、寝衣《ねまき》姿でふさがはいって来た。妻のほうからおとずれるという例はなかったので、「どうかしたか」と彼は呼びかけた。ふさはその声が聞えなかったらしく、黙って戸納《とだな》のところへゆき、その前で立停《たちどま》った。

「ふさ」と彼はまた云った、「どうかしたのか」

ふさはじっと立っていて、それから口の中でそっと呟《つぶや》いた。

「お寝間から、こちらへ出て、ここが廊下になっていて」ふさは片手をゆらりと振り、なにかを思いだそうとして首をかしげた、「——廊下のここに、杉戸《すぎど》があって、それから」

正四郎はぞっとした。冷たい手でふいに背筋を撫《な》でられでもしたように、肌《はだ》が粟立《あわだ》つのをはっきりと感じ、われ知らず立ちあがって妻のほうへいった。ふさは過去のことを思いだしたのだ、と彼は直感した。その「過去」はふさを彼から奪い取るかもしれない、それを思いださせてはならない。彼はそう思って妻の肩へ手を置き、そっと囁《ささや》くように云った。

「ふさ、眼をさませ」と彼は云った、「おまえ夢をみているんだ」

ふさはゆっくりと振返った。その顔はいつものふさのようではなかった。壁の表面のように平たく、無表情で、その眼はまるで見知らぬ他人を見るような、よそよそしい色を帯びていた。正四郎はまたぞっと総毛立った。

「ふさ」彼は妻の肩を摑《つか》んでゆすった、「眼をさませ、ふさ、おれだぞ」

するとふさの顔がゆるみ、全身の緊張がゆるむのがわかった。彼女はしなやかに良人《おっと》の胸へ凭《もた》れかかり、いかにも安堵《あんど》したように溜息《ためいき》をもらした。

「わたくしどうしたのでしょう」

「こんなに冷えてしまった」彼は妻の背を撫でながら云った、「風邪をひくといけない、ここでいっしょに寝ておいで」

「わたくしなにか致しまして」

「なんでもないよ」彼は自分の夜具の中へ妻と横になり、じっと抱き緊《し》めながら云った、「なにもしやあしない、夢をみていただけだ」

ふさは良人の腕の中で頷《うなず》き、まもなく静かな寝息をたてて眠った。

——軀の変調のためだ。

妊娠したために、軀の調子が狂ったのであろう。正四郎はそう思ったが、その夜の出来事は忘れられなかった。ふさは紛れもなく過去のことを思いだしたのだ。寝間をこっちへ出て、廊下のここに杉戸があって、——そう呟きながら首をかしげていた姿は、まえに住んでいた家の間取を思いだしたのに相違ない。そして、あの面変《おもがわ》りのした顔と、他人を見るような冷やかな眼《め》、——あのとき妻は過去の中にいたのだ。そんなことはないと、いくら否定してみても、自分の直感した事実は動かしようがなかった。

「いつかまた同じようなことが起こる」と彼は呟く、「こんどはもっとはっきりと、過去のすべてを思いだすかもしれない」

家にいても、登城していても、当分はそのことが頭から去らず、夜半に眼をさまして、そっと妻の寝所を覗《のぞ》いたことも幾たびかあった。そんなことが三十日ほど続くと、やがて彼も肚《はら》をきめた。

「いいじゃないか」と彼は自分に云《い》った、「思いだした過去がどうであろうと、こっちはもう結婚してしまったし、身ごもってさえいるんだ、条件がどんなに悪くとも、この生活を毀《こわ》すことができるものか」

正四郎は力んだ気持で、どんな相手があらわれようと決してあとへはひかぬぞ、と思った。

その後はなにごともなかった。ふさの軀は順調で、ちょと夏痩《なつや》せはしたが、秋になるとすっかり健康を恢復《かいふく》し、十月中旬に女の児《こ》を産んだ。赤児も丈夫だし、母躰《ぼたい》にも異状はなかった。ふさは恥ずかしそうに、女の子ではお父さまががっかりなさるでしょう、と云った。正四郎は首を振って、江戸には男の孫があるから、女の子のほうが却《かえ》ってよろこぶだろう、と云った。——父の来るまで出産のことは知らせずにおくつもりだったが、信濃守景之が寺社奉行に任ぜられたため、父の来られないことがわかったので、半月ほどおくれたが、手紙で出産のことを知らせた。

八

子供には正四郎の母の名をもらってゆかと付けた。

「いいお名だこと」ふさはうれしそうに、産褥《さんじょく》で赤児に頰《ほお》ずりをした、「——ゆかさん、可愛《かわい》いきれいなゆかさん、お丈夫に育ってちょうだいね」

正四郎は枕許《まくらもと》に坐《すわ》って、涙ぐんだような眼つきで、そのようすを眺《なが》めていた。

穏やかに日は経《た》っていった。ふさの肥立《ひだ》ちは好調で、乳も余るほど出たし、その翌年の三月、ゆかは麻疹《はしか》にかかったが、それも無事に済んだ。江戸の父からは、「ゆかのようすを知らせろ」とうるさいほど云って来、母はふさに宛《あ》てて、子の育てかたを繰り返し書いてよこした。田原権右衛門もよく訪ねて来、これはまだ孫に恵まれないためだろう、危なっかしい手つきで抱いて、庭の中を飽きずに歩きまわったりした。

八月十五日の夜、正四郎は妻とゆかとの三人で月見をした。庭の芝生へ毛氈《もうせん》を敷き、月見の飾り物を前に酒肴《しゅこう》の膳《ぜん》を置いた。雪洞《ぼんぼり》をその左右に、蚊遣《かや》りを焚《た》かせ、正四郎もふさも浴衣《ゆかた》にくつろいで坐った。かた言を云い始めたゆかは、屋外の食事が珍しいので、母と父の膝《ひざ》を往き来しながら上機嫌にはしゃぎ飾り物の団子《だんご》をたべるのだと、だだをこねて泣いたりした。これは明日焼いてたべるものだ、と正四郎がなだめると、ゆかはつんとして、「たあたまはあたらとちりろだ」などと云った。

「あたらとちりろとはなんだ」と彼は妻に訊いた。

「さあ、なんでしょうか」ふさはやわらかに微笑した、「田原さまがなにかお教えになったのでしょう、わたくし存じませんわ」

年寄は面白《おもしろ》がって子供にかた言を云わせたがる、困ったものだと思ったが、彼は口には出さなかった。

平松家の庭はかなり広い、正面が松林のある丘で、その上に登ると城がよく見える。百坪ばかりの芝生には、ところどころ刈込んだ玉檜《たまひのき》の植込があり、そこから右は梅林で、梅林の先は板塀《いたべい》になっていた。――月は松林の左の端から出た。空には雲が多いので、昇るとまもなく雲に隠れたが、青白く染まった雲が、黒い松林を鮮やかに映しだすさまも、一つの眺めであった。月が昇るとまもなく、ゆかがうとうとし始めたので、ふさは寝かしに伴《つ》れていった。

正四郎は独りで飲んでいたが、やがて、芝生で鳴く虫の声が止ったので、振返ってみるとふさが戻《もど》って来た。右手に銚子《ちょうし》を持って、いつものゆったりとした足どりで近よって来たが、ついそこまで来ると、ふと足を停《と》めた。そのとき雲から月がぬけだして、ふさの顔が明るく浮きあがって見え、正四郎は持っている盃《さかずき》をとり落しそうになった。

――あの晩の顔だ。

ふさの顔は面変りをして硬《こわ》ばり、大きくみひらかれた眼はなにかを捜し求めるように、庭の一点を凝視していた。正四郎は黙って、妻のようすを見まもった。耳の中で血がどっどっと脈搏《みやくう》ち、口をあかなければ呼吸ができなかった。ふさは歩きだした。梅林のほうへ向って、一歩ずつ拾うように、――正四郎も立ちあがり、はだしのまま妻のうしろから跟《つ》いていった。二十歩ばかりゆくとふさはまた立停った。

「これが笹《ささ》の道で」とふさは呟いた、「そしてこの向うに、木戸があって――」

正四郎がそっと囁《ささや》いた、「さあ、それからさきを思いだすんだ、さあ、その木戸の外はどうなっている」

ふさは身動きもせず、口をつぐんだままじっと立っていた。

「ふさ――」彼はそっと妻の肩に手をかけ、低い囁き声で云った、「よく考えてごらん、それは自分の家なのか、おまえの家の庭なのか、木戸を出るとどこへゆけるんだ」

ふさはゆらっとよろめき、持っていた銚子を落した。正四郎は両手で妻を支えた。するとふさは吃驚《びっくり》したように良人を見て、軀《からだ》をまっすぐにした。

「わたくしどうかしたのでしょうか」

いつもの顔、いつもの眼に返っていた。

「いまおまえは昔のことを思いだそうとしていたんだ」と彼は云った、「私が云うから眼をつむってごらん」

「いいえ」ふさはかぶりを振った、「わたくしこのままで仕合せですの、昔のことなど思いだしたくはございません」

「しかし思いだすときが来るんだ」と彼はやさしく云った、「おまえは覚えていないだろうが、まえにもいちどこんなことがあった、きっとまたいつか同じようなことがあるだろう、それならいっそ早いほうがいいじゃないか、さあ、眼をつむってごらん」

ふさは眼をつむった。

「いまおまえは、――」と彼は声をひそめて、ごくゆっくりと囁いた、「笹の道を歩いて来た、庭を歩いて来たのだろう、ここが笹の道だ、そして向うに木戸がある」

ふさは眼をつむったまま、ひっそりと息をころしていた。

「笹の道をとおって、木戸へ来た」と彼は静かに続けた、「その木戸を出るんだ、さあ、木戸の外はどうなっているか」

正四郎は呼吸を詰めて待った。ふさは黙って立っていたが、やがてかぶりを振った。

「なにもわかりません」眼をあきながらふさは云った、「いま仰《おっ》しゃったことは、わたくしが云ったのでしょうか」

「おまえが云ったのだ」

ふさはまたかぶりを振った、「わたくしにはなにも思いだせません、そんなことを云ったことさえ覚えがございません」

「気分が悪くはないか」

「いいえ」

「それならいい」と彼は妻の肩を撫でた、「もう少し二人で月を見よう、そこに銚子が落ちているよ」半ば失望し、半ばほっとしながら、正四郎は毛氈のほうへ戻った。

正四郎はまた暫《しばら》くのあいだ、ひそかに妻を監視することで神経を疲らせたが、かくべつ変ったこともなく、その年は暮れた。

九

明くる年の三月、——例年の勘定仕切《しきり》が始まり、正四郎は監査のため、終りの五日は城中に詰めきった。その三日めのことであるが、午《うま》の刻ちょっとまえに、家扶《かふ》の吉塚が面会に来た。城中に詰めているときは、私用の出入りは禁じられていたが、「急用」ということで取次がれたらしい。ゆかが病気にでもなったのかと思いながらいってみると、吉塚助十郎は西ノ口の外に蒼《あお》い顔をして立っていた。

——ふさだな。

正四郎はそう思った。家扶の硬ばった蒼白い顔が、妻になにごとか起こったことを示しているように感じられたのである。吉塚は眼を伏せながら、そのとおりだと云った。

「どうしたのだ、病気か」

「お姿がみえないのです」と吉塚は云った、「昨日の夕方のことですが、ゆかさまと庭へいらしって、そのままどこかへ出てゆかれたらしく、お捜し申したのですがいまだに行方がわからないのです」

いよいよ来たな、と彼は思った。予期していたことが現実になった、という感じがまっ先に頭にうかんだ。

「待っていてくれ」と彼は云った。

正四郎は老職部屋へゆき、田原権右衛門に会った。田原も非常に驚いたのだろう。すぐにはものが云えないというようすだったが、やがて、「おれが手配をしよう」と云い、正四郎の下城はゆるさなかった。——彼は吉塚にその旨《むね》を告げて役部屋へ戻り、自分の事務に専念した。監査の事務は単調であるが、検察と帳簿の照合が主になっているため、他のことで頭を使うようなゆとりはなかったし、彼自身、妻のことを考えるのが恐ろしかったので、できる限り仕事に熱中するように努めた。

——妻がみつかれば知らせがある。

そう思っていたが、田原からなにも云って来ないまま、監査が終った。いつもの例で、石垣《いしがき》町の慰労の宴に招かれたが、正四郎は断わってまっすぐに家へ帰った。

ふさの行方はまだわからなかった。心配していたゆかは元気で、母がいなくなったこともさして気にせず、召使や吉塚のむらを相手に、よく遊び温和《おとな》しく寝たということであった。——話を聞いてみると、その夕方ふさは庭でゆかと遊んでいたが、ゆかの泣き声が聞えたので、吉塚のむらが出ていってみると、ゆかが一人で泣いていた。

お母さまはと訊《き》くと、梅林のほうを指さして、「あっち」と云う。それで梅林のほうを見てまわったがいない。家の中を捜し、屋敷まわりを捜しているうちに日が昏《く》れ、それでも姿がみえないので、吉塚は本街道、家士たちは山街道と、手分けをしてつぶさにしらべた。——山街道のほうは領境に番所があり、そこで訊いたが、ふさらしい女性の通ったのを見た者はなかった。本街道のほうは下宿《しもじゅく》と上宿、本宿まで、馬、駕《か》籠《ご》の問屋はもちろん、旅館をぜんぶ当ってみた。しかしその道は人馬の往来がはげしいので、はっきりしたことはわからなかった。

吉塚は役人に頼み、街道の上下十里に手配をしてもらったが、ついにふさの姿はみつからなかったという。田原権右衛門はさらに遠くまで手を打ったらしいが、ふさは金を持っていないし、女の足でこれだけすばやい手配の先を越せる筈《はず》はないので、三日も経ったいまでは、まずみつかる望みはないだろう、と吉塚は語った。

「じつは一つだけ、申上げなかったことがございます」と語り終ったあとで吉塚が云った、「奥さまが初めてここへみえたときのことですが」

正四郎は家扶の顔を見た。

「あれは貴方《あなた》を訪ねて来られたのではなかったのです」と吉塚は続けた、「事実は、私が外出して戻りますと、門前にぼんやり立っておられ、ここはどなたのお屋敷かと訊かれました、私は平松正四郎さまであると答え、どなたをたずねているのかと訊き返しました、すると奥さまは暫《しばら》く考えておられましたが、いま聞いた名が頭に残ったのでしょう、平松正四郎さまをたずねている、と仰しゃったのでございます」

すべての記憶を失っているとき、初めて聞いた名が深く印象に残り、その名が自分のたずねる人のものだ、というふうに思いこんだのであろう。正四郎は顔をそむけた。

「もういい、わかった」と彼は云った。

では本当にたずねる人を思いだして、そちらへいったのであろうか。彼はそう思ったが、すぐに首を振った。——あしかけ四年も夫婦でい、三歳になる子まであるのに、なにを思いだしたからといって突然、書置も残さずに出奔するということはない。そんな無情なことがふさにできる筈はない、彼は心の中で云った。

「ゆかはどこにいる」

「私の住居におられると思います」

「さがってくれ」と彼は云った。

吉塚が去ると、正四郎は立ちあがった。立ちは立ったけれども、そのまま放心したように、腕組みをして眼《め》をつむった。

「来たときのように、いってしまったのだな、ふさ」と彼は囁いた、「——いまどこにいるんだ、どこでなにをしているんだ」

雨の降りしきる昏れがた、観音堂の縁側《えんがわ》に腰をかけて、途方にくれていたふさの姿が、おぼろげに眼の裏へうかんできた。彼の顔がするどく歪《ゆが》み、喉《のど》へ嗚咽《おえつ》がこみあげた。彼はむせび泣いた。縁側へ出て行き、庭下駄《にわげた》をはいて歩きだしながらも、むせび泣いていた。

正四郎は芝生の端のところで立停《たちどま》り、懐紙で顔を拭《ふ》くと、梅林のほうを見まもった。

——笹の道の、そこに木戸があって、……

ゆかは母がそっちへいったという。ふさはその木戸を通っていったのだろう、彼は現実にはないその木戸と、そこに立っている妻の姿が見えるように思えた。しかしふさは帰って来る、と彼は思った。こんどは良人《おっと》があり、ゆかという子供がある、それを思いださないということはあるまい。いつかは必ず思いだして帰るだろう、——この木戸を通って。正四郎は片手をそっとさしのべた。

「みんながおまえを待っている、帰ってくれ、ふさ」彼はそこにいない妻に向って囁いた、「帰るまで待っているよ」

うしろのほうで、わらべ唄《うた》をうたうゆかの明るい声が聞えた。

（「オール讀物」昭和三十四年五月号）

おさん

一の一

これ本当のことなの、本当にこうなっていいの、とおさんが云《い》った。それは二人が初めてそうなったときのことだ。そして、これが本当ならあした死んでも本望だわ、とも云った。言葉にすればありきたりで、いまさらという感じのものだろうが、そのときおさんは全身で哀れなほどふるえてい、歯と歯の触れあう音がしていた。世間にはありふれていることではあっても、それは人間が一生にいちど初めて口にする、しんじつで混りけのない言葉であった。おれはごく平凡な人間だった。職人の中でも「床の間大工」といわれ、床柱とか欄間《らんま》、または看板とか飾り板などに細工彫りをするのが職で、大茂《おおしげ》の参太といえば相当に知られた名だとうぬぼれていた。行状だってちっとも自慢することはない、素人《しろうと》の娘、ひとのかみさん、なか（新吉原《しんよしわら》）には馴染《なじみ》もいたし品川も知っている、酔ったときにはけころと寝たこともあるくらいで、ただ、しんそこ惚《ほ》れた相手がなかった、というのが取り得といえばいえたかもしれない。としは二十四、仕事が面白《おもしろ》くなりだしたときだから、女のことなどはどっちでもよかった。おさんは大茂の帳場で中《なか》どんを勤めていた。吉原の若い衆の呼び名のようであるが、「中ばたらき」というくらいの意味だろう、いってみれば奥と職人とをかけもちで、茶をはこんだり、弁当の世話をするくらいで、それほど親しく知りあってはいなかった。あとで聞くと、おさんのほうではまえからおれのことが好きで、自分の気持を知ってもらいたいために、いろいろじつをつくしたということだ。そう云われてもおれにはなにも思いだせなかった。ちょっときれいな女だな、くらいなことは思ったろうが、自分が好かれているなどということはまったく気がつかなかった。それが十月十日の晩、ひょっとしたでき心でそうなってしまったのだ。その夜は親方の家で祝いがあった。親方とおかみさんが夫婦になってから、ちょうど十二年めに男の子が生れ、お七夜に親類や組合なかまや、町内の旦那《だんな》たちや、大茂から出た棟梁《とうりょう》たちが招かれた。派手なことの嫌《きら》いな親方だが、よっぽどうれしかったんだろう、おれたちはじめ追い廻《まわ》しの者にまで、八百政《やおまさ》の膳《ぜん》が配られ、酒が付けられた。おれはなかまでも酒に強いほうだから、いい気になって飲んでいるうちに酔いつぶれてしまい、眼《め》がさめてみると側《そば》におさんがいた。おれが手を伸ばすと、おさんの軀《からだ》はなんの抵抗もなくおれの上へ倒れかかってきた。そしてあれが起こったのだ、おれが抱き緊《し》めて、まだそれ以上になにをするつもりもなかったとき、おさんの軀の芯《しん》のほうで音がした。音とはいえないかもしれない、水を飲むときに喉《のど》がごくっという、音とも波動ともわかちがたい音、抱き緊めているおれの手に、それがはっきり感じられたのだ。おれはそれで夢中になった。おどろくほどしなやかで柔らかく、こっちの思うままに撓《しな》うぶな軀の芯で、そんなに強く反応するものがある、ということがおれを夢中にしてしまったらしい。そして、終ったとも思えないうちにおさんが云ったのだ。これ本当のことなの、本当にこうなってしまっていいの。全身でふるえ、力いっぱいしがみつきながら……。

二の一

行燈《あんどん》がまたたいた。油が少なくなったのだろう、行燈が生き物のように、明るく暗くまたたきをし、油皿《あぶらざら》で油の焦《こ》げる音がした。参太はたとう紙の上に並べた小判や小粒をみまもっていたが、油の焦げる匂《にお》いに気づいて振返り、手を伸ばして行燈を引きよせた。燈芯《とうしん》のぐあいを直し、油を注《つ》ぎ足すと、行燈は眼をさましたように明るくなった。

「二十三両」彼は向き直って、そこにある金を見やった、「三十三両と三分二朱か」

階段を登る足音が聞えた。参太はたとう紙の一方を折って、並べてある金を隠した。あがって来た足音は廊下をこっちへ近づいたが、そのまま通り過ぎていった。参太は胴巻と、革の財布《さいふ》と巾着《きんちゃく》を取り、二十両を胴巻へ入れてまるめ、三両二分を財布、残りを巾着へ入れた。そうして胴巻は枕《まくら》の下、財布は両掛《りょうがけ》の中、巾着を枕許《まくらもと》へと片づけてから、太息《といき》をついて火鉢《ひばち》の鉄瓶《てつびん》を取ろうとした。鉄瓶は冷たかった。彼は鉄瓶に触れてみてから、火箸《ひばし》を取って火をしらべた。火は立ち消えになって、白い灰をかぶった炭だけしかなかった。

「茶が欲しいな」と彼は火箸から手を放して呟《つぶや》いた、「――来るのか来ないのか、すっぽかしだとすると、いまのうちに茶を貰《もら》っておくほうがいいかな」

廊下を足音が戻《もど》って来て、停《とま》った。

「起きてて」と障子の外で女の囁《ささや》く声がした、「もうすぐだから待っててね」

「茶が欲しいな」

「あら」と云って障子をあけ、女が覗《のぞ》いた、「そこにあるでしょ」

「水になっちまった、火が消えちゃってるんだ」

「持って来るわ」女は媚《こ》びた表情で頬笑《ほほえ》みかけた、「寝ないでね」

参太は膝《ひざ》の上の手をちょっと動かした。女は障子を閉めて去った。

彼はちょっと迷ってから、ふところ紙を一枚取ってひろげ、巾着の中から小粒を一つ出して包んだ。それを敷蒲団《しきぶとん》の下へ入れ、掛け夜具を捲《まく》って横になった。火鉢の火が消えていると知ってから、夜気の寒いことに気がついたのだ。夜具を顎《あご》のところまで引きよせて、参太は天床《てんじょう》を見まもった。雨漏りの跡のある煤《すす》けた天床で、行燈の光がその一部分をぼっと明るく染めていた。——二つ三つはなれた座敷で、笑い声が聞えた。夕方に来た四五人伴《づ》れの客である。この土地の者で、なにかの寄合の崩れだとか云ったが、みんな酔っていて、ばかな声で代る代る唄《うた》をうたっていた。一刻《とき》ばかりまえから静かになり、帰ったのかと思うと、ときどき笑い声が聞えて来る。参太はすぐに「やっているな」と直感した。どうせ友達同志の一文博奕《いちもんばくち》だろう、こっちは鉄火場にも出入りするからだであるが、他人のこととなると、たとえ一文博奕でも背筋へ風がはいるような、不安な、おちつかない気分におそわれるのであった。

参太は眼をつむった。向うの座敷がまたしんとなり、眼の裏におさんの姿がうかんできた。顔かたちはどうしても思いだせないが、ぜんたいの姿と、そのときどきの身振り、泣き声や叫び声、訴えかける言葉などは、つい昨日《きのう》のもののように鮮やかに、はっきりと記憶からよみがえってきた。

彼はびくっとして眼をあいた。障子を忍びやかにあけて、女がはいって来たのだ。女は派手な色の寝衣《ねまき》に、しごきを前で結び、髪の毛を解いていた。

「おおさぶい」女は火のはいった十能《じゅうのう》を持って、素足で火鉢へ近よった、「このうちのおかみさんがやかましいの、ゆうべのこと勘づいたらしいのよ」

「むりなまねをするなよ」

「来ちゃあいけなかったかしら」

「むりをするなって云うんだ」

「むりは承知のうえよ」女は火鉢へ火を移し、炭を加えてから鉄瓶を掛けた、「あたしこんなうちにみれんなんかないんだから」

「おれは明日ここを立つんだぜ」

「思ったとおりね」

「なにが」と参太は女を見た。

「あんたが立つことよ」女はしごきを解いてから行燈を消し、こっちへ来て、参太の横へすべり込んだ、「――冷たくってごめんなさい、ねえ、あたしお願いがあるの」

「断わっておくがおれは女房《にょうぼう》持ちだぜ」

「おかみさんにしてくれなんてんじゃないの」と云って女は含み笑いをした、「――ちょっとのまこうさせてね、すぐにあったまるから、あたしの軀ってあったかいのよ」

一の二

あたしおかみさんにして貰おうなんて思わないのよ、とおさんは云った。夫婦になろうと云いだしたのはおれのほうだ、あとでわかったのだが、おさんには親許で約束した男があり、その年が明けると祝言《しゅうげん》をする筈《はず》になっていた。おれは知らなかったからおさんを説き伏せたうえ、親方の許しを得て世帯《しょたい》を持った。牛込《うしごめ》さかな町の喜平店《きへいだな》といい、路地の奥ではあったが一戸建ての家で、うしろが円法寺という小さな寺の土塀《どべい》になっていた。まだとしも若いし、かよいの職人で一戸建ての家は贅沢《ぜいたく》だが、おれにはそのほうがいいという勘があったし、二十日と経《た》たないうちに、自分の勘の当っていたことがわかった。それはそもそもの初めから、つまり、初めておさんを抱いたときからわかっていた、と云うほうが本当だろう。おれを夢中にさせたおさんのからだは、いっしょになるとすぐに、この世のものとも思えないほど深く、そして激しくおれを酔わせた。誰《だれ》でもこんなふうになるの、恥ずかしい、どうしてあんなになるのかしら、女っていやだわ、とおさんが云った。それは自分で気がついたからだ、誰でもというわけじゃない、おまえのからだがそう生れついたんだ、とおれは云ってやった。たいがいの者がそれほどには感じないんだ、そういうからだはごく稀《まれ》にしかないし、そう生んでくれた親を有難《ありがた》いと思わなければいけないんだ。いやだわ、恥ずかしい、あたし自分がいやになったわ、とおさんは云った。夫婦ぐらしもいちおうおちつき、気持にゆとりもできてからだ。ふしぎなことに、恥ずかしいと口ぐせのように云いだしてからあと、却《かえ》ってそれが激しくなった。おさんの軀には、ぜんたいに目のこまかな神経の網がひそんでいた。その網の目は極微にこまかく、異常に敏感であった。軀のどんな部分でも、たとえ手指の尖端《せんたん》にでも、そういう気持でちょっと触れば、すぐ全身に伝わって、こまかな神経の網目に波動と攣縮《れんしゅく》が起こり、それが眼の色や呼吸や、筋肉の収斂《しゅうれん》や、肢指《しし》や脊椎《せきつい》の屈伸に強くあらわれた。まったく意識しないものであり、いちど始まるとおさん自身にも止めることができなかった。正月になり二月になった。おれは一戸建ての家を借りてよかったと、つくづく思ったものだ。隣りが壁ひとえでもあったら、朝晩の挨拶《あいさつ》にも困ったことだろう。幸いうしろは寺の土塀だし、長屋とは六七間もはなれていた。近所の者には気づかれずに済んだが、辰造《たつぞう》は勘のいいやつで、そのうえ道楽者だから女には眼が肥えていたようだが、或《あ》るとき普請場《ふしんば》でずけりと云やあがった。ひるの弁当のあとだ。まわりにはだいぶ職人がいて、辰造の云うことを聞いて笑った。意味をよくのみこめない笑いだが、おれはかっとなって辰造を殴《なぐ》りつけた。怒りではなかった。云われた言葉に怒ったのではない、自分だけしか知らないおさんのからだの秘密を、辰造に勘づかれていたということの嫉妬《しっと》だった。冗談だよ、気に障《さわ》ったら勘弁してくれ、と辰造はすぐにあやまった。ひとの女房のことなんかに気をまわすな、とおれは云《い》ってやったが、図星をさされた恥ずかしさは隠しきれなかった。辰造はまたあやまったが、その眼は笑っていた。

二の二

「お湯が沸いたわ」と女が云った、「お茶を淹《い》れましょうね」

参太は黙ったままで手を放した。

「こら、この汗」衿《えり》を合わせながら起き直った女は、衿をひろげ、小さいけれどもこりっと緊《し》まった、双の乳房のあいだを撫《な》でた、「ごらんなさい、こんなよ」

「風邪をひくぜ」と参太が云った。

女は夜具の中からぬけ出し、しごきをしめて火鉢のほうへいった。行燈《あんどん》は消したままだが、すぐ近くにある廊下あかりで、茶を淹れるぐらいのことに不自由はなかった。

あんた女房持ちだなんて嘘《うそ》でしょ、と女が手を動かしながら云った。女房持ちだよ、と参太が答えた。嘘よ、独《ひと》り身《み》とおかみさんのある人とはすぐにわかるわ、あたし昨日からちゃんと見ていたの、顔を洗うとき、ごはんを喰《た》べるとき、茶を飲むとき、それから寝るときもね、おかみさんのある人はやりっ放しだし、なんでも人にやらせようとするけれど、あんたは自分できちんとなんでもするし、手順もなめらかだわ、それは身のまわりのことを自分でする癖のついている証拠よ、と女が云った。参太は眠そうな声で、欠伸《あくび》をしながら云い返した。自分のうちにいるときと旅とは誰だって違うだろう。女は茶道具を持ってこっちへ来、枕許へ置いて、自分は夜具の上へ坐《すわ》って茶を淹れた。

「どうしてそんなにおかみさんのあるふりをするの」と女が云った、「——はい、お茶」

参太はだるそうに腹這《はらば》いになり、女の手から湯呑《ゆのみ》を受取って、ゆっくりと茶を啜《すす》った。

「なにか女で懲《こ》りたことでもあるの」

「おだてるな」と参太が云った、「そんなにもてる柄《がら》じゃねえや」

「昔のことだけれど、あたし金さんって人を知ってたわ」と云いかけて、女は急にかぶりを振った、「ばかねえ、どうしてこんなことを云いだしたのかしら、——ねえ、お願いがあるのよ」

「女房持ちだって断わっておいたぜ」

「そんなことじゃないの、いっしょに江戸まで伴《つ》れてってもらいたいのよ」

参太は振向いて女を見た。

「迷惑はかけないわ」と女は云った、「自分の入費は自分で払うし、江戸へ着いたらすぐに別れるつもりよ、ねえ、お願い、道中だけおかみさんってことにして伴れていってちょうだいな」

「昨日はじめて会ったばかりだぜ」

「晩にどうして」女は眼に媚《こび》をみせた、「いくらこんな旅籠宿《はたごやど》の女中をしていたって、誰の云うことでもきくような女じゃあないわ、それともあんたにはそんな女にみえたの」

「どんな女ともみなかった、ただ、決して後悔はしないだろうと思ったな」

「させなかったつもりよ、そうでしょ」

「もう一杯もらおう」と参太は湯呑を女に渡した、「――どうして江戸へゆくんだ」

「田舎がいやになったの」

「帰る家《うち》はあるのか」

「友達が両国の近くにいるわ、料理茶屋に勤めているの」と女が云った、「まだ生きていればだけれど」

「生きていたって、女は身の上が変りやすいもんだぜ」

「その代り食いっぱぐれもないものよ」茶を淹れて参太に渡しながら、女は云った、「いいでしょ、伴れてってくれるわね」

「明日は早立ちだぜ」

「支度はできてるのよ」女が云った。

参太は興ざめたような眼《め》で女を見た、「――よっぽどあまい男にみえたんだな」

「たのもしいと思ったの」と女が云った、「お茶と菓子を持ってはいって来て、初めてあんたの顔を見たとたんに、たのもしい人だなって思ったのよ」

「どこかで聞いたようなせりふだぜ」

「しょっちゅうでしょ、女ならみんなそう思うだろうとおもうわ」女はそっと彼へ倚《よ》りかかった、「――よかった、これで安心したわ」

参太は湯呑を盆の上へ置いて横になった。女は掛け夜具のぐあいを直し、軀《からだ》をすべらせて、参太に抱きつきながら喉《のど》で低く笑った。

そしていっときのち、――参太は女の顔を見まもっていた。女は眉《まゆ》をしかめ、力をこめて眼をつむっていた。力をこめているために、上瞼《うわまぶた》にも皺《しわ》がよっていた。ひそめた眉と眉のあいだの皺は深く、刻まれたようなはっきりした線を描き、そこに汗が溜《た》まっていた。半ばあいている口の両端は、耳のほうへ吊《つ》りあがり、そこにも急に力をこめたり、またゆるめたりするさまが認められた。いまだ、と参太は思った。

「おい」と彼は囁《ささや》いた、「おまえなんていうんだ」

女の激しい呼吸が止り、力をこめてつむっていた眼から、すうと力のゆるむのがみえた。上瞼の皺が平らになり、眉と眉のあいだがひらき、女は眩《まぶ》しそうに眼をあいた。

「なにか云って」

「いま云ったとおりさ」参太は声に意地の悪い調子を含めた、「聞えなかったのか」

「名を訊《き》いたんじゃなかったの」

「聞えたんだな」

「おふさよ」と云って、女は身悶《みもだ》えをした、「いやだわ、こんなときに名を訊くなんて、どうしたのよ」

参太は「いい名だな」と云った。

一の三

初めてあんたにお茶を持っていったとき、あんたの顔を見るなり好きになったのよ、とおさんは云った。出仕事にいっていて、親方と打合せがあって帰り、店で話していたとき茶を持って来たのだという。こっちはまるで知らなかった。女に不自由しなかったというより、仕事で頭がいっぱいだったからだ。同じとしごろでも、友達なかまでは暇があるとそんな話ばかりする者があるし、いろごとなんぞにはまるっきり無頓《むとん》着《じゃく》な者もいる。世の中に男と女がある以上、男が女をおもい女が男をおもうのは当然だろう。けれども、人間はそれだけで生きているものじゃあない、生きるためにはまず仕事というものがあるし、人並なことをしていたんでは満足に生きることはできない。いくらかましなくらしをしようと思えば、人にまねのできない仕事、誰も気づかないくふう、新しい手、といったものを作り出さなければならない。それはいつもたやすいことじゃあない、ほんの爪《つめ》の先ほどのくふうでも、あぶら汗をながし、しんの萎《な》えるほど苦しむことが少なくない。だからこそ、一とくふう仕上げたよろこびも大きいのだろう。男にとっては、惚《ほ》れた女をくどきおとすより、そういうときのよろこびのほうが深く大きいものだ。女との情事はめしのようだと云っては悪いか。人間は腹がへるとめしが食いたくなるが、喰べてしまえばめしのことなどは考えない。おれはわりにおくてだったが、それでもおさんと夫婦になるまえにかなりな数の女を知っていた。いろ恋というのではない、ちょうど腹がへってめしを食うようにだ。あとはさっぱりして、大部分の相手が顔も名も覚えてはいなかった。なかにいた女とは二年越し馴染《なじ》んだけれども、ただ口に馴れたという気やすさのためだったと思う。そんなふうだから、おさんのことなども眼にはいらなかったのだが、夫婦になってからは、それがびっくりするほど変った。夫婦の情事は空腹を満たすものではない、そういうものとはまるで違うのだ。単に男と女のまじわりではなく、一生の哀楽をともにする夫婦のお互いをむすびつけあうことなのだ。そのむすびつきのうちにお互いを慥《たし》かめあうことなのだ。おれがそう気づいたとき、おれをあんなにのぼせあがらせたおさんの躯が、おさんをおれから引きはなすことに気がついた。おさん自身でも止めることのできない、あの激しい陶酔がはじまると、おさんはそこにいなくなってしまう。完全な譫妄《せんもう》状態で、生きているのはその感覚だけだ。呻吟《しんぎん》も嗚咽《おえつ》もおさんのものではないし、ちぎれちぎれな呼びかけや訴えにもまったく意味がない。それはおれの知っているどんな女の場合にも似ていなかった。情事とはお互いがお互いの中に快楽を認めあうことだろう、与えることと受け止めることのよろこびではないか。おさんはそうではないのだ。初めはそうだったが、日が経《た》つにしたがってそうではなくなった。よろこびが始まるとともに自分も相手もいなくなってしまい、ただその感覚だけしか存在しなくなる。男がもっとも男らしく、女がもっとも女らしくむすびあう瞬間に、むすびあう一点だけが眼をさました生き物のように躍動しはじめ、その他のものはすべて押しのけられるのだ。それは陶酔ではなく、むしろそのたびになにかを失ってゆくような感じだった。そうしてやがて、その譫妄状態の中で、おさんは男の名を呼ぶようになった。初めてそれを聞いたときの気持はひどいものだった。失神しているようなありさまの中で、一と言はっきりと人の名を呼んだのだ。おれはいきなり胸へ錐《きり》でも突込まれたように、ほかに男がいるなと思った。いまでもあのときの気持は忘れることができない、ほかの場合ならともかく、そういう状態のさなかなのだ。自制をなくしているから、ふだん心に隠していたことが口に出た、そう思うのがあたりまえだろう。おれはおさんに男ができたと思った。ほかのこまかい感情をとりあげるまでもない。おれはおさんの肩を摑《つか》んで揺り起こし、相手はどこの誰だと問い詰めた。おさんがはっきり意識をとり戻すまでにはいつも暇どる、おれはかっとなっていたから、引きずり起こして頰《ほお》を打った。ごめんなさい、堪忍《かんにん》して、とおさんはまだはっきりしないままあやまった。おれはなお二つ三つ平手打ちをくれ、おさんは怯《おび》えたようになって眼をさました。どうしたの、なにか気に障《さわ》るようなことをしたの、とおさんが訊き返した。おれは殺気立っていた。本当に殺してやりたいとさえ思っていたのだ。おさんはあっけにとられ、おれの気が狂いでもしたのではないかというような眼つきで、じっとおれの顔をみつめていた。それからにっと微笑し、固くちぢめていた肩の力を抜くと、大きな息をつきながら云った。ああ驚いた。なにごとかと思ったわ、いやあねえあんたらしくもない、あたしが殺されたってそんなことのできる女じゃないってこと、あんたにはちゃんとわかってるじゃないの。いいえ知らなかったわ、あのときになるとあたしなんにもわからなくなるの、とおさんは云った。なんにも見えないし聞えもしないし、自分がどうなっているかもわからないのよ。そうね、そんな名前には覚えがないわ、ええ、死んだお父《と》っつぁんの名がそうだったわ、でもまさかあんなときに、お父っつぁんの名を呼ぶなんていうことがあるかしら、そしておさんは肩をすくめながら喉で笑った。なにかを隠しているとか、ごまかそうとしている、といったような感じはまったくなかった。うれしいわ、あんたにやきもちをやいてもらえるなんて、こんなうれしいことはないわ、おさんはそう云っておれに抱きついた。

二の三

宿を出たのはまだ暗いうちだった。

九月にはいったばかりだが、山が近いので気温も低いし、濃い霧が巻いていて、すぐまぢかにある筈《はず》の山も見えなかった。早川の流れも眼の前にありながら、白く砕ける波がおぼろげに見えるだけで、瀬音も霧にこもって遠近の差が感じられなかった。

魚や野菜の荷を背負って登るあきんどたちと、すれちがいながら、三枚橋まで来て参太は立停《たちどま》った。おふさという女が、そこで待っていてくれ、と云ったのだ。

参太はなにも事情は訊かなかった。江戸までいっしょにゆくということ、江戸へはいったらすぐに別れること。それだけの約束であった。おふさという女にはしっかりとしたところがあるし、世間のことにも馴《な》れているようだ。旅に必要な手続きなどはもちろん、こっちの負担になることをするような心配もないらしい。参太のほうでも、旅の道伴れという以上の気持は少しもなかった。

振分《ふりわけ》の荷と、仕事道具の包を肩に、橋の袂《たもと》で立停ると、うしろで「おじちゃん」と呼びかける声がした。見ると、九つばかりになる子供がふところ手をして、半ば逃げ腰になったまま、きげんをとるように笑いかけた。

「よう」と参太が云った、「どうした、坊主《ぼうず》、まだこんなところにいたのか」

「おじちゃん乃里屋《のりや》に泊ってたね」

「おめえ藤沢《ふじさわ》へいったんじゃねえのか」

子供はさぐるような眼つきをし、低い声で答えた、「おれ、腹がへっちゃったんだよ」

「いまでもへってるのか」

子供はこっくりをし、すばやい眼つきであたりを見た。

「ここじゃどうしようもない、いっしょにゆこう」と参太が云った、「どこかに茶店でもあったらなにか食うさ」

子供はうわのそらで頷《うなず》いた。銭が欲しいんだな、と参太は思った。その子供とは沼津で会った。道を歩いているとうしろから来て呼びかけ、「おじちゃん、おれ腹がへっちゃったんだよ」と云った。着てるのは腰っきりのぼろ、顔も手足もまっ黒に陽《ひ》やけして、垢《あか》だらけで、髪の毛はぼうぼうと逆立《さかだ》ったままだし、もちろんはだしで、縄《なわ》の帯をしめていた。そのときは銭を与えたが、箱根の宿でまた呼びとめられた。また腹がへっていると云うので、茶店で饅頭《まんじゆう》でも食わせようと思ったら、いそいで藤沢までゆかなければならないと答え、茶店へはいろうとはしなかった。そこでも銭を幾らかくれてやったのだが、三日経ったいま、この湯本の宿のはずれにいて、同じように「腹がへった」と呼びかけられた。しかも乃里屋に泊っていたことを知っているとすれば、自分のあとを跟《つ》けて来たのかもしれない。哀れっぽくもちかければすぐに銭を呉《く》れる、うまい鴨《かも》だとあまくみたか。たぶんうしろに親が付いているのだろう、と参太は推察した。

「お待ち遠さま」と云いながら、おふさが小走りにやって来た、「待たせちゃって済みません、忘れ物をして戻《もど》ったもんだから」

「おひろいでいいのか」

「歩くのは久しぶりよ、ああいい気持」と云っておふさは子供のほうを見た、「――おや、おまえはまたこんなところでうろうろしているのかい」

　子供はあとじさりをした。

「その子を知ってるのか」

「ついて来ちゃだめ、あっちへおいで」おふさは子供にそう云って歩きだした、「三年くらいまえからああやって、この街道《かいどう》をうろついては人にねだってるのよ、初めは乞食《こじき》の子かと思ったんだけれど、そうでもないらしいのね、家や親がないのか、自分でとびだしちゃったのかわからないけれど、ああやってうろうろしているのが好きらしいわ」

「まだ八つか九つくらいだろう」

「三年まえにそのくらいだったから、もう十一か二になるんでしょ、子守りか走り使いにでも雇ってやろうという者があっても決して寄りつかないの、あんな性分に生れついても困るわね」

　参太は歩きながら振返ってみたが、子供の姿は霧に隠れて見えなかった。おふさは手甲《てっこう》をし脚絆《きゃはん》を掛け、裾《すそ》を端折《はしょ》った上に塵除《ちりよ》けの被布《ひふ》をはおっていた。荷物は小さな風呂敷包《ふろしきづつみ》が一つで、頭は手拭《てぬぐい》のあねさまかぶり、いかにも旅馴れたような軽い拵《こしら》えであった。

「宿帳はどういうことになるんだ」と参太が訊いた、「兄妹《きょうだい》とでもするか」

「霧が晴れるわ、今日はいいお天気になってよ」と云《い》っておふさは参太を見あげた、「——きまってるじゃないの、あんたのおかみさんよ」

「切手はどうする」

「あたしのほうをそうしておいたから大丈夫、迷惑はかけないって云ったでしょ」

礼でも云おうか、と云いかけて、参太は口をつぐんだ。この女とは今日で三日めのつきあいでしかないのに、どういうものかついこっちの口が軽くなる。彼は江戸の大《おお》茂《しげ》の帳場でも、ぶあいそと無口でとおっていたし、大坂で二年半くらしたが、そこでも同じように云われたし、友達のような者は一人もできずじまいだった。それが乃里屋で泊った初めの夜半、ごくしぜんにおふさとそうなり、そして自分でいやになるほど、つい軽口が出てしまうのであった。

「ねえ、ほんとのこと聞かしてよ」とおふさが云った、「あんた独り身なんでしょ」

「諄《くど》いな、会いたければかみさんに会わしてやるぜ」

「あたしが押しかけ女房になりたがってるとでも思うの」

「除《よ》けろよ、馬が来るぜ」と参太は云った。

一の四

上方《かみがた》に仕事があるからいって来る、とおれが云いだしたとき、おさんはどうぞと答えた。おまえは待っているんだがいいか、と訊《き》いたら、ええ待っています、と頷いた。上方に仕事があるということが口実であり、このまま夫婦別れになるのではないか、と直感したようであった。いつ立つんですか。向うの都合でいそぐから、この二十五日に立つ予定だ。そう、では三日しかないのね、と云いながら眼《め》をそむけた。そのままなにも変ったようすはみせなかった。あんまり変らなすぎるので、おれのほうが却《かえ》っておちつかず、心が痛んだものだ。そして、明日いよいよ立つというまえの晩、おさんはがまんが切れたように、泣いてくどいた。あんたは別れるつもりでしょう、ごまかしてもだめ、あたしにはわかってるの、あんたは別れるつもりなのよ、とおさんは云った。おれは黙るよりしかたがなかった。どうしてなの、あたしのどこがいけないの、云ってちょうだい、なにが気にいらないの、まさか、あのひるがおのことじゃないでしょうね、と云っておさんは、涙の溜《た》まった眼でおれをみつめた。ひるがお、雨降り朝顔ともいう、あのつまらない花のことだ。そう云われて思いだしたのだが、夏の終りごろだったろう、茶簞笥《ちゃだんす》の上におれはその花をみつけたことがあった。朝顔に似ているがもっと小さな、薄桃のつまらない花を、古い白粉壺《おしろいつぼ》に活《い》けてあるのだ。その花を摘むと雨が降るって、子供のじぶんからいわれていた。迷信にきまってるが、誰でも知っていることだし職人は縁起をかつぐものだ。雨はおれたち職人にとって禁物だから、こういうことはよせと云った。ところがおさんはよさない、ひょいと気がつくとその花が活けてある。叱《しか》ってやると、おれの眼につかないところに活けておくというしまつだ。どういうつもりだ、とおれは問い詰めた。

——ごめんなさい、あたしこの花が可哀《かわい》そうでしようがないの、とおさんは云った。ほかのたいていな花は大事にされるのに、この花は誰の眼もひかない、地面に咲いていれば、人は平気で踏んづけていってしまう、それが可哀そうだから、つい摘んで来て活けてやりたくなるのよ。

おれはそれっきり小言は云わなかった。おさんはそのことが原因ではないかと思ったらしい。おれはあいまいに口を濁した。そうだとも、そうではないとも云わなかった。本当のことが話せたらいいのだが、口に出して云うわけにはいかなかった。夜のあのとき、おさんといっしょになるたびに、二人がそこから押しのけられ、おれが自分の中からいつもなにかを失うように感じる、という事実をどう説明することができるか。また幾たびか失神状態になるとき、おさんの口からもれる人の名を、いちいち訊き糺《ただ》すことの徒労（さめてから聞くと、それはたいてい幼いころの友達とか父の友人とか、少女時代に住んでいた長屋のこわい差配《さはい》、などというたぐいだったし、おさんに隠した男などがないことはもうはっきりしていた）が、どんなにみじめであり、しかも、やはり平気には聞きのがせない、という気持を云いあらわす言葉をおれは知らなかった。仕事が終れば帰って来るよ、とおれは繰り返した。きっとね、待ってるわよ、とおさんは云い、すぐにまた泣きだした。あんたにいなくなられたら、あたしはすぐだめになってしまう、すぐめちゃめちゃになってしまうわ、とおさんは云った。一年か二年はなれてみよう、おれは心の中でおさんに云った。そのあいだに事情が変るかもしれない、おさんの癖が直るかもしれないし、おれ自身がもっとおとなになって、おさんの癖に付いていけるようになるかもしれない。口には出さず、心の中でそう云った。しんじつそう思っていたからである。おれは家主《やぬし》の喜平《きへい》におさんのことを頼み、急な場合のために幾らか金も預けて、江戸を立った。すると、五十日と経《た》たないうちに、喜平から来た手紙で、おさんが男をひき入れているということを知った。男は辰造《たつぞう》であった。

二の四

「海が荒れてるのかしら」とおふさが云った、「あれ、波の音でしょ」

「酒がないんじゃないか」

「いまそう云ったところよ、あたしにもちょっと飲ませて」

「なんだ、すすめたときは首を振ったくせに」参太は燗徳利《かんどくり》を振ってみてから、それをおふさに渡した、「自分でやってくれ」

「あら、薄情なのね」

「おれは酌《しゃく》がへたなんだ」

「そのお猪口《ちょこ》でいただきたいわ」

「そっちにあるじゃないか」

「そのお猪口でいただきたいの」と云ってからおふさはいそいで指を一本立てた、「あ、大丈夫、あんたは女房持ち、わかってますよ」

参太は自分の盃《さかずき》をやった。そう海が近いとも思えないのに、波の音がかなり高く聞えて来た。まもなく、三十四五になるぶあいそな女中が、甘煮《うまに》と酒を持ってあらわれた。箱根と違って、この大磯《おおいそ》の宿《しゅく》は気温も高く、湯あがりの肌《はだ》には浴衣《ゆかた》一枚で充分だった。女中が去るのを待って、おふさは新しい盃を参太に取ってやり、酌をした。

「それからどうした」

「やっぱり半年そこそこ」とおふさが答えた、「その男とも別れちゃったわ」

「浮気性《うわきしょう》なんだな」

「そうじゃないとは云えないわね、自分ではいつも本気だったし、一生苦労をともにしようと思うんだけれど、どの男もすぐに底がみえて退屈で、退屈でやりきれなくなっちまうのよ」

「みれんは残らずか」

「そんなのは一人もなかったわ」おふさはそっと酒を啜《すす》った、「――浮気性っていうより、男みたいな性分に生れたんじゃないかと思うの、自分でよく考えるんだけれど、あたしには女らしい情あいというものがないらしいのね、女のする仕事も好きじゃないし、男の人にじつをつくすとか、こまかしく面倒をみてあげる、なんていう気持になれないのよ」

「そうでもないようだぜ」

「どうして」と云ってから、おふさは片手で頰《ほお》を押えながら参太を見て、急に眼のまわりをぽうと染めた、「いやだわ、あんたはべつよ、こんなこと初めてなの、よすわ」

「なにを」

「きざだもの」おふさは酒を啜ったが、眼のまわりはいっそう赤くなった、「それよりあんたのことを聞かせてよ、おかみさんてきれえな人、子供さんはなんにん」

「話すようなことはないが、子供はないし、かみさんだって、――」

「どうなの、ねえ」とおふさはからかうような眼をした、「きれいじゃないっていうの」

「病人のある家へいって寺の話をするなって云うぜ」

「なにが寺の話よ」

「なんでもないさ、めしにしよう」

「怒らしちゃったかしら、気に障《さわ》ったらあやまるわ、ごめんなさい」おふさはちょっと頭をさげた、「あたしどうかしちゃったみたいよ、自分で諄《くど》いことが嫌《きら》いなのに、こんなに諄いことばかり云うなんてわけがわからないわ」

「酔ったせいだろう、めしにしないか」

おふさは右手を畳へ突いた。膝《ひざ》の上にあった手の右のほうだけ、すべるように畳へ突き、俯向《うつむ》いて口をつぐんだ。急に酔が出たのだろう、参太が呼びかけようとすると、おふさはすばやく立ってゆき、廊下へ出て障子を閉めると、小走りに去る足音が聞えた。——参太はおふさのいなくなった膳の向うを、気ぬけのしたような眼でぼんやりと見まもった。行燈《あんどん》の灯《ひ》がまたたき、膳の上にある食器の影が動いた。波の音が際立《きわだ》って高く、一人っきりになった座敷の、しんとした空気をふるわせるように響いて来た。

「女があり男がある」参太は手酌で注《つ》いだ酒を、ゆっくりと啜りながら、呟《つぶや》いた、「――かなしいもんだな」

彼は両親のことを思った。父の弥兵衛《やへえ》は大工の棟梁《とうりょう》だったが、吝嗇《りんしょく》なくせに人の好《い》い性分で、いつも損ばかりしていた。普請《ふしん》を請負《うけお》うたびに損をするか、たまに儲《もう》けたと思うとうまく騙《だま》されて金を貸し、相手に逃げられてしまう。酒は殆《ほと》んど飲まないし女あそびもしなかった。参太が五つのときと、八つのときと二度、その父親が深川あたりの芸妓《げいぎ》と逃げたことがあった。詳しい事情はわからないが、母親のぐち話から推察すると、二度とも妓《おんな》に騙されたらしい。どっちの場合もかなり多額な金を使っているのに、三十日そこそこで父親は帰って来たようだ。華やいだ話はその二度だけで、あとはつきあい酒もろくに飲まず、下駄《げた》一足を買うのにさえ渋い顔をするといったような、およそ大工の棟梁という職とはかけはなれた、けちくさいくらしかたをしていた。母親は蔭《かげ》でこそぐちを云うが、良人《おっと》にさからったり、意見がましいことを云ったりするようなためしは一度もなかった。食事のおかず拵《ごしら》えをするのが好きで、銭を使わずにびっくりするほど美味《うま》い物を作ってくれた。人の好いところは良人に似ていて、頼まれるといやと云《い》うことができない。頼まれなくとも、人が困っているなとみると金や物を運んでやる。それに気づいたときの、父親の渋い顔を参太はよく覚えていた。

――二人はどういう縁で夫婦になったのか。

二人はお互いに満足していたのだろうか。参太はじっと思い返してみた。母は彼が十七のとしに死に、父親は二年おくれて死んだ。父のかけおちということはあったが、平生の生活は変化のないおちついたものであった。参太はいまでも忘れずにいるが、死ぬまえの年に、母は出入りの左官屋の女房と話していて、――たしか亭主《ていしゅ》が道楽ばかりして困る、と左官屋の女房が訴えていたのだと思う。それに対して母親はこう云ったものだ、――うちの人のように堅いばかりでも張合がない、あたしだってたまにはやきもちの一つもやいてみたいわ。左官屋の女房を慰めるつもりもあったろうが、十六歳になっていた参太には、母親の口ぶりに本心が含まれていることを知ってすっかり驚かされた。

「ちょうどいい夫婦だったのかもしれないな」参太はそう呟いた、「世間のたいていの夫婦が似たようなもので、似たりよったりの一生を送るんだろう、おさんとおれのような場合はごく稀《まれ》なことに違いない」

おふさが戻って来た。燗徳利を二本持っていて、これを貰《もら》って来たの、と云いながら元の席へ坐《すわ》った。参太は女の顔を見ないようにしながら、おれはもうたくさんだと云った。そんなこと云わないで、機嫌《きげん》を直して飲んでちょうだい、とおふさが云った。

「怒ってなんかいやしない、おかしなやつだな」と参太は苦笑した、「よし、それじゃあと一本だけ飲もう、おれはそんなに飲めるくちじゃないんだ」

「ありがと」とおふさは微笑した、「いまつけるわね」

一の五

家主から知らせがあったあと、殆んど半年ちかく経《た》って、おさんから手紙が来た。おさんは字が書けない、誰《だれ》かに頼んだのだろう、女の手で、仮名文字だけ並べてあるが、判じ読みをしても意味のわからないところがたくさんあった。おさん自身が、自分の気持をどう云いあらわしていいかわからない、というところだろう、三尺以上もある手紙を要約すれば、「あなたのことを忘れるためにいろいろの人とつきあってみた、けれど、どうやってもあなたを忘れることができなくって苦しい、わたし自身は二度とあなたに会えない軀《からだ》になってしまった、それでもわたしには後悔はない、あなたと三日でも夫婦になれたら、それで死んでもいいと思ったのだから」そして終りに、江戸へ帰っても自分のゆくえは捜さないでくれ、と書いてあった。おれはその手紙を引裂いて捨てた。おれのことを忘れるためにだって、いいかげんなことを云うな、おまえのからだが承知しなかったんだろう、そのことなしでは一と晩もすごせないから男をこしらえたんじゃないか、わかってるぞ、とおれは云ったっけ。これでけりはついた、江戸へ帰っても捜すようなことはないから心配するな。そしてまもなく、家主の喜平から二度めの手紙が来た。おさんが次つぎに男を伴《つ》れ込むので、長屋の女房たちがうるさいから家を明けてもらった、店賃《たなちん》の残りは預かってある、という文面だった。男は辰造だけではなかったんだ。おさんの手紙では要領を得なかったが、どうやら二人や三人ではないような感じだ。こいつは牛込へは帰れないな、とおれは思った。長屋の人たちにはもちろん、家主にだって合わせる顔はない。どうともなれ、当分は上方ぐらしだ、とおれは肚《はら》をきめた。おれはおさんを憎んだ。手を出したおれも悪いが、おさんが首を振ればなにごともなかったんだ。あとで聞くと、おさんには縁談のきまった相手がいたというし、おれはべつにむきになってたわけじゃない。酔いつぶれたあとの、ほんの出来ごころだった。眼《め》がさめたら側《そば》にいたから、ひょいと手を出した。くどこうなんて気持はこれっぽっちもなかった。それがわからない筈《はず》はない、わかっていておさん は身を任せた。あいつはまえからおれが好きだと云った。これでもういつ死んでもいいとさえ云った。その気持に嘘《うそ》がなければ、一年や二年、待っていられないということはないだろう。おれが博奕場《ばくちば》へ出入りするようになったのは、そのあとのことだった。それまでは花札《はなふだ》にも賽《さい》ころにも、手を触れたことさえなかった。おやじが嫌いだったし、博奕のために身をあやまった人間をいくたりも知っていたからである。おれはそれを忘れなかった。仕事があがって手間賃がはいると、それを三つに分ける、一つはくらしの分、一つは雑用、残った分だけ博奕をした。負ければそれっきり、他《ほか》の二つの分には絶対に手を付けないし、勝ち目にまわったときでも倍になったらそこでやめる。どんな鉄火場でもそれでとおした。死んだ親たちの気性が伝わっているのか、それ以上の欲もかかなかったし、ぼろをだすようなこともなかった。仕事のほうも案外うまくいってた。床の間の仕事は上方のほうが本元で、いい職人も少なくないが、型にはまったことしかしないためだろう、おれの江戸ふうな仕上げはかなり評判になった。噂《うわさ》に聞いたとおり、女もよし酒も喰《た》べ物《もの》もうまい。このまま上方に根をおろそうかと思ったくらいだが、二年めになったころからおちつかなくなった。魚も野菜も慥《たし》かにうまいし、料理のしかたもあっさりと凝っている。だがおれは、鯛《たい》の刺身《さしみ》より鰯《いわし》や秋刀魚《さんま》の塩焼のほうが恋しくなった。酒だって江戸のあっさりしたほうが口に合うし、初めはやさしいと思った女にしても、馴《な》れてみればべたべたした感じで、江戸の女たちのさらっとした肌合《はだあい》にはかなわない。おまけに仕事の交渉の面倒なことだ。飾り板一枚でもとことんまで値切られる、勘定払いはいいけれども、注文がきまるまでのやりとりにはうんざりさせられた。それが番たびのことだからだんだんいや気がさして来た。そこへ宗七から手紙が来た。宗七はおれの弟分で、年は二十一、まだ大茂《おおしげ》に住込んでいた。手紙は大茂の没落の知らせだった。年の暮になって店が火事で焼け、みんな着物一枚で逃げた。おかみさんと子供は危なく死ぬところだったが、親方はそのことでしんから怯《おび》えてしまったらしい。せっかく授かった子を二度とこんなめにあわせたくないと云って、八王子在の故郷へ引込んでしまった、ということであった。自分は浅草駒形《こまがた》の「大平」に住込んでいるが、とあって終りに、おさんのことが書いてあったのだ。京橋二丁目に普請場があり、かよい仕事にいっていたとき、おさんの姿を認めたので、跟《つ》けていってみると炭屋河岸《がし》の裏長屋へはいった。近所でそれとなく訊《き》いたところ、作次という男といっしょだとわかった。男はすぐ近くの大鋸《おおが》町に妻子があり、どこかの料理茶屋の板前だそうだが、どうやらくらしは楽ではないようにみえた。よけいなことかもしれないが、辰あにいとのことは知っていると思う。辰あにいとはすぐ別れて、そのあと続けざまに幾人か男をつくったらしい。さかな町の家を出てからのことは知らないが、こんどの作次という男とも長いことはないだろう。参太あにいはいいときに別れたと思う、そういうように書いてあった。おれの気持はぐらつきだした。みれんは少しもないが、おさんが哀れに思えてきた。自分が上方へ来たのは、厄《やく》のがれをしたようなもので、その代りにおさんが独《ひと》りで厄を背負った、というふうな感じがし始めたのだ。江戸が恋しいのと、おさんをどうかしてやりたいという気持が、結局こうしておれを帰すことになった。関東の人間には上方の水は合わないという、慥かにそのとおりだ。おれはもう上方へは戻《もど》らないだろう、おさんがどんな事情になっているかわからないが、もしできることなら引取って、もういちどやり直してみてもいい。憐《あわ》れみや同情ではなく、傷つき病んでいる者に手を差出すように。やれるかどうか、やれるだろうか。幾人もの男から男へ渡った女を、また女房にすることができるか。いまは遠くはなれているから、哀れだという気持が先になる。現にその顔を見て、幾人もの男に触れた女だ、ということを思いだしたらどうだ。おさんが幾人もの男に抱かれたという事実は、生涯《しようがい》二人に付いてまわるぞ。それでも夫婦としてくらしてゆけるか。はやまるなよ、いちじの哀れさに負けるな。自分ではいいつもりでよりを戻しても、いつかがまんできなくなって、また別れるようなことにでもなったら、こんどこそ取返しがつかないぞ。まあおちつけ、そうがたするな、おれも二十六になったんだ。えらそうな口をきくようだが、二年まえのおれとは少しは違っていると思う。おさん、この勝負はおまえとおれでつけるんだ、わかったな。おれはきっとおまえを捜しだしてみせるよ。

二の五

「外は白んできたわ」と云いながら、おふさがはいって来た、「眠ってるの」

参太は枕《まくら》の上で振向いた。おふさは掛け具を捲《まく》って、彼の横へ身をすべらせ、頰《ほお》ずりをしてから顔をはなした。

「朝顔が咲くのを見たわ」おふさは夜具の中で参太の手を引きよせた、「手洗鉢《ちょうずばち》の脇《わき》の袖垣《そでがき》に絡《から》まってるの、なにか動くようだからひょいと見たのよ、そうしたら朝顔の蕾《つぼみ》が開くところだったの」

「九月に朝顔が咲くのか」

「小さいの、これくらい」おふさは片手を出し、拇指《ぼし》と食指で大きさを示した、「それがまるで生きてるみたいに、いやだ、生きてるんだわね」おふさはくすっと笑った、「くるくるっと、こういうふうにほぐれるの、巻いている蕾がくるくるっとほぐれて、先のところにほころびができるの、着物のやつくちみたいに、ひょっとほころびができたと思うと、それがぱらぱらっとほどけて、ぽあーっと咲くの、——なにが可笑《おか》しいのよ」

「初めがくるくる、中がぱらぱら、そしてぽあーか、まあいいよ」

「かなしかったわ」とおふさは溜息《ためいき》をついて云った、「——九月の朝顔、時候はずれだから見る人もないでしょ、花も小さいし、実もならないかもしれないのに、蕾であってみればやっぱり咲かなければならない、そう思ったら哀れで哀れでしようがなかったわ」

参太は二た呼吸ほど黙っていて、「人間のほうがよっぽど」と云いかけたまま、寝返りを打っておふさに背を向けた。

「ねえ」暫《しばら》くしておふさが云った、「こっちへ向いて」

「一と眠りするんだ」

おふさは彼の背中へ抱きつき、全身をすりよせた。

「だってもう今日で別れるのよ」

「神奈川の宿で約束したろう、江戸にはかみさんがいる、今夜が最後だって」

「女房の待っている土地では浮気はできないって、そうよ、約束はしたわ」とおふさは囁《ささや》いた、「もし本当におかみさんが待っているなら、ね」

参太はじっとしていた。

「あんたあたしのこと嫌《きら》いじゃないでしょ」

「いまなんて云った」

「あたしのこと嫌いじゃないでしょって」

「そのまえにだ」と参太は遮《さえぎ》った、「——おまえなにか知ってるのか」

「だれ、あたし、——」おふさは彼の肩から顔をはなした、「知ってるってなにをよ」

「おれのかみさんのことだ、本当にかみさんが待っているならって、妙なことを云ったようだぜ」

「どこが妙なの、いやな人」おふさは含み笑いをした、「本当に待ってるかどうかって、そのくらいのこと訊《き》いたっていいじゃないの、あたしあんたが好きなんだもの」

「あとを云うな」参太はまた強く遮って云った、「初めから女房持ちだと断わってある、いっしょに旅をするのも江戸まで、江戸へはいったらすぐに別れるって、自分の口から云った筈《はず》だぜ」

「あたしは覚えのいいほうよ」

「ここは芝の露月町《ろうげつちょう》だ」

「この宿は飯田屋、よく覚えてるでしょ」とおふさは云った、「あんたこそ思いだしてよ、あたしいま、今日でお別れだって云ったじゃありませんか」

参太は黙った。

「ほんとのことを云うと、あたし男嫌いだったの」おふさはそっと参太の軀《からだ》からはなれながら云った、「何人もの男と世帯を持ったような話をしたけれど、あれはみんな嘘《うそ》、——十六のとし嫁にいって半年でとびだしたっきり、男はあんたが初めてだったのよ」

参太はなにも云わなかった。

「あたしが口で云うより、あんたのほうでそれを勘づくと思ったわ」とおふさは続けた、「あんたはずいぶん女を知っているんでしょ、だからあたしがどんな話をしても、あんたにはからだで嘘がみぬけると思ったのよ」

参太はちょっとまをおいて訊いた、「どうしてそんなことを云いだすんだ」

「ほんとのことを聞いてもらいたかったの、これっきり別れるんですもの、ほんとのあたしを知っておいてもらいたかったのよ」

「親きょうだいのないのも嘘か」

「兄が一人いるわ、調布というところでお百姓をしているの」

「そこへ帰るんだな」

「あたし嫁にやられた家からとびだしたのよ、そんな土地へのこのこ帰れると思って、――まっぴらだわ、そんなこと死んでもごめん蒙《こうむ》るわ」

参太は口をつぐんだ。宿の者が起きたのだろう、表をあける音がし、勝手と思われるあたりで、人の声が聞え始めた。

「大磯で泊ったときのこと、覚えてる」とおふさが囁いた、「あたしが、こんなこと初めてよ、って云《い》ったこと、あんたを怒らせたのが悲しくなって、廊下へ泣きに出ていったこと、――恥ずかしい、ばかだわあたし、こんなこと決して云うまいときめていたのに、どうしたんでしょ、ああ恥ずかしい」そして参太の背中へ顔を押しつけながら云った、「お願いだから聞かなかったことにして、ね、いまのこと忘れちゃってちょうだい、お願いよ」

参太がやわらかに云った、「覚えていろの忘れちまえだの、おまえはむずかしいことばかり云うぜ」

「あんたのせえよ」夜具の中から云うため、おふさの声は鼻にこもったように聞えた、「あんたに会うまではこんなことはなかったわ、本当に、こんなだらしのないところを見せたことはなかったのよ」

「早くいい相手をみつけるんだな」背中を向けたまま参太が云った、「おまえはいいかみさんになるよ」

「あんたはだめなのね」

「もういちど云うが」

「女房持ち」とおふさが云った、「――あたしこうみえても芯《しん》の強いほうよ」

「大事にするんだな」と参太が云った、「おれはもう一と眠りするぜ」

二の六

炭屋河岸の小助店《だな》という長屋から出て来ると、子供が駆けよって「おじちゃん」と呼びかけた。振向くと子供はにっと笑い、逃げ腰になりながら「おれ腹がへっちゃったんだよ」と云った。

「よう、どうした」と参太が云った、「おめえこんなところにいたのか」

塔の沢からさがった、三枚橋のところで会った子供である。あのときと同じぼろを着、縄《なわ》の帯にはだしで、乞食《こじき》というよりも、山から迷い出て来た熊《くま》の仔《こ》、といった感じだった。

「あの女の人いっしょじゃないね」

「腹がへってるって云ったな」

子供は首を振った、「そんなでもない」

「箱根でもそう云ってたぜ」

「誰《だれ》にでもってわけじゃないさ」と云って子供は参太を見あげた、「おじちゃん、捜す人がいなかったらしいね」

「いなかった、——おめえ、おれが人を捜しに来たってことを知ってるのか」

「おじちゃんが訊いてるのを聞いちゃったんだ、これからまた大鋸町へ戻るのかい」

「きみの悪いやつだな、大鋸町のときから跟《つ》けていたのか」

「ずっとだよ、沼津からずっとさ、おじちゃん気がつかなかったのかい」

参太は子供の顔をみつめた、「大磯でも、藤沢でもか」

「神奈川じゃ柏屋《かしわや》で泊ったね」

「おどろいたな、どうして声をかけなかったんだ」

女の人がいたもの。女は嫌いか、と参太が訊いた。嫌いさ、女はみんながみがみ小言ばかり云うし、ひとを子供扱いにしやがる、女には近よらねえことにしているんだ、と子供は云った。

作次は長屋をひきはらった。今年の三月だという、おさんに男ができて、作次は酒びたりになり、おさんがいなくなった。作次は狂ったようにおさんを捜しまわったが、みつけだしたのかどうか、彼もまた長屋をとびだしてしまった。日本橋の魚河岸で軽《かる》子《こ》でもしているらしい、そのあたりで酔いつぶれているのをよく見かける。長屋の者はそう云っていた。——初めに大鋸町を訪ねたが、作次の女房《にょうぼう》はなにも云わなかった。そこも一と間きりの長屋で、これという家財道具はなく、がらんとした薄暗い部屋の中で、作次の女房は鼻緒作りをしていた。もとは縹緻《きりょう》よしだったろう、眼《め》鼻《はな》や顔だちはととのっているが、哀れなほど窶《やつ》れて、頸《くび》や手などは乾いた焚木《たきぎ》のように細かった。作次は炭屋河岸の小助店にいる、そう云うだけで、あとはなにを訊いても返辞をしなかった。七つと五つくらいの女の子に、よちよち歩きの男の子がいた。三人きょうだいなのだろう、三寸ばかりの竹切《たけぎれ》を使って遊んでいたが、誰かにないしょでやっているように、動作も静かだし、なにか云うのもひそひそ声であった。女房も三人の子供たちも、しまいまで参太を見ようとはしなかった。

「東は、——東だろうな水戸《みと》は」と子供は歩きながら話していた、「江戸から見ると北かな、おじちゃん東かい北かい」

「なにが」参太はわれに返ったように振返った。「うん水戸か、そうさ、東北かな」

「そっちは水戸までしかいかなかった、西は須磨《すま》ってところまでいったけどさ、こんどはおれ仙台《せんだい》までいってみようと思うんだ」

「うちや親たちはどこなんだ」
「いま話したじゃねえか、聞いていなかったのかい」子供は舌打ちをした、「丑年《うしどし》の大水でみんな死んじゃっただろう、おれは七つでさ、町預けになったけれどつまんねえから、きっぺと二人で逃げだしたんだ」
「それからずっとそうやってるのか」
「結構おもしろいぜ」と子供は続けた、「寝たくなれば好きなところで寝るし、行きたいところがあればどこへでもゆけるしさ、小言を云われる心配はねえし、使いや用をさせられることもねえんだから」
「腹はいつもへってるんだろう」
「あれはたんかだよ、これと見当をつけた人があるとあれをやるんだ、腹なんかへっちゃあいねえ、銭が欲しいときだけさ」そこで子供は仔細《しさい》らしく太息《といき》をついた、
「——きっぺのやつはしっこしがねえのよ、三年めになったらくたびれちまったって、畳と蒲団《ふとん》が恋しくなったなんて、駿河《するが》の府中ってとこでふけちまやがった、ふん、いまごろはどこかで樽拾《たるひろ》いか子守りでもやらかされてるんだろうさ、こっちは一人になって却《かえ》ってさばさばしたけどね」
「そんなことをしていて、役人に捉《つか》まりゃあしないか」

「悪いこともしねえのにかい」子供は小さな肩を揺りあげ、ふんと鼻をならした、「たいてえの役人とはもう顔馴染《なじみ》なんだぜ、箱根の関所なんぞ役人のほうから挨拶《あいさつ》してくれるよ」

「大した御威勢だな」

「大名なみとはいかねえさ」子供は舌を出したが、急に立停《たちどま》った、「おじちゃん、飯田屋へ帰るのか」

「荷物が預けてあるんだ」

「女の人が待ってるんだね」

「いやあしない、あれとは今朝いっしょに出て別れたよ」

ほんとかい。本当だ。またいっしょになるんだろう。どうして、と参太が訊いた。だってそんな気がするもの、あの女はくっ付いてはなれねえと思うな、と子供は云った。

「そんなことが気になるのか」

「おれは女が嫌いだって云ったじゃねえか」

「だからどうだっていうんだ」

子供は暫《しばら》く黙って歩いた。そして、よく考えていたというような口ぶりで、恥ずかしそうに云った。

「おれもね、もしなんだったら、ねえ」

だが参太はもう聞いていなかった。

作次のところから出ていったとすると、おさんを捜す手掛りはないと思った。しかしそうではない、作次はきちがいのようになって二人を捜しまわったという。それから仕事もせずに酒びたり、ついには長屋へも帰って来ず、魚河岸で軽子のようなことをしているということだ。ことによると、作次はおさんのいどころを知っているかもしれない。そうだ、捜し当てたとみるほうが筋がとおる、二人のいどころを突止めたが、おさんを伴《つ》れ戻《もど》す望みはなかった。それですっかりぐれだした。おそらくそんなところだろう、とにかく作次に当ってみることだ、と参太は思った。

「おまえなんていう名だ」

「おれのか」子供はさもうんざりと云いたげに首を振った、「おじちゃんはなんにも聞いてねえんだな、さっきそ云ったばかりじゃねえか、伊三《いさ》だよ、伊《い》三郎《さぶろう》ってんだってば」

「悪かった、そうか伊三だったけな」

「もう一つのほうも忘れたんじゃねえのか」

「なんのことだ」

「あれだ、どうもおかしいとは思ったよ、あんまりよしよし云うもんだから、――子供だと思ってばかにしてたんだな」

「怒るなよ、考えごとをしていたんだ」と云って参太は立停った。「おめえおれに頼まれてくんねえか」

「自分のことで頭がいっぱいなんだな」

「そっちの話も聞くよ、もういちど云ってみてくれ」

「おれのほうはあとだ」と伊三は小なまいきに片手を振った、「おじちゃんのほうを先にするから用を云ってくんな」

二の七

その夜の十時すぎ、――参太は魚河岸《うおがし》の外《はず》れにある「吉兵衛《きちべえ》」という居酒屋で飲んでいた。まえの年に、飲食店の時間にきびしい制限が布令《ふれ》だされ、もちろん裏はあるにはちがいないが、この魚河岸はまるで別格のようで、表もあけたまま、軒提灯《のきぢょうちん》も掛けたまま、客は遠慮のない高ごえで、笑ったりうたったり、囃《はや》したてたりしていた。

「どうするのさ」と脇《わき》に腰掛けている伊三が、囁《ささや》き声で訊《き》いた、「なにを待ってるんだい」

参太は左手でそっと、伊三の腕を押えた。伊三は黙った。

作次はまだしらふのようにみえた。伊三が半日がかりで訊きまわり、毎晩、必ずこの「吉兵衛」へあらわれて飲みつぶれる、ということをさぐり出したのだ。参太は八時ころにここへ来て酒を注文し、伊三はめしを喰《た》べるととびだしていった。作次の来るのを見張るのだそうで、彼は自分の頼まれたことに、大きな責任と誇りを感じているようであった。参太はあまり飲めないほうだが、この賑《にぎ》やかな広い店の中では、舐《な》めるような彼の飲みかたもそれほど眼立たず、ようやく二本めに口をつけたとき、伊三が戻って来て作次のあらわれたことを告げた。

「おれ外へ出てるよ」と伊三が云った、「こういうところはおれにはまずいんだ、みんな見やあがるからね、いいだろう」

参太は頷《うなず》き、伊三は出ていった。

作次は壁際《かべぎわ》に並べた飯台《はんだい》の端に、独りはなれて腰を掛け、突出しの小皿《こざら》を二つ前にしたまま、ゆっくりした手つきで飲んでいた。年は三十六七、膏《あぶら》けのぬけた灰色の顔に、眼と頬《ほお》が落ち窪《くぼ》んでいた。古びた印半纏《しるしばんてん》に股引《ももひき》、緒のゆるんだ草鞋《わらじ》を素足にはいていた。――この店には女けはなかった。十二三から四五くらいまでの小僧たちが六人、いせいのいい声で注文をとおしたり、すばしこく酒肴《さけさかな》を運んだりしている。作次はいい客ではないらしく、見ていると、幾たびも呼ばなければ、小僧たちは近よらなかったし、注文を聞いてもあとまわしにされるようであった。

作次が燗徳利《かんどくり》をさかさまに振り、酒をしたむのを見て、参太は立ちあがった。近くにいた小僧を呼んで、向うへ移りたいと云うと、小僧は首を振った。店の定《さだ》めで知らない客同志が盃《さかずき》のやりとりをすることは断わると答えた。いや、あの男は知り合いなんだ、久し振で飲むんだから頼む、これは駄賃《だちん》だと云って、幾らかの銭を握らせた。そして酒と肴の追加を命じ、作次の脇へいって声をかけた。

「そうだ」と答えて作次は眼をあげた、「おらあ作次だが、なにか用か」

「ちょっと訊きたいことがあるんだ」と参太は穏やかに云った。「飲みながらにしよう。ここへ掛けてもいいか」

作次は顎《あご》をしゃくった。参太は腰を掛け、小僧が参太の酒肴を持って来た。作次は無表情に、ぼんやりと前を見やっていたが、新しい酒が来、参太が酌《しゃく》をしてやると、飢えたもののように、四つ五つたて続けに飲んだ。それから初めて、いま飲んだ酒に気づいたというようすで、参太の顔を見て云った。

「おらあからっけつだぜ」

「たいしたことはないさ」と参太は酌をしてやりながら云《い》った、「まずくなかったらやってくれ、ちっとは持ってるんだ」

「この店は夜明しやるんだ」

「そうだってな、おれは強くはないが、おめえのいいだけつきあうぜ」

「おめえの酌はへただな」と作次が云った、「徳利を置いてくれ、手酌でやるから」

「じゃあめいめいにしよう」

駄賃が効いたのか、小僧が肴を二品ずつに、酒を四本持って来た。それを見たとたん、作次の眼が活《い》き活《い》きと光を帯び、落ち窪んだ頬にも赤みがさすように感じられた。いいのか、親方、と作次が云った。これはたけえほうの酒だぜ。大丈夫だ、心配はかけないから飲むだけ飲んでくれ、と参太は答えた。こんなことは久し振だ、いや肴はいらない、このうちで食えるのは塩辛《しおから》だけだ、この店の鰹《かつお》の塩辛はちょっとしたものだが、この酒には合わない、肴はこの新香《しんこ》だけで充分だ。作次はそんなことを云いながら、香《こう》の物《もの》にも箸《はし》はつけず、いかにもうまそうに酒だけを飲み続けた。――訊きたいことがある、と参太が話しかけたことは忘れていたらしい。二合の燗徳利を四本あけるまで、参太にはわけのわからないことを、休みなしに独りで饒舌《しゃべ》り、独りで合槌《あいづち》を打っていた。そして、五本めに口をつけたとき、初めて思いだしたように、盃を持った手で参太を指さした。

「おめえ、さっきなにか訊くことがあるって云ったようだな」

「たいした話じゃあねえ、おさんのことだ」と参太は云い、云ったことを打ち消すように酒をすすめた、「まあ一ついこう、たまに一度ぐらいは酌をさせてくれ」

「親方とどこで会ったっけ、柳橋《やなぎばし》か」

「親方はよしてくれ」と参太が云った、「としからいったっておめえのほうがあにきだ、作あにいと呼んでもいいか」

「としのことを云ってくれるな」作次は左手で頬杖《ほおづえ》を突き、顔を歪《ゆが》めた、「おさんか」

と作次は遠い俤《おもかげ》を追うような眼つきで呟《つぶや》いた。

「あんな女はこの世に二人とはいねえな。可愛《かわい》いやつだった、頭のてっぺんから足の爪先《つまさき》まで、可愛さってものがぎっちり詰ってた、ほんとだぜ、この世でまたとあんな女に会えるもんじゃあねえ、一生に一度、おさんのような女に会ったら、それでもう死んでも思い残すことはねえと思う、ほんとだぜ」

　作次の全感覚に、おさんの記憶がよみがえってくるのを、参太は認めた。一升ちかい酒の酔で感情も脆《もろ》くなったのだろう、作次の落ち窪んだ眼から、突然、涙が頬を伝ってこぼれおちた。彼は初めておさんと会ったときのことを話した。雪の降る日、九段坂の途中で、おさんが足駄の鼻緒を切って困っていた。作次は自分の手拭《てぬぐい》を裂いて鼻緒をすげてやり、それから淡路町《あわじちょう》の鳥屋で、いっしょにめしを喰べた。時間にすれば半刻《はんとき》くらいだが、鳥屋を出たときには、二人はもう互いにのぼせあがっていた。「あたしをあんたのものにして、と初めての晩おさんは云った」作次は頰杖を突いていた手で、ぎゅっと顎を摑《つか》んだ。「身も心も、残らずあんたのものにして、決してあたしをはなさないでちょうだいって、こっちの骨がきしむほど、手足でしがみつきながら云った」

作次は眼をつむった。参太は黙っていた。作次は自分の回想に全身で浸ってい、そこに参太が聞いていることなどは、まったく意識にないようにみえた。まわりの客は絶えず変っていた。腰を据《す》えて飲んでいるのは二た組か三組で、ほかの客はあっさり飲んですぐに引きあげる、「さあ、なかへとばそう」とか「そろそろ川を越そうか」などと云う声も聞えた。入れ替って来る客もたいてい同じようで、遊びにゆく下拵《したごしら》えに飲む、というふうであった。

「おらあ女房子を捨てた、おさんもそれまでいっしょにくらしていた男を捨てた」と作次は続けていた、「おれがしんけんだったのは断わるまでもねえ、おさんもしんじつおれが好きなようだった、――だが、あのときになると、いざっという間際《まぎわ》になると、おさんは夢中で男の名を呼びはじめる、おれの知らねえ男の名をだ、——それを聞くと、とたんにおれは、軀《からだ》ぜんたいが凍っちまうように思った」

新しい酒が来た。参太が作次の前へ置いてやると、彼は汁椀《しるわん》を取って、中の物はすっかり土間へあけ、酒をその汁椀へ注《つ》いで呷《あお》った。

「男にとってこれほど痛えことがあるか、おらあかっとなって、叩《たた》き起こしておさんを責めた、悪党が」と作次は呻《うめ》き声をあげ、左手で髪の毛を摑みしめた。「この悪党が、おさんを殴《なぐ》り、叩き倒し、足蹴《あしげ》にかけた、——可哀《かわい》そうに、おさんはあやまるばかりだった、自分ではなにも知らない、そんな男の名は知らない、夢中でわけがわからなくなっただけだ、あんたのほかにみれんのある男などはいない、どうか堪忍《かんにん》してくれって」

やっぱりそうだったのか、と参太は心の中で呟いた。あのたまゆらぐ一瞬のありさまが、こまかい部分まで鮮やかに思いだされる。おさんのからだにあらわれる異常な陶酔や、激しい呼吸や叫び声などが、そこにあるもののようにはっきりと感じられる。それをこの作次も味わったのだ、作次のその手や肌《はだ》が、おさんの肌を愛撫《あいぶ》し抱き緊《し》め、思うままにしたのである。そう考えながら、参太の気持には憎しみも嫉妬《しっと》も起こらなかった。おさんも哀れであり作次も哀れだった。ことに作次は男同志だから、深く傷ついた心の耐えがたい苦痛、というものがよくわかり、できるなら手を握って慰めてやりたいという衝動さえ感じた。

「いつ、どうしてそんなことになったのか、おらあ知らなかった」作次は話し続けていた、「或《あ》る日おれが帰ってみると、おさんはいなかった、百日足らずのくらしで、着物も二三枚、帯も二本作ってあった、もちろんほかにもこまごました物があるのに、みんなそのままで、なに一つ持ち出してはいない、だがおれには、おさんが家出をしたなとすぐにわかった、仕事が板前だから、帰りのおそくなるのはふつうだが、その日は宵《よい》の八時まえだった、まっ暗な家《うち》の中へはいって、行燈《あんどん》に火を入れたとき、きちんと片づいた、人けのない部屋を見まわしたとたんに、ああ出ていったな、とおれは思った」

そこまで話して、急に作次は参太のほうを見た。いま眼《め》がさめた、といったような眼つきで、自分の持っている汁椀を見、また参太の顔を見た。

「おめえ誰《だれ》だっけ」と作次は訊いた。

「おさんの兄だ」と参太が答えた、「おさんのいどころを捜しているって、さっき云ったじゃあねえか」

「そうか、――」作次は頭《こうべ》を垂れ、垂れた頭を左右に振った、「おさんなら山谷《さんや》の棗《なつめ》店《だな》にいるよ、男の名は岩吉、まむしという仇名《あだな》のある遊び人だ」
「どうして捜し当てた」
「忘れちまった」作次は汁椀の酒を飲んだが、酒は口の端からこぼれて、股引《ももひき》の膝《ひざ》を濡《ぬ》らした、「忘れちまったが、おさんのような女の肌を知った男なら、誰だってきっと捜し出さずにゃあおかねえだろう、現に、——そうよ、現に炭屋河岸の長屋へも男が捜しに来た、牛込のほうでおさんとくらしていた男がな、まるっきり白痴《こけ》みてえになってたが、それでもどこをどう手繰《たぐ》ったものか捜し当てて来た、おさんはそういう女なんだ」
「それであにいは、伴《つ》れて帰らなかったのか」
「ああ」と作次は眼をつむり、殆《ほと》んど聞きとれないくらい低い声で云った、「おれを見たおさんの眼で諦《あきら》めた、男が邪魔をしたら、叩っ殺してもおさんを伴れ戻すつもりだった、ふところに刃物を隠していったんだが、——おさんの眼は他人の眼だった、おれを忘れたんじゃあねえ、覚えてはいるが、まったく縁のねえものを見る眼つきだった、——いっしょになって三四十日経《た》ってから、ときどきそういう眼つきをすることがあった、おれの顔をじいっとみつめている、どこの人だろう、といったような眼つきで、そこにおれという人間のいることが腑《ふ》におちない、といったような眼つきだった、――山谷のうちでは、それよりもっとよそよそしい、あかの他人を見るような眼つきなんだ、薄情も情のうちと云うが、そんなものさえ感じられなかった、それでおれは帰って来ちまったんだ」

参太は彼に酌をしてやり、それから静かな声で云った。

「大鋸《おおが》町のうちへ帰るほうがいいな」

作次はゆっくり参太を見た、「大鋸町がどうしたって」

「おかみさんや子供たちが待ってる、そっちのけりがついたんなら、いいかげんにうちへ帰るほうがいいと思うがな」

「死人《しびと》にうちがあるか」と作次は云った、「おれは死んじまった人間だ、ここにいるおれは」と彼は右手で自分の胸を摑んだ、「このおれは、死骸《しがい》も同然なんだ、それがおめえにわかるか」

「とにかく、大鋸町ではみんなが待っているぜ」

「おめえ、なんてえ名だ」ふっと作次の眼が光った、「さっき誰だとか云ったっけな」

「あいつの兄きだよ」

作次は突き刺すような眼で、参太の顔を凝視《ぎょうし》してい、それから歯を見せて冷笑した。

「云うことは同じだな」と作次は歯のあいだから云った、「――何番めの男だ」

参太は自分の盃《さかずき》に酒を注いだ。

「おめえはおさんの何番めの男だ」と作次がひそめた声で云った、「おい、聞えねえのか」

「聞いてるよ、酒がこぼれるぜ」

作次は汁椀を見、ふるえる手でそれを持つと、七分がたはいっている酒を一と息に飲みほした。参太はしおどきだと思い、小僧を呼んで勘定を命じた。作次は口の中でなにか呟きながら、ふと立ちあがって、土間の奥のほうへふらふらと歩いていった。参太は勘定を済ませたうえ、作次がもっと飲みたがったら飲ませてやるようにと云って、幾らかの銭を渡した。

「あの人はどうせ朝まで動きませんがね」と小僧は云った、「でもこんな時刻になって、親方はうちへ帰れるんですか」

「銭が口をきくからな」と参太は云った、「あの男を頼むよ」

参太は外へ出た。小網町《こあみちょう》までゆけば知っている船宿がある、そこで泊ってもよし、舟でまわって飯田屋へ帰ってもいいと思った。「吉兵衛」を出て、ほんの四五間歩いたとき、うしろから作次が追って来て呼びかけた。

「おいちょっと待ってくれ、話してえことがあるんだ」

参太は立停《たちどま》って振向いた。作次は喘《あえ》ぎながら近よって来た。すると、すぐ右手のほうで「おじちゃん危ねえ」と伊三の叫ぶ声がし、作次が参太におそいかかった。参太の眼にはその動作が、枯木でも倒れるようにぎごちなく、ひどく緩慢なものに見えたが、実際には非常にすばしこく、無意識にひょいと身を捻《ひね》るとたん、作次の手が参太の半纏《はんてん》を引き裂き、その肩が激しくぶち当って来た。参太はその力に打たれてよろめき、よろめいたまま横へとんだ。そのとき、作次の顔へ小石がばらばらと投げつけられ、「おじちゃん逃げなよ」と伊三の叫ぶのが聞えた。作次は左手で小石をよけながら右手をあげた。その手に出刃《でば》庖丁《ぼうちょう》があるのを見、投げるつもりだと直感した参太は、すばやく身を踞《かが》めながら走りだした。いまか、いまかと、背中へ庖丁の突き刺さるのを予期しながら、雨戸を閉めた家並の暗い軒下づたいに、彼は夢中で走った。うしろで二度ばかり、作次の喚《わめ》き声がし、相当に距離ができたとわかったが、それでもなおけんめいに走り続けた。

「ばかなやつだ」と走りながら参太は呟《つぶや》いた、「なんて哀れなやつだろう」

二の八

小網町の河岸《かし》にあるその船宿「船正」を出たのは、明くる日の九時ころであった。

参太の知っていた女主人はおととし死んだそうで、おとよという娘が婿《むこ》をとり、まえより繁昌《はんじょう》しているようすだった。

「大茂を継ぐ人はいないんですか」朝めしのあと、裂けた半纏を繕いながらおとよがそう云った、「ひいきにしていただいたみなさん、どなたもおみえにならないんですよ、どうぞ参ちゃんだけはまたいらしってね」そこで慌《あわ》てて口へ片手を当て、肩をすくめながら羞《はにか》み笑いをした、「ごめんなさい、いい親方になったのに参ちゃんだなんて、つい小さいときの癖が出ちゃったんですよ」

「参ちゃんか、なつかしいな」と参太は微笑した、「長いことそう呼ばれたことはなかった、それを聞いて初めて、江戸へ帰ったという気持になったよ」

「まさか怒ったんじゃないでしょうね」

「参ちゃんか」と彼はまた云った、「おちついたらやって来るよ、親方なんてえ柄《がら》じゃあねえ、これからもずっとそう呼んでもらいたいな」

山谷へゆくと云ったら、おとよは舟にしろとすすめた。しかし参太はそれを断わって「船正」の店を出た。時刻が九時過ぎなので、道にはあまり人どおりがなかった。参太は両国橋のほうへ歩いてゆきながら、ときどきうしろへ振返った。伊三が出て来るかと思ったのであるが、伊三もあらわれないし、作次の姿も見えず、浜町の手前で戻《もど》り駕籠《かご》をひろい、そのまま山谷へ向った。

棗店《なつめだな》は山谷町ではなく、ずっとはずれの、山谷浅草町にある長屋だった。そこから先は家がなく、茶色に実った稲田のあいだを、乾いた道が千住《せんじゅ》のほうまで続いてい、仕置場や、火葬寺の林などが眺《なが》められた。長屋は八棟《むね》あり、岩吉のいた家はすぐにわかったが、そこにはべつの者が住んでいた。その女房《にょうぼう》はなにも知らず、差配《さはい》を教えてくれたので通りへ戻り、小さな荒物屋をやっている太助の店を訪ねた。――差配の太助も留守で、五十六七になる女房が袋貼《ふくろは》りをしていた。岩吉のことを訊《き》くと、女房はぎょっとしたようすで、袋貼りの手を休め、疑わしげに参太の顔を見まもった。

「あなたはどなたです」と女房は咎《とが》めるように訊き返した、「親類の方ですか」

「まあそんなところだが、――おさんというかみさんがいたでしょう」

「いましたよ、いいおかみさんでした、岩吉なんていう男にはもったいないくらいいいおかみさんでしたよ」

「二人で引越したんですか」

「引越しですって」女房は吃驚《びっくり》したような眼つきになった、「じゃあ、あんたはなにも知らないんですね」

女房の口ぶりに、参太は不吉なものを感じて、すぐには言葉が出なかった。

「おかみさんは殺されましたよ」と女房は云《い》った、「ええ、岩吉のやつにね」

参太は唇《くちびる》を舐《な》めた。

「殺された」と彼はねむそうな声で、ゆっくりと反問した、「おさんが、殺されたっていうんですか」

「七月中旬でしたかね、おかみさんが男をつくったとかなんとか、やきもちのあげくってことでした、匕首《あいくち》で五ところも刺されて外へ逃げだしたところを、追って出た岩吉のやつにまた刺されて、井戸のところで倒れたまんま死んだんです」

参太はするどく顔を歪《ゆが》め、右手を拳《こぶし》にして太腿《ふともも》のところへ押しつけた。

岩吉はすぐに自首して、いまは石川島の牢《ろう》にいるらしい、やがて八丈へ送られるという噂《うわさ》である。おさんは身寄の者がわからないで、真慶寺《しんけいじ》の無縁墓へ葬《ほうむ》った。――女房がそう話すのを、黙って頷《うなず》きながら聞き終り、まもなく、参太はその家から出た。まったく思いがけないことでもあり、また、そんな結果になるだろうと、心のどこかで予想していたようにも思えた。

「結局、おさんは独りで厄《やく》を背負ったんだな」歩きながら彼は呟いた、「おれはこうして生きている、おれはいつも逃げた、おさんからも逃げたし、ゆうべは作次からも逃げた、――みんなは逃げなかった、おさんは殺されるまで自分から逃げなかったし、作次はあんな姿になるのもいとわなかった、そして岩吉はいま牢にいるというし、牛込のほうの男は白痴《こけ》のようになってしまったそうだ」

参太は立停った。駕籠がゆき、馬に荷を積んだ馬子《まご》がゆき、浪人ふうの三人伴《づ》れが、彼を不審そうに見ながら通りすぎた。

「しんけい寺とかいったな」暫《しばら》くしてそう呟き、その自分の声で参太はわれに返った、「――慥《たし》かしんけい寺と聞いたようだ」と彼は自分を慥かめるように、声を出して云った、「この近くだろうな、訊いてみよう」

真慶寺はそこから四五丁先にあった。そこは寺と寺にはさまれていて、あまりいい檀家《だんか》がないのか、小さな黒い山門も片方へかしいでいたし、境内には雑草が伸び、墓地には石塔の倒れたままになっているのが眼立《めだ》った。庫裡《くり》へ寄るつもりだったが、死んでから供養《くよう》するのもそらぞらしいし、そんなことでおさんがうかばれもしまいと思い、そのまま墓地へはいっていった。――無縁墓は隅《すみ》のほうにあった。土饅頭《どまんじゅう》だけで墓標もなく、卒塔婆《そとば》がざっと五六本立っていた。参太は墓を一とまわりしたが、ふと足もとの地面に、なにか眼を惹《ひ》くものがあるようなので、注意して見ると、小さな花が咲いているのに気がついた。そして、それがひるがおの花だとわかったとき、彼はどきんと胸を突かれたように感じ、かなり長いあいだ、口をあいたままでぼんやりとその小さな花を見おろしていた。

一の六

ありがとう、覚えていてくれたのね。おれは無縁墓の前にしゃがみ、摘み取ったひるがおの花を一輪、黒い土の上に置いた。あんたがその花で怒ったんじゃないってこと、いまのあたしにはわかるのよ、でもあんたはいっちまったわね。おれは合掌しようとしたが、できなかった。ただ頭をさげ、眼をつむって、勘弁してくれと心の中であやまった。あんたはいてくれなくっちゃいけなかったのよ、あたしそう云ったでしょ、あんたに捨てられたらめちゃくちゃになっちまうって、あたし泣いてあんたに頼んだ筈《はず》よ。覚えてるよ、しかしおれはおまえを捨てたんじゃあない、きっと帰って来ると約束したし、帰って来るつもりだったんだ。あんたはあたしを放しちゃあいけなかったのよ、あたしのからだの癖を知っていたでしょ、あんたはあたしがこういうからだに生れついたことを、仕合せなんだって云ったわね、こういうからだに生んでくれた親たちを、有難《ありがた》いと思わなければならないって、そうでしょう。そうだ、おれはそのとおりのことを云った。けれどもよく考えてみればそうではない、そういうからだ癖は却《かえ》って不幸の元になった。おさん自身でもどうにもならないそのからだが、おさんをほろぼすほうへ押しやったのだ。あんたがいてくれれば、こんなことにはならなかったのよ。いや、それはわからない、しんじつおれはがまんができなかったんだ。あんたがよ、あんたはがまんができなかった、なぜがまんができなかったのか、あたしにはわからなかったわ、なぜわけを云ってくれなかったの、はっきり云ってくれれば、あの癖を直すことだってできたかもしれないじゃないの、どうして云ってくれなかったの、どうして。おれには答えようがない、ことがことだけに、どうにも口には出せなかった、一年か二年はなれていれば、どうにかおさまるんじゃないかと思ったんだ。あたし辛《つら》かったわ。うん、よくわかるよ。わかるもんですか、あんたはそのとおり丈夫で生きている、これから好きな人をおかみさんに持って、親方とか棟梁《とうりよう》とか云われるようになるんでしょ、あたしがあんたを忘れようと思って、男から男をわたり歩き、それでもあんたのことが忘れられないで、また次の男にすがってみてもだめ、自分もめちゃめちゃになるし、相手の男たちもみんなだめにしてしまったのよ、この辛さ苦しさがあんたにわかってたまるものですか。そうだ、そのとおりかもしれない、勘弁してくれ。おれはようやくおさんと会っているような気持になれた。生きていたおさんよりも、もっとおさんらしいおさんと会っているように。するとおさんはやさしくなった。あたし、あんたを怨《うら》んではいないわ、あんたといっしょになったとき、これでもう死んでもいいと云ったでしょ、あたしあんたのおかみさんになって、一年たらずだったけれど夫婦ぐらしをしたんですもの、それで本望だったし、そのあとのあたしはもうこのあたしじゃあなかったのよ、死んだからもういいだろうけれど、生きていたらあんたには会えなかったわ、江戸へ帰って来ても捜さないでちょうだいって、いつか手紙をあげたわね、生きていたとすれば、たとえあんたがどう云おうと、あたしは決して会わなかったわ。おれはそうはさせないつもりだった、むりにでもおまえを引取って、もういちど二人でやり直す気でいたんだ。いいえだめ、このほうがいいの、あたしはこうなるように生れついていたのよ、二十三で死んだけれど、人の三倍も生きたような気がするの、たのしさも、苦しさも辛さもよ、おまいりに来てくれてありがとう、うれしかったわ。おれはもっと頭をさげ、堪忍《かんにん》してくれ、と声に出して云った。おさんはもうなにも云わないようであった。

二の九

参太が墓地を出ようとすると、傍《かたわ》らの雑木林の中から伊三があらわれた。

「びっくりさせるな」参太は本当に驚かされた、「どうした、どこから跟《つ》けて来たんだ」

「ずっとさ」伊三は鼻をこすった、「飯田屋までいってみて、いないんで今朝はやく引返して来たんだ」

「飯田屋へ泊ったのか」

「宿屋なんかに泊りゃあしねえさ、寝るところなんざどこにでもあるよ」

参太は歩きだしながら云った。ゆうべの男はどうした。酔いつぶれて道ばたへ寝ちまったよ。どうしておれをみつけだした。引返して来て小網町まで来ると、うしろ姿が見えたんだ。声をかければよかったのに、おれもおまえが来るかと待っていたんだぞ。迷ったんだよ。なにを迷った。黙っていっちゃおうか、それとも別れを云ってからにしようかってさ。おまえゆうべなにか云ったな、なにか頼みがあるっていうようなことを云やあしなかったか。もういいんだよ、忘れちゃってくれよ。話すだけ話してみろ、ゆうべは危ねえところをおまえのおかげで助かった、礼と云うときざだが、おれにできることなら力になるぜ、話してみろよ、と参太は云った。

「話してもむだなんだがな」と伊三は考えぶかそうに云った、「おれねえ、ほんとのこと云うともう十二になるし、いいかげんにおちつこうかと思ったんだ」

「そう気がつけばなによりだ」

「おじちゃんのこと好きだしさ」と伊三は続けた、「できるなら弟子にしてもらってさ、半人なみでもいいから職人になりてえって思ったんだよ」

「それが本気ならよろこんで」

「いけねえんだ」と伊三は首を振って遮《さえぎ》った、「それがだめなんだ、おれが女は嫌いだって云ったのを覚えてるだろ」

「聞いたようだな」

「女がおじちゃんを待ってるんだ」

参太はぞっと総毛立《そうけだ》った。おさんが待っている、というふうに聞えたからだ。参太は立停《たちどま》って伊三を見た。

「誰《だれ》が、――待ってるって」

「箱根からいっしょに来た女さ」と伊三は逃げ腰になりながら答えた、「飯田屋へいって訊いてみたらさ、おじちゃんは帰らねえかって、番頭が云っているところへあの女の人が出て来たんだ」

「あれとはちゃんと別れたぜ」

「おれを見てあの女の人はどなりつけた、おまえまだあの人にくっついてるのかい、承知しないよってさ」伊三は黄色い歯をみせて、おとなびた含み笑いをした、「あたしたちに近よるんじゃない、わかったかいってさ、おっかねえ顔だったぜおじちゃん」

「あの女とは初めから話がついてるんだ、これから帰ってはっきりきまりをつける、あいつのことなんか心配するなよ」

「だめだな」伊三はまた首を振った、「おれはずっと街道ぐらしをしてきたから、人間の善し悪《あ》しはわかるんだ、なまいき云うようだけどさ、あの人はおじちゃんからはなれやあしねえよ、みててみな、どんなことをしたってはなれやあしねえから」

「ちょっと待て、まあ待てったら」

「おれ、やっぱり仙台へいってみるよ」伊三はうしろさがりに遠のきながら云った、「そのほうがまだ性に合ってるらしいからね、あばよ、おじちゃん」

参太は黙って見ていた。伊三はもういちどあばよと云い、くるっと向き直って、千住のほうへ駆けだした。彼の足もとから、白っぽい土埃《つちぼこり》が舞い立ち、小さなその躰《からだ》はみるみるうちに遠ざかっていった。

「おふさが待っているか」と参太は口の中で呟《つぶや》いた、「――にんげん生きているうちは、終りということはないんだな」


（「オール讀物」昭和三十六年二月号）

偸ちゅう

盗とう

一

彼は闇《やみ》の中で、おちつきなくあるきまわっていた。白川の爽《さわ》やかな流れの音が、うしろの森にこだまし、その森の中で、ときどき夜鳥の叫ぶのが聞えた。

「もとでは銭二《に》貫文《かんもん》」と彼は口の中で呟《つぶや》いた、「もしこれがまたくわされたんだとすると、おれはすぐに加茂の社《やしろ》の道つくりの、人夫になって稼《かせ》がなければならないぞ」

彼は立停《たちどま》って、自分の不吉な考えを払いのけるように、胸を張り、大きい呼吸をした。

「わたくしは鬼鮫《おにざめ》と呼ばれるぬすびとです」と彼は云《い》った、「ぬすびとの中での大ぬすびと、わたくしは酷薄無残で、なさけ知らずで、いちどこうと思えば女であろうと童児であろうと、平気で打ち殺し、八つ裂きにすることのできる人間です、これは自慢ではない、むしろ謙遜《けんそん》して申上げているのです」彼は右手で大きく一揖《いちゆう》し、「掛値なしにです」と云った、「もちろん、わたくしがいかに酷薄無残な大ぬすびとにもせよ、人間であるからには全部が全部うまくいくとは限りません、ご存じないかもしれないが――いや、ご存じだろうと思いますが、唐《から》の国の孔子《こうし》という物識《ものし》りおやじが云ったそうですな、知者が千遍おもんぱかっても、その内の一つは必ず寸法が外《はず》れる」

彼は立停り、左の耳のうしろに手を当て、上躰《じょうたい》を傾けてなにかを聞きとめようとしたが、予期したものではなかったとみえ、またおちつきなくあるきまわった。

「要するに」と彼は続けた、「孔子なんという物識りでも、たびたび千に一つはしくじりをやらかしたんでしょう、自己弁護のためにそんなことを云ったんだと思いますが、しぜん、わたくしほどの者がときたま失敗したとしても、当然とは申せないまでも決してふしぎとは云えないでしょう」

彼は鼻の下へ指を当て、そこにあるなにものかを、捻《ひね》りあげるような動作をした。

「正直に云いますが、粟田口《あわたぐち》の邸《やしき》ではすかをくわされましたよ、ええ」と彼は云った、「なにしろ大蔵卿《おおくらきょう》を兼ねたことのある大臣《おとど》ですからな、俗に大蔵卿を三年やれば万石《まんごく》太夫《だゆう》になると云うくらいでして、高い声では申せないが、いまをときめく大臣、大将がたの中にも、たらい廻《まわ》しに大蔵卿を兼任した人たちが少なくない——粟田口の殿もその一人であり、万石太夫七家の内にかぞえられているので、正《しょう》のところ、わたくしが目星をつけたのはおそすぎたと云ってもいいくらいです」

彼はまた立停り、なにものかを聞きとめようとしたが、なにも聞えないらしく、左手を右手の袖口《そでぐち》へ差入れ、右手で顎《あご》を支えながら首をかしげた。おかしいな、彼はそう呟いたが、ふと顔をあげ、両手を勢いよく左右へひろげた。

「さて粟田口のことですが」と彼はあるきだし、あと戻《もど》りをしながら云った、「あの邸をさぐるには脳をいためましたよ、ええ、なにしろ広い地内にどかどかと建物があり、どれが寝殿やらどれが便殿《べんでん》やら見当もつかない、肝心なのは金倉で、たいていの第邸《やしき》はほぼその位置がきまっています、内裏《だいり》ならば図書寮《ずしょりょう》の北、兵庫寮《ひょうご》の南に当るところ、入道さまの第なら泉殿《いずみどの》から便殿に渡る中間の塗籠《ぬりごめ》、また禿《は》げの中将家なら、――ま、いいでしょう、これは聞かないことにしておいて下さい」

「とにかく、予想もしなかったほど脳をいため、ふところもいためた結果、わたくしは首尾よく目的を達しました」と彼は続けた、「ということは、粟田口の大臣の邸へ忍び込み、めざした金袋を盗みだしたわけです、麻の袋に入れたこのくらいの大きさの物を、二十五袋です、わたくしがそれらの獲物を自分の山寨《さんさい》へ持ち帰り、眼《め》の前に積みあげたとき、どんな心持だったかはご想像に任せましょう」

彼はそこで立停り、左足に躰重《たいじゅう》を預けて右足を前に出し、その爪先《つまさき》で地面を叩《たた》いた。

「わたくしは話を進めるまえに、いちおうあなたがたの固定観念を解いておきたい」と彼は云った、「あなたがたは、たぶん、この鬼鮫が大ぬすびとであるということで、わたくしを道徳的に非難されていると思う、が、それはまったくの誤解である、とずばり申上げる、なぜかなら、この世は盗む者があり盗まれる者があって、初めて平衡が保たれているからであります、尤《もつと》も、この両者が等数であってはならない、原則として盗む者、すなわち賢くて血のめぐりの早い者の数が少なくなければならない、たとえばです、京の町を二分してこちらが盗む者、こちらが盗まれる者と考えて下さい、これはもう両者の関係がはっきりするから、平衡を保つわけにはいきません、たちまち騒動になることは明白です、要約して申せば、盗まれる者の数は絶対に多数でなければならない、それは簡単に証明できることですよ、ええ、つまり数が多ければです、その数の多いことに隠れて、誰《だれ》が現実に盗まれているか、ということがわからなくなる、慥《たし》かに少数の盗むやつらはいる、が、自分が盗まれているという現実感はわき起こらないわけです」

彼は闇をすかしてなにものかを見ようとし、突然、自分の頬《ほお》を平手で打ち「蚊《か》のちくしょうか」と呟き、舌打ちをした。

「世間にはこれを不公平だと云う者があります」と彼はまた続けた、「云わせておきましょう、そういう人間は働く気にもならず、また盗む勇気もなく、口だけでああだこうだと云う怠け者にすぎないのです、このあいだも小一条の大臣《おとど》がすばらしい牛車《ぎつしや》を作られました、金銀宝珠をちりばめた雨眉《あままゆ》の牛車でして、たしか宋《そう》の国から技官を呼んで作らせたんでしょう、大臣としては、このくらいの牛車を持たなければ、国際的な観点からして日本国の体面にかかわる、と申されたそうです、——そのため、大臣の領地である能登《のと》、越前《えちぜん》、越後、信濃《しなの》、甲斐《かい》など諸国の農民、漁夫、工匠、人夫人足の末まで、貢《みつぎ》のために膏血《こうけつ》を絞りあげられた結果、大半の者が土地を捨てて流民《るみん》になったといわれる、それについて搾取《さくしゅ》であるとか、苛斂誅求《かれんちゅうきゅう》だなどと不穏なことを云う者もあるが、なにこれも云わせておけばいい、かれらもまた盗む勇気のない多数の愚者の幾人かにすぎず、同時に働くことの嫌《きら》いな連中なのですから」

「わたくしが盗む側にまわったのは」と彼は左手の掌《てのひら》を右手の拳《こぶし》で打ちながら云った、「はてしなき労働、凶作、疫癘《えきれい》、洪水《こうずい》、地震、などという貧困と災厄《さいやく》によるのではなく、盗む者と盗まれる者とによってこの世の平衡が保たれている、という現実を認識したからであります、こういう認識が頭にうかぶということは、すなわち、わたくしが盗まれる愚者の群にではなく、盗む勇気と知恵のある者、一と口に申せば貴族的少数者に属する、という証拠だと信じたからであります、——貴族的少数者、わたくしはべつにかれらを尊敬するものではない、世の中の釣合《つりあい》を保つということでかれらの側《がわ》に付いたのだが、かれらはそれを理解しないばかりか、逆にわたくしを偸盗《ちゅうとう》と呼んで追捕《ついぶ》しようとするのです、は、かれらがですよ、盗む者であるところのかれらが、同じ側に立つところのこのわたくしをです、――おそらく、あなた方には信じられないでしょう、だが、不幸なことにこれが現実なのであります」

彼は白川の岸のところまでゆき、闇のかなたを熱心にうかがい見た。反射的に衿首《えりくび》を叩いて蚊を潰《つぶ》し、すると白川の流れの中で急に河鹿《かじか》が鳴きだしたので、とびあがりそうになって、「ええびっくらした」と呟いた、「たかが河鹿のくせをして、こんな時刻に鳴くっていう法があるか、よく考えてみろ」そして舌打ちをしてうしろへ戻った。

「かれら貴族的少数者には理屈はとおりません」と彼は云った、「どうしようがありますか、かれらの云うとおりわたくしは偸盗となりました、もともと盗んだ物であるところのかれらの財宝から、わたくしの取り分をいただくだけで、これほど道理にかなったはなしはないでしょう、――で、粟田口の邸からいただいて来た、二十五個の砂金の袋を前にして、わたくしはひそかにほくそ笑んだものです」彼は鼻の下へ指を当て、なにかを捻りあげるような動作でもって、どんなにほくそ笑んだかということを演じてみせた、「さて、いよいよ獲物拝見という段になり、わたくしは麻袋の一つを取ってその口紐《くちひも》を切りました、すると、袋の中から茶色みを帯びた白い粒々がざあとこぼれ出たのです、白くて少しばかり茶色がかった粒々です」

彼はもの問いたげに肩をすくめた、「なんでしょう、わたくしも砂金は二度か三度は見たことがあります、けれどもその袋の中から出て来た物とは、色も違うし手ざわりも違う、――はは、とわたくしは思いましたな、ええ、これは噂《うわさ》に聞く白金の粒に違いない、色からしてもその見当に相違ないと思ったのです、白金といえば黄金の幾倍か、ときには十倍くらいの値打になるでしょう、さすが大蔵卿を兼ねたことのある大臣だと、わたくしが揉《も》み手《で》をしたとしても人の笑いを買うことはありますまい、ところがです」彼は声をひそめた、「いよいよその手蔓《てづる》をたぐって売りに出してみたところ、なんと、あなた方は想像もされないだろうが、相手はとぼけたような顔で、その粒白金を舐《な》めてみろと差出したものです、ええ、わたくしはそれが白金をためす簡便的選別法だと思い、云われるままに舐めてみました、――すると塩《しょ》っぱい味がするのです、おそろしく塩っぱい、ふつうの塩とは思えないが、そしてわたくしは白金の味をこころみたことはないが、どちらかというと白金よりは塩の味に近いのではないかと思いました、相手もそれに賛成したのです、塩だよ、鬼鮫、と相手は頷《うなず》きました、これは精《しら》げた塩なんだ、なんでも唐の国あたりから輸入されるそうだがね、日本では粟田口の大臣しか持っていないし、大臣はこれであこぎに儲《もう》けているそうだよ」

彼は憤然と拳をあげた、「わたくしは以前からうすうす、貴族社会は頽廃《たいはい》しつつあると思っていました、しかし、こんなにまでわる賢くあくどいことになっているとは、まったく知らなかった、砂金ならどこの手蔓を通じてもすぐに売れます、黄金はどこから産しても黄金ですからな、ええ、しかし精げた塩となると」彼は振上げた拳ではっしと片手の掌を打った、「――どこへ売れますか、唐来の塩だから内裏か貴族社会なら、ときには黄金よりも高値に捌《さば》けるかもしれない、だが一般社会では単に塩にすぎません、かのみじめな貧民階級――これがいつの世でも最大多数なのだが、かれらには一摘《ひとつま》みの荒塩でさえ高価であり、精げた塩などはまったく無用無縁の、ばかげた贅沢品《ぜいたくひん》にすぎないのです」

「これは危険な品だよ、と手蔓の相手は申しました」彼は太息《といき》をついて続けた、「栗田口の大臣以外に持ち主のない品だからな、ほんの一と摘みでも世間に出せば、すぐに盗んだことがばれてしまう、たとえて云えば、盗んだ松明《たいまつ》を持って町をのしあるくようなものだ、――で、わたくしは二十五袋の獲物を、そっくり栗田口の邸へ戻しにいったわけです」

彼は左の耳のうしろへ手を当て、上躰を一方へかしげてなにかを聞きとめ、すぐに「やっと来おったぞ」と微笑した。

「ちょっと失礼します」と彼はあいそ笑いをして云った、「これから入道さまの彦《ひこ》ぎみ、左大臣の白川の別墅《べっしょ》へ仕事にまいるのです、ご存じでしょう、公の別墅にはかの名高い黄金の観世音像がある、高さ一尺三寸、光背も蓮座《れんざ》もふくめて全体が金無垢《きんむく》であり、価格はおよそ三千八百両余ということです」彼は揉み手をし、声をひそめた、「――これにはもとでをかけましてね、ええ、雑色《ぞうしき》に一人、小舎人《ことねり》に一人、しかるべく握らせましたので、築地塀《ついじべい》から中門、庭を横切って便殿までの道順、妻戸をあけて廂《ひさし》を左へ三十歩、ひいふうみい四つめの障子をあけたところが休息の間、というあんばいに、すべてがたなごころをさすが如《ごと》く、――ね、ではちょっと失礼」

二

「ひい、ふう、みい、四つめだ」と彼は口の中で呟いた、「待て待て、誤ってはならないぞ、いいか」と彼は自分に慥《たし》かめた、「――栗《くり》の木のところで築地塀を越した、な、いいか、そして中門を乗り越え、泉池をまわって便殿へ来た、な、それから妻戸だが、これも約束どおりあいていたし、廂の間《ま》を左へ三十歩、ひいふうみい四つめの障子がここよ、なんと、銭は使うときに使うものさね、あの雑色も小舎人も、受取った銭だけの義務はちゃんとはたした、さて、かれらがかくも正直に約束を守り義務をはたしたということは、この仕事がいかにさいさきのいいものであるか、ということを証明するものであるが、おちつけ、――これからが肝心なところだ」

「これを、こうあけよう」と彼は障子をそろそろとあける、「それから注意ぶかく、あたりのようすをうかがって、どこにも人けのないのを篤《とく》と慥かめてから、足音を忍んで、まず一と足こうはいる、ここが休息の間だ」彼はすり足で中へはいった、「――床板ではない、敷畳が敷いてあるな、向こうに几帳《きちょう》があるようだが、暗くてよくわからない、わからないがまっすぐにゆけばいい、な、几帳のうしろに遣戸《やりど》があって、その先が持仏堂へ通じる廊下になっている、気をつけろ」彼は自分に警告した、「音をたてるな、鬼鮫、わかっている、そろそろとまいろう、や、なんだ」

彼は石のように身を固くし、やや暫《しばら》く、そのままじっと息をころしていた。「気の迷いだな」とやがて彼は呟《つぶや》いた、「そこらで忍び笑いをするような声がしたと思ったが、そんな筈《はず》はないな、誰かいるとすれば、忍び笑いなどするよりも、捉《つか》まえようとしてとびかかるだろうからな、そら耳だ」

彼は用心ぶかく二歩進んだ。すると敷畳の長方形の一方が音もなく外《はず》れて落ち、したがって彼も落ちた。彼は仰天して両手をもがき、なにかにつかまろうとしたが、敷畳の外れ落ちるのが早かったため、どこにつかまることもできず、ただ叫び声をあげないことに成功しただけで、六尺ばかり下の板の上へ尻《しり》から落ちこんでしまった。――頭から落ちなかったのが不幸ちゅうの幸いだ、と思う暇もなく、打った尻を抱えて彼が起き直ると、それを待っていたように、あたりが夜の明けた如く明るくなり、途方もない笑い声が起こった。明るさも明るかったし、笑い声は百の鈴《れい》と百の鐸《たく》と百の絃《げん》をいちどに叩《たた》き鳴らすような、やかましく不遠慮なものであった。

彼は初め「悪夢」だと思い、かたく眼をつむってじっとしていた。それから静かに眼をあいた。あたりの明るさは眩《まばゆ》いばかりであり、笑い声はますます高くなっていた。これはどうしたことだ。彼はそっと、用心ぶかく伸びあがって見、「あ」といって、眼を大きくみひらき、口をあいた。座敷の三方に何十何百という燭台《しょくだい》の火が揺れてい、酒肴《しゅこう》の台盤を前にして、きらびやかに着飾った公達《きんだち》や姫たちが並んでいた。

「うだのたかねに、しぎわな張る」と公達の一人がうたいだした、「わが待つや」するとほかの公達や姫たちが、一斉に手拍子を打ち、もろ声にうたいだした。

「わが待つや、しぎはさやらず、しぎはさやらず、はしけやしくじらさやる」そして手拍子が高くなった、「ああしやこしや、ええしやこしや」

そしてひと際《きわ》高く哄笑《こうしょう》がまきあがった。彼はぺたりとあぐらをかき、両手で顔を押えて、泣きだした。

「おれには信じられない」と彼は泣きながら云《い》った、「これは現実ではない、現実にこんなことがある筈はない、おれは人間をここまで堕落しているなどとは思えない、おれはこんなことは断じて信じないぞ」

姫や公達は次の歌をうたいだした。

三

彼は跛《びっこ》をひきながら、ゆっくりと左へ三歩あるき、次に右へ三歩あるいた。

「失礼しました」と彼は顔をしかめながら、片手でぎごちなく一揖《いちゆう》した、「いや、どうか心配しないで下さい、戻《もど》って来る途中で転びまして、この、うしろ腰の骨のどこかを打ったらしいのです、ほんのちょっと打っただけですから」

彼は口の中でなにか呟き、道ばたにある石をみつけて、慎重にそこへ腰をおろした。

「突然のようですが、わたくしは人間というものが好きであります」と彼は自制心を駆りたてるような口ぶりで云った、「但《ただ》しわたくし以外はですよ、ええ、わたくしは申上げたとおり酷薄無残でなさけ知らずで、いちどこうと思えば赤児《あかご》をも捻《ひね》り潰《つぶ》すほどの、非人情な男ですからな、ええ、だが一般論としては人間はいいものであり愛すべきものであり、この世界における驚異だと云ってもいいでしょう、わたくしは人間が大好きであります、——そこで考えるんですが、人間とはそもそもいかなるものであるか、ということです」

彼は重おもしく沈黙し、それから冥想的《めいそう》に続けた、「あなた方は蚯蚓《みみず》の身長について考えたことがありますか、うかがいたいのですが、蚯蚓というものは絶えず伸びたり縮んだりしております。こんなふうにですね」彼は右手の拇指《ぼし》と食指とでそんなような動きをやってみせた、「――こうして、いちばん長く伸びたとき、またもっとも短く縮んだとき、あるいはその中間、この三つのどれが蚯蚓の真の長さでしょうか。――え、蚯蚓はどの長さにおいても蚯蚓である、と仰《おっ》しゃるのですか、よろしい、その即物的な御意見をここへ置いておきましょう、さて人間ですが、これはもう千人いれば千人ぜんぶが違った性格と風貌《ふうぼう》をもち、五欲もまた同一ではない、千差千別、偉大な者からみじめな者まで、それぞれに考えも行動も生きかたも違っています、しかもこれらをひっくるめて、人間であるということには些《いささ》かも変りはないし、わたくしはその人間を愛しているのであります」

彼は左手を右手の袖口《そでぐち》へ入れ、右手で顎《あご》を支えながら、複雑な対数表をまとめあげようとでもするように、暫くのあいだ重厚に黙っていた。

「愛と裏切りとは双生児だと云います」と彼はやがて云った、「わたくしは盗む側、すなわち貴族的少数者の側に属するので、かれらには一倍の愛を感じているわけですが、かれらによるたちの悪い裏切りにぶっつかるたびごと、少しずつあいそがつきるような気分を味わわなければなりません、――さきほどは粟田口《あわたぐち》の大臣《おとど》のことを申上げましたな、ええ、じつを云うとあれはこっちの目算ちがいで、大臣の裏切りとは申せないでしょう、しかしそのあと、よりみつ大納言《だいなごん》の今出川の別邸では、全身にこむら返りの起こるような、論外の裏切りにあったのです」

彼は立ちあがって、そっとうしろ腰を撫《な》でた、「ご存じのようにかの大納言は、皇《こう》太后《たいごう》の宮の御寵愛《ごちょうあい》が篤《あつ》く、いや、待って下さい、皇太后ではなく中宮《ちゅうぐう》さまでしたかな、それとも上東門院《じょうとうもんいん》か、――たしか上東門院かもしれませんな、それはまあどちらでもいいのですが、要点を申せば、御寵愛が篤いためにしばしば金品を拝領しており、その中に鳩《はと》の宝冠がある、ということなのです、それはぜんたいが金の唐草《からくさ》の透《すか》し彫《ぼ》りで、鳳凰《ほうおう》を戴《いただ》き、日輪をかたどった飾りの中央に、白玉で鳩の打出しがあり、碧玉《へきぎょく》、緑柱玉、紅玉、翡翠《ひすい》その他の玉類のちりばめと、鳩の眼《め》に金剛石が埋められてあるので、価《あたい》三万三千両といわれているのです、三万三千両、ということは、とりも直さず評価しがたいほど高価だという証拠なのですがね、ええ」彼は左へ三歩あるくのに跛をひくことを忘れ、あっといって腰骨を押え、そのまま暫くじっとしていた。やがて「ええ」と自分に頷《うなず》き、腰骨をさすりながら続けた、「わたくしは辛抱づよく聞きこみをし、情報を集め、それらを詳細に繰り返し検討したうえで、千万誤りなしとみきわめてから、仕事にかかりました。この期間が一年半と二十一日かかったのです、つまり小溝《こみぞ》を渡る事に石橋を架けたというあんばいでしたがね、――それだけの辛抱と苦労をしたあげく、わたくしは首尾よく宝冠を盗み出すことに成功しました。金の高蒔絵《たかまきえ》のある冠筐《かんむりばこ》を抱えて、山寨《さんさい》へ帰るときのわたくしの気持がどのようであったか、これはもうあなた方にも想像のつくことでしょう、けれどもそのあとになにが起こったかとなると、――そうです。初めて蚯蚓を見て、それがせいいっぱい伸びたところで、ああそうかと思って次に見ると、てんで短くなっているのを発見したときの、瞞《まん》着《ちゃく》されたような驚きと怒りを想像していただきたい、と申すほかはありません」

彼は注意して左へ三歩あるき、右へ四歩戻り、うしろの森でふくろうの鳴きだすのを聞いて、「やかましい」と拳《こぶし》を振って叫んだ。ふくろうは鳴くのをやめ、羽ばたきの音を残してどこかへ飛び去った。

「ずばり申上げよう」と彼は云った、「宝冠はなかった、金の高蒔絵の筐をあけてみると、宝冠などはなかった、いいですか、宝冠のない代りに藁《わら》の雪沓《ゆきぐつ》がはいっていたのです、藁で編んだ例のごく通俗な雪沓がです」

彼は左手を返し、右手の拳でそれを叩こうとしたが、その拳は途中で止り、彼は両手を力なく垂れた。

「わたくしは宝冠のなかったことは咎《とが》めません」と彼は忍耐づよく云った、「大内裏《だいだいり》の政所《まんどころ》にも苦しいときはあるでしょうから、日常が派手な大納言もくらしの必要から、宝冠でいちじを凌《しの》ぐということも、決してあり得ないことではない、わたくしにもそれくらいの推量はできますし、それはそれでよろしい、お気の毒さまと云ってもいいくらいです、――にもかかわらず、大納言は冠筐の中へ宝冠の代りに雪沓を入れておいた、なんのためですか」

彼は拳を頭上にあげてふるわせた、「ぜんたいなんのためにそんなことをするんです、この」と彼は自分自身を指さした、「――この、鬼鮫《おにざめ》と呼ばれる冷酷無情でいかなる非道、どんなに残虐《ざんぎゃく》なことも敢《あ》えて辞さない大ぬすびとであるわたくしが、一年半と二十一日の苦心を重ね、首尾よく盗みだした冠筐の蓋《ふた》を取ったとき、そこに藁の雪沓をみいだしたらどんな心持になるか、え、あなた方にうかがいますが、そんなとき人はどんな感情をいだかせられると思いますか」

「これは人間性を侮辱し嘲弄《ちょうろう》するものです」と彼は声をはげまして続けた、「貴族社会の道徳心が頽廃《たいはい》しつつあると、わたくしはうすうす感じていましたが、事実は予想以上にひどくなっているようです、――はい、なんですか、――左大臣の白川の別墅《べっしょ》はどうした、と仰しゃるんですか」彼は唇《くちびる》を片方へ曲げて、あいまいに肩をすくめた、

「いまそれを申上げようとしていたところなんですよ、ええ、かれら貴族階級の頽廃ぶりがいかに増大しつつあるか、その徳義心の乱脈さ、――いや待って下さい、いまそれを申上げるところでして、さよう、左大臣の別墅へはむろん忍び込みました、すべては手筈《てはず》どおりで、忍び込むのになんの苦労もなかった、本当にそれはぞうさもないことだったのです、しかし」彼はそこで左手をくるっと振り、いかにも救いがたいと云うように顔をしかめた、「しかしですね、そこではまだ少年少女といってもいいとしごろの、公達《きんだち》や姫たちが集まって、台盤を列《つら》ね酒肴《しゅこう》を並べ、酔っぱらって踊ったりうたったり、という騒ぎを演じていたのです、は、――わたくしは退散しましたな、ええ、まだ乳の香もうせないと思われる少年少女たちが、肴《さかな》を喰《た》べ酒に酔い、人をばかにするような歌をうたって騒ぐとは、――たとえわたくしが大ぬすびとの鬼鮫であっても、とうてい見ているに耐えない、ということはわかっていただけるでしょう、すなわち、鼻を摘《つま》んで退散したわけです」

　闇《やみ》の中から、一人の若者があらわれた。

「なんだ」と彼は逃げ腰になって、闇をすかし見た、「誰《だれ》だ、そこに誰かいるのか」

「鬼鮫どの」若者は走りよって鬼鮫にすがりついた。

「誰だ」彼はとびあがった、「よせ、放せ、きさまはなに者だ」

「耳助です」と若者はけんめいにしがみついて云った、「今宵《こよい》お手引きをした、左大臣家の小舎人《ことねり》の耳助です」

「や、きさまか」彼は逆に若者の首を摑《つか》んだ、「おのれこの痴《し》れ者《もの》、ぬす人までたぶらかす大かたり、いかさま師の恥知らずの、うう、白癩病《びゃくらいや》みの、――あ」と彼は急に若者を突き放した、「きさま、こんどは使庁の役人に手引きをしたんだな」

「どうしたんですか、なんですか」

「使庁の役人に手引きをして、ここでおれを捉《つか》まえさせるこんたんだろう」

「それは誤解です、とんでもない」

「こっちへ寄るな」

「聞いて下さい、私は左大臣家から追い出されたのです」若者は身もだえをし、訴えるように声をふり絞って云った、「笞《むち》で七百叩かれたうえ、京から三十里以外へ追放ということになったのです、嘘《うそ》だと思うなら背中を見せましょう、笞の痕《あと》がまだ火傷《やけど》のように痛んでいて、ま、ちょっと見て下さい」

「よせ、ばか者、やめろ」彼は慌《あわ》てて手を振った、「おれがいかに酷薄無残でなさけ知らずな男だといっても、そんなものを平気で見られると思うか、人を威《おど》かすのも、いいかげんにしろ」

「あなたが信じて下されば、私だってむりに見てもらおうとは云いませんよ」

「信じるだって」彼は眼を剥《む》いた、「鬼鮫ともいわれるこのおれを、あんなふうにぺてんにかけ笑い者にしておいて、それでもきさま信じろと云うのか」

「ぺてんにかけた、ですって」若者は昂然《こうぜん》と顎をあげた、「失礼ですが、その言葉は聞き捨てになりませんな、いったいそれはどういう意味ですか」

彼はなにか云おうとして声が喉《のど》に詰り、咳《せき》をしてから、吃驚《びっくり》したように相手を見た。

「こっちへ来い」と彼は若者の袖を摑んで森のほうへさがった、「人に聞かれてはおれが二重に恥をかく、こっちへ寄れ、ばか者、よし、——そこで訊《き》くが、きさまはぺてんという意味が本当にわからないのか」

「金輪際《こんりんざい》」と云って、若者は薄っぺらな肩をそびやかした。

「これでも人間でしょうか」彼は脇《わき》を見て眉《まゆ》をしかめ、それから若者に向って云った、「おい、よく聞けよ、いいか、きさまはあのなんとかいう雑色《ぞうしき》と二人で、白川の別墅へ忍び込む手引きをした、そうだろう」

「その役目はちゃんとはたしましたよ」

「まあ待て、そこでだ、——おれはおまえたち二人に銭二貫文を渡した、な」

「はっきりしてるじゃありませんか」

「問題はこれからだ」彼は左の手を出し、右の食指でその掌《てのひら》を叩《たた》きながら云った、「おれはきさまたちに銭二貫文をやって、別墅の持仏堂への手引きを頼んだ、なるほど、きさまたちの手引きは休息の間までは慥《たし》かだった、ところがどうだ、休息の間へはいるとたん、畳がどでん返しになってあの始末だ」

若者は大きな声で笑いだしたが、背中の傷にひびいたとみえ、「つつ」と云って、手を背中へやりながら身を蹈《かが》めた。

「笑うとはなにごとだ」と彼は怒った、「きさま知っていたんだろう」

「むろんですよ、私たちが申しつけられて作ったんですから、しかし、あんなにうまくゆくとは思いませんでしたね」

「この痴れ者が、むろんだなどと、どの口でぬかせるんだ」

「あなたには関係のないことでしょう、なにが気にいらないんですか」

彼は両手を前へ出し、それをひろげてから、ばたんと腿《もも》へ打ちおろした。ものも云えない、とでも云いたげな動作で、次にかっと頭へ血がのぼったらしく、拳をあげて相手にのしかかった。「あの、この」と彼は吃《ども》り、そして、もっと怒った、「おれに関係がないって、なにが気にいらないかって、きさま、――おい、よく聞け」彼はふりあげた拳で額の汗を拭《ふ》いた、「きさまたちはおれから二貫文の銭を受取って、持仏堂へ手引きの約束をしたんだぞ、その約束をしておきながら、一方ではおれのために落し穴を作り、おれを落し込んで笑いものにした、これがぺてんでなくってなんだと云うんだ」

「あなたは理にうとい人だ」と若者は屈託したように云った、「いいですか、私どもはあなたと手引きの約束をしました、そして約束はちゃんとはたしました、築地塀《ついじべい》も、中門もそれから妻戸もちゃんとあけてあったし、四つ目の障子まで正直に教えました、そうでしょう、——けれどもです、大臣《おとど》の甥《おい》に当る左少弁つねみちさまに気づかれて、どういう企《たくら》みだと訊かれたのだから、これはもう申上げるよりしようがないでしょう」

「正直にだと」

「もちろんです」若者は薄っぺらな肩をまたそびやかした、「あなたとは銭二貫文で正直に約束をはたしましたが、左少弁さまとは主従の契約によってすべてを正直に申上げた、したがって、落し穴の件はあなたとは関係のないことだ、というわけがこれでおわかりでしょう」

「しかし現におれは落し穴へおっこって笑いものにされたぞ」

「落ちたのはあなた自身ですよ」

「落し穴はきさまが作ったんだろう」
「左少弁さまのお云いつけです」
「責任はないと云うのか」
「わからない人だ、いいですか」と若者は噛《か》んで含めるように云った、「私は責任をはたしたんですよ、あなたに対する責任もはたし、左大臣家に対する責任もはたしたんです、私はどちらにも正直に、小舎人耳助として立派に責任を、——どうなさるんです」
「止めるな、おれは山寨《さんさい》へ帰る」と彼は云った、「きさまの云うことを聞いていると、ふしぎなことだが、自分がお人好《よ》しのばか者であったために、銭二貫文を出してわざわざ笑い者になった、というふうに思えてきそうだ」
「現実はたいていそんなようなものです」
「黙れ、おれは人も恐れる鬼鮫だぞ」と彼は足踏みをしようとして危なく思い止り、片手で腰骨を押えながら云った、「この酷薄無残で血も涙もない大ぬすびとであるおれが、そんなくそ現実などを認めると思うか、見ていろ、いいから見ていろ、おれはもっとずでかい仕事をやってくれるぞ」
「待って下さい」若者は彼のあとを追った、「私にいい考えがあるのです、左大臣家を放逐された以上、これからはあなただけが頼りであり、あなたのために奔走したいと思うのです、お願いです、私をいっしょに伴《つ》れていって下さい」

四

「暫《しばら》くでした」と彼はあいそ笑いをした、「わたくしですか、――ええ、腰骨の痛みはすっかり治りました、このとおり、とんでもはねても大丈夫です、ほら、このとおり」

彼は二三度はねてみせ、岩を削った踏段から、下の地面へとびおりて、一揖《いちゆう》した。

「あれがわたくしの山寨です」彼はうしろへ手を振って云《い》った、「ここは鹿谷《ししがやつ》の奥、白川の向うに見えるのが黒谷で、もうちょっとこっちへ寄ると真如堂《しんにょどう》も見えます、――都には近いしまわりはこのとおりの密林と岩、杣道《そまみち》から少しはずれただけですが、絶対に人の眼《め》にはつかない、大ぬすびと鬼鮫の山寨としては、これ以上うってつけな場所はないでしょうな、ええ、あの入口へ木の枝を立てかけておくだけですが、もう五年というもの誰にも気づかれたことがないんです」

彼は下から杉《すぎ》の梢《こずえ》の伸びている崖《がけ》の端へゆき、そこから下のほうを見おろしたが、頭を振りながら戻《もど》って来た。

「あの耳助のやつ」と彼は独り言を云った、「また妙なぐあいに責任をはたすんじゃないかな、とかく貴族の邸《やしき》などにいると、道義感というものが失われてしまうらしいからな」

彼は急に顔をあげ、とりいるように笑って云った、「いやなに、かくべつ心配ごとがあるわけではありません、じつは耳助と、――ご存じでしょう、左大臣家の小舎人だったあの若者です、彼が左大臣家を放逐され、ゆきどころがないというので山寨に置いてやっていたんですが、こんどわたくしが思いついた仕事のため、四条河原まででかけていったのです、こんどの仕事」彼はいそいそと両手を擦り合せた、「――あなた方に申上げるが、これは前代未聞《みもん》な仕事であり、わが国の犯罪史に黄金の文字で印されるべき着想なのです」

彼は左手を右の袖口《そでぐち》へ差入れ、右手で顎《あご》を支えながら、考えぶかそうに左へ三歩あるき、右へ三歩あるいた。

「これは非人情で、残酷で、冷血動物の神経がなければできません」彼は控えめな口ぶりで続けた、「わたくしはこれまで盗む者、すなわち貴族的少数者の側《がわ》に自分を置いており、かれらの取得した物の中からわたくしの取り分を貰《もら》う、というふうにやって来ました、しかしこれは誤りであった、わたくしがかれらからそくばくの金品を奪っても、かれらは些《いささ》かも痛痒《つうよう》を感じないのです、かれらは次に盗む率をせりあげることによって、わたくしが奪う以上の物を民百姓《たみ》から絞りあげればよろしい、かれら自身は飲んでうたって、ばか騒ぎをするのになんの不自由も感じないのです、――わたくしがかれらの側に立っている、は、とんでもない、わたくしは鬼鮫と呼ばれる大ぬすびとであり、わたくし自身以外のなにものでもない、ばかりでなく、むしろどちらかといえば」彼はもっと控えめに云った、「いや、もうはっきり云わなければならないでしょう、わたくしはかれら貴族的少数者と対立する者であり、かれらに現実のきびしさと、生れて来たことを悔むほどの恐怖を与える者でありたいと思う、――これは威しではなく、極めて素朴《そぼく》な宣言なのであります」

彼は声をひそめた、「さよう、こんどの仕事こそ、かれらに現実のぬきさしならぬきびしさと、血の冰《こお》るような恐怖とを、しんそこ感じさせることができるでしょう、はあ、ではなにをするかというとですね、これは秘中の極秘なのですが、さる中将の姫を誘拐《ゆうかい》して、身《み》の代金《しろきん》をゆすり取るというわけです」彼はさらに声をひそめた、「ご存じでしょう内大臣の弟で綾小路《あやのこうじ》に第があり、青瓜《あおうり》と渾名《あだな》のある中将、――たいそうけちん坊で内庫《うちぐら》には金銀がぎしぎしいっている、姫が二人あって、末の品子という姫は、やがて内裏へあがるというもっぱらの噂《うわさ》です、なにしろ内大臣の姉ぎみが中《ちゅう》宮《ぐう》ですし、姫は美貌《びぼう》と頭のよいのでは都じゅうに隠れもない人ですからね、ええ、もしも噂が事実なら、東宮《とうぐう》のきさきに召されるだろうということですが、ええ、おとしはちょうど十五歳です」

　彼はまた崖のところへゆき、首を伸ばして黄昏《たそがれ》の濃くなった杉林の下を見おろした。彼はたかまってくる不安のため、右の袖口へ入れていた左手を出し、おちつきなく、両手を振ったり、衿首《えりくび》や頬《ほお》にたかる蚊《か》を叩きつぶしたり、その手を擦り合せたりした。「もう蚊のやつが出はじめた」彼は独り言を呟《つぶや》きながら戻って来た、「おれはふしぎに思うんだが、この蚊というやつに人間の血を吸うことを教えたのはなに者だろう、やつはあのとおり虫けらの中でも取るに足りないくらい小さくて、ものを考えるほどの脳みそがあるとはとうてい思えない、したがって誰かがそっと耳うちでもしない限り、人間の軀《からだ》に毛穴があり、そこから管を挿《さ》し入れれば、美味《うま》くて滋養分のある血がたっぷり吸える、などということを発見する筈《はず》はないだろう、慥《たし》かに」彼はうしろ首の蚊を叩きつぶした、「——なに者かがやつにそれを教え、やつは同類にそれを弘《ひろ》め、そしていまではそれを自分たちの特権だと信じこんでいるんだ、いまいましい、聞くところによると、血を吸うのは雌の蚊だけであるという、また、血がなければ水を吸うだけでも千万やってゆけるということだ、雌だけが血を吸うというのもいまいましいし、水だけでもちゃんと生きてゆけるというのもいまいましい、――いったいどこのどいつがそんなことをやつに教えたものか、人間にどんな怨《うら》みがあったのか、うかがいたいくらいのもんだ」

「やあこれは、どうも失礼」と彼はわれに返ったように向き直った、「もちろん蚊の習性などはどっちでもよろしい、わたくしが苛《いら》いらしているのは耳助の帰りのおそいことでしてね、ええ、彼は品子姫を誘拐にいって、もうとっくに帰らなければならない時刻なのです、いや、遠くではありません、姫は大法観寺へ二十一日の参籠《さんろう》をされ、今日が満願で帰られるのです、――世間では、姫が参籠されるのは願掛けや信仰のためではなく、男と密会するのが目的であり、その相手は殿上人《てんじょうびと》から牛飼いの伜《せがれ》にまで及ぶ、などと噂をしているようですが、云うまでもなくそねみやねたみから出たものでしょう、わたくしは一度か二度、輿《こし》とか牛車《ぎっしゃ》で通るのを見かけただけですが、その、清楚《せいそ》というかせんぺんというかその、あれです」彼は形容の言葉がないというふうに首を振った、「――見ているだけでかなしくなるような、消《け》ぬがにういういしく美しいお姿でしたよ、ですから世間の噂などは根も葉もないことでしょうし、御両親の愛着もひとしお、特に、やがては東宮のきさきに召されようというのですから、身の代金めあての誘拐となれば、都じゅうでもいまこの姫にまさる人はないだろうと信じたわけですよ、ええ、――このたびの参籠はお忍びなので供は少なく、その中に耳助の知っている下人《げにん》がおり、彼はその下人を酒で買収したうえ、まあ、こまかいことは云う必要もないでしょう、四条河原の渡りで姫をさらって来るという、手筈《てはず》なのです」

彼はちょっと崖のほうへ耳をすまし、それからまたそわそわと歩きまわった。

「とんだことで、金無垢《きんむく》の仏像の代りにあんな男を背負い込む結果となりましたが」と彼は弁解するように云った、「あれで耳助という男もまんざら捨てたものではありません、またなに者にもせよ、人間は可愛《かわい》がっておくべきものだと思うのですが、彼はこんどの仕事ではかなりな程度まで役に立ちましたな、ええ、もしも耳助がいなかったら」

彼は突然はねあがり、踏段を駆け登って山寨の中へ身を隠すと、洞穴《ほらあな》の口を木の枝で隠した。

「どうしたんだい、早く来なよ」という女の声が、崖のほうから聞えた、「なにさ弱虫、これっぽっちの坂を登るのにふうふういって、あちしなんか見てみな、このとおりだから」

美しい少女が一人、いさましく走り登って来た。略装の掻取《かいどり》すがたながら、裾《すそ》を捲《まく》っているため、ほっそりとした足の膝《ひざ》の上までがあらわに見え、衿をくつろげた胸は、まだ小さいけれども、形のよい、こっちりと固そうな双の乳房が、半分がた覗《のぞ》いていた。

「こんな話は聞いたこともない」と喘《あえ》ぎながら、若者が苦しそうにあとから追いついて来た、「――誘拐される者が、誘拐者をせきたてるなんて、こんなばかげたことがあるだろうか、おれ自身だって、神かけてこんな話は信じやしないぞ」

「なにをぶつくさ云ってんだい」と美しい乙女は云った、「早く来なよ、いい景色だから、――わあ凄《すご》い、谷間に白いむくむくがぞろめいて来やあがって、あっちの山なんざいまにかっ消えちめえそうだぞ」

「静かにして下さい」と若者は荒い息をしながら制止した、「ここは人も恐れる大ぬすびと、鬼鮫《おにざめ》と呼ばれる酷薄無残な賊の山寨ですからな、温和《おとな》しくなさらないとどんなひどいめにあわされるかしれませんぞ」

「聞き飽きたよ青瓢箪《あおびょうたん》」少女は下唇《したくちびる》を突き出した、「おめえ同じことをもう百遍もぬかしてるぜ、こっちは聞き飽きてうんざりだ、ここが山寨で本当にそんな野郎がいるんなら、さっさとしょっぴいて来たらどうだい、男のくせに口ばかりたたくんじゃねえよ、この青瓢箪」

洞穴を隠した木の枝の隙間《すきま》から、そっと彼がこちらを覗いて見、びっくりしたらしく、慌《あわ》てて木の枝を元のように直した。

「もちろん、仰《おつ》しゃるまでもなく」と若者は答えた、「これから山寨へ御案内を致しますが、一つ姫ぎみにお願い申したいことがあるのです、と申しますのは、率直に云って言葉づかいなんでして」

「そんなこと気にすんな」

「あなたは藤原御一門に生れた高貴な方であり、才色すぐれた佳人と」

「気にすんな気にすんな」あえかに美しき乙女は手を振って遮《さえぎ》った、「おめえたち下《げ》賤《せん》な人間は言葉づけえにまでびくびくするだろうが、あちしっち社会になるとそんな遠慮はありゃあしねえ、好きなように喰《た》べ好きなように寐《ね》、好きなように饒舌《しやべ》り好きなようにたのしむのさ、生きている限りたのしむだけたのしむ、万事それだけのことさ、いいからその鬼鮫のところへ伴れてってくんねえ」

「おれは気分がふさいできた」と若者は脇《わき》へ向いて呟いた、「このばくれん者を中将の姫ぎみだと、鬼鮫どのが信じてくれるかどうか、このおれ自身でさえ確信がもてなくなってきたからな」

「なにをまたぶつくさ云ってんのさ」

「どうぞこちらへ」若者は腰を跼《かが》め、ひらっと手を振って云った、「あれが山寨です」

若者は少女の先に立って踏段を登り、洞穴の口に立てかけてある木の枝をどけ、姫を案内して中へはいっていった。——日はすでに落ちて、谷間から這《は》いのぼってくる夕霧も、灰色から薄墨色に変りつつ、しだいに消え去ってゆき、空に残った茜色《あかねいろ》の雲もたちまち色褪《いろあ》せて、かすかに星が光りはじめた。——山寨の中から、若者と彼が出て来、踏段をおりてこちらへ来た。

「なんだあれは、あの化け物はなんだ」

「おちついて下さい、まあおちついて聞いて下さい」と若者は彼をなだめた、「あなたが疑わしく思うだろうということは、私もおよそ察しておりました、私自身でさえ、いかものを摑《つか》まされたんではないかと、幾たびも首をひねったくらいなんです、いや、まあ聞いて下さい」若者は両手で彼を押えるような動作をした、「けれどもです、私は中将家の下人とは古い知合いですし、お供のはした女《め》たちも中将家の者に相違なく、現に姫ぎみその人が品子であると云って」

「魚と鳥とは見わけのつくものだ」と彼は若者の言葉を遮って、懐疑を抑えきれぬように云った、「また、男と女の区別、白黒の違いも判断ができる、人間には誰《だれ》しもそのくらいの能力はあるものだ、しかしきさまが伴《つ》れて来たあのものは」

「誘拐《ゆうかい》です」と若者が訂正した、「伴れて来たのではなく、かどわかして来たのです」

「それが自慢か」彼は若者にのしかかった、「中将の姫どころか、あれはもっともあばずれたくぐつ女、でなければ化性《けしよう》の者というところだぞ」

「あなたはご存じないようだが、そして、あの姫はちょっと度外れてはいるようだが、およそ公卿《くげ》貴族の公達《きんだち》や姫ぎみというものは、一般が想像するよりはるかに庶民的であり、ものごとに拘泥《こうでい》しない風習があるので」

「あれが庶民的だって」彼はさらに若者へのしかかり、相手を崖のほうへ追い詰めながらどなった、「山寨《さんさい》へはいって来るなりおれに抱きつき、おれの唇へ嚙《か》みついて、さすがこの悪虐《あくぎやく》冷酷な鬼鮫も顔を赤くするようなことを囁《ささや》き、そして、おれのことを押し倒そうとするのを見ただろう、一般庶民があんなまねをすると思うか」

「それがその貴族社会では、生れつき誰に遠慮ということを知らないのだそうでして」若者は崖をよけて脇のほうへまわりながら弁明した、「ここへ来る途中でも立ちいばりをなさるので、私は人が来なければいいがとはらはらしているのに、姫ぎみはまことに正々堂々、いかに素朴な百姓の媼《おうな》も及ばぬ巧《たく》みな手際《てぎわ》で」

「しっ、黙れ、こら黙れ」彼は狼狽《ろうばい》したようにどなった、「おれはかの社会徳義が紊《みだ》れつつあるとは推察しているが、そこまで話を面白《おもしろ》くすると作りごとになるし、もしもそれが事実なら、あれがまやかし者なことを証明するものだぞ」

「証明は簡単です、身の代金の脅迫状でためせばいいでしょう」と若者が云った、「出来ているなら私にください、これからすぐに中将家へ持ってゆきますから」

「それはそうだが」彼は山寨のほうを振返って見、不安そうに口ごもった、「脅迫状は出来ている、ここに持っているが、なにしろこれはこの仕事の要《かなめ》だからな、どうしたら慥かに中将の手に渡るかという手段を考える頭と、それを実行する度胸のある者でなければ」

「それこそ私にうってつけの役目です」

「いや、きさまはまだ若い」

「初めからその約束でしたよ」

「約束は変更されるものだ」彼はふところから書状を出して見、また山寨のほうへ振返って、ゆっくり首を振った、「きさまはともかく宮仕えの経験があるし、姫たちの扱いも少しは心得ているだろう、だがおれはまったくの無経験者であるうえに、相手があんな」

若者は燕《つばめ》のようにすばやく身をひるがえし、彼の手から書状を奪い取った。彼は度《ど》胆《ぎも》をぬかれ、次いで怒りのため顔を赤黒く怒張させた。

「怒らないで、ま、怒らないで」若者はあとじさりながら片手を前へ出した、「どうしたってこれは私の役目ですよ、綾小路の第へ近よるにも、これを間違いなく中将の手に届くようにする手段も、あなたより私のほうがずっと詳しいですからね」

「きさまあの姫が恐ろしいんだな」と云って彼はいそいで云い直した、「いや、きさまこの仕事が恐ろしくなってずらかるつもりなんだろう」

「そのつもりならここへ来やあしません、神かけて大丈夫、誓って役目ははたしますよ」

「ちょっと待て」彼はよそ見をしながら、極めてさりげなく若者のほうへ近よろうとした、「まあそう慌てるな、おれが思うのにだな」

「私も思うんですが」と若者もあとじさりながら云った、「初めの約束どおり、この状を早く中将に届けることにしますよ」

「ものには相談ということがある」

「帰ってからにしましょう」と若者は云った、「姫ぎみに用心して下さい」

「やい待て、ちょっと待て」

「すぐ帰ります」若者は走りだした、「もし帰りがおそくなっても、私のことは心配しないで下さい、どうかお大事に」

「卑怯者《ひきようもの》め」彼は走り去る若者に向って、片手の拳《こぶし》を振りながら叫んだ、「戻《もど》って来い、きさまあの姫の側《そば》へおれ一人を残して、——いっちまやがった、あのおためごかしの、ごますりの、独善家の、卑怯者が」

五

「ねえ鬼助」と姫が云《い》った、「こっちへいらっしゃいよ」

闇《やみ》の中で彼の鼾声《かんせい》が聞えた。

「ねえ鬼助ったら」と姫が云った、「そら眠りをしたってだめ、眠ってないことはちゃんとわかってるんだもの、ねえー、返辞をしなさいよ」

鼾《いびき》の声が少し高くなった。

「ばかねえ」姫は喉《のど》で笑った、「鼾ってそんなに規則正しく出るもんじゃないのよ、本当に眠っているときはもっと身動きをするし、鼾だって高くなったり低くなったり、跡切《とぎ》れたかと思うとまた始まったりっていうぐあいに、不規則でたえず変化するものなのよ」

彼は闇の中でもぞもぞと寝返り、鼾の声を高めたり低めたり、跡切らせたかと思うと、ちょっと唸《うな》ってみせたりした。

「そうそう、うまくなったわ」と姫が褒《ほ》めた、「それからーと、夢を見るときは笑いもするし、泣くときもあるのよ」

彼は黙っていた。自分の現在おかれた状態をよく検討したのだろう、やがて、眠っている筈《はず》であることを忘れて「ばかな」と云った。

「人をばかにしてはいけない」と彼は腹立たしげに云った、「おまえさまはお公卿そだちに似あわず人の悪いことばかり云いなさる、もう時刻もおそいのだから黙ってぎょしんならなければいけませんぞ」

「ぎょしんってなんのこと、魚心《うおごころ》あれば水心《みずごころ》っていうことかしら」

「とんでもないことを仰しゃる、お育ちにも似あわない、ぎょしなされはおやすみなされでござりましょうが」

「つまらないこと云わないで」と姫は鼻声をだした、「ねえー、こっちへ来てよ、鬼助」

「わたくしの名は鬼鮫です、どうか鬼助なんて呼ばないで下さい」と彼は云った、「それにまた、こっちへ来いなどと、はしたないことを仰しゃってはいけません、御身分にかかわりますぞ」

「じゃあ、あちしがそっちへゆくわ」

「なんですって」彼のはね起きるようなけはいがした。

「あちしがそっちへゆくって云うの」と姫が云った、「これまで一と晩だって独りで寝たことなんかないんだもの、おとこがいなければ侍女でもいい、誰かに抱かれるか抱くかしなければ眠れやしないわ」

「冗談じゃない、冗談を仰しゃってはいけません」彼は慌《あわ》てて身づくろいをするらしい、しきりにそら咳《せき》をし、もぞもぞやりながら云った、「そんなことを云ってわたくしを脅《おび》やかすつもりだろうが、御身分とお育ちを考えたら、冗談にもそんな言葉を口になさるものではありませんぞ」

「あらいやだ、あちしっちはみんなこういうふうに育ってるのよ、どこにいるの鬼平」

「あなたは御空腹なんだな」彼はふるえながら燧石《ひうちいし》を打った、「寄ってはいけません、そこにじっとしてて下さい、人間は腹がへってると眠れないし、眠れなければあらぬことを考えるものです、ちょっと待って下さい、いまなにか差上げますから」

彼が灯《ひ》をつけると、寐莚《ねむしろ》の上に褥《しとね》を掛けて横たわっている姫の、殆《ほと》んど半裸になった姿が見え、彼は眼《め》をひきつったように脇へそらしながら、立っていった。姫は清絹《すずし》の下衣《したぎ》の裾《すそ》を捲《まく》り、胸許《むなもと》をもっと掻《か》きひろげ、杉のへぎ板で作った不細工な扇で、はたはたとけだるそうに風を入れながら、あまたるい誘惑的な声で、なにやら俗にくだけた歌をうたった。まもなく、彼は大きなかなまりを持って戻って来、それを姫に渡した。

「これは粟《あわ》と小麦を煎《い》って粉にした焼き団子、こちらは乾《ほ》し桃と乾した猪《いのしし》の肉です」と彼は説明した、「この団子を一と口、次に猪の乾し肉を一とかじり、それに乾し桃をちょっと噛み合せて下さい、あなた方のお口には合わないでしょうが、こういう山寨のことでなにもありませんから、飢えだけ凌《しの》ぐと思って辛抱を願います」

「酒はないの」姫は横になったまま、手づかみで喰べながら云った、「酒を持って来なよ」

「酒なんてとんでもない」

「酒はあるんだろう」

「あることはありますが、あなた方の召上るようなものではないし、それに御身分からいってもおとしからいっても、酒などを召上るべきではないでしょう」

「これはうめえもんだな、うん」姫は舌鼓《したつづみ》を打った、「こんなうめえものは初めてだ、喰べたら急に腹がへってきちゃった、よう、酒を持って来なってばさ」

「いけません」と云って彼は脇へ向き、独り言を呟《つぶや》いた、「なんということだ、これが内大臣と中宮の姪《めい》、中将の姫、やがてはるの宮のきさきにも直ろうという人だろうか、本当にこれがその人だろうか」

「酒を持って来なって云うのに聞えないのかい」と姫が云った、「もう喰べ物もなくなっちゃったからね、酒といっしょにお代りも持っといで、ぐずぐずするんじゃないよ」

「いまのを喰べちまった、ですって」彼はからになったかなまりを受取り、仔細《しさい》にその中を覗《のぞ》きこんだ、「本当だ、胆《きも》が潰《つぶ》れた、すっからかんだ、山賊《やまだち》でも一とかたきには余るくらいの物を、かけらも残さず喰べちまった、あのたおやかにかぼそいお軀《からだ》の、いったいどこへどうはいったものだろう、おまけに代りをよこせだって」

彼はぞっとしたように肩をすくめ、立ってゆきながら長い溜息《ためいき》をついた。

六

「今日でもう五日になる」と闇の中で彼が独り言を呟いた、「耳助はまだ帰らない、あの卑劣漢は五日も経《た》つのに帰っても来ずなんの報告もしない、思ったとおり、やつはずらかったに相違ない」

姫が寐返るけはいと、鼻にかかったあまい唸り声が聞え、彼はぎょっとしたように口をつぐんだ。山寨《さんさい》の外で夜鳥の鳴く声がし、虫の声が聞えた。

「どうしよう」と彼はまた呟いた、「どうにかしなければならない、いつまでもこうしているわけにはいかないぞ、貯蔵食糧も残り少なくなった、おれ一人なら冬まで充分に保《も》つ筈だったが、それでも余るくらいだったのが、姫のおかげですっかり底をついちまった、そればかりではない、酒も飲まれるし毎晩のように身を護《まも》らなければならない、うっかり眠りでもすれば、いつ身をけがされるかしれないんだから」

「鬼六、――」と姫が云った、「おめえどこにいるんだい、よう、もっとこっちへ寄んなよ」

彼は軀をちぢめ、息をころして、ようすをうかがった。寐言だったとみえ、姫は短く唸ると、足を投げだす音がし、また軽い寐息が聞えてきた。

「明日はでかけてってみよう」と彼は暫《しばら》く待ってみてから続けた、「やつは責任だけははたす男だ、たとえずらかるにしても、あの状を中将の手に届けるという役目だけははたした筈だ、とすれば、五日という日限も、八坂《やさか》の塔の下という場所も、中将にはわかっているだろう、――そうだ、明日はおれが八坂の社《やしろ》まででかけてゆくとしよう」

彼は太息《といき》をつき、欠伸《あくび》をした。

「こんどの思いつきはすばらしかったな」と彼は呟いた、「僅《わず》かばかりの金品を盗むなんてもんじゃない、そんなものはかけだしの泥棒《どろぼう》のすることだ、この鬼助——ではない鬼鮫《おにざめ》さまはそんな半端《はんぱ》な仕事はしない、あの高慢づらをした貴族の心を恐怖でふるえあがらせ、くらい太ったあのなまっ白い軀の血が氷《こお》るようなおもいを味わわせ、おまけに砂金三千両をめしあげてやるんだ、うん」彼はまた欠伸をした、「おれにはいまあの青瓜《あおうり》の中将の顔が眼に見える、最愛の姫、都じゅうに才色ならびなき姫、やがては東宮のきさきに召され、したがって親の中将の華やかな将来をも約束するところの宝、——その姫がかどわかされ、冷酷無残でありなさけ知らずなこの鬼鮫の手に落ちている、ふ、かれらは血の涙を流し神仏に祈り、頭を掻きむしり地だんだを踏んで、泣き喚《わめ》き狂いまわっていることだろう、あっあー、かれらはいまこそ思い知るのだ、現実がいかに無慈悲できびしく、この世に生きることがどんなに苦しみと悲しみに満ちているか、ということを、——そしてかれらは」

かれらは、と云う言葉はそのまま消えてしまい、愛らしい姫の寝息に混って、彼の鼾声《かんせい》が聞えはじめた。闇《やみ》のどこかで虫の音が高くなり、かれらの幾種類かの恋歌は、互いに競争者を凌駕《りょうが》しようとして技巧を凝らし、あるいは力づよく、あるいは微妙に、それぞれ精根をこめのぼせあがってうたい続けた。すると、どのくらい経ってからか、姫のやわらかな寝息が聞えなくなり、ひそかに衣《きぬ》ずれの音がしたと思うと、「うっ」

という彼の苦しそうな声が聞えた。

「うっ、く、――」と闇の中で彼はもがいた、「くるしい、だ、誰《だれ》だ」

「じっとしてて」と姫の囁《ささや》くのが闇の中で聞えた、「暴れるんじゃないの、これをこうしなさい、だめ、じっとしているのよ」

「姫ぎみですね、とんでもない」と彼はなにかに塞《ふさ》がれた唇《くちびる》の端で抗議した、「とんでもない人だ、御身分をお考えなさい、あなたはやがてはるのみやの、うっ、――うっ」

「なにをごたくさするんだい鬼めろう、おめえそれでも男かい」と姫が叱《しか》りつけた、「男ならちっとは男らしくしろ、なんだ意気地のねえ、こんなことでうろうろするんじゃねえよ、さあ、温和《おとな》しくあちしの云うとおりにしな、これをこうするんだってばさ、こう」

「なむ八幡《はちまん》だい菩薩《ぼさつ》」と彼はもがきながら祈った、「この大難をのがれさせたまえ、あっ、痛い、また腰の骨が折れるぞ、うっ、――なんという力だ、苦しい、おれはどうやら組み敷かれるようだぞ」

「温和しくするか、それとも喉笛《のどぶえ》を嚙《か》みやぶってくれようか、え、――」と姫が云った、「あちしは伊達《だて》や洒落《しゃれ》でかかったんじゃねえ、五つ夜も独りで寝かされたあとだ、軀じゅうの血が羅刹《らせつ》のようにたけり立っているんだから、いやのおうのとほざけば本当に喉笛をくいやぶってくれるぞ」

「夢だ」と彼は云った、「おれはうなされてるんだ、——」

七

「もう夜があけそうだな、うん」と彼は片手で顔を撫《な》でながら云った、「あんなことのあったあとでも、やはり夜があけて朝になるということはふしぎだ、信じかねるような気持だ」彼は肩を撫で胸を撫で、軀じゅうを手で撫でた、「大丈夫、ちゃんと五《ご》躰《たい》は揃《そろ》ってる」それから足踏みをしてみ、両手を交互に叩《たた》いてみた、「骨もどうやら無事らしい、頰《ほっ》ぺたはこけちまった、肉がこんなにこけてくぼんで頰骨が突き出ちまった、——それに少しふらふらするが、まあ命に別条のないだけは儲《もう》けものだ」

彼は山寨のほうへ振返り、暫く耳をすましていて、それから崖《がけ》のほうへあるいていった。

「安心して下さい、みなさん、姫は鼾《いびき》をかいて寐ています」と彼は云った、「わたくしがどんな災難にあったかということは申上げられません、べつに隠すわけではありませんが、なにしろ相手は高貴な家の深窓にそだった、僅か十五歳の少女でしてね、ええ」彼は脇《わき》へ向いて、「あのばくれんの不良むすめが」と舌打ちをし、元の声でにこやかに続けた、「――ちょっとばかりやんちゃなところはありますが、芯《しん》は怯《おび》えていたんですな、わたくしは隠れもない大ぬすびと、なさけ知らずで酷薄で血も涙もない鬼鮫ですからな、あまりうるさいので一とこと叱りつけてやったら、べそをかいてちぢみあがりました、そこは育ちが育ちですかね、可愛《かわい》いもんです」

「へっ、なにが可愛いんだ」と彼は脇を向いてしかめづらをした、「あれでも中将の姫ぎみかえ、え、甲羅《こうら》を経たくぐつ女《め》も顔負けするような色好みで、この鬼鮫さまでさえ恥ずかしくなるような、軽業《かるわざ》めいた手練手管《てれんてくだ》を飽きずに押しつけやがった、あれは深窓に育った姫どころか、てんからの女悪魔だ」

「いや失礼、なんでもありません」と彼はあいそ笑いをし、声に出して云った、「――貴族的少数者に対するわたくしの考えが、些《いささ》かあま過ぎたことについて反省していたのです。いや、姫の話ではない、品子姫はまあ可憐《かれん》な少女でしてね、問題は貴族社会ぜんたいについてなのです、かれらはわたくしが想像していたよりも、道徳的頽廃《たいはい》の度がはるかに深く、その害は子女にまで及んでいるらしい、あの姫、――ではありません、普遍的な話ですが、僅か十四や十五の小娘のくせに、誘拐《ゆうかい》されても驚かず、親たちから引きはなされ、恐ろしい山寨に押籠《おしこ》められても、悲しみ嘆くどころか、へっ」彼は頭を片方へ振った、「山遊びにでも来たようにはしゃぎまわって、牛飼いや人足でもうんざりするほど喰《た》べくらい、鼻の曲りそうな匂《にお》いのする悪酒を呷《あお》っては、むやみと男に絡《から》みついて、――あれです、その、なんと云《い》ったらいいか、わたくしは自分の経験ではないから、詳しいことは申上げかねますが、こんな話は誰も信じないと思う」彼は忿懣《ふんまん》に駆られて声を高めた、「かれらはいったいこの鬼鮫をなんだと思っているのか、粟田口《あわたぐち》の大臣《おとど》の塩、大納言《だいなごん》の冠筐《かんむりばこ》、藁沓《わらぐつ》、白川の別墅《べっしょ》の落し穴、――そのほかにも数えきれないほど、かれらはこのわたくしをおひゃらかし、ぺてんにかけ、すかをくわせ、嘲弄《ちょうろう》しました、この大ぬすびとである鬼鮫をですよ」

空が明るくなり、谷間から静かに霧が立ちはじめた。

「おそらく」と彼はそこで声をやわらげた、「かれらはわたくしのことを、あの愚かで無力なおん百姓や人足どもと同様にみているのでしょう、よろしい、そう思っているがいい、わたくしはかの愚民どもとは違う、盗まれるために死ぬほど働かされて、不平ひとつ云うことを知らない愚民どもとは違うのです――どう違うか、それをかれらに思い知らせてやろう、十五かそこらの小娘に絡まれて、悲鳴をあげるような男であるかどうか、さよう、耳助に持たせてやった脅迫状には、身《み》の代金《しろきん》をよこさなければ異国の人買いに売りとばすと書きました、けれどもそれではなまぬるい、わたくしは追而状《おってじょう》をやりますよ、ええ、――こんなふうにです」彼は左手を右の袖口《そでぐち》に入れ、右手の指で唇を摘《つま》んだ、「そうですな」と彼は考え考え云った、「さよう、木の股《また》へ逆《さか》吊《づ》りにかけ、八つ裂きにして犬に食わせる、――どうでしょう、内大臣と中宮の姪《めい》、綾小路《あやのこうじ》の中将の姫が逆吊りの八つ裂き、死躰を犬の餌食《えじき》にされるとあってはですな、へっへ」彼は両手を擦り合せた、「かれらがどんなに怯えあがるか、どんなに胆をちぢめ、恐怖のために血の氷《こお》るおもいをするか、まあ見ていて下さい、わたくしはいざとなったらなさけ容赦のない人間です、かれらがたとえ地面にひれ伏し、涙をながして哀訴嘆願しても、この冷酷な心を一寸も動かすことはできないでしょう、この鬼鮫はそういう男なのですから、――や、あれはなんだ、誰かやって来るぞ」

　彼は身を隠そうとしてあたりを見まわした。山寨の中へはいろうとしたが、危ないところで思いとまり、どこかに藪《やぶ》でもないかと、眼を剝《む》いて見まわすところへ、若者が息を切らしながら走って来た。彼は慌《あわ》てて地上へ蹈《かが》みこみ、走って来た若者を認め、そのうしろには若者にかき乱された霧が煙のようにたなびいている以外に、怪しいものはなにもないことを慥《たし》かめてから、立ちあがってそっちへいった。

「なにをしていたんだ」と彼は喚《わめ》いた、「いままでどこでなにをしていたんだ」

「た、た」と若者は喘《あえ》いだ、「や、やさ」

「きさまは綾小路の中将家へいった、自分でむりやりその役を買って出た、え」と彼は詰め寄り、のしかかった、「ところがそれっきり音沙汰《おとさた》なしだ、まぬけな鴉《からす》を空へ放したように、ばたばた飛んでいったきりお帰りなしだ、きさま」と彼は叫んだ、「おれを騙《だま》してずらかったんだろう、えっ」

若者は片手に持った書状で、都のほうをさし、自分の足許《あしもと》をさした。息切れがして口がきけないため、そうやって自分の証《あかし》を立てようというのらしい。都の方角と、いま自分のいる場所をさし示しながら、いたずらに口をあけたり閉じたりし、片手で額から顔へ流れる汗を拭《ふ》いた。彼のほうはお構いなしで、片手の拳《こぶし》を若者の鼻先へ突きつけながら、ずらかってはみたがうまくいかなかったので、恥知らずにもいまごろ帰って来てまたおれを騙すつもりだろう、と喚きたてた。若者は肩をすくめたり両手をひろげたり、首を振ったり胸を叩いたりしながら、彼の喚きのおさまるのを待っていたが、ふと気がついたようすで、持っている書状の封をあけ、それをひろげて、書いてある文字を彼のほうへ見せ、そこを指で「読め」というふうに叩いた、

「なんだ」と彼は顔をつきだした、「それはなんだ、なんのぺてんだ」

「ちゅうじょう」と若者は云った。

「中将だって、綾小路のか」

若者が頷《うなず》くと、彼はさっと一歩、うしろへさがった。その書状になにか危険な仕掛でもあるかのように、すばやくうしろへさがってから、首を伸ばして、書かれてある文字を読んだ。

「なんだその字は、まるでわからないじゃないか」と彼は云った、「まるっきりめちゃくちゃじゃないか、中将は満足に字を書くこともできないのか」

「唐《から》の文字です」若者はようやく口がきけるようになった、「使いの口上も聞きました」

「ふん、まあおちつけ」と彼はその唐の文字に軽侮の一瞥《いちべつ》をくれて云った、「その、使いとはなんのことだ」

「私はあの状を届けてから、八坂の塔のところで見張っていたのです」若者はまだ少し荒い息をしながら云った、「身の代金を持って来たら、すぐそれを受取って帰るほうが早いと思ったからです」

「ああそうか、つまりその身の代金を持ってずらかる計画だったんだな」彼はそこで絶叫した、「やい、その金はどこにある」

「どの金ですか」と若者はうしろへとびのいて反問し、どの金かということに気づいた、「ああ、身の代金のことを云うんですね、あれはすぐそこの」と若者は崖のほうを指さした、「坂のおり口のところへ置いて来ました、あそこまでは担《かつ》いで来たんですが、なにしろ重たいし、早くこのことをお知らせしたいと思ったものですから」

「おまえはいいやつだ」彼は若者にとびつき、両手でその肩を親しげに叩いた、「いや、おれはきさまを信じていた、きさまだけは必ず責任をはたす人間、ぬす人なかまに置いても信用のできる男だと思っていたぞ、よくやった、でかしたぞ耳助」

「まあおちついて下さい」

「おまえこそおちつけ」彼は親しみをこめて若者の顎《あご》をくすぐった、「そしてまず、その身の代金を拝ませてもらおうか」

「とにかくおちついて、これに書いてあることを聞いて下さい」

「金が先だ、そんなわけのわからない状なんぞ捨てちまえ」彼は走りだした、「さあ、どこにあるかいっしょに来て教えろ」

若者は落胆したように、がくっと両の肩をおとし、気乗りのしないようすで、彼のあとを追っていった。あたりはさらに明るくなり、谷から吹きあげる微風のため、霧は揺れあがったり横になびいたりしながら、しだいに薄くなってゆき、杉林の中で騒がしく鳥が鳴きだした。——二人はすぐに戻《もど》って来た、若者が古びた大きな唐櫃《からびつ》を担ぎ、彼は銭袋を片手に持ち、片手でその袋の下を叩きながら喚いていた。

「銭三貫文」と彼は唾《つば》をとばして喚いた、「おれは砂金三千両と書いてやったんだぞ」

「状に書いてあります」若者は唐櫃を下へおろした、「その状を読めばわかりますよ」

「状なんぞくそくらえ、砂金三千両の代りに銭三貫文」と彼は袋を叩いた、「中将のけちんぼはこのおれをなんだと思っているんだ、おれは酷薄無残な血も涙もない鬼鮫だぞ、おれが砂金三千両と云ったら三千両、一文欠けてもゆるせないのに銭三貫文とはなにごとだ、中将は姫が可愛くはないのか」そして彼は右足で大地を踏みつけて宣言した、「——おれは姫を長崎へ伴《つ》れていって、異国の人買いに売ってしまうと云ってやった、ただの威《おど》しだなどと思ったら後悔するぞ、おれはその気になれば本当に長崎へ伴れていって」

若者はそこへ置いた唐櫃を指さした。

「なんだ」と彼は訊《き》いた、「金はそっちにはいっているのか」

「からっぽです」若者は唐櫃の蓋《ふた》をあけ、横に倒して、中がからっぽであることを彼に見せた、「——このとおり、ぜんぜんです」

「どうしてからっぽなんだ、謎《なぞ》かけか」

「姫の輿代《こしがわ》りだそうです」

彼は漠然《ばくぜん》と頭のうしろを掻《か》いた。「——輿の代りって、どういう輿だ」

「人買いに売るときは、荷物のように見せて送るものだそうでして、幸い古櫃がある
から呉《く》れてやろう、と云っていました」
「は、は」と彼は干からびた笑い声をあげた、「は、は」ともういちど笑って云った、
「中将もなかなかやるじゃないか、幸い古櫃があるから呉れてやろうか、あのけちん
ぼうでも洒落《しゃれ》ぐらいは知っているんだな、人買いに売るときは荷物のようにして送る、
――」彼はそこで急に口をつぐみ、ごく静かに、そろそろと、頭をめぐらして若者を
見、低い喉声《のどごえ》で、囁《ささや》くように訊いた、「おい、これは洒落だろうな」
若者はゆっくりと、首を左右に振った。
「洒落ではないのか」と彼は囁いた。
若者はまたゆっくりと頷いた。
「はっきりしろ」と彼は声を高めた、「洒落でないとすると、これはどういう意味だ」
「中将の仰《おっ》しゃるには、と使いの下部《しもべ》が云ったんですが」と若者は答えた、「姫は返
すに及ばない、いや、どうかこちらへは返さないで、異国へでもどこへでも売りとば
してくれ」
「ちょっと、ちょっと待て」彼は若者の口を塞《ふさ》ぐような手まねをし、大きな深呼吸を
三度やって、気持をしずめてから頷いた、「――よし、もういちどはっきりと云って

くれ」

若者は咳《せき》をしてから続けた、「要約して云えば、中将は姫を取戻《とりもど》したくないんですな、姫を誘拐してくれたことは感謝する、恥を話すようだが、姫がいると内裏《だいり》をはじめ都じゅうの風紀が紊《みだ》れるばかりである、人買いに売るもよし、きさまの女房《にょうぼう》にするもよし、いずれにせよこの都から伴れて立退《たちの》いてくれ、旅費として銭三貫文をつかわすから、絶対にこちらへ戻さないでくれ、もしこちらへ戻すようなら検非《けび》の庁へ訴えて極刑に処するであろう、——というわけです」

彼は蒼《あお》くなり、じっと考えこみ、若者の言葉をよく玩味《がんみ》してから、力まかせに大地を踏みつけた。

「なんということだ」彼はこっちを見て叫んだ、「こんなことがあっていいものでしょうか、え、みなさん、塩をしゃぶらせ雪沓《ゆきぐつ》を嚙《か》ませ、落し穴をくわせたうえにこの始末です、これは人を侮辱するばかりでなく、人類ぜんたいを冒瀆《ぼうとく》するものではありませんか、いつぞやかれらはうたい囃《はや》しました。——うだのたかねにしぎわな張ると、はっ、かれらはしぎ罠《わな》を張ってくじらを捕《と》ったと囃したてました、それは捕まったのがこの鬼鮫だから当然でしょう、ところがわたくしの場合はどう囃してやったらいいか、くじら罠を張ったらくじらさやらず、芥《あくた》さやるとでもいうんでしょうか」彼はまた大地を踏みつけた、「人をばかにするな、と云いたい、あの青瓜《あおうり》のけちんぼ中将め、このおれをなんだと思っているんだ、ええ」彼はこわいろを使って云った、「――人買いに売るもよし、女房にするもよしだって、どうかこちらへ戻さないでくれだって、しかもこれが自分の姫のことなんですぞ、みなさん」彼は左へ三歩あるいた、「自分の血を分けた娘のことを、人買いに売るもよし、女房――うっ」

彼は冰《こお》りついたように立竦《たちすく》んだ、「あの、恐るべきばくれん娘を、女房にですって、このわたくしのでしょうか」

「あんたどこにいるの」と山寨《さんさい》の中から姫の呼ぶあまたるい声が聞えた、「まだ起きちゃいや、もういちどあちしのとこへ来てよ」

「なむさん」と彼は首をちぢめた。

「そもさん」と若者が云った、「どうしよう」

「あんたどこよう」と姫がまた呼んだ、「ねえどこにいるの鬼鰯《おにいわし》、早く来てよ」

「なむ八幡だい菩薩」と彼は駆けだしながら祈念した、「この災厄《さいやく》より救いたまえ、お力をもってこの大難をのがれさせたまえ」

「待って下さい、どうするんですか」

「おれはまだ命が惜しい」彼は走りながら銭袋をうしろへ投げた、「姫はきさまに任せる、これをやるから好きなようにしろ」

「そんな薄情な」若者は銭袋には眼《め》もくれず、彼を追って走りだした、「そんな無情なことはよして下さい、私をあの姫ぎみと二人きりにしないで下さい、どうかお願いです、私もいっしょに伴れていって下さい」

「来るな」と彼はどなった、「おれは故郷のつくしへ帰る、おれは敗残者だ、おれは冷酷無情で血も涙もない大ぬすびとだが、とうていあの貴族的少数者のわる賢い残酷さには及ばない、おれはこのとおり這《ほ》う這《ほ》うのていで逃げだすのだ、このとおりだ」

「待って下さい」と若者は追いつこうとしながら叫んだ、「私をこの恐ろしい都に残しておかないで下さい、お願いだから待って下さい」

二人は崖《がけ》のほうへ走り去った。まもなく、山寨の外へ姫が出て来、両手を力づよく突きあげながら、健康な大欠伸《おおあくび》をし、しなやかな双の腕を代る代る擦《こす》った。

「あんたどこにいるの、鬼鮃《おにびらめ》」と姫はあまやかな鼻声で呼んだ、「出ていらっしゃいよ、ねえ、あんたどこでなにをしているのよ、え」

杉林のほうで甲高くなにかの鳥の鳴く声がした。


（「オール讀物」昭和三十六年六月号）

饒舌《しやべ》り過ぎる

一

奉行職記録所《ぶぎようしよくきろくじよ》の役部屋へ、小野十太夫《おのじゆうだゆう》がはいって来る。彼は汗になった稽古着《けいこぎ》のままで、ときには竹刀《しない》を持ったままのこともある。

「おい土田」と十太夫はどなる、「今日は帰りに一杯やろう、枡平《ますへい》へいこう、いいな」

それから四半刻《しはんとき》もするとまたやって来る。やっぱり稽古着のままで、額に汗が光っている。

「枡平はよそう、土田」と十太夫はどなる、「あそこは気取ってて面白《おもしろ》くない、袖町《そで》のよし野で一杯やろう、いいな」

また或《あ》る日は、やはり汗になった稽古着のままとび込んで来る。汗止めもそのまま、片手で袴《はかま》を摑《つか》んで、湯気の立っているような顔で、せいせいと荒い息をしている。

「おい土田」と十太夫はどなる、「まだ終らないのか、まだ仕事があるのか」

土田正三郎は黙ったまま、机の上をゆっくりと手で示す。まだ仕事の残っているときは、机の上には書類や帳簿がひろげてあり、硯箱《すずりばこ》の蓋《ふた》があいてい、彼の手には筆が握られている。仕事がもう終っていれば、そこには書類も帳簿もないし、硯箱には蓋がしてあるし、机の上はきれいに片づいている。

「よし、道場へ来てくれ」と十太夫は片づいている机の上を見てせきたてる、「ちょっと道場へ来て相手になってくれ、癇《かん》が立ってしようがないんだ、一本でいいから相手になってくれ、さあいこう、おい、手っ取り早くしてくれよ」

そこで土田正三郎は立ってゆく。道場は三の丸の武庫の脇《わき》にあり、刻限のまえなら門人たちがいるし、刻限過ぎでも次席の安川大蔵がいて、土田が稽古着になるのを助ける。早く来いよ、と十太夫がせきたてる。いつまでかかるんだ、手っ取り早くしろよ、じれったいな、などと云《い》って足踏みをし、少しのまもじっとしていない。土田はすっかり道具をつけるが、十太夫は素面素籠手《すめんすごて》である。というのは、打ち込むのは十太夫で、土田は受けるだけだからだ。

「さあ」十太夫は竹刀でびゅっと空を切って叫ぶ、「ゆくぞ」

土田正三郎は竹刀を青眼《せいがん》にとる。まだ門人たちがいる場合は、羽目板際《はめいたぎわ》に並んで見ているし、安川ひとりのときは、彼だけが祭壇の下に坐《すわ》ってこの稽古を見る。十太夫はするどく絶叫し、大きく踏み込んだり、脇へとびのいたり、また土田の周囲を敏速に廻《まわ》ったりする。絶叫の声は道場ぜんたいの空気をつんざくように聞えるし、床板はいまにも踏み破られそうに悲鳴をあげる。このばかげてやかましい物音と、眼《め》まぐるしいほどの十太夫の動作に応じて、土田は竹刀を青眼につけたまま、ゆっくりと軀《からだ》の向きを変え、つねに十太夫と正対するようにした。このあいだに幾たびか、十太夫は「引き太刀《だち》」という秘手をこころみる。十太夫自身のあみだした技《わざ》で、この手にかなう者はないと定評がある。だが土田正三郎だけはその手にのらず、一度も打ちを取られたことがない。やがて十太夫は汗まみれになり、肩で息をしながら竹刀をおろす。

「これまでだ」と十太夫はどなる、「汗をながして来るから待っていてくれ」

十太夫が出てゆくと、安川大蔵が立って来て、土田が稽古着をぬぐのを助ける。面《めん》をとると、土田の顔にも汗の滲《にじ》んでいるのがわかる。

「三度めの引き太刀は凄《すご》かったですね」と安川が云う、「てっきり一本と思いましたよ」

土田はなにも云わない。

「私にはどうしてもあの手が避けられません」と安川は云う、「ずいぶんくふうしてみるんですが、どうしてもだめですね」

「そう思いこんでるだけさ」と土田が静かに云う、「腕は五分と五分だよ」

「私がですか」

土田は黙って微笑し、安川の肩をそっと叩《たた》く、そこへ十太夫が、着替えた袴の紐《ひも》をしめながら出て来て、さあ帰ろう、なんだまだ汗も拭《ふ》かないのか、早くしろよとせきたてる、といったようなことが、月に二度か三度は必ずあった。

　おかしなことだが、小野十太夫がそんなふうにおちつかなくなるのは、土田といっしょのときに限っていた。ふだんでもどちらかというと気の早いほうだが、土田といっしょにいるときほどせっかちで、こらえ性のないような例はなかった。また土田正三郎も平生《へいぜい》はもっと話をするし、動作や挙措《きよそ》もまわりの人たちと変ったところはなかった。それが十太夫といっしょにいるときだけは、まるで人が違ったように無口になり、することが鈍重になるのであった。しかも二人は「寝るとき以外ははなれたことがない」と云われるほど仲がよく、十太夫が念流修業のため江戸へいっていた三年間をのぞいて、およそ五歳のときから二十六歳になるまで、一日として顔を合わさない日はなかったのである。

　土田の父は正兵衛といって、四百石あまりの中老。正三郎はまだ家督を取っていないが、奉行職記録所の頭取心得《とうどりこころえ》を命ぜられ、役料十人扶持《ぶち》を貰《もら》っている。長島藩は三万八千石、城代家老の忍田外記《しのだげき》でさえ五百石とちょっとだから、土田の四百石は高禄《こうろく》の内にはいる。正三郎は一人息子で、妹が一人あったが、これは十二歳の年に死んだ。母親のなほは忍田氏の出であるが、この忍田は城代家老の分家であり、跡継ぎがないため絶家になっていた。——小野十太夫は近習頭《きんじゅうがしら》で百三十石、二十二歳で剣術道場を預かり、二十五歳で師範になった。まえの師範は柳川又左衛門といって、やはり念流を教えていたが、家職は書院番であったし、四十歳を越すころから国学に凝《こ》りだして、剣術の面倒をみるのがおっくうになったのだろう、師範の役を十太夫に譲ったうえ、自分は隠居してしまった。

小野と土田の家は、まえには隣りあっていた。土田は敷地も広く建物も広く大きく、小野は小屋敷であったが、ごく幼いころから二人は仲がよかった。としは同じで、隣り同志だから絶えず往《ゆ》き来《き》をしていたが、一度も口論をしたことがないし、十太夫のほうがおとなびて、なにごとによらずあにきぶっていた。それは彼が早く父親に死なれ、十六歳で家を相続するという、困難な境遇にもめげなかった性格のあらわれであったかもしれない。——十太夫にはせいという母親と、亀二郎《かめじろう》という弟がいた。彼は少年ながら家職を勤め、母親に仕え、剣術に励みながら、自分で弟を浅間家へ養子にやる奔走までした。このあいだも土田との往来はずっと続いていたのだ。——十太夫が家督をするまえ、米町の民家から出た火が武家町まで延焼し、御蔵の辻《つじ》の小屋敷三十数棟《むね》を灰にしたのち、小野の家で焼止った。幸い土田は無事だったが、小屋敷はところ替えになり、小野は的場下へ移された。そこは武家町の殆《ほと》んど端に近いので、そのため土田へゆくにはお城の大手をまわって、煙硝蔵《えんしょうぐら》のある二の丸下まであるかなければならなかったが、それでも一日に一度は必ず、どちらかが訪ねあうのであった。

かれらが二十六になった年の十一月、雪の降る日のことだったが、下城の刻のちょっとまえ、例のように、記録所へ十太夫が走りこんで来た。もちろん、例によって汗まみれの稽古着である。

「おい、土田」と十太夫がどなった。「まだ終らないのか」

土田正三郎は机の上へ手を振ってみせた。そこはきれいに片づいており、硯箱にも蓋がしてあった。

「よし、帰りに袖町のよし野へゆこう」と十太夫がどなった、「雪見酒をやろう、よし野で雪見酒をやろう、いいな」

まわりにいた下役たちは、それぞれの机の前で、にやにやしながら眺めていた。十太夫はとびだしてゆき、すぐに戻《もど》って来た。

「おい、土田」と十太夫はどなった、「よし野はだめだ、あそこでは雪なんか見えやしない、今日は枡平にしよう、気にいらないが枡平なら雪が見られる、いいな、枡平だぞ」

半刻のち、二人は枡平の座敷にいた。そこは天神山の丘を背にし、前に芝野川の流れる広い眺《なが》めがあった。そのあたりには富裕な商人の隠居所や、藩の重臣の別宅があり、枡平はただ一軒の料理茶屋で、三人きょうだいの評判娘と、代銀《だいぎん》の高価なことで知られていた。客はおもに中以上の侍たちで、金まわりのいい商人たちも来るには来るが、侍客のあるときには遠慮して、小さくなって飲み食いするというふうであった。

――正三郎と十太夫がいったときには、まだ時刻が早いのでひっそりしていた。大きな手焙《てあぶ》り二つに、炭火をいっぱい盛って、障子はあけ放しのまま、雪を眺めながら飲みだした。肴《さかな》は鶉椀《うずらわん》に鴨《かも》が主で、甘煮《うまに》にはきのこが三種はいっていた。初めに案内したおわかという女中が、二本めまで給仕に坐った。

「どうなすったんです」とおわかは土田に訊《き》いた、「ずいぶんお久しぶりじゃありませんか、ほかにいいおうちができたんですか」

土田は黙っていた。

「いいうちができたのさ」と十太夫が答えた、「もっと安くって美味《うま》い物を食わせて、あいそのいいきれいな女のいるうちがね」

「へえ」とおわかはとぼけた顔で云った、「袖町あたりにそんなうちがありましたかしら」

「袖町とはなんだ」

「このごろずっとよし野がごひいきなんでしょ、あのうちはとしより夫婦に小女《こおんな》がいるだけの筈《はず》ですけれどね」

十太夫は咳《せき》をして云った、「袖町ではよし野だけが呑《の》み屋《や》じゃあないぜ」

「とするとどこでしょう」おわかは首をかしげた、「小花かしら、千石かしら」

二

なにを数えてるの、と云いながら、この家の娘おみのがはいって来た。三人きょうだいのいちばん姉で、としは二十二。背もいちばん高いし、ぜんたいがおっとりしていて、いつか十太夫が土田に、女でも総領の甚六《じんろく》というのかな、と訊いたことがあるし、妹の二人はかげで「ぐず」と云っているそうであった。二女はおきぬ、三女はおしん。十八と十七であるが、十太夫たちの座敷にはめったにあらわれない。土田正三郎と小野十太夫は姉のもの、ときめているためだという。

「だめだ、だめだ」十太夫は無礼にもおみのに手を振った、「おれたちは二人で雪見酒をやってるんだ、おわかもいってくれ、おれたちの邪魔をするな」

「いいわよ」とおみのは二人のあいだに坐り、徳利を取って土田に酌《しゃく》をした、「——あたしだって雪見酒をするんですもの、わかちゃん、こっちへお酒とお燗《かん》の支度を持って来てちょうだい」

「おれたちは」と十太夫がまじめに云った、「人に聞かれたくない相談があるんだ」

「ようござんすよ、百日以上も待ってたんですもの、はいお一つ」

「勘のにぶいやつだな」十太夫は酌を受けながら、露悪的な口ぶりで云った、「おれはおまえが嫌《きら》いだ、土田もおまえが嫌いなんだ、二人ともおまえが嫌いなんだぞ」

「そんなにひとをおだてないで」

「よく聞け、いいか」

「お酌して下さらないの」おみのは盃《さかずき》を取って云った、「きれいな雪だこと」

土田正三郎がおみのに酌をしてやった。十太夫は土田を睨《にら》み、おみのを睨んだ。

彼女は二人の恋人だったのだ。十太夫が念流の修業から帰ったのは二十一歳のときで、その帰国祝いに、二人は初めてこの枡平へ来、おみのの給仕で小酒宴をたのしんだ。そして十太夫は一遍でおみのが好きになり、せっせと枡平へかよいだした。枡平は勘定の高いので有名だから、三日にあげずというわけにはいかなかったが、少なくとも七日に一度ぐらいは、休まずにかよいつめた。さそうのも十太夫であり、勘定も十太夫が払った。土田が心配すると、十太夫は笑って「じつは内職をしているのだ」とうちあけた。富裕な商家の息子とか、家中《かちゅう》の裕福な家の伜《せがれ》などに、内密で稽古にかよい、毎月それから謝礼を取るのだそうである。土田はそうかなと首をかしげたが、おそらく事実だろうと思った。それから二年のち、——十太夫はおみのが土田のほうに好意をよせている、ということを感づいた。土田もまたおみのが好きらしく、そう気づいてから注意してみると、二人がひそかに意中をしめしあうようなそぶりをする。紛《まぎ》れなしと認めたから、或《あ》るとき土田に本心を訊いた。土田はびっくりし、口をあけて十太夫の顔を見まもり、ついで微笑しながらそれは逆だと答えた。慥《たし》かに自分はおみのが好きだが、おみのは十太夫にのぼせている。だから自分はなるべく二人の邪魔をしないようにしているのだ、と云った。嘘《うそ》ではないらしい、それならおみのの気持を訊いてみようということになった。おみのの答えは、「お二人とも同じくらいに好き」だというのであった。土田さまも好きだし小野さまも好き、どちらがどちらよりも好きだと比べることはできないし、お二人をべつべつに考えることもできない、と困ったように告白した。面倒くさいことになった、男二人に女一人ではどう片づけようもない、暫《しばら》くこのままでようすをみよう、と十太夫が提案した。三人の気持が変るのを待とう、というわけであろう。そのときおみのは十九で、そろそろ縁談が断われなくなっていたが、「ぐず」と云われるにしては芯《しん》が強く、やんわりと躰《たい》を躱《かわ》してきた。心の中ではひそかに、十太夫か土田の嫁になるつもりだったらしい。二人のほうでも三者の気持のおちつきようで、おみのを妻にしてもいいと思っていたのだが、この三竦《さんすく》みの関係はまる三年、つまり今年の春まで続き、十太夫がはらを立ててしまった。

――こんな子供じみた、通俗な、ばかばかしい話があるか、と彼は云《い》った。おれも土田もおみのも呆《あき》れ返ったやつだ、もう打切りにしよう。

こうして十太夫たちは枡平《ますへい》を避けるようになったのだ。酒が飲みたくなれば、袖町とか米町などの気楽な店で、町人たちにまじって飲み、家中の祝儀《しゅうぎ》不祝儀《ふしゅうぎ》でやむなく枡平へあがらなければならないときでも、おみのとはできるだけ接近することを避けたし、おみのもまたしいて二人に近づこうとはしなかったのである。

「さあ、相談があるならなさいな」おみのは五つめの杯を啜《すす》りながら云った、「まさか謀反《むほん》の計略でもないでしょ、あたしは雪を見ていますから」

「強情《ごうじょう》なやつだな」と云って、十太夫は土田を見た、「――まえから話そうと思っていたんだが、どうだろう土田、机の上の仕事なんか誰《だれ》にだってやれる、この辺でおれといっしょにやる気はないか」

土田正三郎は十太夫を見て、静かに眼《め》を細めた。

「そうさ、剣術だよ」十太夫は一と口飲んで頷《うなず》いた、「専門にやらなくたっていい、一日に一刻《とき》か一刻半、道場へ来て稽古《けいこ》をつけてくれればいいんだ」

土田は細めた眼で十太夫を見まもり、それから首を左右に振った。

「道場に席のあるやつは三十七人」と十太夫は続けた、「みんな凡くらばかりで、おれのあとを任せられるような人間は一人もいない、いやわかってる、安川大蔵のことは云うな、土田には安川の能力がみぬけないんだ」

土田正三郎はおみのを見た。おみのは彼の盃に酌をした。

「そんなことはない」と土田が低い声で云った。「安川はいいよ」

十太夫がやり返そうとすると、おわかが小女たちと共に、角樽《つのだる》や片口《かたくち》や、燗鍋《かんなべ》をかけた火鉢《ひばち》などを運んで来、賑《にぎ》やかに燗の支度を始めた。十太夫が「やかましい」とどなり、おみのが燗番をひき受け、おわかたちは去っていったが、出てゆくときにおわかは振返って、十太夫にぺろっと舌を見せた。

「枡平は女中の躾《しつけ》がいいな」と十太夫は云った、「そこを閉めろ」土田は焙った鴨を、両手で捲《むし》りながら喰《た》べた。

「お客さまも躾がいいじゃありませんか」とおみのが云った、「はいお酌」

「よく考えてみてくれ、土田」十太夫は飲みながら云った、「べつにいそぐわけじゃない、おれはどうしても土田が欲しいんだ」

「あたしを欲しくはないの」おみのは手酌《てじやく》で酒を啜った、「あたしもう二十二にもなってしまったのよ」

「飲みすぎたな」と十太夫が遮《さえぎ》った。

「今日は飲むの」おみのは嬌《なま》めかしい表情で微笑し、手酌でまた酒を啜った、「これまでずっと胸にしまっておいたことを、今日はすっかり云うつもりよ、枡平の娘とお客さまではなく、土田さま小野さまとおみの、男と女の対でいきましょう、いいわね」

「おれの失敗だったな、土田」と十太夫が云った、「よし野にすればよかった」

「初めてお二人がみえたのはあたしが十七のとしだったわ」とおみのは続けた、「それから十九のとしにあの話が出たのよ、いったい二人のうちどっちが好きだ、土田かおれかって、小野さまが膝詰《ひざづ》めで仰《おっ》しゃった」

「とんだ雪見酒になったぞ」と十太夫が云った、「まあお酌をしよう」

「あたし途方にくれちゃいました」十太夫の酌を受けながらおみのは続けた、「あなた方はいつもお二人ごいっしょだし、土田さまも小野さまもいいお方だし、一人ずつべつにお会いしたことはないでしょ」

「その話ならむし返すことはない」と十太夫が云った、「三年まえに相談しあって、ちゃんときまりがついている」

「あたしはまだ娘のままよ、なんのきまりがついたんですか」

「三人の気持が変るのを待とう、ということだったろう、だが肝心な点は一つ、おみ公が誰を選ぶ気持になるかということだ」

「卑怯《ひきょう》だわ」とおみのは云い返した、「あたしは二人とも好きだし、この気持は変りようがないんですもの、こういうことは男の方《かた》のほうできめるのが本当じゃありませんか」

「おれはみの公が欲しい」と十太夫がまじめに云った、「けれども土田を押しのけてまで、自分のものにしようとは思わない」

「あなたは」とおみのは土田を見た。

土田はからの盃をじっとみつめていた。十太夫とおみのはそのようすを眺めながら、やや暫く待っていた。

「おい――」と十太夫が云った、「おまえ饒舌《しゃべ》り過ぎるぞ、土田」

土田正三郎は十太夫を見て、てれたように頭を下げ「うん」と口の中で声を出した。それまで饒舌り続けていたが、注意をされて口をつぐんだ、というふうにみえた。

「つづめて云えば」と十太夫が云った、「おれが代りにつづめて云えば、土田の考えもおれと同じだということなんだ、つまり彼もまたおれを押しのけてまでおみ公を女《にょう》房《ぼう》にする気はないんだ」
「じゃあどうすればいいの」おみのは盃の酒を呷《あお》るように飲んで云った、「あたしもう二十二よ、縁談は片っぱしからはねつけて来ちゃったし、こんなとしになってはもう嫁に貰《もら》ってくれるとこなんかありゃあしないわ、いったいあたしはどうしたらいいのよ」
「それはだな」十太夫は少なからず押されぎみになり、唸《うな》り声をもらしてから云った、「つまるところ、みの公はこの枡平の長女で、だとすれば跡取りだから、いずれ自然と婿《むこ》を貰うことになるんじゃないか、そうだ」と彼は自分の着想に勇み立って続けた、「嫁にゆくことなんか考えるな、枡平の身代《しんだい》とみの公の縹緻《きりよう》なら、婿に来てはそれこそ芝野川の砂利だぞ」
「あたしがお二人のほかの人といっしょになれると思うんですか」おみのは手酌で一と口啜ってから、訝《いぶか》しげに十太夫の顔を見た、「――なによ、芝野川の砂利って」
「なんでもない、忘れてくれ」と十太夫は手を振って云った、「だいたいこういう話は世間にありふれていて、ちっとも珍しくないし洒落《しやれ》にもならない、今日は雪見酒だ、そんな話はよそうじゃないか」

三

枡平を出たとき戸外は昏《く》れていた。風はないので、合羽《かっぱ》と笠《かさ》をつけた二人は、雪の中を暢《のん》びりあるきだした。危なかったなあ、と十太夫が云って、可笑《おか》しそうに笑った。みの公のやつ居直ったぜ、あたしをどうしてくれるんだって、冗談じゃない、結婚の約束をしたわけじゃあるまいし、三人の気持が変るまで待とうと云っただけじゃないか。今でもそれが変らないとなれば、責任はおれたちだけにあるんじゃない、おみ公にだってあるんだ。みの公は自分をも責めなければならない筈《はず》だぞ、そうだろう、と云って土田を見た。

「そうかもしれないが」と土田が答えた、「笑いごとじゃあないな」

「そこでよせ」と十太夫が遮った、「おまえは饒舌り過ぎる」

土田正三郎は黙った。笑いごとじゃないさ、おれたちはこれが三度めだぜ、と十太夫が云った。初めは北園の娘、二番めは安川の妹、覚えているか。土田正三郎は黙って頷いた。初めは十五のとしだったろう、火事のあるまえ、小野の家が御蔵の辻《つじ》にあったころ、同じ小屋敷の中に北園勝兵衛という納戸《なんど》役《やく》がおり、そこに菊乃《きくの》という娘がいた。三男四女という子福者であり、菊乃は二女で十六歳だった。十太夫は北園の長男の勝之丞《かつのじょう》と剣術なかまで、家も近いことだし、菊乃が好きになった。以前から知ってはいたが、好きだと思いはじめるとすぐに、土田正三郎を伴《つ》れていって、菊乃にひきあわせた。男の十五と女の十六歳は一つ違いとは云えない、女のほうが軀《からだ》も感情もずっとおとなである。十太夫は自分が子供扱いにされているように誤解し、対抗しようとして土田を伴れていったのだが、すると、土田も菊乃を好きになったことがわかった。菊乃は左の眼が少し斜視で、人をみつめるとそれが嬌かしく、媚《こび》をふくんだようにみえる。菊乃について語りあったとき、二人はどちらもその眼つきに魅せられたことを知ったし、お互いの気持がどんなに熱しているかも理解した。まもなく、土田正三郎は北園へゆかなくなった。十太夫のほうが古くからの知り合いだから、自分は身をひくべきだと思ったのだが、十太夫もすぐにそれを察して、菊乃のことは諦《あきら》めてしまった。

――おれは小野家を背負っているんだからな、と十太夫は分別ありげに云った。いまから女のことなんか考えていらりゃしないよ。

安川の妹はしづといった。これは二人が十八歳のときで、小野が修業のため江戸へゆくまで、一年ちかく続いたものだ。しづは縹緻も十人並だし、どこといって特徴のない、ふっくらとした感じの、おとなしい娘で、としは十五歳だった。安川の母と土田の母とが娘時代の友達だったため、安川の母が娘のしづを伴れて、しばしば訪ねて来た。しづが十歳ぐらいのときから土田正三郎は知りあっていたが、好きだという感情がめざめると、これまた十太夫を同席させずにはいられなくなった。半分はしづを見せる気だったろう、いくらかは自慢したかったとも云えるが、十太夫は一と眼でしづにのぼせあがってしまい、十太夫がのぼせあがったことを土田正三郎も感じ取ったのであった。また鉢合《はちあわ》せだ、と二人はお互いに思ったが、こんどは譲らないぞ、とはらをきめたことも一致していた。

——二十歳になったら嫁に貰おう、おれは小野の当主だから、早く身をかためなければならないんだ、と十太夫は思った。

——妹が死んでおれは一人息子だ、と土田は土田で思った。早く嫁を貰って親たちを安心させなければならないからな。

二人ともまず彼女の心を摑《つか》もうとした。しづの気持をしっかり摑むほうが勝ちだ、縁談はそれからのことだと思い、かれらなりにいろいろ努力をした。もちろん十太夫は勤めのほかに道場での稽古《けいこ》があったし、土田正三郎は奉行職記録所へ勤務の命が出たから、努力をした、というのはおもに主観的な意味で、実際にこれこれのことをした、という実績はあまりなかったようだ。このあいだに、二人の感情には幾たびかの波があった。すなわち、十太夫は土田が早くしづの心をとらえればいいと思い、土田正三郎も同じことを十太夫に期待し、それが逆になって、こんどこそおれがしづを嫁に貰うぞと、互いに心の中でいきり立つ、というぐあいだったのだ。そうして、十太夫が江戸へ修業にゆくことになり、それといっしょに土田もしづから遠ざかった。

——親友の留守に親友をだしぬくのはいやだ、と土田正三郎は言明した。

そのとき十太夫と土田と喧嘩《けんか》になった。そんな例はあとにも先にもない、たった一度のことなのだが、問題はしづで、自分が留守のあいだ安川へ近よらないというのは侮辱だ、と十太夫が怒りだしたのである。それは恩きせがましいうえに高慢だと云い、土田も珍しく、安川から遠ざかるのはおれの自由だとやり返した。兄弟よりも仲のいい二人、いつも形と影のようにはなれない二人が口論をはじめたので、周囲の者たちは半ば吃驚《びっくり》し、半ば好奇心を唆《そそ》られて、そのなりゆきを見まもっていた。十太夫は赤くなってどなりたて、土田も肩をいからせて叫び返し、やがて下城の刻《とき》が来て、大手門を出るまで続いた。そのころには大勢の者が二人のあとからついて来、二人はついに取っ組みあいになった。十太夫のほうが先にとびかかり、土田を押し倒したが、土田はすぐにはね返して、反対に十太夫を押えこんだ。

——さあどうだ、と土田が云った。

——ちょっと待て、と十太夫が云った。

——待てとはなんだ。

——まわりを見ろ、と十太夫が云った。こいつらはおれと土田が無二の親友だということを知っている、にもかかわらず、二人の喧嘩を止めようともせず、面白そうに見物しているとは不人情じゃないか。

——それはそうだ、と土田は手を放した。

——こんな不人情なやつらに見物させることはない、と云って十太夫は立ちあがった。こいつらから先にやっつけてやろう。

見物していた者たちが逃げだしたのは云うまでもないし、二人の喧嘩もそれで終った。十太夫は江戸へゆき、土田正三郎はしづから遠ざかった。

「おい、ちょっと待て」十太夫が急に雪の中で立停《たちどま》った、「その話で思いだしたが、安川の妹はどうした」

「知らないな、もう嫁にいって子供の二、三人もいるんじゃないか」

「うん」十太夫は指を折ってみて頷いた、「そうだろうな、もう二十三ぐらいだからな」

「北園の娘はどうしている」

「あれは嫁にいって死んだよ」と十太夫はまたあるきだしながら云った、「いったさきの名は忘れたが、初めてのお産がひどい難産、そのために死んだということだ」

土田正三郎は黙ってゆっくりと頷いた。十太夫は笠のふちを指ではじいて雪をとばし、合羽をばたばたと、鳥の羽ばたきのように振って雪を払いながら、口の中でぶつぶつ独り言を呟《つぶや》いていたが、急になにごとか決心したように、「じゃこれで」と云いさま辻になっている道を、せかせかと右のほうへ曲っていった。

その翌日から五日のあいだ、十太夫は土田の役所へあらわれなかった。役部屋の者たちはふしぎそうな、そして、なにか始まるぞという刺戟的《しげきてき》な期待のために仕事も手につかないような眼《め》つきで、ひそかに土田正三郎のようすを見まもっていた。頭取の加地宗兵衛《かじそうべえ》は三日めに気がついたらしい。頭取部屋は役所の中で一人だけ別になっているが、三日めの下城の刻が近くなってから、仕切の襖《ふすま》をあけて、土田の机の側《そば》へやって来た。

「どうしたんです、あの豪傑は」と頭取は温厚な笑顔で問いかけた、「二、三日みえないようだが、なにかあったのですか」

「私はなにも知りません」と土田は答えた、「たぶんいそがしいのでしょう」

「あのくらいそうぞうしい人間もないが、来ないとなると気になるから妙なものだ」

と頭取は云った。「病気でなければいいがな」

五日目にも姿をみせないので、役所が終ったあと、土田は三の丸の道場へ寄ってみた。十太夫は素面素籠手《すめんすこて》で、上位の者に稽古をつけていた。汗止めはもとより、稽古着も汗びっしょりであるが、これまでに見たことのないくらい力のこもった、精悍《せいかん》な稽古ぶりであった。道場の臆病口《おくびょうぐち》で見ていると、安川大蔵が側《そば》へ来て目礼した。

「元気なようだね」と土田が云った。

「あのとおりです」安川は苦笑した、「もう二刻以上も休まないんですよ」

「なにかわけでもあるのか」

「そのようですが」安川はちょっと口ごもった、「口止めされていましてね」

「この四、五日とんと姿をみせないんだ、病気でもしているんじゃないかと思ってね」

「あのとおり元気いっぱいです、いずれ小野さん自身から話されるでしょう、決して心配することはありませんよ」と云って安川は向うへ頷いてみせた、「――気がついたようですね」

十太夫が走って来て、荒い息をしながらどなった、「どうした土田、ちっともあらわれないじゃないか、風邪でもひいたのか」

四

当時、長島藩では治水工事に関して面倒な事件が起こり、普請《ふしん》、材木、勘定の三奉《ぶ》行《ぎょう》と重職とのあいだに、三年越しの吟味が行われていた。——工事は芝野川と久呂川との合流点に、水量を調節するための二重水門を造る計画で、もう七年もまえから着手されたのだが、出水のために二度失敗したうえ、計上費や用材の不正が発見され、その責任問題がやかましくなっていた。

だからといって、家中ぜんぶがその紛争に関係しているわけではない。工事の担当者とか、吟味に当る役人や重職のほかは、平常と変りのない生活をしていた。土田の属する記録所は、役目の性質から多少は事務が煩雑《はんざつ》になり、ときには下城が一刻もおくれることなどもあったが、吟味事件そのものにはむろんかかわりはなかった。

十太夫の無沙汰《ぶさた》はさらに十日ちかくも続き、それから或《あ》る日、例のように突然、稽古着のままとびこんで来た。

「今日はいっしょに帰ろう」と十太夫は片手で額の汗を拭《ふ》きながらどなった、「久しぶりで一杯やろう、いいな」

下役の者たちは忍び笑いをし、仕切の襖をあけて加地頭取が覗《のぞ》いた。十太夫はそんなことは眼にも入れず、とぶようにして出ていったが、またすぐに戻《もど》って来た。

「帰るまえに道場へ来てくれ」と十太夫はどなった、「ちょっと相手をしてもらいたいんだ、いいな」

土田は眼で返辞をし、十太夫は走り去ろうとしたが、その役部屋にいる若侍の一人を認めると、部屋じゅうに鳴り響くような声で咎《とが》めた。このごろ稽古を怠《なま》けている、そんなことでは上達しないぞ、どうして道場へ来ないんだ、とたたみかけるように云《い》った。その若侍は赤くなった顔を机の上へ貼《は》りつくほど伏せ、口の中でなにやら答えながら、さもいそがしそうに筆を動かしていた。

「またそうぞうしくなるようだな」加地頭取が襖を大きくあけ、土田の側へ来て、机の上を眺《なが》めながら云った、「道場へゆくんならもう片づけるがいいでしょう、済んだ分だけ受け取りますから」

「いまお届け致します」と土田は答えた。

道場には十太夫と安川だけで、ほかには誰《だれ》もいなかった。十太夫の脇《わき》に道具が置いてあり、土田正三郎を見るなり、待ちかねたように面籠手をつけ始めた。

「今日はおれが受ける」と十太夫は云った、「土田が打ちをやってくれ」

土田は十太夫を見た。

「文句を云うな」と十太夫は面の中からどなった、「そっちで打ちを入れるんだ、遠慮はいらない、おれを粉砕するつもりでやってくれ」

土田正三郎はもの問いたげな眼をした。

「文句を云うな」と十太夫は竹刀《しない》を取って素振《すぶ》りをくれた、「さあ、支度をしてくれ」

土田は稽古着に着替えながら、なにがあったのかと、安川大蔵に訊《き》いた。安川はただ肩をゆりあげただけであった。道場へはいっていった土田は、自分の竹刀を取って立ち向うと、十太夫の面と胴へ、みごとな打ちを二本入れた。

「弱い、弱い」と十太夫が叫んだ、「もっと力いっぱいやれ」そしてさらにどなった、「おれをかたきと思って打ち込むんだ、さあ」

土田正三郎はするどい打ちを面へ入れ、十太夫が受けると、竹刀を返して躰当《たいあた》りをくれた。十太夫は転倒し、転倒したまま十二、三尺も滑ってゆき、「これまで」と叫んで面をぬいだ。ばか力だ、よけいなことを、と云いながら十太夫は足を投げだした恰好《かっこう》で、籠手を外し、胴をぬいだ。安川がそれを助け、十太夫は額の汗を手で押しぬぐった。

半刻のち、十太夫と土田は芝野川に沿った畷道《なわてみち》をあるいていた。

「おれは安川のしづを嫁に貰《もら》う」と十太夫が云った、「異存があるか」

土田は眼をそばめて十太夫を見た。

「安川大蔵の妹だ、忘れたのか」と十太夫が云った、「――このまえ二人で話してから、気になったので安川に訊いてみたんだ、するとまだ未婚のままうちにいるという、母親に亡《な》くなられて女手がないため、主婦の代りになったので婚期を逸したということだ」

十太夫の口ぶりにはなまなましい感動がこもっていた。彼は安川家へ訪ねてゆき、しづと会って話した。彼女が嫁にゆかなかったのは、主婦代りをしなければならなかったからではなく、土田と十太夫の二人を忘れることができず、そのどちらかでなければ、一生をともにする気になれなかったためである、と告白した。十太夫は続けて安川家へゆき、そのたびにしづと話しあった。安川大蔵はすでに結婚して、二歳になる子供もある。しづは父親や弟の世話をするだけだから、その機会さえあれば、いつ嫁にいってもいい立場であった。これらの事情を話しあっているうちに、しづの気持は十太夫にかたむいてき、十太夫もしだいに心がきまってきた。

「おれは抜け駆けをしたかたちだが、卑怯《ひきょう》ではなかったつもりだ」と十太夫は肩を怒《いか》らせるような調子で云った、「――会って話すたびに、必ず土田のことを話題にし、むしろ土田を推薦するようにつとめた、けれども、しづの気持は少しも迷うようすがなく、おれとの結婚なら承知すると云った」

十太夫が立停ったので、土田正三郎も足を停めた、昏《く》れかかる空は青ずんで高く、斑《まだら》に雪の残った河原の向うで、芝野川の流れが静かに瀬音をたてていた。

「仔細《しさい》はこのとおりだ」と云って十太夫は土田を見た、「そっちに異存があれば聞こう」

土田正三郎は高い空を見あげ、唇《くちびる》を舐《な》めながら、暫《しばら》くのあいだ黙っていた。

「よし、もうそのくらいにしろ」と十太夫が云った、「土田はいつも饒舌《しゃべ》り過ぎる」

土田正三郎はてれたような苦笑をもらし、十太夫はおうと吼《ほ》えながら、力をこめて、右手の拳《こぶし》を空へ突きあげた。若い精力が躰内に満ち溢《あふ》れていて、どうにもじっとしていられない、というふうな声であり動作だった。

「少し寒くなったようだな」と土田が云った。

「待て、まだ話が残ってる」と十太夫が遮《さえぎ》った、「土田はこれから枡平《ますへい》へゆくんだ、今日はもとより、これから先も暇があったら、自分ひとりで飲みにゆくんだ、わかるか」

土田正三郎は眼を細めた。

「おい、先ばしったことを思うな」十太夫は土田がなにか云ったことを制止するように続けた、「まず聞け、いいか——安川のしずがなぜおれを良人《おっと》に選んだか、その理由がわかるか」

　土田は黙っていた。十太夫はすぐに続けた。

「それはな、おれが一人で安川へいったからだ、初めからの計画じゃない、しずが未婚のままにうちにいると聞いて、どんなふうに変ったかを見たうえ、まだあのころのように美しかったら土田もさそってゆくつもりだった、嘘《うそ》じゃないぞ、本当にそう思って訪ね、しずと二人だけで話した、その初めて訪ねていった帰りに、おれはしずのようすに昔とは変ったところがあったことに気づいた、——よく聞いてくれ、いいか、ここが肝心なところなんだ」

　まえにはどこかに隔てがあった。こっちをみつめるまなざしにも、話しぶりにも、しなを作った羞《はにか》みようにも、薄い紙一重を隔てて見るような、もどかしさが感じられた。それがこんどはまるで違う、すべてがしっくりと、割った木を合わせるように、お互いの感情が隙間《すきま》なしに通じあうのだ、と十太夫は云った。

「お互いがそれだけとしをとった、つまりおとなになったためだろうか、と考えてみた、婚期におくれたしずの気持が、男を求めてあせっているからではないか、いろいろ考えたが、そうじゃない、問題はしずのほうにだけあるんじゃなく、おれのほうにもある、おれの気持もあのころとはまったく違っているんだ」と云って十太夫は、土田を咎めるような眼でみつめた、「これはどういうわけだ、二人のこの変りようはなんだ、――おれはそれがどんな原因によるものか知りたかった、それで土田をさそうまえに、その理由をつきとめようと思い、二度、三度と一人で訪ねた」

「寒いよ」と土田が云った、「すっかり昏れてしまった」

「そうして二人だけで会っているうちに」と十太夫は構わずに云った、「おれはだんだんにわかってきた、なんだと思う、しづとおれの気持がぴったりよりあい、結婚にまで踏み切れた理由はなんだと思う」

　土田正三郎は黙って空をにらんでいた。

「それはこうだ」と十太夫は云った、「その理由はただ一つ、おれが土田といっしょにではなく、一人で訪ねてゆき、しづと差向いで話しあったからだ、つきつめたことを云えば、男女の仲は一対一ということなんだ、また、そこで思い当ったんだが、いつの場合でもおれと土田は一躰同様だった、おれが好きになれば土田も好きになる、そしてお互いの友情を裏切らないためだと思って、二人いっしょでなければどの娘ともつきあわなかった、ばかばかしい、娘のほうではこれをどう感じるか――こっちが二人で一躰同様なら、娘のほうでもそのとおりに感じただろう、だから枡平のみの公のように、おれたちのほかの男とは結婚できないが、おれたちのどっちを選んでいいかもわからないと云うことになる、これでわかったろう、おれたちは極めて子供くさい、ばかげた廻《まわ》り道をしていたんだ」

土田正三郎はくしゃみをし、懐紙を出して洟《はな》をかんだ。

「土田はこれから一人で枡平へゆけ」と十太夫は云った、「一対一でやればみの公の気持も片づくだろう、そうしたら二た組でいっしょに式をあげよう、いいな」

五

その翌年の二月、小野十太夫は安川しづと祝言《しゅうげん》した。土田正三郎にも婚約者ができたが、例の治水工事にからまる吟味が終りかかっていて、役所の事務が多忙なため式が延び、九月になってようやく祝言をすることができた。相手は枡平のおみのではなく、城代家老の姪《めい》に当る篠原《しのはら》しのぶであった。

——どうしたんだ、あんなに仲のよかった小野と土田が、このごろすっかり疎遠《そえん》になったじゃないか。

——生活が変れば感情も変るさ、両方とも結婚したからだろう。

——そうだ、二人ともおとなになったのさ、あの友情はおとなのものではなかった、幼年時代からずっと続いていて、つまり遊び友達という気持が抜けなかったまでだ、それが二人とも妻帯したので、ようやくおとなになったというところだろう。

――はかなきものだね。

家中《かちゆう》の人たちはそんなふうに評しあった。慥《たし》かに、二人はほぼ一年くらい疎遠にみえた。そのあいだにも、土田は三日か五日に一度は道場へゆき、半刻《はんとき》くらい十太夫と立合いをした。躯《からだ》をやわらかくしたいというのが目的で、べつに剣術修業という意味ではなく、一と汗かくとやめてしまう。以前ならそこで「一杯やりにいこう」という段取になるのだが、そうはせず、まっすぐにお互いが帰宅する、という状態が続いたのである、――大多数の例では、これがそのまま自然のなりゆきというかたちになるであろう、生活が変れば人間の感情も変るものだ。はかないと云えばはかないだろうが、十太夫と土田の場合はそうはならなかった。かれらが結婚した年の冬にかかるころから、いつとはなしにまた接近しはじめたのである。いつそれが始まったかはわからない、或《あ》る日、十太夫が「今日は一杯やろう」と云いだし、それから五日おき、三日おきに飲み、いっしょに稽古《けいこ》をしたあと、道場で話しこむというぐあいだった。そうして、周囲の人たちがそれと気づいたときには、二人はまったく以前の二人になっていたのであった。

「土田は酒が弱くなったな」と十太夫が云った、「もう酔ったようじゃないか」

十月下旬のかなり強い風の吹いている夕刻、袖《そで》町という横丁にある「よし野」の店で、二人はつけ板に向って腰を掛けていた。台を隔てて主人の留吉《とめきち》と女房のおいせがいる。おいせは燗番《かんばん》であり、留吉は肴《さかな》を作る。まだ早いので、客は二人だけだし、留吉夫婦は二人の気性を知っていたから、なるたけ話の邪魔にならないようにとつとめていた。

「酔ったのでなければ、なにか心配ごとでもあるのか」と十太夫が云った、「そうだろう、うちでなにか気にいらないことでもあったんだろう、どうだ」

土田正三郎は盃《さかずき》の中をじっとみつめた。

「むだなお饒舌りはよせ」と十太夫はまた云った、「土田はみの公を貰えばよかった、みの公を女房にしていればうまくいったんだ、――いったいどうしてみの公を貰わなかったんだ、え、どういうわけだ」

土田正三郎は静かに手をあげて、右の耳のうしろを撫《な》でた。どう答えたらいいか考えているようすで、しかしやがて、僅《わず》かに首を左へかしげた。

「わけなんかないさ」と土田は云った、「――つまり、小野が結婚してしまったんで、あの娘も拍子ぬけがしたらしいよ」

「拍子ぬけだって」十太夫は軽蔑《けいべつ》したように唇を片方へ歪《ゆが》めた、「こんな場合に拍子ぬけなんて言葉を使うやつがあるか、枡平には金が預けてあったんだ、土田が一人で飲みにゆくようにって、ところが預けた金はそっくり枡平から返してよこした、つまりおまえは枡平へゆかなかったんだろう」

「いったさ」と云って土田は十太夫を見た、「――どうしてゆかなかったなんて思うんだ」

「金がそっくり返って来たと云《い》ったろう」

「おれは役料を十人扶持《ぶち》取っている」と土田は穏やかに云った、「父からきまって貰う小遣《こづかい》もある、それに、枡平では勘定をろくさま取らないんだ」

「どうして勘定を取らないんだ」

土田は考えてみてから、云った、「――たぶん拍子ぬけがしたんだろう」

「おまえはお饒舌りのくせに言葉を知らないやつだ、それも拍子ぬけなんていう問題じゃないじゃないか」

そして十歳か十一歳のころ、土田が同じように当てずっぽうなことばかり云った例を幾つかあげ、それでよく記録所などに勤めていられるものだ、ときめつけた。やがて十太夫も酔ってきて、話を元《もど》へ戻し、家庭でどんな不愉快なことがあったか、と訊き直した。土田正三郎は考えこんだ。なにが不愉快だったろう、今日うちでなにか気にいらないようなことがあったろうか、とふり返ってみるようすだったが、そんなような記憶はないもようであった。

「じゃあ訊くが」十太夫はもどかしそうに土田を見ながら云った、「土田は女房とうまくいっているのか」

土田正三郎は平手打ちでもくらったように、眼《め》をみはって十太夫を見返した。十太夫はまた土田のその眼をじっと見まもっていて、それから唇で微笑した。

「よし、それ以上饒舌るな」十太夫はいかにも先輩らしく云った、「土田は結婚してまだ三十日ちょっとしか経《た》たない、おれはもうその十倍も経験しているんだ、いいか、ほぼ三百日も結婚生活をしているが、まだ女房とのあいだに一度だって不愉快なことが起こったためしはないんだぞ」

土田正三郎は手酌《てじゃく》でゆっくりと飲んだ。おいせが新しい燗徳利《かんどくり》を二本持って来、二人の前にあいている徳利と替えていった。十太夫は新しい徳利から酒を注《つ》ぎ、横眼で土田を観察しながら、独りでしきりになにか合点していた。

「そうだ、そのとおりだ」と十太夫は頷《うなず》いて云った、「結婚生活をうまくやってゆくにはその点が大事だ、その点さえ故障がなければ、たいていの不平不満は解決されるものだ、土田はそこに気がつかないんだろう」

土田正三郎は唇をまるくしながら、やむを得ない、とでも云うふうに首をかしげた。

「心配するな、おれがうまく指南してやる」と酒を啜《すす》ってから十太夫が云った、「おれも二月に祝言して、しづと寝所をともにするようになってから気がついたんだ、おれたちは、と云うのはつまりおれと土田のことなんだぞ、——おれたちは二人ともおんなを知らなかった、酒は早くから飲みだしたし、娘に惚《ほ》れることは惚れた、しかしおんなに触れる機会はなかったから、まるでお先まっ暗だった、あんなにまごついたことはないぜ、まったく、まったくまごついたよ、ああ」十太夫は喉《のど》で笑った、「ばかばかしい話さ、なんだっておれたちは遊ばなかったんだ」

土田正三郎は当惑したように、片方の肩をむずっと動かした。

「饒舌るな」と十太夫が云った、「なにも理由なんかありやしない、潔癖だとか、志《し》操《そう》堅固なんていうものでもない、要するに、その方面にかけては育ちそくないであり怠け者だったんだ、そうだろう」

土田正三郎は考えてみて、そうかな、というふうに首をかしげた。

「そうさ、それだけのことさ、きまってるじゃないか」と十太夫は云った、「土田だって結婚したときにはまごついたろう、おまえは融通がきかないからな、どんなにへどもどしたかおれには見えるようだぜ」

土田は静かに「知ってたよ」と云った。

「知ってたって」十太夫は不審そうに問い返した、「――なにを知ってたんだ」

「小間使から教えられたんだ」と土田はゆっくりと云った、「十二のとしにさ」

十太夫の眼が大きくなり、土田を睨《にら》んだまま眼球がとびだしそうになった。

「こま」と十太夫は吃《ども》った、「――小間使に教えられたって」

「十二のとしだったそうだ」

「おい、少しはなれろ」十太夫は顔をしかめながら身を反《そ》らした、「きさま、――不潔なやつだな、冗談じゃない、十二やそこいらで、ちえっ、いやなやつだな、どの小間使だ、こそのとかいったあのちびか」

土田正三郎は首を振って否定した。

「でないとすると太っちょのほうか」

「おれは知らないんだ」

「そんなことを教えられたのにか」

「少しおれに話させてくれ」

「土田は饒舌り過ぎる」

「おれではないんだ」と土田が云った、「おれはおまえと同様、なにも知らなかった、知っていたのはしのぶのほうで、聞いてみると十二のとしに、小間使から教えられた、と云うんだ」

十太夫は反らせた軀《からだ》を元《もと》へ戻し、土田を眼の隅《すみ》で睨みつけながら酒を啜った。土田正三郎は済まなそうな顔で、だがなにも云わずに手酌で飲んだ。

「それなら、なにをそんなに気に病んでいるんだ」と十太夫が問いかけた、「女房《にょうぼう》と喧嘩《けんか》でもしたのか」

土田正三郎は「なんにも」と云って、片方の肩をまたむずっと動かした。

土田正三郎には不愉快なことも、気に病むこともなかった。実際は小野十太夫こそ、そのとき大きな心配があり、気分がおちつかず、いらいらしていたのである。そうして、その日から十四五日のち、十太夫は目付役《めつけやく》へ呼びだされ、数回にわたって吟味役から取調べを受けた。理由は、治水工事で不正のあった商人と、材木奉行、郡奉行《こおりぶぎょう》らと関係があり、不当の金品を受取った、ということであった。

六

十太夫に続いて土田が呼び出された。土田が証言をし、枡平の主人が呼び出され、それで十太夫に対する嫌疑《けんぎ》はきれいにぬぐい去られた。――疑われたもとは、治水工事で不正をはたらいた主謀者たちの中から、十太夫に金が渡っていたことがわかったからであるが、これは十太夫がこれらの子供たちに剣術を教えた謝礼であり、その金は別途収入として土田と飲食に使ったものだし、枡平もその裏付けをしたので、結局なにごともなく済んだのであった。

「おまえ道場を引受けてくれ」事が片づいたあとで十太夫が土田に云った、「――目付役に呼び出され、吟味を受けたようなからだで人に剣術の指南はできない、土田の腕なら申し分なしだ、頼むからおれのあとを引継いでくれ」

土田正三郎は答えなかった。十太夫は暫《しばら》く土田のようすを見まもっていて、ごうをにやしたように向き直ったとき、昔どこかの藩にたれそれとかいう侍があった、と土田がゆっくり云いだした。

「どこの藩だか、なんという名の侍か忘れたがね」と土田は語った、「役目が勘定方《かんじょうがた》だったことは慥《たし》かだ、或《あ》るときその役所で五十両という現金がなくなった、どうしたのかわからない、役部屋の者に嫌疑がかかり、厳重な吟味が行われたが、それでも金は出てこないし、盗まれたのか紛失したのかもわからなかった、そんなことはよくあるものさね」

「肝心な話になると」十太夫はいらいらして云った、「土田のお饒舌《しゃべ》りはちっとも進まなくなる、それからどうしたんだ」

「その事は解決のつかないまま、結局うやむやに終ってしまった、ところが」と土田は一と口酒を啜ってから云った、「――ところが無解決のまま吟味が終ったあとで、たれ某という一人の侍が辞任を願い出た、こんな疑いを受け、吟味取調べをされた以上、この役にとどまるわけにはまいらない、それでは自分の良心がゆるさない、そう主張してゆずらず、やむなく役替えになった、つまり当人の主張がいれられたわけなんだな、まことに出処進退のいさぎよい男だといわれたそうだが、暫く経つと妙な噂《うわさ》が弘《ひろ》まった、――彼はなぜ辞任したのか、ということだね、吟味取調べを受けた者は、ほかにも大勢いる、彼だけが疑われたわけではない、それであるのに、彼一人だけがその役所を去ったのはなぜだ、かえりみてやましいことがあったんじゃないか、その役所にとどまっていると、気が咎《とが》めて耐えられないようなことが、――こういう疑惑は、五十両という金に対して現実的な責任が明らかにされたよりも、却《かえ》って彼のために不利であり、ぬぐうことのできない汚点となるものだ」

「それでどうした」

「噂は弘まるばかりだし、無実を証拠立てる方法もない、たれそれとかいうその侍は、たまりかねてその藩を退身した、たぶんこらえ性のない男だったんだろうな」と土田は巧《たく》みにまをおいて云った、「——彼が退身したあとで、問題の金が発見された、どういういきさつだったか忘れたが、ともかく五十両はちゃんと出て来たんだ、けれども、退身したたれ某に同情する者はなく、彼に対する疑惑が誤りだったと云う者もなかった、つづめて云うと、彼は出処進退を明らかにしたことによって、却って自分を不当な」

「その話はいつか聞いた」と十太夫が遮《さえぎ》った、「おまえはおれに師範を続けさせようとして、そんな話をもちだしたんだろう、だがそいつはでたらめだ、作り話だ」

「それなら云ってしまうが、これはこの長島藩であった事なんだ」

「ばかなことを」

「古い人は知っている筈《はず》だ」と土田は云った、「おれは父に聞いたんだがね、御先代の治世にあった事で、その侍の名は矢野五郎兵衛《やのごろべえ》というんだよ」

十太夫の口がだんだんに大きく開いた。錠《じょう》の外《はず》れた木戸がしぜんと開くように、少しずつ大きくなり、下顎《したあご》が垂れさがるようにみえた。

「矢野五郎兵衛だって」と十太夫は唾《つば》をのみこんで反問した、「——それは土田の」

「そう」と土田は頷いた、「おれの母の外祖父だ、母は忍田《しのだ》の養女になっていたが、じつは矢野家の出なんだ」

十太夫は唇《くちびる》をひき結んだ。矢野五郎兵衛という名を聞いて、彼もまたその話を思いだしたのであろう。ふきげんに手酌で二杯飲んだ。

「おまえは饒舌り過ぎる」と十太夫は顔をしかめて云った、「いちごんで云えば、師範のあとを引受けるのがいやなんだろう」

土田正三郎は黙って微笑した。

「それならそう云えばいいんだ」と十太夫は云った、「なにも譬《たと》え話なんかもちだすことはありやしない、いやだと云えばわかることだ、まったく土田は面倒くさいやつだよ」

土田正三郎はなにも云わなかった。そのとき二人は、袖町の「千石」という店で飲んでいたのだが、そこを出てから「よし野」へゆき、腰を掛けたかと思うとすぐに、十太夫が「枡平へゆこう」と立ちあがった。土田正三郎は反対しようとしたが、十太夫は「饒舌るな」ときめつけ、土田の手を摑《つか》んで外へ出た。枡平ではおみのが給仕にあらわれ、十太夫としきりにやりあったが、土田は聞くだけで話には加わらず、しまいには肘枕《ひじまくら》で横になってしまった。

二人の生活は完全にもとどおりになった。十太夫に子供が生れ、土田正三郎は父の隠居で中老職を継いだ。そして記録所頭取を兼任することになったが、相変らず十太夫は「おい、飲みにいこう」とか、「道場で一本つきあってくれ」とか、云ってとび込んで来るし、そうでなければ土田のほうからでかけてゆき、どちらにせよ下城のときは必ず二人いっしょだった。一般にはこういう関係は嫌《きら》われるか、笑い話にされるものだが、この場合はごく自然に受けいれられ、家中《かちゅう》の人たちはむしろ好感をもって二人を見ていたばかりでなく、長島藩の「名物」というふうに考えていたようである。一例をあげると、或るとき十太夫に江戸詰の沙汰《さた》が出た。小姓頭という役目だから、もうとっくに江戸詰に当っていなければならなかったのだが、精武館道場の師範であるため延びていた。それがいよいよ延ばせなくなったわけで、その沙汰を申し渡すことになったのだが、老職たちの中から誰《だれ》が云いだすともなく、十太夫を江戸へやるなら土田も江戸へやらなければなるまい、という説が出た。しかし国許《くにもと》の中老職は動かせないため、協議をかさねた結果、ついに十太夫の江戸詰は延期することになった。それほど二人の友情が大事にされた、というのではなく、かれらをはなればなれにすることがなんとなく「不自然」であるように思えた、というほうが事実に近いようだ。

　土田は三十歳のとしに女子を儲《もう》け、それと前後して枡平のおみのが婿《むこ》を取った。――土田は女児にすずと名付けたが、十太夫はすずを自分の子の小十郎の嫁にすると主張した。かくべつな意味はない、世間の親たちがよく考えることだし、それが実現することもあり、年月の経《た》つうちに忘れられることもある。だが二人の場合にはほんの少しだが変ったところがあった。というのは、結婚以来はじめて、お互いの家族のことが話題になった、という点である。かれらは少年時代まで、——つまり十太夫の家が御蔵の辻《つじ》の土田家と隣りあっていたころは、お互いにその家を訪ねあっていたが、火事のあと十太夫が的場下へ移ってからは稀《まれ》になり、ことに結婚してからは一度も訪ねあったことがない。城中や戸外では絶えずいっしょになるけれども、お互いの家族とはまったく交渉がなかったのだ。——したがって、十太夫がよく、そのすずを伜《せがれ》の嫁にきめた、と主張したのは珍しいことであり、云われた土田はけげんそうな顔をしたし、主張した十太夫も、主張したすぐあとでばつ悪そうな顔をした。

二人が三十二歳になった年の十一月、十太夫が吐血《とけつ》して倒れた。道場で稽古《けいこ》をしているとき、突然よろめいて膝《ひざ》を突き、吐血したのであった。知らせを受けた土田正三郎は、すぐに医者を呼べと命じたが、自分はそのまま事務をとり続けていた。道場から二度も迎えがあり、三度めに医者が来たと告げられてから、ようやく机の上を片づけて立った。

「どうしたんだ」下役の者たちは、土田のうしろ姿を見送りながら囁《ささや》きあった、「小野さんが吐血して倒れたというのに、なにをぐずぐずしていたんだろう」

「御用はそれほどいそぐものではなかったのになあ」

「動顚《どうてん》したんだろう」と一人が云った、「吐血といえば尋常なことではないからな」

土田正三郎がいったとき、十太夫は道場のまん中に夜具を敷いて寝ていた。若い門人が三人ばかりで、床板を拭《ふ》いており、枕《まくら》の脇《わき》には医者の桂慈石《かつらじせき》と安川大蔵が坐《すわ》っていた。話をしてはいけません、と医者が注意するのを聞きながして、十太夫は「おそいじゃないか」と口を尖《とが》らし、安川と三人で話すことがあるから、みんなちょっと遠慮してくれ、と云った。

「話はあとだ」と土田はやわらかに拒絶した、「雨が降ったら傘《かさ》をさす、病気になったら医師の指示にしたがわなければならない、たまには人の意見も聞くものだ」

「雨が降ったらだって、ふん、饒舌り過ぎるぞ」十太夫は救いがたいと云わんばかりに首を振り、眼《め》をつむった、「――土田の悪い癖だ、おまえはいつも饒舌り過ぎるぞ」

土田正三郎は医者の顔を見た。桂慈石は無表情のまま、十太夫の胸に当てた濡れ手拭《ぬぐい》を取り替えた。軽い症状ではないという意味か、いまは見当がつかないという意味か、どちらにせよ土田の眼に答えるようすはなかった。

「病気のときぐらいおとなしくするものだ」と土田は十太夫に云った、「――どこか痛むのか」

「話しかけないで下さい」と医者が云《い》った。

十太夫は口の中で「それみろ」と呟《つぶや》き、白っぽい唇に微笑をうかべた。

七

十太夫はそのまま道場で一夜をすごし、明くる日の午後に自宅へ帰った。土田正三郎も朝まで側《そば》にいたが、医者も付きっきりだし安川大蔵もいたので、十太夫と二人になる機会はなかった。医者も二人のことは知っているから、話をする隙《すき》を与えないように、絶えず気を配っていたし、土田もそれを察したように、なるべく十太夫を見ないようにしてい、夜が明けて十太夫が眠ったのを慥《たし》かめると、安川にあとのことを頼んで、城をさがり、家へ帰った。

土田正三郎は一睡もしなかったが、帰宅すると風呂《ふろ》を焚《た》かせて軀《からだ》を洗い、平生どおり髪を直し髭《ひげ》を剃《そ》って、父と朝食をともにした。事情を訊《き》かれたので、あらましのようすを話すと、父の正兵衛は登城を休めと云った。母も側から休むようにとすすめたが、彼は欠かせない御用があるからと断わり、時刻になると登城して、自分の役部屋へはいった。

「小野さまはいかがですか」と下役の者がすぐに訊いた、「もうよろしいのですか」

土田正三郎は単符と呼ぶ紙片へなにか書き、自分の印を捺《お》してその下役に渡した。

「お蔵へいって、この記録を出して貰《もら》ってくれ」と土田は云った、「それから中林、昨日の書類はまだか」

「もうすぐです」とその中林が答えた。

「いそいでくれ」と土田は云った、「このごろ事務がはかどらないようだな、郡奉行からの期届《きとど》けはまだか」

「まだまいりません」と他の下役が答えた、「催促いたしましょうか」

「まあよかろう」土田は机の上へ書類をひろげ、硯箱《すずりばこ》をあけて朱墨を磨《す》りだした、「――郡奉行か」

下城の刻《とき》が近くなったとき、安川大蔵が役部屋へ来て、半刻ほどまえに十太夫を家まで送ったと告げた。

「病気はなんだった」

「胃だろうと云うことです」安川が答えた、「吐血したのは初めてだが、知らないうちに胃が爛《ただ》れていて、下血《げけつ》していたに相違ない、軀がすっかり弱っていると、医者は申しました。私どもは毎日会っているせいか、そんなふうには思えませんでしたが」

「酒も弱くなっていたようだ」と云って土田は安川を見た、「道場のほうは頼むよ」

「帰りにお寄りなさいますか」

「いや」と土田は顔をそむけた、「当分そっとしておくことにしよう」

安川大蔵はじっと土田の横顔をみつめていたが、やがて挨拶《あいさつ》をして去った。

三日のちの朝、土田正三郎が登城の支度をしていると、十太夫の家から使いがあり、ぜひ来てもらいたいという口上を伝えた。十太夫がまた吐血をし、土田に会いたがっている、妻女もこころぼそそうだということであった。土田は当惑したように、いそぎの御用があるので、登城の刻限におくれるわけにはいかない、いとまができたらゆこう、と答えて使いの者を帰らせた。――土田は十太夫をみまいにゆかなかった。それほどいそぐ事務があろうとは思えないのに、毎日たれよりも早く役部屋へはいり、下城の刻が来てもあとに残って仕事をした。小野家からはその後なにも云っては来なかったが、安川大蔵がたびたびあらわれて、十太夫の容態を伝え、みまいにゆくようにとすすめた。

「そのつもりだ」と土田はいつも答える、「からだがあきさえしたら訪ねよう、もう四五日したら時間ができると思う」

「なにかおことづけはありませんか」

「ないようだな」と土田は首を振る、「あれば会ったときに話すよ」

けれども土田は小野家を訪ねなかった。

十太夫の容態は少しずつ快方に向っているという。土田正三郎に対する家中の評は、しだいに悪くなるばかりだった。あれほど仲がよかったのにどうしたことだ、肉親のきょうだいより親密で、いつもはなれたことがなかったではないか。それなのにどうしてみまいにゆかないんだ、会いたいという使いさえ受けたそうだが、それでも訪ねてゆかず、みまいの伝言もしないという。それでも親友だろうか、平穏無事なときはつきあうが、病人には用がないというわけか。そういうような非難が弘《ひろ》まり、しばしば土田の側で、聞えよがしに云う者さえあった。

「なにか仔細《しさい》があるのですか」と或《あ》る夜、妻のしのぶが訊いた、「いろいろ噂《うわさ》があるそうで、実家《さと》の篠原《しのはら》でも案じておりましたが」

土田は黙っていた。

「あれほどお親しくしていらしったのですから、さぞ待ちかねていらっしゃることでしょう、どうぞ一度みまってあげて下さいまし」

土田正三郎は頷《うなず》いただけで、なにも云おうとはしなかった。十二月になってまもなく、夜の十時すぎに安川大蔵が訪ねて来、十太夫の病状が急変したこと。その日の夕食のあとで激しい吐血がおこり、一刻ちかく失神していたこと。医者は桂慈石《かつらじせき》のほかに阿部甫悠《あべほゆう》が立会い、夜半が峠だろうと云っていることなど、走って来たために肩で息をしながら、おろおろと告げた。

「万一のことがないとは云えません、どうかいっしょにいらしって下さい」

「おちつけ」と土田は静かに云った、「これからいったところで、医者が面会をゆるす筈《はず》はない、朝になったら訪ねよう」

「しかし万一のことがあったら」

「なにができる」と土田は安川の言葉を遮《さえぎ》って反問した、「二人の医者が付いていて、それでもだめなものなら、私がいったところでどうしようもないではないか、うろたえるな」

「うろたえる」と云って安川は土田の眼をするどく睨《にら》んだ、「――土田さんは平気でそんなことが仰《おっ》しゃれるんですか」

「云っておくが」と土田は声を低くした、「私は十太夫の友人であるだけではない、中老という重任があり、奉行職記録所の頭取という役目も兼ねている、いまは十二月で、どちらにも欠かせない御用がたまっているのだ、わからないことを云うな、安川」

「わかりました、それがあなたの友情だったのですね」と安川は云った、「——失礼します」

安川は踵《きびす》を返して去った。

この問答を父の正兵衛は聞いていたらしいが、そのことについてはなにも云わず、寝所へ立つときに、正三郎の居間の外から、「雪になったぞ」と声をかけていった。その夜半すぎに十太夫は死んだ。正三郎は父に弔問《ちょうもん》を頼んで登城し、葬儀も父に代ってもらった。年があけて三月はじめ、宗光寺で十太夫の七十五日忌がいとなまれたとき、初めて土田は焼香しにいったが、ほんの形式だけの焼香ですぐに帰ろうとした。

安川はもちろん、知った顔ばかりだったが、誰も土田には挨拶をしなかったし、眼を合わせることさえ避けていた。

土田もそんなことには無関心なようすで、接待で刀を受取り、そのまま出ようとすると、十太夫の妻のしづが、幼児を抱いて小走りに来、声をかけた。

「こんにちは有難《ありがと》うございました」としづは低頭して、抱いている子を見せた、「これが小十郎でございます」

「そうですか、丈夫そうなよい子だ」土田は幼児に笑いかけた、「坊や、幾つだ」

小十郎は母の顔を見、それから片手を出して、慎重に三本を伸ばして差出した。

「ああ三つか、おりこうだな」土田は手で幼児の肩をそっと叩《たた》いた、「お父さまに負けない立派な侍になるんだよ」

「あの」としづが云った、「わたくしうかがいたいことがございますのですけれど」

「失礼ですが御用がありますから」と土田は遮って云った、「――どうぞお大事に」

そして顔をそむけてそこを去った。

土田正三郎は十太夫の危篤《きとく》が伝えられたとき、仏間にこもって夜を明かした。そういう噂が弘まった。十太夫の死後も、七日毎《ごと》の供養《くよう》をひそかに行なった。家人の誰にも知れないように、仏間で夜明けまで誦経《ずきよう》してすごした。――こういう噂も伝えられた。土田の妻しのぶの実兄である篠原頼母《たのも》から出た話で、妻のしのぶだけが知っていたのだという。だが、そんな噂も土田正三郎に対する反感をたかめる役にしか立たず、その評判は少しもよくならなかった。そして六年という月日が経《た》ち、土田正三郎は三十九歳になった。

その年の十二月はじめ、少し早めに下城した土田正三郎は、まわり道をして宗光寺へ寄り、小野十太夫の墓参をした。香華《こうげ》をあげるでもなく、手ぶらでいって、墓に合掌したのち、暫《しばら》くそこで、あたりを眺《なが》めまわしていた。

――ぼんやりしていたので気づかなかったが落葉を踏む足音が近づいて来、囁《ささや》くような声で呼びかけられ、振返って見ると、小野しづがそこに立っていた。黒の紋付に濃紺の頭巾《ずきん》をしていたが、頭巾を取りながら挨拶をし、墓参の礼を述べた。

土田はその後のようすを問い、しづは小十郎が健康に育っていること。実兄の安川が後見になり、二人きりでは淋《さび》しいので、安川の末弟の伊四郎が寄宿していること、などを答えた。

――それで話は途切れた。土田も父母は健在だし、娘のすずの下に男の子が生れ、鶴之助《つるのすけ》と名付けて今年三歳になっていた。しかし問われないのに話すきっかけもなく、土田は別れを告げて去ろうとした。するとしづが微笑しながら、一つだけ聞かせてもらいたいことがある、と呼び止めた。

「あれからまる六年になります」としづが云った、「世間の噂も、すっかり消えてしまったようですから、もう本当のことを仰しゃって下さってもよろしゅうございましょう、――小野が倒れましてから亡《な》くなるまで、土田さまは一度もみまいに来ては下さいませんでした、どういうわけでいらっしゃらなかったのか、わけを話していただけませんでしょうか」

土田正三郎はしづの顔を見た。

八

しづは微笑しているのではなかった。かすかに赤らんだその顔には、おそれと期待と、好奇心とがいりまじって、しかもそれをあらわすまいとする努力が、微笑しているような印象を与えたのであった。

「過ぎたことですが、人には知られたくないのです」と土田は空へ眼をやりながら静かに云《い》った、「あなたは秘密を守ってくれますか」

「はい」しづは力づよく頷いた。

土田正三郎は履物《はきもの》の爪先《つまさき》で、地面に散っている落葉を掻《か》きわけた。ひっそりとした墓地の中で、落葉の触れあう乾いた音が、おどろくほど高く聞えた。

「十太夫は私に、道場の師範役を継がせるつもりでした」と土田は話しだした、「――かなりまえからのことで、私は相手にしなかったが、彼は幾たびも繰り返し、飽きることなく私をくどいたものです、師範の次席には安川大蔵がいるし、安川は師範として充分の腕をもっていました、十太夫はどういうわけかそれを認めようとしません、そのうちに、――彼はあなたを娶《めと》りました、安川の妹であるあなたをです」

しづの顔がひき緊《し》まり、その眼はなにかをさぐるように、土田の云う言葉の裏にあるものをさぐり当てようとでもするように、熱心に土田の表情を見まもった。

「十太夫には口実がふえたわけです、妻の兄に自分の役目を継がせることはできない、とね」土田は非情ともいえる口ぶりで続けた、「私がみまいにゆけば、必ずその話が出たでしょう、道場で倒れたときも、私はその話に触れないようにつとめました、もし危篤の病床で頼まれれば、いやとは云えませんし、約束してしまえば反故《ほご》にはできない、それでは済まない、私の中老という職からいっても、安川大蔵に対してもそれでは済まないことになる、それでみまいにはゆけなかったのです」

しづの顔にさみしそうな、失望のいろがあらわれた。土田正三郎はすばやくそれを認めたが、声の調子は変えなかった。

「無情なやつだというような噂はずいぶん聞きました」と云って土田は片手をゆっくりと振った、「噂などはなんとも思わなかった、云うだけ云えば飽きるものですからね、けれども、みまいにゆけないという辛《つら》さは、耐えがたいものでしたよ、あなたならわかって下さるでしょう、私は辛かった」

しづは頷いたが、それは力もないし、意志も感じられない頷きかたで、心はもうそこにないようであった。

「それだけでございますか」としづは細い声で問い返した、「ほかに仔細《しさい》はなかったのでしょうか」

土田正三郎は黙っていた。

「よくわかりました」しづはそっとじぎをして云った、「これでわたくしの気持もおちつきます、決して他言はいたしません、——有難うございました」

土田は会釈《えしやく》をしてそこを去った。

彼の顔には、しづとは反対に、明るく挑戦的な微笑がうかんでいた。眼に見えない誰《だれ》かを空《くう》に描いて、そのものに得意なめまぜでもするような、満足げな微笑であった。

「どうだ十太夫、みごとなものだろう」——寺の山門を出ると、土田はそう云いだした、「おれがみまいにゆかなかったのは、あの人のためさ、いつかおまえは云ったな、おれたちは二人いっしょにいると一人になってしまう、おれたちはいつも同じ娘に恋してしまうし、娘のほうでもどっちが好きか判別がつかなくなる、奇妙な、有り得ないことのようだが、事実がそのとおりだったことは、おれとおまえがよく知っていた」

「死んでしまったいまは、おまえにも見とおしだろう」と土田は続けた、「おれが枡平のおみのと結婚しなかったのは、おみのが拍子ぬけしたのではなく、おれのほうで興味がなくなったからだ、十太夫といっしょでなければ、これっぽっちも興味がわかないんだ、これが本当のことなんだ」

——おまえは饒舌《しゃべ》り過ぎるぞ。

「その小言はもうきかないな、十太夫はこの世の人間じゃないんだから」

——土田は饒舌り過ぎる。

「おれがみまいにゆかなかったのは、危篤の病床にいる十太夫に、あの人とおれの並んだ姿を見せたくないと思ったためだ」と土田は云った、「——そしてまたあの人にも、おれと十太夫の二人がいっしょにいるところを見せたくなかった、いまになればつまらないことのようだ、子供っぽい心配のようだが、あの当時のおれたちのあいだでは大切なことだった、十太夫にもしづさんにもおれにも、——そうだろう、その証拠はいま、あの人の顔にあらわれていた、おまえもあの表情は見ただろう、おれが師範のあと継ぎの話をしたときの、あのがっかりしたような顔つきをさ」

——もうそのくらいでよせ。

「そうしよう」と云って土田はまた微笑した、「だが断わっておく、安川を師範に据《す》えようと思ったのも事実なんだぜ、いいよ、おれは饒舌り過ぎた、これでやめるよ」

土田正三郎はゆったりとした大股《おおまた》で、御蔵の辻《つじ》のほうへ曲っていった。

（「オール讀物」昭和三十七年二月号）

解説

木村久邇典

『樅《もみ》ノ木は残った』が日本経済新聞に連載中のことだったから、昭和三十年前後のころであったろう。山本さんが一通の封書を示してわたくしに云《い》った。

「この読者は京都の住人だが、『樅ノ木は……』を愛読しているっていうんだ。ところが貧乏書生なので新聞を定期購読することができない。日経は他のより購読料が高いんだってね。で、毎朝、食事に出るときに、京都支局の新聞の張出し窓のところへいってぼくの小説を立ち読みするのを日課にしている——と書いてきた。支局とすれば迷惑かもしれないが、ぼくにとっては、そういう読者がいるというのは、やはり考えざるをえない。もしぼくの拙《つたな》い作品が、彼の云うとおり、生きるうえでの励ましになっているとすれば、なおさらだ。恵まれた境遇にある読者も、もちろんぼくにとっては大切だが、彼のような読者のほうが、もっと大事に思われる」。ひとりの人間は、どんなに飛躍してみたところで、しょせん一通りの人生しか生きられない。だが、すぐれた小説は、いく通りにかくも生きたかった、あるいはこうも生きたい、という多くの読者の願いや希望を、架空の世界のなかに、虚構であるがゆえに実人生よりもなまなましいリアリティーをもって訴え、しかも彼等《かれら》の遍路の杖《つえ》になることとさえ可能だ。ぼくはそんな小説を書いていきたい、とも山本さんは云った。

昭和十七年から三十七年にわたるこの短編集にも、さまざまな人生の確かなミニチュアが截《た》ち取られている。

『青竹』（昭和十七年九月）は満州で発行されていた「ますらを」という雑誌に発表された武家もの。「わたくしはただひとすじに戦うだけでございます、さむらい大将を討ったからとて功名とも思いませぬし、雑兵《ぞうひょう》だからとて詰らぬとも存じ」ないことを信念とする井伊《いい》藩士余吾《よご》源七郎《げんしちろう》の、論功行賞の場に手柄《てがら》を上申もしない一徹の武士の生き方が描かれている。とかくひと目に立とうとして武功を競いあうような風潮が、当時の〝軍国日本〟にはなかったであろうか。いったんは断わった縁談ながら、その後、生涯《しょうがい》の妻と心に決めた娘の死を知り、墨絵かぶらの旗差物《はたさしもの》にじゅずを描き添えて悪鬼羅刹《あっきらせつ》のごとくに戦場を死守する源七郎の姿は、こんにちなお、読む者の胸奥《きょうおう》にふかい感動をこださまさせずにおかない。この年六月、作者が「日本女性の美しさは、その伴《つ》れそう良人《おっと》も知らないところに現れている」とする『日本婦道記』の連作に着手したことを考え合せると、さらに『青竹』の奥行きが増すように思われる。『夕靄《ゆうもや》の中』（昭和二十七年二月「キング」）。恋人を横取りしようとしたやくざ仲間を刺して傷つけ、江戸を去った男が、どうしても相手を殺《や》るまではと、江戸へ戻《もど》ってくると、町方らしい男に跡をつけられ、暮れ方の墓地へ逃げこんでとある墓にぬかずく。真新しい墓標には若い娘の名が書かれてあり、墓参にきた母親は、娘が病床でうわごとに名を呼んだ手代《てだい》ではないか、と訊《たず》ねる。男は老婆《ろうば》の期待を裏切れずに、衝動的にそうだと答える。追いつめた町方は、「想《おも》う娘に死なれたからって、思いつめて死ぬなんざあみれんすぎる、そのくらいなら、こうしてあとに残ったおふくろさんの面倒をみてあげたらどうだ……」と、短刀を取上げただけで立ち去る。ひた、ひた、ひたと、どこまでも跟《つ》けてくる足音の無気味さ。嘘《うそ》が生んだ真実の美しさ。「夕靄をゆすって、鐘が鳴り始めた」という結尾の巧《たく》みさ。人間であることの悲しみと喜びが、間然するところなく描かれた傑作といえよう。

『みずぐるま』（昭和二十九年五月「面白倶楽部《おもしろくらぶ》」）は、旅芸人の一座で、薙刀《なぎなた》を使って紅白の毬《まり》を打返す太夫《たゆう》だった少女の若尾が、ふとしたことから武家の重職に養女となり、さまざまな環境の変化を経験しながら、周囲の善意に見守られて健気《けなげ》に明るく成長していく物語である。もちろん義兄和次郎の友人で、数年前和次郎の姉を裏切り、彼女を自殺させた谷口修理《たにぐちしゆり》に、奸計《かんけい》を用いて結婚を迫られるといった場面も設定されているが、若尾の和次郎への信頼は変らない。ほのぼのと心あたたまる読後感は、作者の強い人間肯定が背景になっているからであろう。

『葦《あし》は見ていた』（昭和二十九年九月「面白倶楽部」）。商売女にうつつをぬかした藤吉計之介《ふじよしけいのすけ》は、親友の助力で見事に立ち直り、ついには側用人《そばようにん》にあげられる。さらに次期国老就任を目前に辞職して熊井川《くまいがわ》に釣糸《つりいと》を垂れたりする。一日、彼は葦の川原で、古い蒔絵《まきえ》の文筥《ふばこ》を拾い、中の手紙を披《ひら》いて読む。「ああけいさま、あたしが死んでゆくま、どんなにうれしく仕合せな気持でいるか、あなたにわかって頂けるでしょうか……」それはかつて江戸から国元まで藤吉を慕ってき、短くはあったが青春の情熱のすべてを燃焼して自ら身を投じた芸妓《げいぎ》おひさの遺書だったのだ。けれども作者は冷淡無情につき放して、計之介に十八年の昔を思い返させさえしない。若者の恋の讃美《さんび》と、壮年の打算的な出世主義との対比を、葦の葉ずれの音に伴奏させて、心にくいまでの出来ばえである。

『夜の辛夷《こぶし》』（昭和三十年四月「週刊朝日別冊」）。お滝は二十四になる子持ちの岡場所《おかばしょ》の女で、兇状《きょうじょう》持ちが逃げこめば岡っ引に密告して礼金を得、客には年を詐《いつわ》って稼《かせ》ぐので朋輩《ほうばい》にそねまれている。そうした彼女に、どこか岡場所に来る人柄とは違った若い馴染《なじみ》ができた。律義《りちぎ》な棟梁《とうりよう》の父親は、請け負った大きな建築が完成寸前に不審火で焼失して縊死《いし》し、母も若者を気づかいながら狂死してしまったという。彼は世を呪《のろ》って盗賊になったが、「あたしは自分の子を育てるためならなんでもする」と、朋輩とやりあうお滝の声を聞き、もう一度やり直そうと自首を決意する。好きになった男を、岡っ引に渡さず逃がそうとする女の気持も哀れに自然で、『ほたる放生《ほうじよう》』『つゆのひぬま』と共に、作者の〝岡場所もの〟の代表的作品といってよい。

『並木河岸《なみきがし》』（昭和三十一年八月「オール讀物」）。二三度も流産を繰返して隙間風《すきまかぜ》が立ちはじめた七年めの夫婦鉄次とおてい。鉄次はフリで入った居酒屋で、彼には（記憶はないが）幼《おさ》な馴染だという店の女お梶《かじ》と知り合い、急速に親しくなって泊りがけの遠出を約束する。気付いた妻は、当朝「あたしもゆくの」と旅支度を整えている。知恵くらべなら負けないぞ。なにもかも薹《とう》のたつような気持で家を出た鉄次が、無意識に散歩にいったのは、その昔おていとしのび逢った並木河岸だった。――と、何も知らずにやってきた妻は、並木の幹に凭《もた》れかかって泣く。彼女の肩へ後ろからそっと両手をかけて鉄次は呼びかける。「なんにも云うな」。どんな夫婦にも何度かは訪れてくる危機。彼等の心をひきとめたのは、二人だけに共通の遠い思い出だったという夫婦の無意識な連帯を、いく分か感傷的にあまやかに謳《うた》いあげたところに、このテーマがよく生かされている。

『その木戸を通って』（昭和三十四年五月「オール讀物」）。作者独自の〃不思議小説〃である。過去をうしなった若い女が、突然平松正四郎をたずねてきて、家に居ついてしまう。ためにせっかくの家老の娘との婚約も流れてしまうのだが、女はだれにも愛されて正四郎と結婚する。すべてがうまく行っていた。だが、女にはときどき昔の意識が甦《よみがえ》るようになり、三年後の某日、子供と庭にいて、そのまま、現実にはない「その木戸を通って」失跡してしまうのである。「来たときのように、いってしまったのだな、――いまどこにいるんだ、どこでなにをしているんだ」と正四郎は心の中で妻にそう囁《ささや》くしかない。月暈《げつうん》の世界の出来事のような幻想部分と現実部分が、奇妙な調和で共鳴しだすと、ひょっとすれば自分もこんな境遇に引きずりこまれかねない不安定な情緒に置かれていることに気づいて、あたりを見回す読者があるかもしれない。見事な作者の筆の冴《さ》えであり、なんとも美しく不思議な物語なのである。

『おさん』（昭和三十六年二月「オール讀物」）。これほど人間存在の根源につながる〃性〃のかなしさをシリアスにえぐり出したかなしい小説が、これまでにあったろうか。そのたびに別の男の名を呼んで忘我の境に陶酔するおさんも、その都度になにかが失われてゆくように思えて彼女から離れる参太も、われわれは責めることはできない。つぎつぎに男を替えるおさんはその性《さが》ゆえに男たちを破滅させ、ついには匕首《あいくち》で刺されて死ぬ。けれども女であることの〝業《ごう》〟をひと一倍、宿命的に背負ったおさんは、また〝可愛《かわい》い女〟の一典型でもあるのだ。過去と現在を交錯させて、墓前の参太の独白にいたる精緻《せいち》をきわめた手法——。『おさん』こそ日本の近代小説がもった最高の短編のひとつではないのか。作者全著作においても、まさしく秀作の位置を占める作品と思われる。

『偸盗《ちゅうとう》』（昭和三十六年六月「オール讀物」）。みずから酷薄無残を自認する鬼鮫《おにざめ》は、多数から絞りあげる貴族と、多数から盗みとる偸盗はすなわち同類という一流の理論のもち主だ。にも拘《かかわ》らず、貴族側から追捕《ついぶ》されることに怒ってこんどは貴族をねらう仕事を企画する。結果はいつも頓馬《とんま》な失敗の繰返しだが、ついに後日の東宮妃と噂《うわさ》される美姫《びき》の誘拐《ゆうかい》に成功する。これがとんだ莫連娘《ばくれんむすめ》で、親からの返書には、売るなり女房にするなり、決して返すには及ばない、とある。酷薄無残を声高《こわだか》に名乗る大盗が、案外にお人好しなのが愛嬌《あいきょう》で、平安朝時代を背景に、悪い奴《やつ》ほどよく嗤《わら》う社会図式を巧妙に様式化することに成功している。作者の広範囲な才華をうかがわせるに足る作品である。

『饒舌《しゃべ》り過ぎる』（昭和三十七年二月「オール讀物」）。一人の女性を同時に愛してしまう親友同士。女の側も二人に対して同じくらいの好意を感じてしまうので、親しすぎる彼等はなかなか結婚できない。両名が一緒でなければ女性に恋愛感情を催さないほどの親密さや、また今度こそ先取りしてやろうと考える感情までが、互いに同時に現われるというエンドレスな人間関係は、やりきれない因果劇を感じさせもする。しかし作者は多弁な小野十太夫《おのじゅうだゆう》に「おまえは饒舌り過ぎる」を連発させて、漫才にたとえるならば小野にツッコミを、土田正三郎にボケを振当て、むしろ喜劇仕立てに近い構成で彼等の性格を対照させる。

危篤《きとく》の十太夫をついに見舞わなかった土田の弁明は、十太夫の妻を失望させた。だが、以前は互いの恋人だった彼女と、生き残る場面を親友にみせたくなかった真の友情を、正三郎に独白させ、「おれは饒舌り過ぎた」と結ぶ二重構造の幕切れ。洗錬された短編小説の醍醐味《だいごみ》である。

（昭和四十五年八月、文芸評論家）

新潮文庫最新刊

乃南アサ著
女刑事音道貴子
嗤う闇
下町の温かい人情が、孤独な都市生活者の心の闇の犠牲になっていく。隅田川東署に異動した音道貴子の活躍を描く傑作警察小説四編。

赤川次郎著
さすらい
異国で消息を絶った作家。その愛娘が知った思いがけない真実――。最果ての地で燃え上がる愛と憎しみ。長編サスペンス・ロマン。

諸田玲子著
蛍の行方 お鳥見女房
お鳥見一家の哀歓を四季の移ろいとともに描く連作短編。珠世の情愛と機転に、心がじんわり熱くなる清爽人情話、シリーズ第二弾。

江上剛著
総会屋勇次
虚飾の投資家、偽装建築、貸し剝がし――企業のモラルはどこまで堕ちるのか。その暗部を知る勇次が、醜い会社の論理と烈しく闘う。

瀬尾まいこ著
天国はまだ遠く
死ぬつもりで旅立った23歳のOL千鶴は、山奥の民宿で心身ともに癒されていく……。いま注目の新鋭が贈る、心洗われる清爽な物語。

竹内真著
自転車少年記
―あの風の中へ―
僕らは、夢に向けて、ひたすらペダルを漕ぎ続ける。長距離を走破する自転車ラリーを創った。もちろん素敵な恋もした。爽快長篇！

おさん

新潮文庫　や-2-14

昭和四十五年十月二十日　発行
平成十五年四月十五日　五十八刷改版
平成十八年十月二十五日　六十三刷

著者　山《やま》本《もと》周《しゅう》五《ご》郎《ろう》

発行者　佐藤隆信

発行所　株式会社新潮社

郵便番号　一六二―八七一一
東京都新宿区矢来町七一
電話　編集部(〇三)三二六六―五四四〇
読者係(〇三)三二六六―五一一一
http://www.shinchosha.co.jp

価格はカバーに表示してあります。

乱丁・落丁本は、ご面倒ですが小社読者係宛ご送付ください。送料小社負担にてお取替えいたします。

印刷・錦明印刷株式会社　製本・錦明印刷株式会社

ISBN4-10-113414-6 C0193